MICHAEL CLYNES
IM ZEICHEN DER WEISSEN ROSE

Roman

Ins Deutsche übertragen
von Hans Freundl

BASTEI-LÜBBE-TASCHENBUCH
Band 13 470

Erste Auflage:
August 1993

© Copyright 1991
by Michael Clynes
All rights reserved
Deutsche Lizenzausgabe 1993
Bastei-Verlag Gustav H. Lübbe
GmbH & Co., Bergisch Gladbach
Originaltitel: The White Rose
Murders
Lektorat: René Strien
Titelillustration: Peter Goodfellow
Umschlaggestaltung:
Quadro Grafik, Bensberg
Satz: KCS GmbH,
Buchholz/Hamburg
Druck und Verarbeitung:
Brodard & Taupin, La Flèche,
Frankreich
Printed in France

ISBN 3-404-13470-2

Der Preis dieses Bandes
versteht sich einschließlich der
gesetzlichen Mehrwertsteuer.

Für meinen Vater Michael

Vorwort

Im Jahre 1485 wurde Richard III., der letzte König aus dem Hause York, von Heinrich Tudor in der Schlacht von Bosworth getötet. Vierundzwanzig Jahre später bestieg dessen Sohn als Heinrich VIII. den Thron: Seine Regentschaft begann in Pracht und Herrlichkeit, und er schien ein brillanter König zu werden, doch bald schon zeigten sich die ersten dunklen Wolken der Heimtücke, des Verrats und des Mordes. Das Blutvergießen, das die alten Seher und Magier prophezeit hatten, sollte nun anheben, und die Welt war bereit für Roger Shallot.

Historische Persönlichkeiten, die in diesem Buch erwähnt werden

Richard III.: der letzte König aus dem Haus York, auch genannt ›Der Usurpator‹. Er wurde von Heinrich Tudor im August 1485 in der Schlacht bei dem Flecken Bosworth geschlagen. Er war der Träger der Weißen Rose, sein persönliches Emblem war *Le Blanc Sanglier* — der Weiße Eber.

Die Prinzen im Tower: Neffen von Richard III., die vermutlich 1484 von ihrem Onkel ermordet wurden.

Heinrich Tudor: der Waliser. Sieger von Bosworth, Begründer der Tudor-Dynastie und Vater von Heinrich VIII. sowie von Margarete von Schottland. Er starb 1509.

Heinrich VIII.: Bluff King Hal oder Der Große Mörder. Er hatte sechs Frauen und eine enorme Schar von Mätressen. Er ist der ›Maulwurf‹ oder der ›Große Dunkle‹, von dem Merlin in seiner Prophezeiung sprach.

Katharina von Aragon: eine spanische Prinzessin, erste Frau von Heinrich VIII. und Mutter von Maria Tudor.

Anne Boleyn: Tochter von Sir Thomas Boleyn, einem ›wahrlich niederträchtigen Mann‹. Zweite Frau von Heinrich VIII. und Mutter von Elisabeth Tudor.

Mary Boleyn: Schwester von Anne. Am französischen Hof hatte sie den Spitznamen ›Englische Stute‹, weil sie so viele Liebhaber hatte.

Bessie Blount: eine der eindrucksvolleren Mätressen von Heinrich VIII.

Margarete Tudor: Schwester von Heinrich VIII., zuerst mit König Jakob IV. von Schottland, danach mit Gavin Douglas, dem Grafen von Angus, verheiratet, eine ›Unruhestifterin im Unterrock‹.

Maria Tudor: Tochter von Katharina von Aragon und Heinrich VIII. Wegen ihrer Protestantenverfolgungen nannte man sie ›Blutige Maria‹.

Elisabeth I.: Königin von England, Tochter von Heinrich VIII. und Anne Boleyn. Man nannte sie die ›Jungfräuliche Königin‹, doch Shallot behauptet, einen Sohn mit ihr zu haben.

Katharina Howard: die vierte Frau von Heinrich VIII. Sie wurde wegen ihrer außerehelichen Affären hingerichtet.

Franz I., König von Frankreich: brillant, blendend und verrückt nach Frauen.

Will Shakespeare: englischer Dramatiker.

Ben Johnson: englischer Dramatiker.

Christopher Marlowe: englischer Dramatiker und Spion; wurde während einer Wirtshausrauferei getötet.

Jakob IV. von Schottland: erster Ehemann von Margarete Tudor.

Suleiman der Prächtige: türkischer Sultan.

Thomas Wolsey: Sohn eines Schlachters aus Ipswich. Er ging nach Oxford und machte später eine glänzende Karriere, wurde Kardinal, Erzbischof und Lordkanzler von Heinrich VIII.

Maria, Königin der Schotten: Enkelin von Margarete Tudor und Mutter von Jakob I., dem König des vereinigten Königreiches von England und Schottland.

Darnley: Ehemann von Maria, Königin der Schotten.

Bothwell: Liebhaber von Maria, Königin der Schotten.

Thomas More: Humanist und Gelehrter. Nach dem Sturz von Thomas Wolsey war er Lordkanzler von Heinrich VIII. Später wurde er hingerichtet, weil er sich gegen die Scheidung Heinrichs VIII. von Katharina von Aragon stellte.

Eduard VI.: Sohn von Heinrich VIII. und Jean Seymour; ein kränklicher Knabe, der früh starb.

Der Graf von Surrey: ein Mitglied des Howard-Clans. Er kämpfte für Richard III., erhielt Pardon und erwies sich schließlich als der begabteste Feldherr Heinrichs VIII.

schließlich, ein Heer von stummen Zeugen, um mein Bett herumstehen. Die Hölle hat sie ausgeschickt, um mich zu holen. Ich blicke sie einfach nur an. Jedes Gesicht birgt eine Erinnerung, verkörpert einen Teil meines Lebens.

Mein Kaplan, der Vikar der Kirche auf meinem Anwesen, sagt, ich esse zu üppig und trinke zuviel von dem schweren Bordeaux, doch was weiß denn der schon, der stupide alte Furzer? Ich habe sie gesehen, nicht er.

Glaubt er etwa nicht an Dämonen, Hexenmeister, Geister und Schauergestalten? Ich schon. Ich lebe schon zu lange mit diesen Kreaturen, um ihre Existenz zu verleugnen. Eine Närrin hat mir einst sehr viel über den Mord erzählt, eine kleine, gnomenhafte Frau, die sich in gelben Buckram-Stoff hüllte und burgunderrote Schuhe mit silbernen Schnallen trug. Sie war Hofnärrin bei Königin Maria. Ihr wißt — die blasse, rothaarige Maria, die sich mit Philip von Spanien vermählte und hoffte, er würde ihr ein Kind machen. Ihr Bauch wurde zwar immer größer, doch es befand sich kein Kind darin. Die bedauernswerte Blutige Maria, die es liebte, Protestanten in Eisenkäfige sperren und in Smithfield über prasselnden Feuern rösten zu lassen. Doch diese Hofnärrin — Gott verzeihe mir, aber ich habe ihren Namen vergessen — behauptete, der Himmel werde sich in der Nacht rot färben von all dem Blut, das auf der Erde seit den Tagen von Kain, dem ersten Mörder, vergossen worden ist. Jemand anderes, ein heiliger Vikar (wahrlich eine sehr seltene Erscheinung!), hat einmal die Frage gestellt, ob die Seelen jener, die ermordet worden sind, bis in alle Ewigkeit zwischen Himmel und Erde hängen müssen. Schweben sie, so fragte er sich, in einer riesengroßen, endlosen violetten Vorhölle, ähnlich wie die Leuchtkäfer und die Irrlichter über den Sümpfen in der Nähe von Flüssen?

Prolog

Jede Nacht pocht der Mord an meine Türe. Wenn der Himmel sich verfinstert hat und der Mond sich hinter den Wolken versteckt, dann bricht der Mord über dieses große herrschaftliche Anwesen herein, raubt mir den Schlaf und erfüllt meine Träume mit Geistern, die die Hölle ausgespuckt hat, und mit grauenhaften Bildern voller Blut und Tod. O ja, ich höre, wie sie kommen, draußen in der Dunkelheit, wenn der Wind sich erhebt und durch die Bäume streicht. Ich höre das Knirschen geisterhafter Stiefel und Schuhe auf dem Kiesweg vor dem Haus. Ich liege wach und warte auf sie, und wenn das erste Licht des fahlen Mondes sich zeigt, erhebe ich mich und starre durch das Fenster hinunter auf Männer und Frauen aus meiner Vergangenheit, deren Seelen schon vor langer Zeit eingetaucht sind in das Dunkel der Ewigkeit.

Wie ein gespenstischer Chor versammeln sie sich unter meinem Fenster, graue Gestalten, die durch schreckliche Wunden entstellt sind, die furchteinflößenden Gesichter jener, mit denen ich gearbeitet, gespielt, mich herumgetrieben und gegessen habe – aber auch jener, die ich umgebracht habe (immer jedoch in einem fairen Kampf, wie ich betonen möchte). Der Mond schiebt sich durch die Wolken und taucht ihre blau-weißen Gesichter in silbriges Licht. Sie starren zu mir herauf, mit schwarzen Mündern und hohlen Augen, rufen laut nach mir und fragen, warum ich mich nicht zu ihnen geselle. Ich lächle dann immer und winke ihnen zu, worauf sich ihr Heulen noch steigert. Sie drängen und schieben sich durch die Mauern, die Eichenholz-Treppe empor, die holzvertäfelte Galerie entlang, bis sie in mein Gemach gelangen und

O ja, ich denke oft an den Mord, wenn ich zwischen meinen goldbestickten, seidenen Laken liege, an meiner Seite der warme, füllige Körper der dicken Margot, unserer Waschfrau. Sie teilt das Bett mit mir, um meine Lebensgeister wach zu halten, wenngleich der Vikar dagegen natürlich seine Einwände erhebt.

»Ihr habt schon mehr als neunzig Lenze hinter Euch«, zetert er. »Haltet Euch an Gott, meidet die Gelüste des Fleisches!«

Ich bemerke, daß seine Lippen immer dicker und röter als sonst sind, wenn er von den Gelüsten des Fleisches sabbert. (Habt Ihr das auch schon einmal beobachtet? Die meisten dieser neugierigen, herumschnüffelnden Mistkerle könnten Euch mehr über die Lüste des Fleisches erzählen als ich.) Wie auch immer, ich werde dem Vikar seine Flausen schon austreiben. Ein tüchtiger Hieb auf die Finger mit meinem Stock, und er weiß, daß er sich Margots prächtige, runde Titten aus dem Kopf zu schlagen hat. Außerdem kenne ich die Bibel genausogut wie er.

»Habt Ihr denn die Heilige Schrift nicht richtig gelesen?« fahre ich ihn an. »Auch der große König David hatte eine Magd, die bei ihm schlief, um seinen Körper in der Nacht warmzuhalten. Und das war in Jerusalem, wo es um einige Grade wärmer ist als in diesem verdammten Surrey!«

In einem freilich hat der Vikar recht: Ich zähle schon mehr als neunzig Jahre. Sir Roger Shallot, Herr von Burpham Manor in der Nähe von Guildford, Herrscher über Felder, Weiden, Bauernhöfe und Schober. Ich besitze Kisten und Truhen voller Gold, Silber und kostbarer Stoffe; prächtiges Damwild streift durch meine ausgedehnten Forste; klare Bäche speisen meine Teiche, in denen sich zuhauf Silberkarpfen und Schleie tummeln.

Mein Herrenhaus hat opulent ausgestattete Gemächer, die Wände sind mit gewachstem Holz vertäfelt, das nach der neuesten französischen Mode gearbeitet ist. Darüber haben meine Bediensteten Samttücher gehängt, die aus den Webstühlen von Brügge, Gent und Lille stammen. Meine Fußböden bestehen aus gewachstem Kiefernholz und sind bedeckt mit Wollteppichen aus der Türkei oder von den Webern von Lancashire.

Ich bin Roger Shallot, Friedensrichter, Beauftragter für die Geschworenenbestellung, Ritter des Hosenbandordens (darüber könnte ich auch eine schöne Geschichte erzählen) und Mitglied des Goldenen Vlies von Burgund. Ich habe Medaillen vom Papst erhalten (die ich allerdings versteckt habe) und Gemmen von der Spinnenkönigin, Katharina von Medici. (Übrigens, Katharina war eine geborene Giftmischerin, aber auch eine phantastische Liebhaberin.) Ich besitze mehrere braune Lederbeutel voller blinkender Goldmünzen, die ich vom Vater unserer gegenwärtigen Königin, Bluff King Hal, erhalten habe. Bluff King Hal! Ein dicker, schweinsäugiger, mordlustiger Fettsack! Wußtet Ihr, daß er miserabel war im Bett? O ja, oft rühmte er sich seiner Heldentaten im Bett, doch Anne Boleyn vertraute mir einmal an, unter tiefen Seufzern und mit flüsternder Stimme, daß bei manchen Männern, sogar bei Königen, unendliche Weiten liegen zwischen dem, wessen sie sich brüsten, und dem, was sie tatsächlich vermögen — doch das ist eine andere Geschichte! Wußtet Ihr, daß sie eine Hexe war? Anne Boleyn, meine ich. Sie hatte eine zusätzliche Zitze, womit sie ihren Vertrauten nährte, und sechs statt fünf Finger an der rechten Hand. Sie versuchte, dies durch eine lange, zusammengeschnürte Stulpe zu verbergen, und kreierte damit eine neue Mode. Gott lasse sie in Frieden ruhen, sie starb tapfer.

O ja, ich besitze alle diese Auszeichnungen und Ehrungen. Sogar Heinrichs Tochter, die rothaarige, katzenäugige Elisabeth, reist aus Hampton Court an, um meinen Rat zu suchen. Sie ist eine besondere Frau, diese Elisabeth! Ihre Haare sind ihr inzwischen zwar alle ausgegangen, aber sie trägt die beste rote Perücke, die man in London auftreiben kann. Auch ihre Zähne sind ein Jammer; die Zähne ihrer Mutter waren wundervoll weiß und sehr stark, wenn ich mich richtig erinnere. Wenn man Elisabeth heute sieht, ihr weißes, schmales Gesicht, dem kein Lächeln zu entlocken ist, weil sie Angst hat, ihre Fassade könnte zusammenbrechen, dann ist es schwer zu glauben, daß sie früher einmal ein wirklich hübsches Mädchen und eine große Herrscherin war — allerdings genausowenig eine Jungfrau, wie ich eine bin. Das wissen wir beide nur zu gut! Wenn sie mich besucht, dann sitzen wir in meinen Privatgemächern unten im Erdgeschoß, lachen über die vergangenen Zeiten und fragen uns, was aus unserem gemeinsamen Sohn, diesem Bastard, wohl geworden sein mag. Ach, sie war ein bezaubernd schönes Mädchen, Elisabeth ... ihre kräftigen, weißen Schenkel! Sie war eine wilde Hummel, doch auch das ist, wie ich schon sagte, eine andere Geschichte.

Nun, wo war ich stehengeblieben? Der Mord, das war es, worüber ich sprach, bevor mein Kaplan, der Vikar, der meine Lebenserinnerungen für mich niederschreibt, mich ablenkte, indem er seine Nase emporreckte und anfing, dumme Fragen zu stellen. Ich sprach über die Untoten, jene, die von dem Blut anderer befleckt sind. Wie sie mich jede Nacht besuchen, um mein Bett herumstehen und sich über meine Titel und die Reichtümer, die ich angehäuft habe, lustig machen, denn sie kennen die Wahrheit.

»Der alte Shallot«, so spotten sie. »Ein Lügner, ein Dieb und ein Feigling!«

Das letztere tut mir wirklich weh. Was ist falsch daran, wenn man wegläuft? Ich habe das oft getan. Ich danke dem gütigen Herrn im Himmel, daß er mich mit dem schärfsten Verstand und den schnellsten Beinen der ganzen Christenheit ausgestattet hat. Aber das ist Vergangenheit. In meinem Gemach habe ich ein Portrait von mir, das mich zeigt, als ich dreißig war. Es wurde von Holbein gemalt, und ich schätze es wegen der Ähnlichkeit, die ich in diesem Bild feststellen konnte. Ich betrachte es oft: die Augen mit den schweren Lidern, das eine leicht schielend (ich habe Holbein deswegen meine Meinung gesagt!), und das schwarze, glänzende Haar, das mir in Locken auf die Schultern fällt. Mein Gesicht ist bleich, aber meine Lippen sind kräftig und voll, um meine strengblickenden Augen kräuseln sich Lachfalten, und auf beiden Wangen wie auf dem Kinn habe ich ein Grübchen. Gott weiß, daß ich auf diesem Bild so heilig wie ein Mönch aussehe, aber Ihr kennt doch auch die Redensart: ›Stille Wasser gründen tief.‹ Das möchte ich Euch als eine der ewigen Wahrheiten ans Herz legen. Ich bin der größte Sünder, der jemals in einer Kirche gebetet hat, und ich bekenne, daß ich alle Todsünden schon begangen habe, außer einer – Mord! Ich habe nie eine Frau oder ein Kind getötet, und jene, die durch meine Hand umgekommen sind, hatten eigentlich ein noch schlimmeres Schicksal verdient. Und dies sind die Geister, die mich heimsuchen, nachdem es Mitternacht geschlagen hat.

Letzte Nacht erkannte ich einige der Männer und Frauen aus meiner Vergangenheit. Auch jetzt am Morgen sind ihre Gesichter noch frisch in meiner Erinnerung, während ich in meinem Irrgarten sitze und nach dem

Vikar rufe, damit er mit seinem Schreibzeug erscheine. Ein Gesicht allerdings fehlt jedesmal. Ein ganz besonderes Gesicht: das von Benjamin, meinem Meister, Neffe des großen Kardinals Wolsey, einer meiner wenigen Freunde. Benjamin mit seinem langen, kindlichen Gesicht, seiner scharfen, vorstechenden Nase und seinen unschuldigen meergrauen Augen. Natürlich wird er nie erscheinen. Ich vermute, er ergeht sich inmitten der Engelschar und stellt ihnen seine unschuldigen, naiven Fragen. Ach, wie ich ihn vermisse! Seine Augen haben mich in all den Jahren verfolgt: Er war gütig, großzügig, und er vermochte auch in der schäbigsten und niederträchtigsten Seele einen Schimmer Jesu Christi zu erkennen.

Ich bin ein Anhänger des alten Glaubens, müßt Ihr wissen. Insgeheim vermisse ich die Heilige Messe, den Priester, der Brot und Wein segnet, den Duft von Weihrauch. Ich habe eine kleine, versteckte Kapelle hinter den dicken Mauern meiner großen Halle errichten lassen, und dort bewahre ich eine geschwärzte Statue auf, die ich in Walsingham retten konnte, als die Soldaten vom Protektor Somerset die Kapelle brandschatzten. Ich nahm die Statue an mich, und jeden Tag, so es mir möglich ist, entzünde ich eine Kerze vor ihr und gedenke der Seele meines verstorbenen Meisters. Doch erlaubt mir, daß ich mich auf die Träume konzentriere, die mich des Nachts heimsuchen, wenn alles still ist und man allenfalls das Kreischen einer Fledermaus oder den gespenstischen Flügelschlag einer Eule vernehmen kann.

Mein Kaplan ist nun fertig. Da sitzt er auf seinem wattierten Schemel, den kleinen Hintern durch ein Kissen abgepolstert, den Federkiel in der Hand und bereit, über meine schockierende Vergangenheit in rechtschaffenem Erschrecken zu erschaudern. Mißbilligend rümpft er die

Nase, wenn ich meinen Wein trinke. Ein Glas am Tag, nicht mehr, das hatte mir dieser elende Doktor eingeschärft, aber noch ist es nicht Mittag und Zeit zum Angelusläuten, da habe ich bereits sechs volle Becher von dem schweren Roten geleert. Was wissen denn die Ärzte schon? Kein Doktor wird jemals erfolgreich sein. Wenn er es wäre, würden seine Patienten nicht mehr sterben. Ich habe viele beherzte Männer gekannt, die ihr Leben in vollen Zügen genossen und sich der besten Gesundheit erfreuten, so lange, bis sie diesen Quacksalbern in die Hände fielen, mit ihren geheimen Beschwörungsformeln, ihrer hanebüchenen Medizin, ihren Horoskop-Tafeln und Uringläsern. Letzte Woche kam dieser hinterhältige Heuchler, der vorgibt, sich um meine Gesundheit zu kümmern, hereingeschlurft und wollte meinen Urin untersuchen, aber ich habe das Gläschen mit Katzenpisse gefüllt. Der Idiot stand da, hielt das Gläschen gegen das Licht und erklärte mir dann feierlich, ich solle mehr Fisch essen und weniger Wein trinken. Gütiger Gott, ich wäre beinahe gestorben vor Lachen! Doch nicht alle Ärzte sind durch und durch schlecht. Wenn Ihr es allerdings mit einem wirklichen Halsabschneider zu tun bekommen wollt, engagiert einen Anwalt. Einer dieser Satansbraten bot mir einmal an, eine Bestandsaufnahme meiner Güter und Besitztümer zu erstellen, damit ich mein Testament machen könne. »Schließlich habt Ihr sehr viele Nachkommen«, sagte er und blickte mich durchtrieben an. Ich fragte den Mistkerl, was er damit sagen wolle. Er erwiderte mit einem anzüglichen Grinsen, viele der jungen Männer und Frauen in den benachbarten Dörfern hätten doch mehr als nur eine flüchtige Ähnlichkeit mit mir. Mein kleiner furzender Kaplan nickt, aber ich sehe keinen Grund, mich zu schämen. Ich bin, in vielerlei Hinsicht, meinen Leuten immer ein guter Vater gewesen. Nun, wie dem auch sei, zurück zu diesem Anwalt. Das Grinsen auf seinem dämlichen Gesicht trieb ich ihm bald aus. Ich fragte ihn, ob er denn schnell laufen könne. »Ich bin so flink wie ein Hase«, meinte er.

Das hoffte ich für ihn. Ich gab ihm fünf Minuten Vorsprung und ließ dann meine Hunde los.

Ah ja, meine Lebenserinnerungen... Wenn ich nicht bald beginne, wird mein Kaplan wieder behaupten, er fühle sich vor Hunger zu schwach zum Schreiben. Ihr wollt also etwas erfahren über den Mord? Das werdet Ihr auch. Ich will Euch berichten von blutigen, schrecklichen Mordfällen. Von Morden mit der Garotte, mit dem Messer, mit Gift. Von Morden am hellichten Tag, wenn der Teufel unterwegs ist, und Morden in der Nacht, wenn der Engel des Todes seine schwarzen Schwingen ausbreitet. Von Morden in Palästen, Morden in rattenverseuchten Hütten, auf dem Land und in überfüllten Städten. Von Morden in Kerkern und Anschlägen in Kirchen. Mein Gott, was habe ich schon alles gesehen! Ich habe Justiz-Morde miterlebt: Gehenkte, die man, als sie noch halb am Leben waren, vom Strang abschnitt, auf eine Fleischerbank warf und dann ausschlachtete. Das Herz, die Eingeweide und die Genitalien wurden herausgeschnitten, und der Rest, Gottes Schöpfung, wurde geviertelt und dann wie Unschlitt in die Abfallkübel geworfen. Ich habe gesehen, wie in Smithfield Frauen bei lebendigem Leibe in großen schwarzen Bottichen gekocht wurden.

Der Kaplan lehnt sich nach vorne. »Erzählt ihnen von dem Irrgarten«, wispert er.

»Was meint Ihr?« frage ich ihn.

»Nun«, piepst er, »erzählt ihnen, warum Ihr Eure Memoiren mitten in einem Irrgarten diktiert.«

Ich bin versucht, ihm zu sagen, er möge sich lieber um seine eigenen Angelegenheiten kümmern, doch es ist eine berechtigte Frage. Ihr müßt wissen, daß ich meine Gärten hier in Burpham in der gleichen Art angelegt habe, wie ich es in Fontainebleau sah, als mich der fette Heinrich als Spion an den Hof des Lüstlings Franz I. geschickt hatte. Irrgärten sind inzwischen sehr beliebt geworden, aber ursprünglich hatte es mit ihnen eine andere Bewandtnis: Vor mehreren Jahren gelobten viele Männer, an einem Kreuzzug teilzunehmen, aber einige kamen wegen Geld- oder Zeitmangels nicht sehr weit. So entschied die Heilige Mutter Kirche, sie könnten von ihrem Gelübde entbunden werden, wenn sie mehrere Male einen kunstvoll angelegten Irrgarten durchliefen. Und so wurde etwas, was eigentlich als Buße gedacht war, bald zu einer Mode. Franz I. liebte Irrgärten. Er nahm seine jungen Lustkätzchen mit in diese Gärten und ließ sie erst wieder daraus frei, nachdem sie ihm dort zu Willen gewesen waren. Als der Schweinehund herausfand, daß ich ein Spion war, ließ er mich in einen solchen Irrgarten führen, hetzte Jagdhunde auf mich und ließ alle Ausgänge verschließen. Ihr könnt Euch denken, daß der alte Shallot in dieser Situation sowohl seinen Scharfsinn wie auch seine Beine in Anspruch nehmen mußte! (Aber auch das ist eine andere Geschichte.)

Dennoch liebe ich meinen Irrgarten. Er schirmt mich ab vor den lästigen Betteleien meiner Kinder, den Scharen von Verwandten und all den anderen, die mir auf den Leib rücken wollen. Es gibt freilich auch noch einen anderen Grund dafür — während meines Aufenthalts an den Höfen von Europa wurde ich ein eingeschworener Feind gewisser Geheimbünde. Ich bin zwar schon ziemlich alt geworden mittlerweile, doch ich bin immer noch auf der

Hut vor Attentätern, die sich auf leisen Sohlen heranschleichen, und in meinem Irrgarten fühle ich mich sicher. Niemand kann sich mir hier nähern oder mich heimlich belauschen. Und wenn das Wetter umschlägt oder ich den Duft der Rosen oder den Gesang der Drossel nicht mehr ertragen kann, dann ziehe ich mich in mein geheimes Gemach zurück. Schließlich sind meine Memoiren für die Nachwelt bestimmt, nicht für das lauschende Ohr eines versteckten Spions.

Doch habt keine Angst, ich werde alles vor Euch bekennen. Ihr werdet schon auf Eure Kosten kommen, was Mordgeschichten anbelangt, doch nun muß ich meine Gedanken sammeln. Ich muß das Rad der Zeit zurückdrehen, um den Anfang meiner Geschichte zu finden. Seid versichert, ich werde mich aufrichtig bemühen, Euch die Wahrheit zu berichten...

Kapitel 1

Ich wurde, so erzähle ich es meiner Familie, den Nachkommen meiner fünf Ehefrauen, in einer Zeit des Schreckens geboren, als die todbringende Schwitzkrankheit über London hereinbrach und sich von den Hütten in Southwark bis zu den Palästen in Westminster ausbreitete. Alle wurden von ihr befallen: die Großen und die Guten, die Edlen und die Schlechten, die Hohen und die Niederen. Das war im Sommer des Jahres 1502, als noch der Vater des Großen Mörders, Heinrich VII., regierte: der schmalgesichtige Heinrich Tudor mit dem verkniffenen Mund, der Sieger von Bosworth, der zu dieser Zeit noch sieben Jahre zu leben hatte. Ich könnte Euch ein paar Geschichten über ihn erzählen, o ja. Er tötete Richard den Usurpator in der Schlacht bei Bosworth und ließ seinen zerfetzten, zerhackten Körper in Leicester in einen Pferdetrog werfen, bevor er nach London marschierte, um die Nichte des Usurpators, Elisabeth von York, zu ehelichen. Ich fragte einmal unsere gegenwärtige Königin, wer ihre Prinzen im Tower denn umgebracht habe. Tat es ihr Onkel, Richard der Usurpator, oder ihr Großvater Heinrich Tudor, als er sie lebend im Tower vorfand? Sie schüttelte den Kopf und legte einen ihrer knochigen Finger auf ihre Lippen.

»Es gibt Räume im Tower, Roger«, flüsterte Königin Elisabeth, »die nun keine Türen und Fenster mehr haben. Man hat sie zugemauert und aus allen Karten und Plänen entfernt. Es gibt Männer, die sagen, in einem dieser Räume liegen die Leichen der zwei jungen Prinzen.«

(Ich fragte mich, ob sie eigentlich selbst davon überzeugt war, daß sie mir die Wahrheit erzählte, denn einmal war ich einem dieser Prinzen begegnet, und er lebte! Aber auch das ist eine andere Geschichte.)

Nun, wieder dahin zurück, wo alles begann. Ich wurde in der Nähe von St. Botolph's Wharf geboren, einem Kai direkt am Fluß, am Ende eines Straßenlabyrinths, in dem es von Ratten nur so wimmelte. Der erste Laut, den ich hörte und der mich immer wieder an diesen Ort erinnert, war das unablässige Kreischen der ständig hungrigen Möwen, die die stinkenden Abfallkübel neben der schwarzen, glatten Themse plünderten. Zu meinen frühesten Erinnerungen gehört auch die Furcht vor der Schwitzkrankheit. Bettler, die sich in Hauseingängen zusammendrängten; Lepra-Kranke mit weißen Säcken auf den Köpfen, die ihr Elend vergaßen, als sie erfuhren, daß die Seuche auf dem Vormarsch war. Händler in schmierigen Schürzen und schmutzigen Hosen, die erschauderten und beteten, daß die Seuche sie verschonen möge. Herren und andere Höhergestellte, die sich sicher wähnten, weil sie an Tischen speisen und eine Delikatesse nach der anderen verzehren konnten — Rehrücken und Steinbutt in Sahne, hinuntergespült mit dunklem neapolitanischem Wein aus juwelenbesetzten Bechern —, doch in Wirklichkeit war niemand vor der Seuche sicher.

Die Schwitzkrankheit raffte meinen Vater dahin, so erzählte es mir jedenfalls meine Mutter. Irgend jemand behauptete auch, sein Weberei-Geschäft sei zusammengebrochen, und daraufhin habe er Reißaus genommen und sich als Soldat in den Niederlanden verdingt. Vielleicht erschreckte ihn auch nur mein Anblick zu sehr! Ich war das häßlichste Kind, das man sich denken konnte, und da meine Mutter hübsch und blond war, mußte ich mein Aussehen von meinem Vater geerbt haben. Ihr müßt wissen, ich wurde einen Monat über der Zeit geboren, mein Kopf war von Beulen bedeckt, und eines meiner Augen war leicht schief aufgrund der rohen Behandlung durch die Hebamme. O Gott, wie war ich häßlich! Leute, die an meine Wiege traten, um mich anzulächeln und zu kosen, warfen nur einen kurzen Blick auf mich und gingen dann betreten wieder davon, meinen bedauernswerten Eltern gegenüber Beileidsbekundungen murmelnd. Als ich älter wurde und allmählich ohne meine Windeln umherlaufen konnte, pflegten die vorlauten Händler am Kai meiner Mutter zuzurufen:

»Hier, gnädige Frau! Hier ist ein Becher Wein für Euch und ein bißchen Obst für Euren Affen!«

Nun, nachdem Vater verschwunden war, zog meine Mutter um, zurück zu ihrer Familie in die reiche, aber langweilige Stadt Ipswich. Sie befolgte die Pflichten einer Witwe, aber ich fragte mich oft, ob mein Vater nicht vielleicht doch geflohen war, flink wie ein Windhund aus seinem Zwinger, wie es Meister Shakespeare formulieren würde. (Ich habe oft meine schützende Hand über Will Shakespeare gehalten und ihm jede erdenkliche Unterstützung beim Verfassen und Aufführen seiner Stücke zuteil werden lassen.) Als ich sieben Jahre alt war, verliebte sich meine Mutter in einen ortsansässigen Weinhändler, dem sie dann in der Gemeindekirche das Ja-Wort gab — das war ein wunderbarer Tag. Meine Mutter trug ein rostfarbenes Brautkleid über einem Unterrock aus feinem Kammgarn, und ich, in Samt und Seide gekleidet, trug den Brautkranz, in dem ein Rosmarinzweig steckte, vor ihr her. Später, nachdem ich etwas Wein stibitzt und gierig von dem mit Mandeln belegten Hochzeitskuchen genascht hatte, fühlte ich mich ziemlich schlecht.

Mein Stiefvater war ein gütiger Mann — das mußte er auch sein, wenn er es mit mir aushalten wollte. Er schickte mich auf das örtliche Gymnasium, wo ich Mathematik, Astronomie, Latein und Griechisch lernte und die *Chronik* von Fabius las, wo ich aber auch, wie alle anderen Jungen, mit der Peitsche geschlagen, geprügelt und mit dem Stock versohlt wurde und den Riemen übergezogen bekam. Doch ich war gut in der Schule, und sonntags nach der Messe schilderte der Lehrer meiner Mutter meine schulischen Leistungen in solch anerkennenden Worten, daß ich zur Belohnung eine Sonderportion Konfekt erhielt. Während ich dann diese Leckereien andächtig verzehrte, heckte ich schon wieder die nächsten Streiche aus, die ich meinem Lehrer zu spielen gedachte.

Ein Schüler, der sich an diesen Streichen und kleinen Komplotten nicht beteiligte, war mein späterer Meister, Benjamin Daunbey: Er war ruhig, ehrgeizig und ein Bücherwurm sondergleichen. Eines Tages verschworen ich und einige andere dieser Satansbraten uns gegen ihn, drapierten einen Krug über einer Tür und brüllten dann vor Lachen, als sich dessen Inhalt, Pferdepisse, über ihn ergoß. Er wischte sich das Gesicht ab und kam zu mir herüber. »Hat dir das gefallen, Roger?« fragte er sanft. »Hat es dir wirklich gefallen? Hat es dir Vergnügen bereitet, in den Augen eines anderen Schmerzen zu sehen?«

Er war dabei überhaupt nicht zornig. Seine Augen blickten neugierig: Sie waren klar und voll kindlicher Unbefangenheit. Ich stotterte etwas und wendete mich ab. Dann kam der Lehrer herein, sein Umhang flatterte wie Fledermausflügel um seinen Körper. Er packte Benjamin am Genick und zerrte seine Birkengerte hervor, um dem Unglücklichen einen kräftigen Hieb zu versetzen.

Benjamin sagte kein einziges Wort, sondern ließ sich wie ein Lamm zur Schlachtbank führen. Ich fühlte Mitleid, aber ich wußte nicht genau, warum. Mein Wahlspruch war immer: »Was du nicht willst, daß man dir tu, füg lieber deinem Nachbarn zu.« Ich habe mich selten heldenmütig gezeigt und war immer der Überzeugung, daß Freiwillige, die sich opfern, den Zahltag nicht erleben werden. Vielleicht war es die duldsame Art, in der Benjamin alles über sich ergehen ließ, das feige Schweigen meiner Kameraden...

Ich trat nach vorne.

»Master«, sagte ich, »Benjamin Daunbey ist unschuldig.«

»Wer dann?« brüllte der Berserker zurück.

Ich leckte mir nervös über die Lippen und streckte dann meine Hand aus.

»Er war es!« sagte ich und zeigte auf den kleinsten aus meinem Verschwörerzirkel. »Er hat den Krug über der Türe befestigt!«

Benjamin war gerettet, ein anderer bezog die Prügel, und ich gratulierte mir zu meiner angeborenen Schlauheit. Doch es wurde immer schlimmer mit mir. Abends wollte ich nichts ins Bett gehen und morgens nicht aufstehen. Ich wusch mir die Hände nicht mehr und schaute nicht mehr in meine Schulbücher, ich wurde wild und ungestüm. Meine Mutter, die unter einer seltenen Krankheit litt, schaute mich mit ihren tiefliegenden Augen nur noch sprachlos an, während mein Stiefvater mit seinen Händen durch die Luft ruderte wie ein kranker, erschöpfter Vogel. Ich schlug ihre Ermahnungen in den Wind, wie es eben ein verrückter junger Bursche tut, wie ich damals einer war. Mein Hintern wurde hart von der Peitsche des Lehrers, und ich begann die Schule zu schwänzen und mich in den Obstgärten vor der Stadt herumzutreiben. Eines Tages stellte der Lehrer mich zur Rede und fragte mich, wo ich gewesen sei.

»Master«, gab ich zur Antwort, »ich habe die Gänse gemolken.«

Er packte mich am Ohr, aber ich versetzte ihm einen harten Schlag unter das Kinn und flitzte dann davon wie ein Windhund. Ich ging nicht nach Hause, denn ich wollte meine Eltern nicht sehen. Ich stahl irgendwo ein bißchen Geld, packte einen Leinensack mit Essen voll und machte mich auf nach London, wo die Straßen mit Gold gepflastert waren. Ich liebte London wegen seiner engen Gassen, seinem Menschengewimmel, seiner vielen Tavernen und natürlich wegen seiner gutbestückten Bordelle. Über meine vielen Abenteuer will ich hier den Mantel des Schweigens breiten, aber schließlich kam ich bei Mother Nightbird unter, welche eines der exklusivsten Bordelle der Stadt betrieb, in der Nähe einer Gastwirtschaft, die Bishop of Westminster hieß und in Stewside unweit der Brücke nach Southwark gelegen war. In einem Monat erfuhr ich dort mehr über die Frauen, als andere Männer in einem Dutzend Leben erfahren würden. Ich wurde ein richtiger Angeber, einer von diesen Prahlhänsen, die tüchtig saufen konnten und aufgeplustert durch die Straßen stolzierten, in einem Hemd aus feinem kambrischen Leinen, einer buntscheckigen Hose, hochhackigen Stiefeln und mit einem übergroßen Hosenlatz. So trieb ich mich in der Stadt herum, bewaffnet mit einem Hammer und einem Dolch, wobei ich aber immer darum betete, diese Dinge niemals benutzen zu müssen.

Ich geriet in schlechte Gesellschaft, womit ich insbesondere meine Bekanntschaft mit Jack Hogg meine, einem Mann mit strähnigen Haaren und einem lauernden

Blick, der flink wie ein Wiesel war. Wir brachen in Häuser ein und schleppten die kostbaren Seidenstoffe und die anderen Wertgegenstände zu Mother Nightbird, die dafür immer einen Abnehmer fand. Natürlich wurden wir nach kurzer Zeit geschnappt. Wir verbrachten zwei Nächte im Newgate-Gefängnis und kamen dann in der Guildhall vor den Richter. Wir wurden zum Strang verurteilt, aber der Vorsitzende Richter erkannte mich. Ich wußte einiges über seine sexuellen Eskapaden und gab ihm zu verstehen, er solle mir eine weitere Chance geben, falls er nicht wollte, daß ich in meinem Schlußwort auspackte. Hogg starb am Galgen. Ich wurde vor die Wahl gestellt, entweder sein Schicksal zu teilen oder mich der Streitmacht des Königs anzuschließen, die sich gerade auf den Feldern nördlich von Cripplegate formierte, um gegen die Schotten zu marschieren.

Ist es nicht eigenartig, daß sich gerade zu dieser Zeit das Mysterium von Flodden über das Land legte, gleichsam wie eine Art Nebel, und mein Leben veränderte? Doch das wußte ich damals noch nicht. Ich wußte nur, daß, während König Heinrich VIII. in Frankreich weilte, Jakob IV. von Schottland seinen Sendboten RougeCroix mit einer Botschaft nach England geschickt hatte, die einer Kriegserklärung gleichkam. Heinrichs Königin, die bleiche, untersetzte Katharina von Aragon, die sich nach ihrem Gemahl verzehrte und sich danach sehnte, ihm endlich einen Erben zu schenken, nahm die Herausforderung an und entsandte den Grafen von Surrey mit einer starken Armee nach Norden. Der alte Graf war ein durchtriebener Mistkerl. Er soff so viel, daß er vor lauter Gichtanfällen kaum mehr gehen konnte, und fuhr daher wie ein Bauer in einem Wagen, und seine Befehle wurden von reitenden Boten weitergegeben. Der alte Surrey war ein verkommenes Subjekt, aber ein ausgezeichneter General. Ihr müßt wissen, daß er als junger Mann zusammen mit seinem Vater, dem ›Jockey von Norfolk‹, auf der Seite Richards in Bosworth gekämpft hatte. Der alte Norfolk war getötet worden, und Surrey brachte man als Kriegsgefangenen vor Heinrich Tudor.

»Ihr habt gegen Euren König gekämpft«, brüllte der Waliser.

Surrey deutete auf einen Zaunpfahl.

»Wenn das Parlament diesen Zaunpfahl zum König krönen würde, dann würde ich eben für diesen König kämpfen«, brüllte er zurück. Dem Tudor-Herrscher schien das zu imponieren. Surrey kam für eine Zeitlang in den Tower, wurde aber bald wieder freigelassen, weil man seine Erfahrung als General benötigte. Auf dem Marsch nach Flodden sorgte er mit eiserner Hand für Disziplin: Auf einem Wagen wurde ein dreißig Fuß hoher Galgen mitgeführt, und Surrey verkündete lauthals, daß jeder, der es wagen sollte, gegen die disziplinarischen Vorschriften zu verstoßen, umgehend daran aufgeknüpft werden würde.

Und auch ich zog, meinem Schicksal ergeben, nach Norden. Der Staub, den unser großer Treck durch die vielen Räder, Füße und Hufe aufwirbelte, legte sich über unseren Wald aus Lanzen und verdunkelte beinahe die spätsommerliche Sonne, in deren letzten kräftigen Strahlen unsere Hellebarden, Schwerter und Schilde funkelten. Vorneweg Graf Surrey in seinem Wagen, sein ehedem blondes Haar war nun weiß, und sein alternder Körper wurde durch ein Stahlkorsett aufrechtgehalten. Dahinter die Bogenschützen, darunter auch ich, in einem hirschledernen Wams und mit einem Helm aus Eisen.

Die meisten von uns waren zum Militärdienst gepreßt

worden: ehemalige Zuchthäusler, Herumtreiber und junge Krawallmacher. Ich habe niemals sonst so viele Galgenvögel auf einem Haufen versammelt gesehen. Wir waren mit weißen Bogen bewaffnet, die sechs Fuß lang waren und aus Eiben-, Eschen- oder Ulmenholz hergestellt waren und deren Sehnen aus Hanf, Flachs oder Seide bestanden. Wir hatten tiefe Köcher voll mit Pfeilen aus Eichenholz, die mit einer geschliffenen Stahlspitze versehen und mit Gänse- oder Schwanenfedern gefiedert waren. Tagsüber war die Luft erfüllt von dem Summen der Fliegen und den Ausdünstungen der marschierenden Männer. Nachts froren wir in unseren behelfsmäßigen Hütten aus Heu und Holz und verfluchten die Schotten, Surrey und unsere brüllenden Hauptleute, die uns unnachsichtig vorantrieben.

Wir erreichten das schottische Grenzgebiet und durchquerten dann einen Landstrich, in dem es reichlich Fisch, Wildgeflügel, Damwild, dunkle Wälder und riesige Schafherden gab, die auf üppigen grünen Wiesen grasten, welche von schimmernden Seen durchsetzt waren. (Keine Angst, ich werde hier nicht lange verweilen!) Surrey traf am Donnerstag, dem 8. September, bei Flodden auf Jakob. Unsere Kavallerie nahm Aufstellung, Schwadronen in glänzenden Helmen und Kettenhemden. Ich erinnere mich an das Knarren des Geschirrs unserer Kampfpferde, an die bannergeschmückten Lanzen und die verzierten Schilde. Jakob wollte natürlich einen geregelten Schlagabtausch, doch Surreys Entgegnung fiel scharf und bissig aus:

»Ich habe Euch in den Ring geführt. Nun tanzt, wenn Ihr könnt.«

Der blutige Tanz begann am Freitagmorgen, als sich die Schotten auf dem Hügel von Flodden zusammenzogen. Den ganzen Tag standen wir schon in Alarmbereitschaft. Mich packte die Angst. Wir sahen dichte Rauchwolken, als die Schotten ihren Lagerabfall verbrannten, und ein kräftiger Wind trieb den Rauch zu uns herunter. Jakob benutzte diesen Rauch als Schutzschild, um zwei Stunden vor Sonnenuntergang seinen Angriff zu starten. Zuerst war es ein beständiger Strom von gesenkten Speeren, der den Hügel herunterfloß, doch bald wurde es ein wilder Ansturm barfüßiger Männer, die über das regennasse Gras hetzten. Gott sei Dank befand ich mich in einem Außenflügel, denn das Zentrum des Kampfplatzes verwandelte sich bald in ein blutiges Schlachthaus. Die schottischen Schwadronen verteilten sich auf dem weichen Boden, niedergemäht durch die Pfeile, die wie ein heftiger Regenschauer über sie niedergingen, so lange, bis der grasbewachsene Hügel sich rot färbte und übersät war von Körpern, die von Geschossen durchbohrt waren. Das Brüllen und Schreien war zuviel für mich, insbesondere als eine Schwadron der schottischen Kavallerie, aufgestachelt bis zur Raserei, unseren Standort ausmachte und uns angriff. Da besann ich mich darauf, daß Heldenmütigkeit hier fehl am Platze war, warf meinen Bogen weg und floh. Ich versteckte mich unter einem Wagen, bis das Gemetzel zu Ende war, und dann kroch ich hervor, um mit dem Rest der englischen Armee den großen Sieg zu feiern.

Mein Gott, war das ein Durcheinander! Über das gesamte Feld lagen tote Schotten verstreut. Wir erfuhren, daß auch Jakob IV. getötet worden war. Katharina von Aragon sandte denn auch die blutbefleckte Überjacke des Toten zu ihrem Gemahl nach Frankreich, um Zeugnis abzulegen von ihrem großen Sieg. Das hätte sie aber besser nicht tun sollen! Bluff King Hal sah sich schon als der neue Agamemnon und wußte es überhaupt nicht zu schätzen, daß seine Gemahlin Siege einheimste, während er sich mit der Belagerung der Stadt Tournai abmühte. Es gibt Leute, die sagen, Katharina von Aragon verlor ihren Ehemann wegen der dunklen Augen und der süßen Tittchen von Anne Boleyn. Ich weiß es besser. Katharina verlor ihren Mann, weil sie die Schlacht bei Flodden gewann — aber das lag alles noch in der Zukunft, in ihrer wie auch in meiner. Als wir nach London zurückmarschierten, wußte ich noch sehr wenig von all dem und auch nicht, daß mich die Geister von Flodden nach Süden verfolgen würden.

Die Armee wurde aufgelöst, und nachdem ich von Londons Köstlichkeiten genascht hatte, entschloß ich mich, wieder nach Ipswich zurückzukehren. Wie ein Kriegsheld wollte ich zu Hause einziehen. Ich verpaßte mir sogar mit einem Messer ein paar Schrammen im Gesicht, um mir ein möglichst martialisches Aussehen zu verleihen. Das brachte mir viele kostenlose Mahlzeiten und manch schäumenden Humpen Bier ein, aber das alles schmeckte schal, weil meine Mutter inzwischen gestorben war. Sie war schon im letzten Sommer verschieden — ruhig, wie sie in ihrem Leben gewesen war, ohne großes Aufheben. Ich suchte den Friedhof auf, ging durch das alte Gattertor zu der Stelle, wo sie nun in alle Ewigkeit unter den überhängenden Zweigen dunkler Eiben ruhen würde. Ich kniete vor ihrem Grab nieder, und dies war eine der sehr seltenen Situationen in meinem Leben, wo mir heiße Tränen die Wangen herunterrannen, als ich sie um Vergebung bat und mich wegen meiner Schlechtigkeit verdammte.

Mein Stiefvater war nur noch ein Schatten seiner selbst, ein gebrochener Mann, wie ein Gespenst schlurfte und stolperte er um sein Haus. Er erzählte mir die Wahrheit: daß Mutter einen blutenden Abszeß im Magen gehabt hatte, der bösartig geworden war, aber dennoch habe es noch Hoffnung gegeben. Hoffnung, er seufzte, seine Augen waren gerötet, Tränen liefen seine eingefallenen Wangen herunter; Hoffnung, die dann jedoch endgültig zunichte gemacht wurde, als der Arzt John Scawsby die Szene betrat. Scawsby war damals ein bekannter Arzt und ein angesehener Mann, aber in Wirklichkeit war er ein Scharlatan, der mehr Menschen auf dem Gewissen hatte als der Henker der Stadt. Er hatte einen seltenen Trank und einige eigenartige Elixiere für meine Mutter zusammengemischt, doch ihr Befinden verschlechterte sich zusehends, und nach ein paar Wochen war sie tot. Eine weise Frau, eine Kräuterkundige, die ihr das Totenhemd anzog, sagte, nicht das bösartige Geschwür habe sie umgebracht, sondern die Elixiere von Scawsby. Mein Stiefvater konnte nichts unternehmen, aber ich legte mich in den Schenken von Ipswich auf die Lauer und schmiedete meine Rachepläne.

Ich studierte Scawsby auf das genaueste: seine große, mit Fachwerkverzierungen geschmückte Villa am Rande der Stadt, seine Ställe voller wohlgenährter Pferde, seine Seidengewänder, seinen ostentativ zur Schau getragenen Reichtum und seine dunkeläugige junge Frau mit dem süßen Mund und den schmalen Hüften. Eines Tages schlug ich zu, mit der Sicherheit und der Entschlossenheit, mit der sich ein Habicht sein Opfer greift. Scawsby pflegte gewöhnlich im Golden Turk, einer großen Taverne am Marktplatz von Ipswich, zu Mittag zu essen. Er war ein magerer, sauertöpfischer und habgieriger Mann, der sein Essen gerne schnell hinunterschlang und den Wein unter lautem Schlürfen in sich hineinschüttete. Er hatte

Chaucer nicht gelesen, kannte den Satz ›Habgier ist die Wurzel allen Übels‹ nicht, und darauf setzte ich. Ich zog meine besten Gewänder an: ein Hemd aus reinem Batist mit gestickten Kordeln am Hals und an den Ärmeln, ein Wams aus dunkelrotem, goldbesetztem Seidenstoff, eine dunkle, brombeerfarbene Hose und einen Umhang aus reiner roter Wolle. Außerdem lieh ich mir von meinem Stiefvater ein wertvolles Armband, das mit kostbaren Steinen besetzt war und so ähnlich aussah wie das Armband, das Scawsby trug.

Am Mittag des fraglichen Tages betrat ich das Golden Turk und erspähte Scawsby sogleich, der zusammen mit einem Freund unter dem offenen Fenster saß. Die beiden waren in eine angeregte, laute Unterhaltung vertieft, wie es Männer, die von der Bedeutsamkeit ihrer eigenen Person überzeugt sind, zu tun pflegen. Ich ging zu den beiden hinüber, mein frischrasiertes Gesicht verzog sich zu einem einschmeichelnden Lächeln, und mit freundlichen Worten und wohlgedrechselten Sätzen bekundete ich meine Verehrung für den großen Arzt Scawsby. Meine Schmeicheleien verschafften mir einen Platz in seinem Herzen und an seinem Tisch, und ich hieß den Wirt, das Beste aufzutischen, was er zu bieten habe, den kostbarsten Wein und den saftigsten Braten. Ich spielte Scawsby den Bewunderer vor, lauschte offenen Mundes den Geschichten über seine großen medizinischen Triumphe. Am Ende, als unsere Becher leer und unsere Bäuche voll waren, bewunderte ich das Armband an seinem Handgelenk. Ich verglich es mit meinem, fluchte darüber, daß der Verschluß abgebrochen sei, und sagte, ich wünschte, ein Goldschmied könnte es mit einem Verschluß wie bei seinem Armband versehen. Natürlich schnappte Scawsby nach dem Köder. Ich ließ zehn Silberpfund als Pfand auf dem Tisch zurück und lieh mir sein Armband aus, um es einem Goldschmied vorzulegen, damit er davon kopieren könne, während er meines reparierte. Ich gab Scawsby auch noch einen Ring als Sicherheit und bat ihn, da ich kein Pferd hätte, mir das seine zu leihen. Der alte Narr stimmte prompt allem zu, und so brach ich auf, nachdem ich ihn noch gebeten hatte, bis zu meiner Rückkehr hier zu warten.

Ich bestieg sein Pferd und ritt wie der Teufel hinaus zu seiner großen Villa. Seine heißblütige, vollbusige Frau war zu Hause, und ich erklärte ihr meinen Auftrag: Ihr Gemahl wünsche, daß sie mir dreihundert Silberpfund aushändige, damit ich sie ihm in die Stadt bringen könne. Natürlich weigerte sich das freche Frauenzimmer zunächst, also zog ich das Armband ihres Ehemannes aus der Tasche und präsentierte es ihr als Beweis dafür, daß er mich geschickt habe, auch wies ich auf sein Pferd, das draußen gerade von einem Burschen zum Stall geführt wurde. Von da ab lief alles wie am Schnürchen. Sie bat mich nach oben in ihr Privatgemach, und ich erhielt das Geld in einem Sack voll klirrender Münzen, wobei ich ihr unablässig Komplimente machte und mich bei ihr einschmeichelte. Um die lange, aber schöne Geschichte abzukürzen: Bald stand sie in ihrer Unterwäsche da, und dann tollten wir wie die Wilden auf dem riesigen Bett umher. Danach noch schnell einen Schluck Roten geschlürft und dann zurück zum Golden Turk, wo Doktor Scawsby inzwischen noch tiefer in die Becher geschaut hatte. Ich gab ihm sein Armband zurück, nahm mein Pfand wieder an mich und verließ die Taverne als ein nun um einiges reicherer und zufriedener Mann.

Ich hatte meine Rache ausgeführt, und was konnte der alte Narr denn gegen mich unternehmen? Falls er eine

Anklage gegen mich anzustrengen gedachte, würde er zum Gespött der Leute werden — was er indes sowieso wurde, weil ich die Geschichte in den Tavernen und Bierschenken von Ipswich zum besten gab. Ich scherte mich einen Scheißdreck darum. Ich trauerte immer noch um meine Mutter, und in meinem Herzen loderte das Feuer des Zorns über Scawsbys Unfähigkeit und darüber, daß ich mich so wenig um sie gekümmert hatte. Von nun an dachte ich häufiger an meine Mutter: ihr dunkles, freundliches Gesicht, ihre Augen, die so sanft waren wie eine Brise an einem schönen Sommertag. Warum nur, so frage ich mich, mußte ich die Frauen, die ich geliebt habe, immer verlieren?

Natürlich verfiel ich gleich wieder in meinen alten frevelhaften Lebenswandel. Ich verpraßte das Geld, das ich mir erschwindelt hatte, und wendete mich dann der Wilderei und dem Viehdiebstahl zu. Scawsby hatte ich inzwischen schon fast vergessen, und ich beging den Fehler anzunehmen, auch er habe mich vergessen. Im März 1515 war ich wieder einmal auf einer meiner nächtlichen Exkursionen unterwegs, um mich mit frischem Lammfleisch zu versorgen. Kurz nach Mitternacht wurde ich vom Verwalter des Gutsherrn angehalten, der zu sehen verlangte, was ich unter meinem Überwurf trüge. Trotz meiner ungehaltenen Entgegnung entdeckte er das Lämmchen. Er beschuldigte mich des Diebstahls und ignorierte schlichtweg meine Erklärung, daß ich es gefunden habe, wie es allein umhergeirrt sei, und daß ich mich nun auf der Suche nach seiner Mutter befände. Man steckte mich ins Gefängnis und führte mich dann dem Gericht vor. Ich glaubte, ich würde mit einer Geldstrafe davonkommen, aber dann erblickte ich auf der Galerie Sir John Scawsbys Gesicht, und auf der Richterbank saß ein Mann mit ähnlichen Gesichtszügen. O mein Gott, betete und wimmerte ich.

Scawsbys Bruder war der Vorsitzende Richter, und mich sollte nun die volle Härte des Gesetzes treffen. Ich wurde schuldig gesprochen und wäre am Ende beinahe ohnmächtig geworden, als der Richter seine schwarze Kappe aufsetzte und verkündete, daß ich mit dem Tod durch Erhängen bestraft werden solle. »Euer Ehren«, rief ich entsetzt aus, doch Richter Scawsby starrte mich nur teilnahmslos an, sein totenkopfähnliches Gesicht war eine unbewegliche Maske des Hasses.

»Ihr sollt gehängt werden«, brüllte er. Dann grinste er niederträchtig und blickte im Gerichtssaal umher. »Es sei denn, jemand in diesem Saal kann für Euch bürgen?«

Natürlich wurden seine Worte mit tödlichem Schweigen quittiert. Mein Stiefvater war nun kränklich, zittrig und altersschwach; und wer würde es schon wagen, für den alten Shallot zu bürgen und dafür den vereinten Zorn der Scawsbys auf sich zu ziehen? Ich schluckte und würgte, als ob das rauhe Hanfseil schon um meinen Hals liegen würde. Plötzlich erhob sich der Gerichtsdiener, ein großgewachsener, gebeugter Mann, der in eine dunkelrote Robe gekleidet war, und wandte sich an den Richter.

»Ich werde bürgen, Euer Ehren«, verkündete er. »Ich werde eine Kaution als Sicherheit für Shallot hinterlegen.«

Richter Scawsby war schier einem Schlaganfall nahe; er war so perplex, daß er die Kaution weit niedriger ansetzte, als man es von ihm erwartet hätte: hundert Pfund, die am folgenden Martinstag wieder ausgelöst werden sollten. Ich griff nach dem eisernen Geländer und starrte meinen Retter fassungslos an: dieses längliche, feierliche Gesicht, die gekrümmte Nase, die ruhigen grauen

Augen. Benjamin Daunbey hatte mich vor dem Erhängen gerettet.

Es ist schwierig, unsere Beziehung zu beschreiben. Meister und Schüler, enge Busenfreunde, Rivalen und Verbündete ... nach siebzig Jahren kann ich unser Verhältnis immer noch nicht richtig in Worte fassen. Ich erinnere mich nur daran, daß ich gerettet war und als freier Mann den Gerichtssaal verlassen konnte. Andere Schurken, die nicht soviel Glück hatten wie ich, wurden in den Kerker geworfen, auf die Streckbank geschnallt, ausgepeitscht, an den Pranger gestellt oder mit den Ohren an einen Holzblock genagelt, so lange, bis sie sich entweder losreißen konnten oder den Mut aufbrachten, die Ohren selbst abzuschneiden.

Bald wechselte ich mein Quartier und zog in Benjamins dunkle, enge Wohnung ein, die in der Pig Pen Alley hinter dem Schlachthaus in der Nähe des Marktplatzes von Ipswich lag. In dieser Wohnung ließ es sich ganz angenehm leben: Die Räume waren niedrig, es gab eine Vorratskammer, eine Küche, einen kleinen Empfangsraum, und im oberen Teil der Wohnung lagen die weißgestrichenen Gemächer. Hinter dem Haus hatte Benjamin ein Gartenparadies angelegt, rechteckige Beete, die durch Hecken aus Lavendel voneinander abgetrennt waren. Auf einigen gediehen Kräuter – Melisse und Basilikum, Ysop, Galmei und Wermut –, auf anderen Blumen: Narzissen, Veilchen und Lilien. Da gab es gestutzte Apfel- und Birnbäume ebenso wie Kräuter in Töpfen, die entlang der Wand aufgestellt waren und im Winter die Würze für das Fleisch lieferten. Benjamin, der auch wußte, wann es angebracht war zu schweigen, wählte immer diesen Garten, um mir seine Gedanken mitzuteilen. Mein Meister erklärte mir nie, warum er eingegriffen hatte, um mein

Leben zu retten, und daher fragte ich ihn auch nie danach. Eines Tages, er saß gerade im Garten, sagte er: »Roger, du könntest mein Gehilfe werden, mein Lehrling. Du hast schon so viele Gesetze gebrochen, daß du wahrscheinlich viel leichter als ich ein Experte für die Fragen der Rechtsprechung werden kannst. Allerdings«, fügte er hinzu und zeigte mit einem dürren Finger auf mich, »wenn du jemals wieder vor Scawsby erscheinen mußt, dann wirst du totsicher gehängt werden.«

Das blieb mir zwar erspart, doch Scawsby sollte dennoch erneut mit mir zu tun bekommen. Benjamin faszinierte mich, obwohl er niemals über sein vorheriges Leben sprach.

»Das ist ein geschlossenes Buch, Roger«, sagte er lächelnd.

»Warum habt Ihr nicht geheiratet?« fragte ich ihn. »Mögt Ihr Frauen nicht?«

»Das sind vergängliche Vergnügungen, mein lieber Roger«, erwiderte er. Er war sehr gewissenhaft bei der Ausübung seiner Pflichten, und er überredete mich sogar, dem örtlichen Kirchenchor beizutreten, da meine Baßstimme eine exzellente Ergänzung zu seinem Tenor darstellen würde. So schmetterte ich denn aus vollem Halse die Kirchengesänge heraus, während ich die sich hebenden und senkenden Brüste unserer Mitsängerinnen betrachtete. Seit damals habe ich eine Schwäche für Chöre.

Zunächst ließ sich alles ganz gut an. Ich verhielt mich unauffällig, erledigte gelegentliche Botengänge und hielt mich von Gegenden fern, wo die mächtige Scawsby-Familie Einfluß hatte. Ich hatte Angst um meinen Meister, aber ich vergaß dabei eines, dessen sich Scawsby durchaus bewußt war: Benjamin war ein Neffe des großen Kardinals Thomas Wolsey, des Lordkanzlers von König Heinrich VIII. Der Kardinal war ein harter Mann, dem man alles andere als Nachsichtigkeit und Großzügigkeit nachsagte. Er entstammte einer Schlachterfamilie in Ipswich, und er hatte seine Herkunft keineswegs vergessen, doch er wollte nicht, daß seine Verwandten ihn daran erinnerten. Wenn die Angehörigen seiner großen Familie bei ihm vorsprachen und um Gefälligkeiten bettelten, ließ er sie wie eine Schar räudiger Hunde davonjagen. Doch Benjamin, der Sohn seiner Lieblingsschwester, wurde von ihm verwöhnt und beschützt. Der Kardinal war überzeugt, daß, wenn er selbst es geschafft hatte, den Niederungen von Ipswich zu entrinnen und zum Vertrauten des Königs, zum Erzbischof, zum Staatskanzler und zu einem Kardinal der römisch-katholischen Kirche aufzusteigen, dies auch seinem Neffen Benjamin möglich sein müsse.

Nun, wir alle kennen Wolsey. Ich war dabei, als er starb, im Bischofssitz von Lincoln. Ich sah, wie seine kräftigen, dicken Finger sich in das Bettuch krallten, während er flüsterte: »Roger, Roger, wenn ich meinem Gott genauso ergeben gedient hätte wie dem König, dann hätte er mich nicht auf diese Weise sterben lassen!«

Der alte Wolsey stürzte, weil es ihm nicht gelungen war, die Scheidung Heinrichs von Katharina von Aragon in die Wege zu leiten und dem König den Weg ins Bett der heißblütigen und langbeinigen Anne Boleyn freizumachen. Ich erzählte Benjamin nie davon (und es gibt auch nur wenige Menschen, die es überhaupt wissen), aber Wolsey starb keines natürlichen Todes — er wurde vielmehr durch ein langsam wirkendes tödliches Gift ermordet. Doch das ist ebenfalls eine andere Geschichte, die ich mir für später aufheben will. Ab dem Jahre 1516 jedenfalls konnte sich Wolsey dank seiner unablässigen Bemühungen und der unverzichtbaren Dienste, die er ihm leistete, der ungeschmälerten Gunst des Königs erfreuen. Wolsey war ein brillanter Gelehrter, er hatte das Magdalen Colleg in Oxford besucht, wo er als Fellow aufgenommen wurde und als Schatzmeister wirkte, so lange, bis man daraufkam, daß er allzu eigenmächtig mit den Geldern des College umging. Doch aufgrund seiner Begabungen wurde er danach bald als Kaplan in die Dienste Heinrichs VII. aufgenommen und kaufte sich ein Haus in der Gemeinde St. Bride in der Fleet Street. Nachdem Heinrich VII., der allmählich wahnsinnig geworden war, das Zeitliche gesegnet hatte, erkannte auch unser neuer junger König, Bluff King Hal, schnell die Talente von Wolsey und förderte seinen weiteren Aufstieg. Wolsey kaufte sich ein Haus in London in der Walbrook Street, wurde zum Almosenpfleger, Kanzler und Erzbischof ernannt, bis er schließlich alle Macht des Staates in seinen fetten Händen hielt. Manche Leute behaupteten, Wolsey sei der Puffwart oder der Zuhälter Heinrichs VIII. gewesen, da er, so vermuteten sie, in einem Lustschlößchen in der Nähe von Sheen immer einige junge Mädchen für den König zur Verfügung hielt. Andere meinten, Wolsey praktiziere Schwarze Magie und stehe mit dem Satan in Verbindung, der ihm in Gestalt einer riesigen Katze erscheine. Wahrlich, ein großer Mann, dieser Wolsey! Er baute Hampton Court, seine Diener trugen scharlachrote und goldfarbene Livreen mit den Initialen ›T. C.‹ auf dem Rücken — ›Thomas Cardinalis‹. Doch in all diesen Zeiten vergaß der Lordkardinal auch seinen liebsten Verwandten nicht, den jungen Benjamin.

Der Lordkardinal unterstützte Benjamin weniger durch Gefallen der direkten Art, sondern half ihm eher mit

Geld, öffnete ihm Türen seines beruflichen Fortkommens und förderte seinen Aufstieg. So hatte es der Kardinal jedenfalls vorgesehen, doch dann durchkreuzten Verrat, Intrigen, Mord und Hinrichtungen diese Pläne... aber all dies sollte sich erst viel später ereignen. Wenn ich am Anfang schon gewußt hätte, wie diese Unternehmung ausgehen würde, dann hätte ich mich schleunigst aus dem Staube gemacht. Ich versichere Euch, ich berichte hier so rückhaltlos und aufrichtig, wie es einem ehrbaren Manne zukommt.

Benjamin war zwanzig Jahre alt, als ich ihn als Gerichtsdiener wiedertraf. Ich war zwei Jahre jünger, und ich lernte schnell, die Rolle des scharfsinnigen Gehilfen zu spielen, der jederzeit bereit war, seinem unschuldsvollen Herrn und Meister zu Diensten zu sein. Nun, ich hielt ihn zumindest für unschuldsvoll, doch es gab auch noch eine tiefere, dunklere Seite in Benjamin. Es kamen mir zwar einige Gerüchte über seine Vergangenheit zu Ohren, doch diese tat ich als Verleumdungen ab. (Ich habe mich nie wirklich entscheiden können, ob ich ihn für ein Unschuldslamm, einen subtilen Denker oder einen Weisen halten sollte.) So müßt Ihr zum Beispiel wissen, daß ich ihn einmal in einer Taverne traf, als er ein kleines hölzernes Pferdchen gegen seine Brust schlug und es verzückt anblickte, mit Augen voller religiösen Eifers. Nun war dies nichts Außergewöhnliches, jedes Kind könnte mit einem derartigen Spielzeug spielen. Doch dieses Spielzeug sah schon ziemlich alt und ramponiert aus.

»Master, was ist das?« fragte ich ihn.

Benjamin lächelte wie ein entrückter Heiliger, der er auch war.

»Es ist eine Reliquie, Roger«, antwortete er flüsternd.

Meine Güte, dachte ich und hätte ihm am liebsten einen Bierhumpen über den Schädel gezogen.

»Eine Reliquie von was, Master?«

Benjamin schluckte und versuchte angestrengt, sein Vergnügen zu verbergen.

»Ich bekam es von einem Mann aus dem Heiligen Land, einem Wallfahrer, der nach Palästina gereist war und das Haus von Maria in Nazareth besucht hatte. Dies«, sagte er und hob das Pferdchen empor, wobei seine Augen glänzten, als sei er König Arthur, der den Heiligen Gral in seinen Händen hält, »dies wurde einst vom Christuskind und seinem Neffen, Johannes dem Täufer, in Händen gehalten, die beide damit spielten.«

Nun, was soll man dazu sagen? Wäre es nach mir gegangen, dann hätte ich das Spielzeug über dem Schädel dieses elenden Reliquienhändlers zerschmettert, doch mein Meister war einer von diesen kindlich gebliebenen Männern: Er selbst sprach immer die Wahrheit, und so glaubte er, daß auch alle anderen dies täten. Nach dieser Begegnung beschloß ich, ihn an die Hand zu nehmen und ihm zu helfen, die Wohltaten, die ihm der Kardinal erweisen konnte, zur Gänze auszuschöpfen. Im Frühjahr 1517 verschaffte Wolsey Benjamin eine Farm, ein kleines Anwesen in Norfolk, wo er Schafe züchten sollte, und mein Meister gab mir Gold, um die Tiere einzukaufen. In der Absicht, Geld zu sparen, erwarb ich die Tiere billig von einem Bauern, der einen etwas beunruhigten Eindruck machte und die Tiere schnell loswerden wollte, und kaum hatte er das Geld eingesteckt, rannte er auch schon in Windeseile davon. Doch kaum hatte ich die Tiere zum Anwesen meines Herrn gebracht, da starben alle an der Schafseuche, was die große Eile dieses Bauern erklärte. Natürlich erzählte ich meinem Meister nichts über ihren früheren Besitzer und auch nichts darüber, wo der Differenzbetrag zwischen dem, was er mir mitgegeben, und dem, was ich ausgegeben hatte, geblieben war. Ich bin kein Dieb, ich hatte das Geld schlicht bei einem Goldschmied in Holborn hinterlegt, als Absicherung für den Fall, daß Benjamin wieder einmal einen Fehler begehen würde.

Kardinal Wolseys Wut muß man sich besser ausmalen, als daß man sie beschreiben könnte. Verärgert verdonnerte er seinen Neffen dazu, in die Dienste von Sir Thomas Boleyn, einem Großgrundbesitzer in Kent, zu treten. Ihr habt von den Boleyns schon gehört? Jawohl, dieselbe Familie, welche die bezaubernde dunkeläugige Mätresse Anne hervorbrachte. Sie mag vielleicht eine Hure gewesen sein, doch wenn Ihr ihren Vater gekannt hättet, dann würdet Ihr auch verstehen, warum sie so geworden war. Lord Thomas war ein durch und durch schlechter Mensch, der bereit war, alles nur Erdenkliche zu tun, um sich beim König Liebkind zu machen — und damit meine ich buchstäblich alles. Natürlich haßte er wie alle anderen Landadeligen Kardinal Wolsey und verschwor sich mit ihnen, um den arroganten Prälaten zu stürzen. Obwohl er selbst ein mächtiger Grundbesitzer war, hatte Lord Thomas doch noch über seinem gesellschaftlichen Rang geheiratet, nämlich eine Tochter der Howards, eine Verwandte des alten Grafen von Surrey, der die Schotten bei Flodden niedergemetzelt hatte. Boleyns Gemahlin, Franziska Howard, war die sprichwörtliche Zugbrücke, die für jedermann herunterging, der Einlaß begehrte. Bluff King Hal hatte auch schon mehr als einmal seine Hände unter ihrer Bluse und in ihrem Unterrock gehabt. Dasselbe galt für ihre älteste Tochter, Maria, welche die Moralvorstellungen einer streunenden Katze besaß. Sie gebar Heinrich ein illegitimes Kind, und obwohl der König große Bedenken hatte, ob er wirklich der Vater war, steckte er das Kind in ein Internat in Sheen, um es von der Bildfläche verschwinden zu lassen. Maria und ihre Schwester Anne wurden als Brautjungfern an den französischen Hof geschickt. Daran läßt sich die Dummheit von Lord Thomas ermessen — denn das war so, als würde man zwei fette Kapaunen in einen Fuchsbau stecken.

König Heinrich war gewiß ein Lüstling, doch Franz I. von Frankreich galt geradezu als ein Ausbund des Teufels, was seine Gier nach Frauen und seine Hurerei betraf. Freilich, er war damals noch jung. Ich bin ihm später einmal begegnet, als ihm schon alle Zähne ausgefallen waren und er unter fürchterlichen Geschwüren in den Leisten litt und sein Körper allmählich an der Syphillis zugrunde ging. In seinen Jugendjahren machte Franz das Schlechteste, was Italien zu bieten hatte, in Paris hoffähig: die italienischen Maler, die italienischen Gobelins und die italienischen Sitten.

Zu seinen besten Zeiten war er ein hochgewachsener, süffisanter, kluger und viriler Teufelskerl mit einem beherrschenden Auftreten, stets lächelnd und unbekümmert in seinem edelsteinbesetzten, glänzenden Wams und seinen mit Spitzen verzierten Hemden. Er war immer von Frauen umgeben, insbesondere von drei lüsternen Brünetten, die die Kerntruppe seiner Bettgespielinnen bildeten. Dabei war er immer eifrig darauf bedacht, über die anderen Liebesaffären seiner Mätressen im Bilde zu sein. Besonders interessierte ihn, welche aktuellen Paarungen gerade im Schwange waren, wie die Damen sich verhielten, wenn sie in den fremden Betten umhertollten, welche Positionen sie bevorzugten, welche Regungen sich dabei auf ihren Gesichtern zeigten und welche Ausdrücke sie verwendeten. Franz besaß auch einen Lieblingskelch, dessen Innenseite kopulierende Tiere zeigte, dem oder der Trinkenden jedoch, je weiter der Kelch geleert wurde, den Blick eröffnete auf einen Mann und eine Frau, die sich dem Geschlechtsverkehr hingaben. Franz offerierte diesen Kelch mit Vorliebe seinen weiblichen Gästen, und er genoß es zu beobachten, wie sie erröteten.

Anne Boleyn hielt sich heraus, doch Maria sprang auf diesen geilen Bock zu wie eine Ente aufs Wasser, so daß ihr schließlich der Spitzname »Englische Stute« verpaßt wurde, weil so viele Männer sie bestiegen hatten. Sie schämte sich nicht im geringsten, sie sagte auch nichts, als die übermütigen jungen Höflinge ihr einen üblen Streich spielten, indem sie ihr die Leiche eines Erhängten ins Bett legten.

Nun, dies alles erzählte ich meinem Meister und beschrieb ihm in allen Einzelheiten die Moralvorstellungen und das Verhalten der Boleyn-Frauen, und was tat er? Eines Tages wendete er sich beim Abendessen ganz unschuldig an Lord Thomas und fragte ihn, ob diese Geschichten denn einen wahren Kern beinhalteten! Eine Stunde später verließen wir Hever Castle, und der Kardinal, des Ganzen überdrüssig, entschied, als er die Nachricht von dem Vorfall erhielt, daß sein Neffe zusätzlicher Ausbildung bedürfe. Man schickte uns nach Cambridge. Dann, ein Jahr später, als Benjamin seine Dissertationsprüfung zu absolvieren hatte, entdeckte man in seiner Brieftasche ein Pergament mit Zitaten aus der Heiligen Schrift, von St. Cyprian und von Lehrern der Ostkirche. Benjamin wurde des Betruges beschuldigt und von der Universität verwiesen. Ich beichtete ihm nie, daß ich sie ihm untergeschoben hatte, in der Absicht, ihm zu helfen.

Der Lordkardinal, so berichtete Benjamin später, habe ihm dann in einer Sprache, die eher einem Schlachter denn einem Mann der Kirche zu Gesicht stand, die Meinung gesagt, und schließlich wurden wir wieder nach Ipswich zurückgeschickt, wo man uns unserem Schicksal überließ. Es erübrigt sich zu erwähnen, daß mein Meister in dieser Zeit des öfteren nach meiner schützenden Hand griff.

»Roger«, verkündete er dann stolz, »Gott ist mein Zeuge. Ich wüßte nicht, was ich ohne dich täte.«

In gewisser Hinsicht bin ich überzeugt, daß er damit recht hatte, und ich betete inständig darum, daß sich unser Los wieder bessern möge. Mein Stiefvater verstarb, aber das Haus und seine übrigen Besitztümer erhielten andere Leute, und so begann ich mir allmählich Sorgen zu machen, denn Benjamin hatte seine Stellung als Gerichtsdiener aufgekündigt, und Scawsby würde sie ihm wohl kaum zurückgeben. Auch Benjamin mußte das Getratsch des Hofes zu Ohren gekommen sein, und er mußte begriffen haben, daß Onkel Wolsey nun seinem Neffen bei weitem nicht mehr so wohlgesonnen war. Doch im Spätsommer des Jahres 1517 wurden meine Gebete in der Kapelle von St. Mary the Elms schließlich erhört. Der berühmte Kardinal, der sich auf einer seiner Wallfahrten zum Grab unserer Heiligen Jungfrau in Walsingham befand, beschloß, auf der Rückreise im Rathaus von Ipswich Station zu machen. Sein Einzug in die Stadt gestaltete sich äußerst pompös; Wolsey stellte seine purpurnen Kardinalsmäntel ausgiebig zur Schau und ließ sich seine großen Silberkreuze und schweren Goldstäbe voraustragen. Eine große Zahl von hochgestellten Herren und von Grundstückspächtern reihte sich zu beiden Seiten der Straße auf. Seine Ankunft wurde durch Ausrufer bekanntgegeben, die prächtige Livreen trugen und durch die Straßen liefen mit den Worten: »Macht Platz! Macht Platz für Thomas — den Kardinal, Erzbischof von York und Kanzler von England!«

Ihnen folgten schwere Wagen und Karren, auf denen sich sein Gepäck türmte. Junge Knaben versprühten Rosenwasser, damit der Staub sich lege, und danach erschien der Kardinal höchstselbst, groß und von kräftiger Statur, auf einem Maultier sitzend. Das Maultier gilt im allgemeinen als ein bescheidenes Tier, doch dieses, das der Kardinal ritt, war sorgfältig gestriegelt und fein herausgeputzt, mit einer purpurroten Schabracke aus Samt bedeckt und trug vergoldete Steigbügel aus Kupfer. Seine Begleiter belegten den Großteil der Zimmer im Rathaus. Benjamin und ich beobachteten das Spektakel, doch mein Meister rechnete nicht im entferntesten damit, daß der Kardinal ihn später an diesem Tag zu sich rufen lassen würde.

Wir schlüpften in unsere besten Wamse, Schuhe und Hosen und eilten zum Rathaus, wo uns Pächter, die die Livree des Kardinals trugen, zum Audienzgemach führten. Ich kann Euch sagen, das war, wie wenn wir in das Paradies eingetreten wären. Der Boden war mit Teppichen bedeckt, von denen der bescheidenste aus reiner Schafwolle bestand und der teuerste aus Seide, die von venezianischen Kaufleuten aus Damaskus importiert worden war. Kostbare Juwelen und Ornamente, Bilder von Heiligen, feine golddurchwirkte Gewänder, Pluviale aus Damast und andere Ornate lagen verstreut im Zimmer umher. Es gab Stühle, die mit purpurrotem Samt überzogen waren, andere mit schwarzer Seide, und alle waren sie mit Wolseys Wappenzeichen verziert. Auf Tischen aus Zypressenholz und Stühlen aus Kiefer lagen zahlreiche Kissen, die alle geschmackvoll mit den Drachen, Löwen, Rosen und goldenen Bällen des Kardinals bestickt waren. Oh, wie es mich in den Fingern juckte, hier etwas mitgehen zu lassen!

Der Kardinal selbst saß, angetan mit seiner Amtsrobe, auf einem hohen Bischofsstuhl, der aus der nahegelegenen Kathedrale geholt worden war. Er war von Kopf bis Fuß in reine purpurrote Seide gekleidet, ein kleines Käppchen in der gleichen Farbe saß auf seinem Kopf, und sogar auf seinen gefütterten Hausschuhen prangte sein Wappen. Er war eine stolze, imponierende Erscheinung, wie er da so saß, das massive Gesicht mit dem schweren Kiefer, die schneeweiße Haut und die vollen, sinnlichen Lippen, doch seine halbgeschlossenen Augen waren dunkle Tümpel der Arroganz.

Dem Kardinal zur Rechten saß, einer Spinne nicht unähnlich, eine Gestalt in schwarzer Mönchskluft, die zurückgeschlagene Kapuze enthüllte ein engelsgleiches Gesicht und eine Glatze. Das war Doktor Agrippa, Gesandter und unübertrefflichster Spion des Landes. Ich musterte ihn neugierig.

»Ein seltsamer Mann, dieser Doktor Agrippa«, hatte Benjamin einmal bemerkt. »Er steht persönlich in Verbindung mit dem Herrn der Friedhöfe, ein Mann, der sich tief in die dunkelsten Geheimnisse versenkt hat, sich mit Schwarzer Magie beschäftigt.«

Nach einer näheren Betrachtung konnte ich das kaum glauben: Agrippas Gesicht war glatt, füllig und freundlich, sein Blick offen und geradlinig, allerdings entdeckte ich ein silbernes Pentakel, das um seinen Hals hing. Es hieß, er sei Wolseys Vertrauter, seine Verbindung zu den Dämonen der Unterwelt. Auf der anderen Seite des Kardinals saß ein unauffälliger junger Mann mit rotblondem

49

Haar und einem jungenhaften, sommersprossigen Gesicht. Er lächelte uns mit seinen Zahnlücken an. Ich fragte Benjamin, wer er sei, doch mein Meister hieß mich mit heiserer Stimme zu schweigen. Wolsey winkte mit einer purpurbehandschuhten Hand, und Benjamin trat nach vorne und kniete sich nieder, um den schweren goldenen Ring zu küssen, der aus dem seidenen Handschuh des Kardinals hervorstach. Mich ignorierte Wolsey; er schnippte mit den Fingern und bedeutete uns, auf zwei gesteppten Schemeln Platz zu nehmen. Ich beugte demütig den Kopf, um den Lordkardinal milde zu stimmen, der uns nachdenklich musterte.

»Benjamin, Benjamin, mein liebster Neffe.«

Mein Meister rutschte unbehaglich hin und her.

»Mein Lieblingsneffe Benjamin«, fuhr Wolsey mit samtiger Stimme fort, »und, natürlich, Shallot, sein Amanuensis.«

(Für jene, die kein Griechisch verstehen: Das bedeutet soviel wie Sekretär.)

Plötzlich beugte sich Wolsey auf seinem Sessel nach vorne. Oh, Herr im Himmel, ich war so aufgeregt, mein Herz und meine Eingeweide schienen zu bersten. Hatte der Lordkardinal vielleicht etwas über die Angelegenheit mit den Schafen herausgefunden? fragte ich mich.

»Was soll ich mit dir machen?« schnauzte er Benjamin an. »Ein gescheiterter Bauer! Ein gescheiterter Kaufmann!« (Das war eine andere Unternehmung, die ebenfalls fehlgeschlagen war.) »Ein gescheiterter Gelehrter! Ein gescheiterter Spion!« (Ich werde Euch darüber zu gegebener Zeit berichten.) Wolsey ließ seine Hand auf die Stuhllehne krachen. Ich blickte hinüber zu Benjamin. Sein Gesicht war blaß, aber er schien nicht verängstigt; seine erstaunlich unschuldigen Augen blickten unverwandt seinen Onkel an. Ich konnte keine Anzeichen von Furcht feststellen. (Glaubt mir, ich kann so etwas riechen.) Nein, mein Meister war heiter und gelassen, und zweifellos bezog er aus meiner Anwesenheit seine Stärke. Das war mir insgeheim eine Genugtuung.

»Wann«, bellte der Lordkardinal, »wirst du dich endlich von dem da befreien?« Ich hörte Agrippa kichern. Ich dachte zuerst, Wolsey deute auf den Umhang meines Meisters, denn, wie ich schon erwähnt habe, schiele ich ein bißchen, doch dann merkte ich, daß der Kardinal mich damit meinte. Doktor Agrippa kicherte erneut, während der junge Mann an Wolseys Seite überrascht dreinblickte.

»Liebster Onkel«, erwiderte mein Meister, »Roger ist sowohl mein Sekretär wie auch mein Freund. Er ist klug, kennt sich in den Künsten aus, hat einen wunderbaren Charakter und ist ein guter Beschützer. Ich werde seine Kameradschaft immer zu schätzen wissen.«

»Master Shallot«, mischte sich Agrippa behutsam ein, »ist ein aus niederen Verhältnissen stammender Gauner, der sich in Flodden würdelos verhalten hat und der, bei allem was recht ist, draußen unter dem Schafott in der Sonne schmoren sollte.«

Agrippas Worte verletzten mich. Der Kardinal lächelte und starrte seinen Neffen an. Und ich sah, Gott ist mein Zeuge, einen Ausdruck seltener Zärtlichkeit und milder Ironie in den Augen des Kardinals.

»Ihr tut Shallot unrecht«, erwiderte Benjamin. »Er hat seine Fehler, aber er hat auch seine Vorzüge.«

(Ein wirklich einsichtiger Mann, mein Meister.)

Wolsey machte ein unflätiges Geräusch mit der Zunge und gab Agrippa einen Wink. Der Magier erhob sich und nahm drei Schachfiguren von einem lackierten Tisch, der neben ihm stand.

»Ihr könnt euch immer noch reinwaschen«, sagte Wolsey. »Erklärt es ihnen, Doktor Agrippa.«

Wolseys Gefolgsmann kauerte sich vor uns nieder, wobei sein schwarzer Umhang sich wie eine dunkle Wolke um ihn ausbreitete.

»Es gibt drei Hauptfiguren in diesem Gemälde, das ich hier entwerfe«, begann er. Ich starrte ihn an, fasziniert von seinen Augen, deren Farbe sich von einem hellen Blau in ein glänzendes Schwarz zu verändern schien, während seine Stimme sich senkte und einen einschläfernden Tonfall annahm.

»Diese Figur«, hob Agrippa an und hielt einen Bauern in die Höhe, »steht für das Haus York, das im Jahre 1485 von der Macht verjagt wurde, als sein damaliger Führer, Richard der Usurpator, bei Bosworth vom Vater unseres gegenwärtigen Monarchen getötet wurde. Dies«, fuhr der Doktor fort und hielt den weißen König hoch, »ist unser edler Herrscher, Heinrich VIII., unser König von Gottes Gnaden. Und dies«, er hielt die weiße Königin in die Höhe, »ist die Schwester unseres geliebten Königs, Königin Margarete, Witwe von Jakob IV., welcher bei Flodden getötet wurde; man hat sie schändlicherweise aus ihrem Königreich Schottland vertrieben.«

Ich machte immer noch große Augen und hörte Agrippa nur halb zu, denn ich war nun überzeugt, es hier mit einem großen Magier zu tun zu haben. Während Agrippa sprach, veränderte sich die Tonlage seiner Stimme, seine Augen wechselten unablässig ihre Farbe, und wenn er sich bewegte, drang mir einmal der Geruch eines stinkenden Hundezwingers entgegen, dann wieder der eines wohlriechenden Parfüms. Der Magier wendete sich um und grinste Wolsey an.

»Soll ich fortfahren, Mylord?«

Der Kardinal nickte. Agrippa räusperte sich.

»Die Yorkisten sind Verräter, sie haben sich in Geheimbünde und Verschwörerzirkel geflüchtet, die sich selbst als *Les Blancs Sangliers* bezeichnen, so genannt nach dem Weißen Eber, den persönlichen Insignien von Richard III. Jakob IV. von Schottland hat ihnen früher einige Dienste erwiesen, und nun verschwören sie sich und bedrohen die Sicherheit Englands.«

»Erzählt ihnen von der Weißen Königin«, unterbrach ihn Wolsey unwirsch.

Doktor Agrippa leckte sich über die Lippen und lächelte süffisant. »Königin Margarete wandte sich immer gegen die Verbindung ihres verstorbenen Gemahls mit den *Blancs Sangliers*, und schließlich vermochte sie ihn auch zu überzeugen, ihnen seine Unterstützung zu entziehen, jedoch seine Feindseligkeit gegen England konnte sie ihm nicht ausreden. Dann kam Flodden.« Doktor Agrippa zuckte mit den Achseln. »Jakob kam ums Leben. Königin Margarete blieb allein mit ihrem kleinen Sohn zurück und war zudem mit einem zweiten Kinde schwanger. Sie war verzweifelt und leicht verletzbar. Sie sah sich nach Freunden um und fand einen in Gavin Douglas, dem Grafen von Angus. Die schottische Ratsversammlung, die vom Herzog von Albany geleitet wurde, verlief sehr turbulent, Margarete wurde angegriffen, und sie floh schließlich nach England.«

(Rückblickend erscheint es mir fast wie ein Wunder, daß dieser Heuchler an seinen Worten nicht erstickt ist. Niemals ist mir eine derartige Anhäufung von Lügen zu Ohren gekommen!)

»Natürlich«, griff Wolsey ein, »beschützte König Heinrich seine geliebte Schwester, die nun ihre übereilte zweite Heirat bereut und den Wunsch hat, in Schottland wieder als Königin eingesetzt zu werden.« Er machte eine Pause und blickte seinen Neffen an.

»Geliebtester Onkel«, hob Benjamin an, »was hat das alles mit mir zu tun? Wie kann ich Ihrer Hoheit, der Königin von Schottland helfen?«

Wolsey wendete sich an den jungen Mann, der bislang schweigend an seiner Seite gesessen war.

»Ich möchte euch Sir Robert Catesby vorstellen, Kammerdiener von Königin Margarete. Er residiert nun zusammen mit dem persönlichen Gefolge der Königin in den königlichen Gemächern im Tower.« Wolsey schwieg und nahm einen Schluck aus einem Kelch.

(Jetzt kommt es, dachte ich mir.)

»In einem anderen Teil des Towers«, fuhr Wolsey fort, »in einer Gefängniszelle, lebt Alexander Selkirk, der frühere Leibarzt des verstorbenen Königs Jakob. Meine Agenten in Paris haben ihn aufgespürt und hierher gebracht.« Wolsey lächelte bitter. »Jawohl, mein lieber Neffe, derselbe Mann, den zu suchen ich dich nach Frankreich sandte und den du in Dieppe so leichtfertig entwischen ließest. Wie auch immer, Selkirk ist nun gefangengesetzt. Er verfügt über Informationen, die Königin Margarete bei ihrer Rückkehr nach Schottland behilflich sein könnten. Wir glauben auch, daß er Mitglied der *Blancs Sangliers* ist und uns Informationen über andere Mitglieder dieses Geheimordens geben könnte.

(Mein Kaplan murmelt: »Was tat Benjamin in Dieppe?« Ich versetze ihm einen Hieb auf die Finger: Darauf komme ich schon noch!)

»Selkirk ist nicht in guter Verfassung«, fuhr nun Sir Robert fort. Er sprach sehr kultiviert, aber man hörte einen leichten Akzent heraus. »Sowohl sein Geist wie auch sein Körper sind geschwächt. Wir werden nicht schlau aus ihm. Er verfaßt Verse und starrt ausdruckslos an die Wände seiner Zelle, verlangt nach Rotwein und schwankt zwischen Anfällen von Trunkenheit und Weinkrämpfen.«

»Wie kann ich helfen?« fragte Benjamin. »Ich bin kein Arzt.«

»Doch, Benjamin«, antwortete Wolsey, seine Stimme war warm und freundlich. »Du bist ein einzigartiger junger Mann. Du hast einen natürlichen Charme, eine Begabung, die Herzen anderer Menschen zu öffnen.« Plötzlich lächelte der Kardinal. »Außerdem hat Selkirk sehr angenehme Erinnerungen an dich, auch wenn sein Geist sich manchmal verwirrt. Er sagte, du habest ihn in Dieppe sehr höflich behandelt, und er bedauert es, falls er dir irgendwelche Unannehmlichkeiten bereitet haben sollte.«

Das war ja wirklich großartig, aber ich sagte nichts. In meinem Nacken sträubten sich die Haare, ein Warnzeichen, das mich auf eine unbekannte Gefahr aufmerksam machte. Es gab da irgend etwas, eine subtile, verborgene Bedrohung lauerte hinter den banalen Worten des Kardinals. Warum war Selkirk so wichtig? Er wußte offensichtlich etwas, das der Kardinal und sein königlicher Herr und Meister herausbekommen wollten. Benjamin und ich standen am Rande eines Teiches, dessen Oberfläche ruhig und klar war, der jedoch sehr weit in die Tiefe reichte und an dessen trübem Grunde gefährliche Schlingpflanzen wucherten. Ich hätte am liebsten flink wie ein Hase das Weite gesucht, doch mein lieber Benjamin nahm, wie es eben seine Art war, das, was sein Onkel sagte, für bare Münze.

»Ich werde alles tun, was in meinen Kräften steht, um zu helfen«, antwortete er.

Der Kardinal lächelte, während sich seine beiden

Kameraden sichtlich entspannten. Ich dachte mir: Nun, jetzt geht es wieder los, mit dem Kopf voran in den Morast. Wolsey winkte mit der Hand.

»Sir Robert, informiert meinen Neffen.«

»Königin Margarete und ihr Hofstaat residieren, wie der Lordkardinal schon sagte, gegenwärtig im Tower. Königin Margarete wünscht in der Nähe von Selkirk zu sein, der über Informationen verfügt, die für sie sehr wertvoll sind. Ihr Hofstaat besteht aus folgenden Personen: Ich bin ihr Sekretär und Kammerdiener, Sir William Carey ist ihr Schatzmeister, Simon Moodie ihr Almosenpfleger und Kaplan, John Ruthven ihr Verwalter, Matthew Melford ihr Waffenmeister und Leibwächter, und Lady Eleanor Carey ist ihre Hofdame. Die übrigen sind Bedienstete.«

»Alle diese Personen«, unterbrach Doktor Agrippa, »einschließlich Sir Robert, waren Königin Margarete schon in Schottland zu Diensten. Ich werde mich jetzt ebenfalls ihrem Hofstaat anschließen. Nun, Sir Roberts Loyalität steht außer Zweifel, aber es ist denkbar — und Sir Robert sollte dies keineswegs als Beleidigung auffassen —, daß irgendein anderes Mitglied des Hofstaats der vertriebenen Königin mit ihren Gegnern in Schottland verbündet ist oder vielleicht sogar dem Orden *Les Blancs Sangliers* angehört.« Doktor Agrippa blickte stirnrunzelnd auf mich. »Es gibt dann noch eine Person, Master Shallot, die Euch gewiß nicht unbekannt sein dürfte. Seine Majestät geruhte, dem Hofstaat seiner Schwester einen neuen Arzt beizustellen — einen gewissen Hugh Scawsby, Bürger dieser ehrenwerten Stadt.«

Wolsey lächelte süffisant, Catesby schaute verblüfft drein, und mein Meister rieb sich das Kinn.

»Ich bin gewiß«, fuhr Doktor Agrippa fort, »Master

Scawsby wird es ein großes Vergnügen sein, seine Bekanntschaft mit Euch zu erneuern.«

Ich blickte zur Seite. Ich kann solche sarkastischen Schweinehunde nicht ausstehen, und die Aussicht, daß mir Scawsby dauernd über die Schultern schauen würde, gefiel mir ganz und gar nicht. Doch nichtsdestotrotz nickte ich eilfertig, ganz wie der unbekümmerte Bursche, der ich zu sein vorgab.

»Mein Neffe«, sagte Wolsey und streckte seine Hand aus, was ein Zeichen dafür war, daß die Audienz beendet war, »bereite dich vor — und Ihr auch, Master Shallot. Einen Tag nach Michaeli werdet ihr euch hier mit Sir Robert und Doktor Agrippa treffen, die euch zum Tower bringen werden.«

Wolsey erhob sich, es erklang eine silberne Glocke, und dann flog hinter uns die Türe auf. Benjamin und ich gingen mit geneigten Köpfen nach rückwärts hinaus, obwohl Wolsey uns anscheinend schon vergessen hatte und sich nun in gedämpfter Tonlage mit Catesby unterhielt. Draußen bemerkte ich, daß Benjamin ein gerötetes Gesicht und glänzende Augen hatte. Er sprach kein Wort, bis wir das Rathaus verlassen hatten und in die Dunkelheit und die muffige Enge einer nahegelegenen Schänke eingetaucht waren.

»Nun, Roger, dann müssen wir also in zwei Tagen von hier abreisen.« Er schaute mich ängstlich an. »Ich weiß, daß diese Angelegenheit meinem Onkel viel mehr bedeutet, als es nach außen hin den Anschein hat.«

Er seufzte. »Und doch ist es das beste, was ich tun kann. Wir sind hier fertig, es gibt nichts, was uns noch in Ipswich hält.«

»Was war das für eine Sache in Dieppe?« fragte ich ihn. Benjamin leerte seinen Becher. »Bevor ich dich im

Gerichtssaal kennenlernte, hatte mein Onkel mich mit dem Auftrag auf die Reise geschickt, Selkirk zu verhaften. Ich nahm ihn in der Nähe von Paris gefangen und brachte ihn nach Dieppe. Die See war stürmisch, und so suchten wir Schutz in einer Taverne.« Er seufzte. »Um die lange Geschichte abzukürzen: Der Bursche ist ein verrückter Schwachkopf. Ich bekam Mitleid mit ihm und nahm ihm die Ketten ab. Eines Morgens, ich war etwas später aufgestanden, war Selkirk verschwunden, und alles, was ich noch vorweisen konnte, waren ein paar rostige Handschellen.« Er lächelte mich an. »Nun möchte mein Onkel, daß ich den Auftrag zu Ende führe. Uns bleibt keine andere Wahl, Roger, wir müssen fahren.«

Ich blickte mich in der Taverne um, die nun voll war mit Bauern und Standbesitzern, die sich unterhielten, Witze rissen und ihre Tageseinnahmen versoffen. Ja, wir waren hier fertig. Doch immer noch fröstelte mich, als würde ein unsichtbarer Schrecken, eine kalte Hand aus einem Grabe mir mit ihren klauenähnlichen Fingern den Rücken hinunterfahren. Die eigentliche Zeit des Schreckens aber sollte erst noch beginnen. Die Geister von Flodden hatten mich endlich eingeholt.

Kapitel 2

Zwei Tage später packten wir unsere Habseligkeiten und trafen uns dann, wie es besprochen war, mit Sir Robert und Doktor Agrippa im Rathaus von Ipswich. Sie begrüßten uns ziemlich überschwenglich und bestanden darauf, daß wir vor unserer Abreise noch im Golden Lion, dem teuersten Gasthaus von Ipswich, speisen sollten. Ich sage es nicht ohne Stolz, daß ich wie ein Schwein wütete in dem, was uns aufgetischt wurde: saftiger Kapaun, goldgelb gebackene Plätzchen, gebratener Regenpfeifer, garniert mit einer mächtigen, reichhaltigen Eiersoße und knusprige, in Sahne getunkte Schweine- und Käsepasteten. Dazu trank ich ausgiebig von dem Wein, der in tiefen Bechern gereicht wurde und aus den dunklen Weinbergen der Auvergne stammte. Danach sah Doktor Agrippa nicht mehr ganz so furchterregend aus, wenngleich ich ihn immer im Auge behielt: Manchmal ertappte ich ihn dabei, wie er seltsame Zeichen und Gesten in die Luft machte, als spräche er mit jemandem, den wir nicht sehen konnten. Der junge Catesby erwies sich allerdings als der weitaus liebenswürdigere unserer Begleiter. Er unterhielt uns mit dem Klatsch, der am Hofe umging, erzählte von den Masken- und Mimenspielen, den Tanzveranstaltungen und anderen Festlichkeiten, wie auch von der neuesten Mätresse im Bett des Königs, Bessie Blount, mit ihrem weizenblonden Haar, ihren frechen Augen und ihrem wollüstigen Körper.

Ich vermute, auch Ihr nehmt die Dinge so, wie sie Euch

erscheinen. Catesby jedenfalls schien ein guter Mensch zu sein, doch auch er war in Wirklichkeit ein dunkler Teich mit verborgenen Strömungen. Er war ein guter Kämpfer, der mit dem Schwert und dem Dolch umzugehen wußte und dies auch unter Beweis stellte, als wir auf der Straße nach London von Wegelagerern überfallen wurden. Catesby war Linkshänder, ein unschätzbarer Vorzug in diesem Fall, denn was die Galgenvögel für seine schwache Seite hielten, erwies sich als seine starke und todbringende, und so erstickten sie in ihrem eigenen Blut, als sein Schwert in einem schwindelerregenden Reigen aus silbernem Stahl auf sie niedersauste. Der Rest unserer Reise verlief ohne besondere Vorkommnisse, und am Morgen des 2. Oktober, dem Feiertag der Heiligen Engel, passierten wir die Kirche von St. Mary of Bethlehem und gelangten über die Bishopsgate Street nach London.

Die Stadt ächzte immer noch unter der tödlichen Umarmung der fürchterlichen Seuche, die bei denen, die davon befallen wurden, starke Schweißausbrüche, Körpergestank, Erröten des Gesichts, ständigen Durst und bohrende Kopfschmerzen hervorrief. Schließlich zeigten sich pickelige Ausschläge auf der Haut, kleine Blutbläschen. Die einzige Hoffnung bestand dann nur noch darin, daß der Tod nicht mehr fern war und schnell eintreten würde. Die Leute infizierten sich auf der Straße, bei der Arbeit oder während der Messe, gingen nach Hause, brachen dort zusammen und starben. Manche starben, als sie ihre Fenster öffneten oder während sie mit ihren Kindern spielten. Männer, die beim Mittagessen noch fröhlich und lustig zu sein schienen, waren zur Zeit des Abendbrots schon tot. Ich sah Trauben von Menschen, die sich panikartig durch die Straßen wälzten, um aus dem Bannkreis eines Infizierten zu fliehen. Glücklicherweise blieb ich gesund, doch Catesby steckte sich an, während wir uns in unserer Herberge, dem Red Tongue in der Gracechurch Street, aufhielten. Doktor Agrippa kaufte Quecksilber und Nachtschatten, vermischte es mit Schweineblut und einer Mixtur aus Drachenwasser und einer halben Nußschale voll zerstampftem Einhorn-Geweih. Er zwang Catesby, das Elixier zu trinken, während er seltsame Gesten in die Luft machte. Trotz all diesem Mummenschanz genas Catesby wieder, und Doktor Agrippa verkündete, nun sei es sicher genug, und wir könnten uns zum Tower aufmachen.

Wir durchquerten Eastcheap und dann Petty Wales, die Gegend um den Tower. Gott vergebe uns, aber London ist wirklich eine dreckige Stadt, und erst recht jetzt nach dieser Seuchenepidemie war die Stadt wahrhaft abstoßend: überall Schwärme von Fliegen und Läusen, und die ungepflasterten Straßen übersät mit den unterschiedlichsten Hinterlassenschaften. Hochaufgetürmte Berge von Abfall, all der Krempel, der aus Häusern und Tavernen herausgeworfen worden war, dick mit Schmutz bedeckt und nach Schleim, Erbrochenem und Hundekot stinkend. Der Tower war gegen dieses Miasma und den Dreck wirksam abgeschottet. Man erlaubte uns den Zutritt nur durch die großen, dunklen Torbögen und auch erst, nachdem Agrippa Wolseys Namen genannt und die entsprechenden Papiere und Beglaubigungsschreiben vorgewiesen hatte.

Ich betrat zum ersten Mal diese blutige Festung mit ihren hohen Vorhangwänden, gewaltigen Türmen, Zugbrücken und Wassergräben, ihren Schießscharten, Ausfalltüren und befestigten Toren. Wenn man einmal die konzentrisch angelegten Ringe der Verteidigungsanlagen hinter sich hatte, eröffneten sich die Weite der

Grünanlagen, die Fachwerkbauweise der königlichen Gemächer und die überwältigende Schönheit des White Tower dem Auge und erfreuten den Geist wegen ihrer gelungenen Architektur. Ihr müßt wissen, in meiner Jugend war der Tower ein gewöhnlicher Palast, noch nicht die Hinrichtungsstätte, in die ihn Bluff King Hal verwandelte und in der alle seine Gegner einen grauenhaften Tod starben: Sir Thomas More, der noch mit dem Henker scherzte; John Fisher, der schon zu alt war, die Stufen zum Galgen emporzusteigen; Anne Boleyn, die durch die Hand eines besonderen Henkers starb, der eigens aus Calais herbeigeholt worden war, und die sich am Abend davor noch mit mir unterhielt und dabei die Position einübte, in der sie ihren Kopf auf den Block legen sollte; Katharina Howard, eine kleine, schwarzgekleidete Person, die durch das Verrätertor stolperte und im ersten Licht eines Wintermorgens tapfer ihren Tod auf dem Schafott entgegennahm. Doch auch zu dieser Zeit hatte der Tower, dessen bin ich gewiß, schon seine Geheimnisse: tiefe, dunkle Verliese, schwach beleuchtete Durchgänge und Folterkammern voll mit abscheulichen Geräten wie Streckbänken und Daumenschrauben, alles Instrumente, die den Körper eines Menschen brechen und seine Seele zerstören. An diesem beengenden, schreckenerregenden Ort wollte ich nicht lange verweilen.

Benjamin und mir wurde ein kleines, muffiges Gemach hoch oben im Bayward Tower zugewiesen, von dem aus man die nördlichen Befestigungsanlagen und den Wassergraben überblicken konnte. Das kleine, einer Schießscharte ähnelnde Fenster war mit Brettern vernagelt, in die kleine Sehschlitze gebohrt worden waren, damit man hinausblicken konnte und damit ein bißchen frische Luft hereinkam. Für jeden von uns gab es eine Pritsche, eine

Truhe mit geborstenen Schlössern, eine Schüssel mit Wasser sowie einen in die Wand getriebenen Pflock, an dem wir unsere Kleider aufhängen konnten. Ich kam mir vor, als wären wir auch Gefangene, und prüfte ständig, ob die Türe inzwischen nicht etwa verriegelt oder versperrt worden war.

Wir kamen am späten Nachmittag an, als die Sonne schon am Untergehen war und vom Fluß ein feuchter Nebel heraufzog, daher bestand Benjamin darauf, daß man uns Kohlen und Holz für ein wärmendes Feuer brachte. Der bullige und etwas dickliche Verwalter, John Farringdon, sagte uns das mißmutig zu, und als er davonstapfte, brummte er, er sei schließlich kein Herbergsvater und er habe schon viel zu viele Gäste im Tower zu betreuen. Am gleichen Abend noch trafen wir mit den Angehörigen von Königin Margaretes Hofstaat zusammen, als sich alle in der großen Halle zum Abendessen versammelten. Das war ein kalter, schlichter Raum mit kahlen Wänden und schmutzigen Läufern auf dem Boden; das einzig Trostspendende war das prasselnde Feuer im Kamin und das Essen, das, obzwar recht einfach, doch reichlich und ziemlich heiß war.

Doktor Agrippa stellte uns Königin Margarete vor, und ich stöhnte innerlich auf, als ich sie sah. Sie wirkte genau so, wie man sie immer beschrieb: ein Verhängnis für jeden Mann, der näher als eine Meile an sie herankam. Sie saß an ihrem Einzeltisch und starrte uns an, während sie einen etwas zu hastigen Schluck aus ihrem großen Weinkelch nahm. Über ihr blondes Haar breitete sich ein feiner Schleier aus Gaze, und mit ihrer fleischigen Nase und ihren Luchsaugen sah sie richtig wie eine Tudor aus. Sie hatte ein breites, volles Gesicht, kräftige und sinnliche Lippen, und trotz ihres schwer mit Schmuckstücken besetzten Kleides strahlte ihr pummeliger Körper sexuelles Verlangen aus. Oh, sie war schon ein Luder, diese Margarete! Sie verschaffte so manchem Mann angenehme Stunden, doch jeder mußte dafür bezahlen. Sie war heiß wie ein Schürhaken und liebte die Freuden des Boudoirs über alles. Kaum war ihr Gemahl bei Flodden getötet worden, während sie noch mit seinem Kinde schwanger ging, da hob sie schon die Röcke, um dem Grafen von Angus zu Gefallen zu sein. Es beunruhigte mich, wie die Königin Benjamin musterte: Ihr Mund war halb geöffnet, und mit der Zungenspitze befeuchtete sie leicht ihre Lippen, so als habe sie ein Geschenkpaket vor sich und könne es kaum erwarten, die Verpackung aufzureißen.

»Master Benjamin«, sagte sie leise. Ihre Stimme war warm und kultiviert.

»Euer Gnaden.«

Königin Margarete streckte ihm ihre füllige Hand zum Kusse entgegen. Benjamin trat zu ihr, beugte sich über den Tisch und führte ihre juwelenbesetzten Finger an seine Lippen. Mich ignorierte sie natürlich. »Master Benjamin«, sagte sie, »ich bin eine Königin, die man aus ihrem Lande vertrieben, von ihrem Kinde getrennt und von ihrem Volke abgeschnitten hat. Ich bitte Euch, wendet in dieser Angelegenheit all Eure Fähigkeiten und all Euer Können auf. Wenn Ihr dies tut, so werde ich Euch mein Herz wie auch mein Gold schenken.«

Natürlich verlor diese königliche Dirne kein einziges Wort über Mord, Attentatsversuche und Überfälle aus dem Hinterhalt. O nein, diese verdammte Lügnerin! Mein Meister, der ritterliche Narr, murmelte ein feierliches Versprechen. Ich hatte Margarete sogleich als Heuchlerin durchschaut und war nicht sonderlich scharf darauf, nun auch ihre Hofdame, Lady Carey, kennenzulernen, die nicht weit von ihr entfernt saß. Ihr ergrauendes Haar war unter einem lächerlichen Hut versteckt, und ihre Bohnenstangenfigur wurde von schwerem dunklen Samt umschlungen. Sie hatte das frömmlerische verbitterte Gesicht einer Miesmacherin. Wahrhaft ein bezauberndes Paar, die Königin und ihre Hofdame, das dürft Ihr mir glauben. Nach der Vorstellung lächelte die Königin Benjamin affektiert an und bedeutete uns durch ein Schnippen mit ihren dicken, weißen Fingern, daß wir uns zurückzuziehen hatten. Lady Carey schenkte uns ein letztes säuerliches Lächeln, wir erhoben uns und gesellten uns zum Rest der Truppe.

Diese fröhliche Runde von exilierten Hofschranzen saß um einen Holztisch versammelt und beachtete uns kaum, bis schließlich Doktor Agrippa, der am Kopfende des Tisches saß, sich erhob und mit den Fingerknöcheln auf die Tischplatte klopfte. Dann wurden uns die Leute einzeln vorgestellt: Sir William Carey, Schatzmeister der Königin, war ein großer, finster dreinblickender Mann mit kurzgeschnittenen Haaren und wildwuchernden Augenbrauen. Ein Auge wurde von einer Klappe bedeckt, und mit dem anderen warf er wilde Blicke um sich, als erwarte er jederzeit einen Angriff auf sich. Carey war ein respekteinflößender Soldat, der schon mehr als fünfzig Lenze hinter sich hatte. Er war ein Freund des getöteten Königs Jakob gewesen, einer der wenigen, die es geschafft hatten, lebend dem blutigen Gemetzel von Flodden zu entrinnen. Allerdings, nun, da ich seine Gemahlin kennengelernt hatte, hätte ich, wäre ich an seiner Stelle gewesen, entweder auf dem Schlachtfeld ausgeharrt oder mich danach unverzüglich nach fernen Ländern eingeschifft.

Simon Moodie war der nächste, Kaplan und Almosenpfleger der Königin. Er war klein und nervös und hatte mausgraue Haare, ein dünnes, bleiches Gesicht und den mickrigsten Bart, der mir jemals unter die Augen gekommen ist.

John Ruthven, der Verwalter, war rothaarig und hatte ein aufgedunsenes Säufergesicht, eisblaue Glotzaugen und eine Nase, die wie ein Haken über seinen dicken, roten Lippen hervorragte. Ein Pfennigfuchser, der einem wahrscheinlich im Handumdrehen hätte sagen können, was jeder der Anwesenden wert war. Er streichelte unablässig eine schwarzweiße Katze, fütterte sie mit Leckerbissen vom Tisch und sprach sogar mit dem Biest. Wenn Ruthven ging, dann folgte ihm seine Katze stets, und ich fragte mich, ob er vielleicht insgeheim ein Hexenmeister war und das Tier sein dämonischer Gehilfe. Dann war da Hauptmann Melford, ein strammer Kerl mit kurzgeschorenen Haaren und einem Kopf so rund wie eine Kanonenkugel. Melfords helle blaue Augen waren milchig, wie die von Ruthvens Katze, und sein gelbbraunes Gesicht bekam durch einen kleinen Spitzbart und eine Narbe, die quer über eine Wange verlief, etwas Furchteinflößendes. Er war ein Mann unbestimmbaren Alters und zweifelhafter Moral. Über seinem Hemd trug er den königlichen Wappenrock von Schottland, und im Gegensatz zu uns anderen hatte er keine Kniehosen an, sondern schwarze, wollene Gamaschen, die in hochhackige Reitstiefel aus Leder gestopft waren. Insbesondere aber fiel mir sein Gemächt auf, das sich vorwölbte wie bei einem Zuchthengst.

Melford war schmal, bleich und ohne Zweifel abgefeimt und heimtückisch. Er saß in arroganter Haltung am Tisch. Der blanke Dolch, der an einem Eisenring an seinem Gürtel baumelte, wies ihn als Söldner aus, als einen jener professionellen Mörder, für die das Morden zum Alltagsgeschäft gehört und die das Ungemach, das es bereitet, als normales Berufsrisiko abtun. Wie auch alle anderen reagierte er kühl und distanziert auf Benjamin und mich und blickte kaum auf, während Doktor Agrippa sprach.

Schließlich gab es noch Scawsby. Zuerst erkannte er mich gar nicht, doch als es ihm dämmerte, warf er mir einen zutiefst feindseligen, haßerfüllten Blick zu. Herr, errette uns, dachte ich mir, wenn ich krank werde, dann werde ich eher den Satan bitten, sich um mich zu kümmern, als Scawsby an mein Krankenbett zu lassen. Benjamin wurde von dem Arzt natürlich freundlich begrüßt.

»Benjamin, Benjamin«, hob er an, nachdem wir uns gesetzt hatten, »Ihr wurdet arg vermißt in Ipswich.« Das Lächeln auf dem Gesicht des alten Scharlatans verbreiterte sich. Er erhob sich, raffte seinen Taftumhang beiseite und streckte seine Hand aus. »Es ist schön zu sehen, daß Ihr Euch wieder der Gunst Eures Onkels erfreut.«

Benjamin drückte die Hand des Quacksalbers. »Werter Master Scawsby, Gott sei Dank seid Ihr hier bei uns! Wir Männer aus Ipswich...« Benjamin ließ den halben Satz im Raume stehen. Scawsby warf mir einen weiteren verachtungsvollen Blick zu und drehte sich weg.

Der Rest des Hofstaates wendete sich nun wieder seinem Essen zu, den Fleisch- und Gemüsegerichten auf dem Tisch.

»In Gottes Namen, mein Master«, murmelte ich, »warum hat denn der Lordkardinal ausgerechnet Scawsby zum Leibarzt von Königin Margarete ernannt? Das einzige Heilmittel, das er kennt, sind doch Blutegel, immer nur mehr Blutegel.«

»Master Scawsby hat auch seine guten Seiten«, erwiderte Benjamin. »Manche Leute schätzen ihn nur falsch ein.«

»Jawohl«, gab ich zurück, »auch seine Patienten. Sie können aber nicht mehr viel dagegen unternehmen, denn die meisten von ihnen sind tot!«

Mein Meister lächelte schwach, schüttelte seinen Kopf und begann zu essen. Ich schaute mir diese bunt zusammengewürfelte Mannschaft an: eine Versammlung von rohen, unfreundlichen Spitzbuben in schmuddligen, ausgeblichenen Wamsen und mit sauertöpfischen Gesichtern. Eine kleine, feindselige Gruppe, die durch die Sehnsucht nach ihrer früheren Macht und Herrlichkeit zusammengeschweißt wurde. Sie stammten alle aus England und waren mit Margarete nach Schottland gezogen, nachdem diese König Jakob geehelicht hatte. Von ihrem toten König sprachen sie mit Respekt, fast Bewunderung. Anfangs konnte ich noch nicht richtig einschätzen, welcher Art ihr Verhältnis zu der vertriebenen schottischen Monarchin war. Ich dachte, es werde bestimmt von Furcht, gepaart mit Respekt, denn Margarete wahrte ihre Distanz, doch nach wenigen Tagen änderte ich meine Meinung: Sie hatten schreckliche Angst vor ihr, aber sie hielten zu ihr, weil sie nur über sie wieder zurück zu einem Leben in Wohlstand und Bequemlichkeit gelangen konnten. Natürlich gab es Ausnahmen. Melford schien eher gelassen denn verängstigt, doch auch er nahm seine Pflichten gewissenhaft wahr. Wo die Königin war, da war auch er, und ich begann mich neugierig zu fragen, ob er ihr nicht mehr als nur seinen Schutz zukommen ließ. Kurz nach unserer Ankunft im Tower vertraute ich diesen Gedanken Benjamin an, der mich überrascht anschaute. Er saß auf seiner Bettkante und schüttelte den Kopf.

»Königin Margarete ist sexuell unbefriedigt«, erklärte er zu meiner Verblüffung.

»Wie kommt Ihr darauf, Master?«

»Oh«, erwiderte er leichthin, »ihr Gesicht verrät sie. Melford schläft vielleicht mit ihr, aber er verschafft ihr keine Befriedigung.«

Ich blickte ihn verwundert an. Ich wußte, daß Benjamin durchaus auch seine verborgenen Seiten hatte, doch ich hatte ihn bisher nicht unbedingt für einen großen Frauenkenner gehalten.

»Siehst du, Roger, die Männer betrachten die Frauen als ein Werkzeug, das ihnen Lust verschafft.« Er räusperte sich. »Zumindest einige tun das. Aber nur wenige Männer sehen es als ihre Pflicht an, auch den Frauen ihre Lust zu verschaffen und sie zufriedenzustellen.« Er hob einen Finger. »Du wirst noch daran denken, Roger.«

Ich nickte feierlich, legte mich auf mein Bett, und als ich mich mit dem Gesicht zur Wand drehte, fragte ich mich, woher um alles in der Welt Benjamin seine Ansichten bezog. Natürlich, ich war arrogant. Bei meinem Meister bewahrheitete sich eben das alte Sprichwort: »Stille Wasser gründen tief.«

Nun, ich erwähnte also, daß die Mitglieder des Hofstaats große Angst vor der Königin hatten, aber es gab noch zwei Ausnahmen. Doktor Agrippa behandelte die Königin fast mit Verachtung, fuhr ihr ins Wort, machte Witze über sie und zeigte nicht die geringste Spur von Angst geschweige denn Respekt. Die andere Person, die keine Angst zeigte, war Catesby, und ich fand bald heraus, daß er ihr ein ergebener Anhänger war. Sein Verhältnis zur Königin war ziemlich rätselhaft. Manchmal stand er an der Tafel auf und setzte sich neben sie. Lord Carey und Melford zogen sich zurück, und dann saßen Catesby und die Königin nebeneinander, steckten die Köpfe zusammen und vertieften sich in ein intensives Gespräch, als wären sie Mann und Frau oder Bruder und Schwester, die durch tiefe Bande der Zuneigung verbunden sind. Catesby hatte auf unserer Reise schon unter Beweis gestellt, daß er hervorragend mit dem Schwerte umgehen konnte, und nun zeigte er auch seine Begabung als Politiker. In unserer ersten Nacht im Tower fragte ich ihn, warum die Königin denn diese Festung gewählt habe, da es doch an beiden Seiten der Themse angenehmere Aufenthaltsorte gebe. Er lächelte.

»Nicht die Königin hat diesen Ort ausgewählt — ich habe es getan. Erstens, weil wir hier nahe bei Selkirk sind. Zweitens, weil wir vor Ansteckung geschützt sind. Und schließlich«, sagte er und blickte mich verschmitzt an, »weil es leichter ist, die Leute im Auge zu behalten, wenn sie eng nebeneinander leben.«

Wahrlich, ein schlauer Fuchs, dieser Catesby!

An unserem dritten Tag im Tower wurden wir in Selkirks Gefängniszelle im Broad Arrow Tower geführt. Dieser Raum war komfortabler ausgestattet als unser eigener. Es gab zwei Feuerstellen, an der Wand hing ein verblichener Gobelin, und es standen ein Tisch, Stühle und ein komfortables Bett darin. Doch es hing ein übler, stinkender Geruch über allem. Ich bemerkte voller Abscheu, daß der mit Exkrementen gefüllte Nachttopf mitten im Raum stand, wo jeder ihn sehen und riechen mußte. Selkirk war kein schöner Mann: weißgesichtig und dürr wie ein Skelett, mit fahlen, von grauen Strähnen durchzogenen Haaren, die in einem wirren Durcheinander auf seine Schultern fielen. Seine Augen waren hellblau und voller Wahnsinn. Benjamin erkannte ihn kaum als den Mann wieder, den er in Dieppe gefangengehalten hatte, doch erstaunlicherweise erinnerte sich Selkirk sofort an Benjamin und begrüßte ihn wie einen lange verschollenen Bruder. Catesby, Farringdon, der Verwalter und Doktor Agrippa hatten uns hingebracht. Sie behandelten Selkirk mit gespielter Ehrerbietung und zogen sich dann zurück, nachdem Benjamin und ich vorgestellt worden waren und wir Platz genommen hatten, wobei sie die Tür hinter sich sorgfältig verriegelten.

Ich musterte diesen bedauernswerten Wirrkopf und fragte mich, was ihn so wichtig machte. Ruthven, der einzige aus dem Gefolge der Königin, der uns etwas freundlicher behandelte (die übrigen betrachteten Benjamin als Spion des Kardinals), hatte uns etwas über Selkirk erzählt: daß er als Leibarzt mit König Jakob IV. nach Flodden gezogen war. Und daß er nach dem Tod des Königs ins Ausland geflohen war, zuerst in die Niederlande und dann nach Frankreich.

»Gott allein weiß, was diesen armen Kerl in den Wahnsinn getrieben hat«, hatte Ruthven gemurmelt.

Das fragte ich mich nun auch, als ich Selkirk beobachtete, wie er an seinem Tisch saß und mit seinen langen, dürren Fingern Pergamentstücke hin und her schob. Benjamin sprach mit ihm und versuchte, seine Erinnerungen an ihr Zusammentreffen in Frankreich wachzurufen. Manchmal hatte Selkirk lichte Momente und gab ganz vernünftige Antworten, doch dann verwirrte sich sein Geist wieder. Dann plapperte er in Gälisch daher, oder er hob die Pergamentfetzen von seinem Tisch empor und begann, in ihnen zu lesen, als ob wir gar nicht mehr anwesend wären. Er erlaubte Benjamin schließlich, einen Blick darauf zu werfen.

»Kurze Gedichte«, stellte Benjamin fest. Er schaute Selkirk an. »Wer hat sie geschrieben?«

»Der König war ein begnadeter Poet«, gab Selkirk zurück. »Er und Willie Dunbar.« Selkirk lächelte schelmisch. »Einige davon habe ich verfaßt.«

Er reichte uns weitere Blätter, und ich vertiefte mich in sie. Gott vergebe mir, doch sie waren genauso unverständlich wie die Worte einer vergessenen, untergegangenen Sprache; es waren aneinandergereihte Sätze, manche in Englisch, andere in Schottisch, aber sie machten keinen Sinn. Doch nichtsdestotrotz behandelte Benjamin den Gefangenen behutsam, wie ein Kind, sprach mit leiser Stimme, stellte Fragen und versuchte, ein Band der Freundschaft zwischen ihnen zu knüpfen. Wir erschienen nun jeden Tag bei Selkirk. Benjamin brachte immer einen großen Krug Wein und ein Tablett mit Bechern mit. Jedesmal untersuchten die Wachen an der Türe die Becher und probierten den Wein, während Farringdon uns hineinführte. Schließlich wurde ich dieser Prozedur überdrüssig.

»Der arme Kerl ist doch verrückt!« rief ich aus. »Warum sollte ihm jemand Böses antun wollen?«

Farringdon runzelte die Stirn und zog seine dichten schwarzen Augenbrauen zusammen. »Das weiß nur Gott«, sagte er finster. »Doch Befehle sind Befehle, und sie kommen von dem, der in diesem Land ganz oben steht.«

Ich fragte auch Catesby danach, doch auch er zuckte nur mit den Achseln und murmelte: »Selkirk ist wichtiger, als Ihr glaubt.«

Also ließ ich die Sache auf sich beruhen. Ich habe schon zu erkennen gegeben, daß ich Benjamins Geschick und seinen Verstand sehr bewunderte. In der Regel ließ er Selkirk herumfaseln, doch wenn dieser wieder einen wachen Moment hatte, stellte er blitzschnell seine Fragen.

»Was wißt Ihr, was so wichtig ist? Wer sind *Les Blancs Sangliers*? Weshalb hält man Euch hier im Tower gefangen?«

Dann streckte Selkirk sich in seinem Stuhl und schüttelte den Kopf.

»Ich kenne Geheimnisse«, flüsterte er. »Ich kann die Tage zählen. Die Wände haben Augen und Ohren.« Dann blickte er angestrengt um sich und kicherte schließlich. »Die Wände bergen auch Geheimnisse.«

»Was meint Ihr damit?« fragte Benjamin.

Und so ging die Fragerei weiter. Ich beobachtete Benjamin und begann allmählich zu begreifen, warum sein Onkel ihn für diese Aufgabe ausgewählt hatte. Eines Abends, als wir Arm in Arm um den White Tower spazierengingen, sprach ich ihn darauf an.

»Master Benjamin, Ihr seid sehr begabt im Umgang mit diesem Verrückten.«

Benjamin blieb stehen, sein Körper verkrampfte sich, und er blickte zur Seite in das Dunkel. »Ja, ja«, murmelte er. »Ich habe ein bißchen Erfahrung. Mein Onkel weiß das.«

Er starrte mich an, und seine Augen waren voller Tränen. Ich bohrte nicht weiter nach.

Im Laufe der Zeit wurde es mir langweilig, jeden Tag Selkirk zu besuchen, und so entschuldigte ich mich und ging im Tower spazieren. Die königlichen Gemächer wirkten unheimlich; es gab Galerien, die plötzlich an blockierten Quergängen endeten, und Wendeltreppen, die nirgendwohin führten. Ich sprach einen der Wächter darauf an.

»Manche Gefangenen kommen hierher«, brummelte er und schüttelte seinen Kopf dabei, »und sterben in ihren Zellen oder auf dem Henkersblock oder am Galgen.

Einige kommen her und verschwinden einfach, nicht nur sie, sondern auch ihre Zellen. Die Türen werden entfernt, die Öffnungen mit Ziegeln zugebaut, und so bleiben sie eingemauert, bis sie schließlich sterben.«

O ja, der Tower war gewiß ein dunkler, teuflischer Ort. Manchmal vernahm ich des Nachts seltsame Schreie, die mich im Schlaf heimsuchten und mir Alpträume bereiteten. Ich fragte mich, ob sie von den Unglücklichen kamen, die in den Folterkellern gequält wurden oder von den Geistern jener, die in dieser gewaltigen Festung eingemauert worden waren.

Doch nicht nur das Gebäude konnte einem Schrecken einjagen, auch die Menschen, die darin lebten. Der undurchsichtige Doktor Agrippa huschte wie eine Fledermaus aus dem Tower hinaus und wieder hinein, wenn er im Auftrag des Lordkardinals in der Stadt etwas zu erledigen hatte. Einmal schickte mich Benjamin zu Agrippa in seine Unterkunft, von der aus er die Kapelle von St. Peter ad Vincula überblicken konnte. Es war, wenn ich mich richtig erinnere, ein recht warmer Nachmittag, die fahle Sonne stach durch einen leichten Nebel, der vom Fluß heraufgezogen war und sich über die Mauern und Tore des Towers gelegt hatte. Ich klopfte an die Türe des Doktors. Als niemand antwortete, öffnete ich sie. Agrippa saß auf dem Fußboden. Schnell drehte er sich zu mir um, und sein Gesicht war eine einzige zornige Fratze.

»Raus hier!« brüllte er. »Ich dachte, die Türe wäre abgeschlossen!«

Ich trat eilig den Rückzug an, nicht ohne allerdings einen brenzligen Geruch wahrgenommen zu haben, wie wenn man eine leere Pfanne über einem kräftigen Feuer stehengelassen hätte. Und doch war es im Raum kalt, so eiskalt wie auf einem freien Feld an einem strengen Wintertag. Ich wartete draußen. Nach einigen Minuten öffnete Doktor Agrippa die Türe. Er strahlte über das ganze Gesicht.

»Mein lieber Shallot«, sagte er lächelnd, »es tut mir so leid. Kommt herein.«

Als ich eintrat, war es in seinem Gemach warm, und der Duft eines süßlichen Parfüms lag in der Luft. Ich überbrachte ihm die Botschaft meines Meisters und verabschiedete mich dann so schnell als möglich, nun vollständig überzeugt, daß der unheimliche Doktor tief in die Schwarze Magie verstrickt war.

Ich kam zu dem Schluß, es sei am sichersten, wenn ich von jetzt an einfach in unserer Kammer bliebe. Die Zeit verstrich, und Benjamin gewann allmählich Selkirks Vertrauen.

»Er ist nicht so verrückt, wie es den Anschein hat«, bemerkte mein Meister. Sein langes, dunkles Gesicht war von Übermüdung gezeichnet, und die tiefliegenden Augen verzogen sich angespannt.

»Hat er Euch irgend etwas erzählt?«

»Ja, er faselt von Paris und von einer Taverne namens Le Coq D'Or.«

»Und was ist mit seinen Geheimnissen?«

Benjamin schüttelte den Kopf. »Er sagt, diese seien in einem Gedicht verborgen, aber er hat mir davon nur die ersten beiden Zeilen mitgeteilt.« Benjamin schloß die Augen. »Wie sagte er? ›Drei weniger von zwölf sollen es sein, oder der König keinen Prinzen wird erzeugen.‹« Er öffnete die Augen wieder und schaute mich an.

»Was noch?«

Benjamin schüttelte den Kopf. »Später vielleicht, wenn es an der Zeit ist.«

Doch die Zeit für Selkirk war abgelaufen. Eines Tages,

es waren ungefähr zehn Tage seit unserer Ankunft im Tower vergangen, kam Benjamin spätabends zurück. Er berichtete von seinem Treffen mit dem Gefangenen, erzählte, daß dieser Schotte genauso gerne Rotwein trinke wie ich, rollte sich dann in seine Laken und schlief sofort ein. Am nächsten Morgen wurden wir unsanft geweckt, als einer der Wachleute an unsere Türe hämmerte. »Ihr müßt sofort kommen!« brüllte er. »Zum Broad Arrow Tower. Selkirk ist tot!«

Wir zogen hastig unsere Kleider an, wickelten uns in unsere Umhänge, um uns gegen den kalten Morgennebel zu schützen, eilten über den Rasen und bahnten uns dann unseren Weg durch die Reihen der Bediensteten und Wachen, die am Eingang des Towers herumstanden. Wir liefen die steinerne Wendeltreppe zu Selkirks Kammer hinauf. Die meisten Mitglieder des Hofstaats der Königin waren schon hier versammelt und standen um das große Bett herum, auf dem Selkirks Leiche lag, eingewickelt in das Bettlaken.

»Was ist geschehen?« rief Benjamin.

Catesby schüttelte den Kopf und blickte zur Seite. Doktor Agrippa saß auf einem Schemel, ein eigenartiges Lächeln auf seinem runden, fetten Gesicht. Carey, Moodie und Ruthven steckten die Köpfe zusammen, während Farringdon die vier Wachmänner befragte. Benjamins Frage brachte alle für einen Moment zum Schweigen.

»Selkirk ist tot«, sagte Agrippa ruhig. »Scawsby glaubt, es war Gift.«

Benjamin ging sofort zu dem Tablett mit den Bechern und dem Krug Wein hinüber, die er am Tag zuvor mitgebracht hatte.

»Rührt das nicht an«, bellte Scawsby.

Der alte Quacksalber hatte hinter uns den Raum betreten, in der Hand eine Tasche, in der er vermutlich seinen üblichen Krempel mitschleppte: Messer, Zangen, Behälter für den Aderlaß.

»Wieso nehmt Ihr an, es war Gift?« fragte Benjamin.

Scawsby lächelte süffisant. Er schlug das fleckige Laken zurück. Ein einziger Blick genügte. Selkirk war zu seinen Lebzeiten wahrlich kein gutaussehender Mann gewesen, doch jetzt, auf brutale Art und Weise durch Gift ermordet, sah er grauenhaft aus. Sein Haar hing wirr über die schmutzige Nackenrolle, sein dürres weißes Gesicht hatte eine eigenartige bläuliche Färbung angenommen, sein Mund hing herab, und seine blicklosen Augen starrten an die Decke.

»Gütiger Gott!« murmelte mein Meister. »Ein schrecklicher Tod nach einem schrecklichen Leben.« Er beugte sich hinab und roch an dem Mund des Toten. »Habt Ihr schon herausgefunden, um welches Gift es sich handelt?«

Scawsby zuckte mit den Achseln. »Belladonna, Digitalis, Nachtschatten oder Arsen. Das einzig Tröstliche für ihn war nur, daß der Tod sehr schnell eingetreten sein muß.«

»Und Ihr haltet den Wein für verdächtig?«

Scawsby ging hinüber und roch an dem Krug und den Bechern. Der Schweinehund nutzte diese Gelegenheit aus. Er wußte, wer den Wein heraufgebracht hatte. So füllte ich mir einen Becher ein und leerte ihn in einem Zug. »Mein Master hat nichts zu tun mit dem Gift«, rief ich.

(Wißt Ihr, daß dies die tapferste Tat war, die ich in meinem ganzen Leben vollbracht habe?)

»Das will ich auch nicht hoffen«, erwiderte Scawsby sarkastisch lächelnd, »andernfalls wärt Ihr binnen einer Stunde tot.«

»Ich sehe gut aus, Master Scawsby«, gab ich zurück, »und ich fühle mich auch gut — das ist mehr, als man von Euch behaupten könnte!«

»Keine Streitereien«, unterbrach uns Doktor Agrippa. »Und niemand verläßt den Raum. Da liegt doch noch etwas, oder nicht?«

Farringdon ging zum Tisch, schob ein Blatt Pergament beiseite und stieß dabei eine verblichene weiße Rose auf den Boden.

»Selkirk wurde halb im Bett liegend aufgefunden. Und auf dem Tisch entdeckten wir diese weiße Rose.«

»Die Weiße Rose von York und das Zeichen von *Les Blancs Sangliers*«, murmelte Catesby.

Nach seinen Worten trat Stille im Raum ein, doch Benjamin, einen entschlossenen Ausdruck auf seinem Gesicht, wollte sich nicht einschüchtern lassen.

»Es gibt hier ein Problem«, hub er an. »Selkirk hat gestern zu Abend gegessen, bevor ich ihn aufsuchte, richtig?«

Farringdon nickte.

»Ich kam mit einem Krug Wein. Nun, sowohl Selkirks Abendmahl als auch sein Wein wurden von mir beziehungsweise von den Wachen probiert.«

»Ja, so war es«, bestätigte Farringdon.

»Nachdem ich gegangen war, hat da noch jemand Selkirk aufgesucht?«

»Nein«, gaben die Wachen im Chor zur Antwort.

Benjamin schüttelte den Kopf. »Das kann nicht sein. Es muß ihn jemand besucht haben.«

»Es standen zwei Wachen am Fuße der Treppe«, sagte Farringdon. »Und zwei Wachen vor der Kammer des Gefangenen. Die Tür war die ganze Zeit verschlossen und verriegelt.«

»Außer bei der üblichen Prozedur«, sagte einer der Soldaten dazwischen.

»Was ist damit gemeint?« fragte Catesby.

»Nun, nachdem Master Daunbey gegangen war, warteten wir immer eine Weile, dann öffneten wir die Türe, um nachzusehen, ob alles in Ordnung war.«

»Und?« wollte Benjamin wissen.

»Nichts. Selkirk saß am Tisch und summte vor sich hin.«

»Gibt es einen geheimen Zugang zu dieser Kammer?« fragte ich.

Farringdon grunzte vor Lachen. »Um Himmels willen, Mann, dies ist der Tower von London und nicht irgendein Puff! Seht doch selbst!« Er zeigte auf die grauen Granitwände. »Und bevor Ihr Euch weitere Gedanken macht: Nicht einmal ein Zwerg hätte die dreißig oder vierzig Fuß an der glatten Außenmauer heraufklettern und dann durch diese Schießschartenfenster hier eindringen können.«

»Vielleicht war es doch nicht Mord«, sagte Agrippa. »Vielleicht war es Selbstmord.«

»Ausgeschlossen«, gab Farringdon zurück. »Master Catesby und ich haben die Kammer durchsucht. Wir haben nichts gefunden.«

Benjamin ergriff mich am Ärmel, und wir traten zu Selkirks Tisch, aber dort war nichts Auffälliges zu entdecken:

Pergamentschnipsel, einige Bogen Pergamentpapier und zwei angebrochene und ausgetrocknete Federkiele lagen darauf verstreut. Benjamin hob die Federkiele hoch, roch daran, schüttelte den Kopf und warf sie wieder zurück.

»Ich habe doch schon gesagt«, brüllte Farringdon, »daß

ich diesen Raum durchsucht habe und daß hier nichts Verdächtiges zu finden ist.«

Plötzlich drängte sich Catesby nach vorne, sichtlich aufgeregt.

»Wir haben es hier wahrlich mit einem Rätsel zu tun. Ein Mann sitzt in einem abgeschlossenen und bewachten Zimmer. Er hat kein Gift zur Verfügung, und es wird ihm auch kein Trank hereingebracht, und doch findet man ihn am nächsten Morgen ermordet auf, ohne eine Spur von dem Mittel, das ihn umgebracht hat.«

»Oder von dem Mörder«, ergänzte Benjamin. »Er muß hier gewesen sein, um die Rose zu hinterlassen.«

»Die einzige Lösung ist die«, warf ich ein, während ich Agrippa keine Sekunde aus den Augen ließ, »daß Selkirk auf eine Art und Weise ermordet worden ist, die sich durch die Naturgesetze nicht erklären läßt.«

»Selkirk«, erwiderte Agrippa bedächtig, »wurde ermordet – und ich glaube, daß sein Mörder sich im Moment hier in diesem Raum befindet.« Er hob eine Hand, um Widerspruch abzuwehren. »Dies ist nicht die richtige Stunde oder der Ort, um darüber zu diskutieren. Wir müssen jetzt die Königin informieren. Wir werden uns später in ihren Gemächern treffen.« Catesby ordnete an, Selkirks Leiche zu entfernen und die Gegenstände, die in der Kammer gewesen waren, in einem Leinensack zu verstauen. Leise verließen wir den Raum, und jeder von uns wußte, daß Doktor Agrippa die Wahrheit gesprochen hatte. Einer von uns war ein Mörder.

Eine Stunde später trafen wir uns wieder in dem luxuriösen, mit Seide drapierten Privatgemach von Königin Margarete. Ich erinnere mich, daß es dunkel war; ein Gewitter war über die Themse hinweggezogen und hatte dicke Regentropfen gegen das bunt bemalte Fenster geschleudert. Kerzen aus Bienenwachs tauchten die silbernen und goldenen Ornamente in ein schimmerndes Licht, als wir an einem langen, polierten Tisch Platz nahmen. Königin Margarete saß an seinem Kopfende, links und rechts von ihr ließen sich Catesby und Doktor Agrippa nieder, und hinter ihr stand die dunkle, finstere Gestalt von Hauptmann Melford. Ihr gesamter Hofstaat, einschließlich des Verwalters Farringdon, war anwesend. Die Königin machte einen beunruhigten Eindruck. Nervös trommelte sie mit den Handknöcheln auf die Tischplatte.

»Selkirk wurde ermordet!« begann sie. »Der Mörder befindet sich im Tower — möglicherweise sogar in diesem Raum. Der Mörder ist auch ein Verräter, ein Mitglied des Ordens *Les Blancs Sangliers*. Die Frage lautet, warum wurde Selkirk ermordet, und, was noch wichtiger ist, wie geschah es? Es besteht keine Veranlassung«, fuhr sie fort und warf mir einen scharfen Blick zu, »von Hexerei oder von Schwarzer Magie zu sprechen. Mord ist etwas Handfestes, und Selkirks Mörder wird das Hanfseil zu spüren bekommen, wenn es ihm um den Hals gelegt wird. Doch zunächst«, sagte sie und blickte zu Benjamin, »die Frage: Hat der Gefangene noch irgend etwas preisgegeben?«

Benjamin runzelte die Stirn, noch mit einem Ohr dem Geräusch des Regens lauschend, der draußen niederging.

»Was er mir sagte, habe ich bereits Sir Robert Catesby berichtet. Selkirk war verrückt, mit kurzen Augenblicken, in denen er klar denken konnte. Eure Hoheit, er sprach von Eurem verstorbenen Gemahl, dem ehrwürdigen König Jakob, und über seine Unternehmungen in Paris. Und er gab diesen Vers von sich:

Drei weniger von zwölf sollen es sein,
oder der König keinen Prinzen wird erzeugen.«

»Und was noch?«

»Ich fragte ihn, warum er eingekerkert sei, und darauf antwortete er einmal: ›Ich kann die Tage zählen‹.«

»Ist das alles?« wollte Catesby wissen.

»Ja, Sir Robert. Warum? Sollte er noch mehr gesagt haben?«

»Dann laßt uns jetzt zusammenstellen, was jeder einzelne getan hat«, unterbrach Königin Margarete ihn schnell. »Sir Robert und ich waren in der Stadt. Wir verließen den Tower zur selben Zeit, Master Daunbey, als Ihr zu Selkirks Kammer gingt. Doktor Agrippa hielt sich bei seiner Eminenz dem Kardinal auf. Wo waren die anderen?«

Ich hörte den Berichten nur halb zu; jeder, auch ich, konnte genau Auskunft geben darüber, was er an dem Abend, als Selkirk ermordet wurde, gemacht hatte. Viel stärker interessierte mich Ruthvens Verhalten. Er starrte Benjamin mit halboffenem Mund an, als habe mein Meister ein großes Geheimnis enthüllt.

»Master Farringdon«, schnauzte die Königin den Verwalter an, nachdem die Mitglieder ihres Gefolges mit ihren Erklärungen zu Ende gekommen waren, »alle meine Bediensteten können befriedigend Auskunft geben.«

»Das kann ich auch«, knurrte Farringdon zurück.

Carey mischte sich ein. »Aber wie kann ein Mann ermordet werden«, protestierte er, »während er in einer Gefängniszelle eingesperrt ist, die von außen bewacht wird? Der Mörder muß hineingekommen sein, um ihm das Gift einzuflößen und um die weiße Rose zu hinterlassen!«

»Und wenn der Mörder hineingekommen ist«, setzte Moodie hinzu, »warum hat Selkirk sich dann nicht gewehrt oder geschrien?«

»Vielleicht hat er ihn gekannt«, erwiderte Agrippa trocken und kurz angebunden.

»Master Farringdon«, fragte Catesby, »seid Ihr Euch Eurer Wachen sicher?«

»So sicher, wie ich hier sitze«, gab Farringdon zurück. »Sie sind Söldner und betrachteten Selkirk als einen Gefangenen wie jeden anderen. Einer der Wachmänner könnte vielleicht gekauft werden, aber nicht alle vier. Sie kontrollieren sich gegenseitig. Und außerdem haben sowohl ich als auch mein Leutnant gestern abend ebenfalls unsere Runden gemacht, und wir haben sie alle vier auf ihren Posten vorgefunden. Sollte irgend etwas nicht in Ordnung gewesen sein«, schloß er, »dann würden sie alle vier am Galgen baumeln, und das wußten sie.«

Königin Margarete nickte und lächelte säuerlich. Sie blickte kühl auf Benjamin, und die anderen ebenfalls. Oh, ich wußte, was in ihren Gehirnen vorging! Er war der letzte gewesen, der Selkirk lebend gesehen hatte, und ein altes Rechtsprinzip besagte: Derjenige, der das Opfer als letzter gesehen hatte, mußte, *prima vacie*, der Hauptverdächtige sein. Doch Benjamin kannte sich auch im Recht aus.

»Wer hat die Leiche entdeckt?« fragte er laut.

Catesby deutete auf Farringdon.

»Einer der Wachen öffnete die Türe und sah Selkirk daliegen. Er ließ nach mir schicken, und ich ließ Catesby holen.«

»Ich und die Königin«, sagte Sir Robert, »waren in den ersten Morgenstunden in den Tower zurückgekehrt. Ich war in meiner Kammer und sprach mit Melford. Wir gingen beide hinüber.« Er zuckte mit den Schultern. »Den Rest kennt Ihr ja.«

»Der Lordkardinal muß informiert werden«, sagte die

Königin dazwischen. »Melford, macht eine Botschaft fertig.« Sie erhob sich. »Ihr anderen könnt alle gehen, jedoch keiner — ich wiederhole, *keiner* — darf den Tower verlassen!« Benjamin und ich gingen über den unheimlichen, von Nebel eingehüllten Rasen zurück. Mein Meister war blaß und in sich gekehrt, sich der unausgesprochenen Verdächtigungen bewußt, die gegen ihn gehegt wurden. Und ich muß zugeben, Gott vergebe mir, auch in mir nagte ein gewisser Zweifel.

»Woran denkst du, Roger?«

Benjamin war stehengeblieben und wendete sich zu mir, während er die Kapuze seines Umhangs enger zusammenzog.

»An nichts«, log ich. »Nun...«

»Rede.«

»Warum wurde Selkirk gerade jetzt ermordet? Ich meine, er war doch schon wochenlang im Tower. Warum hat der Träger der Weißen Rose erst zugeschlagen, nachdem wir hier angekommen waren?«

»Sprich weiter, Roger.«

»Nun«, stammelte ich, »das sieht so aus, als wärt *Ihr* der Mörder.«

»Du meinst, ich wurde hier zu diesem Zweck eingeschleust?«

»Entweder das«, erwiderte ich langsam, »oder Ihr habt etwas bei Selkirk entdeckt, was es nötig machte, ihn zu töten.«

»Richtig!« Benjamin versuchte, durch den Nebel zu spähen, der uns umgab. Wir standen da und lauschten dem gedämpften Geräusch eines Wachtpostens, der auf dem Schutzwall über uns hin und her ging, dem Wiehern der Pferde im Stall und dem Rattern der Wagenräder auf dem Kopfsteinpflaster.

»Was ich weiß, das weiß Königin Margarete und ihr Hofstaat auch. Doch was ist denn das schon außer ein paar dahingemurmelten Versen?« Er schaute mich gedankenverloren an. »Selkirk sagte, die Wände hätten Ohren. Er hat gekichert und behauptet, sie würden auch Geheimnisse verbergen. Sie haben seine Leiche schon weggebracht. Komm, Roger!«

Wir eilten zurück zu Selkirks verlassener Kammer im Broad Arrow Tower, aus der alles bis auf die paar Möbelstücke entfernt worden war. Seine Leiche hatte man in Tücher eingeschlagen und in die Leichenhalle neben der Kapelle des Towers geschafft.

(Rückblickend frage ich mich, ob Selkirks Geist sich jenen Geistern zugesellt hat, die regelmäßig um die Festung herum ihre gespensterhafte Bahn ziehen. Mein Kaplan schüttelt den Kopf. »So etwas wie Geister gibt es nicht«, brummelt er. Da kann sich der kleine Besserwisser aber auf eine Überraschung gefaßt machen!)

Zurück in Selkirks Kammer, begann Benjamin, die Wände sorgfältig zu untersuchen. Er fand verschiedene Stellen, an denen der Mörtel abgekratzt worden war. Wir bohrten nach und nahmen jede Spalte genau in Augenschein, fanden aber nichts außer Sand und einigen Kieselsteinen. Ich erinnerte mich daran, daß der Verstorbene ziemlich groß gewesen war, und daher stiegen wir auf mein Drängen hin auf den Tisch und begannen, die Löcher und Vertiefungen ganz oben an der Wand zu untersuchen. Nach einer Stunde wurden wir fündig. Wir stießen auf einen Spalt zwischen den Ziegeln, und Benjamin zog daraus ein kleines, gelbliches, zusammengerolltes Stückchen Pergament hervor. Wir sprangen herunter und eilten wie zwei Schulbuben, die einen Schatz entdeckt haben, zurück zu unserer Kammer. Noch nach all den Jahrzehnten kann ich mich genau an diese Verszeilen erinnern, die so viele Geheimnisse bargen und für einen solch heimtückischen Mord verantwortlich waren.

> Drei weniger von zwölf sollen es sein,
> oder der König keinen Prinzen wird erzeugen.
> Das Lamm begab sich zur Rast
> in des Falken Nest.
> Der Löwe brüllte, obgleich im Sterben er lag.
> Die Wahrheit nun steht geschrieben
> in geheiligten Händen,
> an dem Ort, welcher beherbergt
> des Dionysios Gebeine.

»Bei den Klauen der Hölle, Master«, flüsterte ich. »Was soll das bedeuten?«

»Die ersten beiden Zeilen«, erwiderte Benjamin, »hat Selkirk immer vor sich hingemurmelt. Vielleicht eine geheime Botschaft? Vielleicht hat jedes Wort eine besondere Bedeutung?«

»Dann haben wir wenigstens etwas«, bemerkte ich bitter, »was wir dem Kardinal vorweisen können, wenn er nach uns schickt.«

Kapitel 3

Meine Worte sollten sich als prophetisch erweisen. Am nächsten Morgen war es heiter und klar. Die kräftige Sonne vertrieb den Nebel, der über dem Fluß lag, und Melford stolzierte zu uns herein und kündigte uns an: »Der Lordkardinal möchte Euch beide sehen. Er hat mir außerdem aufgetragen, Euch auf dem Weg etwas zu zeigen.«

Ich konnte es förmlich fühlen, was nun auf uns zukommen würde, als wir nach unseren Umhängen griffen und hinter Melford den Tower verließen. Meine schlimmsten Befürchtungen wurden bestätigt, als uns Melford, anstatt eine Barkasse zu nehmen, nach Aldgate führte, mitten hinein in die stinkenden Straßen der Stadt. Benjamin rückte näher an mich heran.

»Was, glaubst du, wird jetzt passieren, Roger? Wohin bringt Melford uns? Ist mein Onkel, der Lordkardinal, erzürnt? Ich bin kein Mörder.«

»Oh, ich glaube, es gibt keinen Grund, daß wir uns Sorgen machen müßten«, log ich. »Melford wird uns die Wunder dieser Stadt zeigen, vielleicht kauft er uns ein paar Leckereien bei einem Bäcker. Vielleicht sollen wir mit ihm ein Tollhaus besuchen oder eine gemütliche kleine Taverne.«

Mein Meister lächelte, und die dunklen Wolken verschwanden von seinem Gesicht. Ich blickte verzweifelt zur Seite. (Er war und blieb einfach ein naives Unschuldslamm!) Wir passierten die Kirche von St. Mildred, gingen durch die Scalding Alley und am Geflügelmarkt vorbei. Ich wies Benjamin auf die Villa an der Walbrook Street hin, die Sir Thomas More unlängst erworben hatte, und auf die Häuser anderer Größen am Hof. Ich mußte reden, um meine Nerven zu beruhigen. Wir gingen durch Cheapside, wo uns an den wackligen Ständen der fliegenden Händler marktschreierisch bunte Stoffe, pompöse Hüte, Schmuckstücke und jeder erdenkliche Schnickschnack angeboten wurde.

Mein Meister, der eigentlich vom Land stammte, blieb an einem der Stände stehen, doch da kam Melford sofort zurück, mit einer Hand auf seinem Dolch. Benjamin sah die Verärgerung in seinen Augen, ließ hastig die Ware fallen, die er betrachtet hatte, und ging weiter. Schließlich gelangten wir zum Newgate-Gefängnis, einem riesigen, häßlichen Gebäude, das über der alten Stadtmauer errichtet worden war — es bot einen grauenerregenden Anblick, der durch den Gestank und den Rauch der nahegelegenen Schlächterei alles andere als gemildert wurde. Der Abfluß in der Mitte der Straße war durch Müll vollkommen verstopft, und es verbreitete sich ein derart fauliger Geruch, daß Melford eine Duftkugel aus seiner Tasche zog und sie sich unter die Nase hielt. Es hatte sich eine große Menschenmenge angesammelt, deren Augen erwartungsvoll auf das Eisengitter des Gefängnistores gerichtet waren. Eine Trompete ertönte, und ihr schriller Klang brachte die Menge vorübergehend zum Verstummen. Dann schwang das Tor auf, begleitet von lautem Geschrei der Menschenmenge. Sogar die Straßenhändler, die ihre mit Körben voller Brot, gekochtem Fleisch und Obst beladenen Karren auf der Straße vorbeischoben, hielten in ihrer Geschäftigkeit einen Moment lang inne und beobachteten das Spektakel.

Ich erblickte ein Pferd, zwischen dessen Ohren drei schwarze Federn tanzten. Ein Trommelwirbel setzte ein, bei dessen ersten Schlägen das Gelärme der Menschen erstarb. Die Menge teilte sich, als Melford nach vorne drängte. Wir bekamen den Trommler zu Gesicht, der vor dem Pferd hermarschierte, das einen Karren zog, welcher von mehreren Wachen mit halb gesenkten Hellebarden begleitet wurde. Der Kutscher war von Kopf bis Fuß in schwarzes Leder gekleidet und trug über dem Gesicht eine orangefarbene Maske, die mit Schlitzen für die Augen und den Mund versehen war. Der Karren war ziemlich groß und mit den Symbolen des Todes geschmückt. Es stand ein Mann darauf, dessen rotes Haar in der Sonne glänzte. Neben ihm murmelte ein Priester Sterbegebete. Mein eigener Gerichtsprozeß in Ipswich war mir noch lebhaft im Gedächtnis, und ich wußte nur zu gut, welch schreckliches Schicksal nun seinen Lauf nehmen sollte.

Ich spähte durch die Latten in das Wageninnere und erhaschte einen Blick auf den billigen Fichtenholzsarg. Das Gesicht meines Meisters war allmählich blaß geworden. Ich dachte schon, er würde ohnmächtig werden oder einfach davonlaufen, doch Melford stand nun zwischen uns und zwang uns, dem Todeskarren zu folgen. Wir taten, wie uns geheißen wurde, und schlossen uns, wie Trauergäste, dem Zug an, der sich langsam in Richtung Smithfield bewegte und der nur einmal bei einer Schänke Halt machte, damit dem Verurteilten der traditionelle letzte Schluck Ale gereicht werden konnte.

Er sah auch so aus, als hätte er ihn dringend nötig; sein Gesicht war wie eine Maske aus blauen Flecken. Er konnte kaum stehen: Über seine nackte Schulter verliefen tiefe Striemen, und ein Arm hing schlaff herunter. Schließlich rumpelte der Karren zu dem großen, dreiteiligen Galgen hinauf, der auf einer Plattform stand und hoch in den Himmel ragte. Gleich daneben befand sich der Henkersblock, an dessen Fußende ein großes Haubeil lag. Ein Henkersknecht, der eine schmutzige Schürze trug, humpelte mit einem lahmen Bein über die Plattform und legte dem Delinquenten die Schlinge um den Hals. Der Kutscher mit der orangefarbenen Maske hieb mit der Peitsche auf das Pferd ein, der Karren setzte sich in Bewegung, und der Unglückliche zappelte in der Luft. Plötzlich kamen weiße Rosen aus der Menge geflogen, und ein Gassenjunge sprang auf die strampelnden Beine des Verräters zu. Blitzschnell hängte sich der Junge daran, und sogar von meinem Platz aus konnte ich das Brechen des Genicks hören. Dann sprang der Junge wieder hinunter und verschwand.

Benjamin wendete sich ab und übergab sich, was ihm Schimpftiraden einiger alter Tanten einbrachte, die sich hier eingefunden hatten, um sich zu amüsieren: Sie waren enttäuscht darüber, daß die zusätzlichen Strafen des Köpfens, des Kastrierens oder des Bauchaufschlitzens in diesem Fall nicht mehr nötig waren. Melford, dem die Enttäuschung auch ins Gesicht geschrieben stand, wendete sich um und gab uns mit einem Schnippen der Finger und einem knappen Befehl zu verstehen, daß wir ihm folgen sollten. »Das sollte eine Warnung sein, oder?« flüsterte mir Benjamin hinter vorgehaltener Hand zu.

Ich pries seinen Scharfsinn. Dennoch, ich versichere es Euch, mein Meister war kein Narr, er war nur naiv und unbefangen angesichts der Schlechtigkeit der Welt. Ich gebe bereitwillig zu, daß auch mich diese Szene nicht kaltgelassen hatte. Die Hitze, die dichtgedrängte Menschenmenge und der Anblick des entsetzlich zugerichteten, zuckenden Körpers hatten auch mir zu schaffen gemacht.

Wir kamen in Westminster an. Melford zeigte Wolseys Passierschein bei mehreren Beamten vor, bis uns schließlich ein Verwalter, der die Livree des Kardinals trug – drei mit Quasten versehene Hüte auf purpurrotem Grund –, nach oben zu den königlichen Gemächern führte. Wir begegneten noch mehr Wachen und mußten noch mehr Fragen beantworten, bis sich schließlich eine eisenbeschlagene Türe auftat und wir in ein Vorzimmer eintreten durften, das vor Reichtum strotzte: große, geschnitzte Stühle und Pulte, fein gedrechselte Tische mit spindeldürren Beinen und Platten aus Silber oder Topas. Es juckte mich in den Fingern, diese Kostbarkeiten zu befühlen, doch Benjamin und ich wurden gleich weitergeschoben in das Gemach des Kardinals. Er saß in einem thronähnlichen Sessel, eingehüllt in seine purpurnen Gewänder. Das Licht tanzte auf dem großen Brustkreuz, das an einer Kette um seinen Hals hing, und spiegelte sich in den Diamantringen, die seine Finger zierten.

Bedienstete huschten mit Dokumenten hin und her. Es lag ein Geruch von Wachs und Harz in der Luft, der Kardinal versiegelte Briefe mit Dekreten, die unzähligen Menschen Leben, Wohlstand, Freiheit, Gefängnis, Exil oder auch einen fürchterlichen Tod im Tower oder in Smithfield brachten. Wolsey blickte auf, seine kleinen Augen waren hart wie Feuerstein, und ich verstand, was der Psalmist meinte, als er davon sprach, daß Furcht die Eingeweide in Wasser verwandle. In diesem Augenblick war es bei den meinen schon fast so weit, und ich dankte Gott im stillen dafür, daß ich dicke, braune Pantalons trug, denn ich wollte mich ungern der Lächerlichkeit preisgeben. Der Kardinal nahm eine silberne Glocke von einem Tischchen neben sich und läutete damit kurz. Kein Gift hätte eine derartige Wirkung erzielen können: Alle Bediensteten hielten in ihren Tätigkeiten inne, und im Raum breitete sich Schweigen aus. Wolsey murmelte ein paar Worte, und seine Diener verließen das Gemach, willfährig und geduckt wie die Bauern angesichts des Steuereintreibers.

Nachdem sie gegangen waren, hörte man nichts mehr im Raum außer dem Summen einiger Fliegen und dem Geräusch, das Wolseys Lieblings-Windhund machte, der in der Ecke gerade damit beschäftigt war, unter einem rotgoldenen Baldachin sein Geschäft zu verrichten. Benjamin lüftete seine Kappe und verbeugte sich ergeben vor seinem Onkel. Ich tat es ihm nach. Der Kardinal betrachtete uns mißmutig, während sein Windhund damit begann, den Rest seiner Mahlzeit von einem silbernen Tablett zu verschlingen.

»Benjamin, Benjamin, mein lieber Neffe.« Melford trat nach vorne und flüsterte dem Kardinal etwas in Ohr, grinste dann säuerlich zu uns herüber und verließ den Raum. Als er hinausging, schlüpften Doktor Agrippa und Catesby herein und nahmen zu beiden Seiten des Kardinals Platz. Erneut wurde die Glocke betätigt, und es trat ein Diener mit einem juwelenbesetzten Tablett herein. Darauf standen fünf venezianische Gläser, schmal und langstielig und mit silbernen Verzierungen an den Rändern. Er stellte das Tablett auf einem Tisch neben Wolsey ab und verschwand wieder. Der Kardinal höchstselbst kredenzte uns den kühlen Wein aus dem Elsaß und reichte jedem von uns dazu eine Schale mit Leckereien. Dann kehrte er zu seinem Sessel zurück, und seine parfümierten, roten Gewänder bauschten sich um ihn, als er uns aufforderte zu essen. Das ließ ich mir nicht zweimal sagen, ich trank geräuschvoll aus dem Glas und stürzte mich gierig auf die Süßigkeiten. Nachdem ich fertig war, aß ich, ohne mich darum zu kümmern, ob Wolsey mich anstarrte, auch noch Benjamins Schale leer, dem der Appetit vergangen war. (Ich bin vielleicht ein bißchen ängstlich, aber ich lasse mich nicht gern einschüchtern, und ich war entschlossen, einem Mann wie Wolsey meine Angst nicht zu zeigen.) Der Lordkardinal nippte an seinem Glas und summte leise eine Melodie vor sich hin.

»Ihr habt gesehen, wie Compton starb?« fragte er plötzlich.

Benjamin nickte. »Es war nicht nötig, Onkel.«

»Ich bestimme, was nötig ist und was nicht«, schnauzte ihn der Kardinal an. »Compton war ein Verräter.« Wolsey lehnte sich in seinem Sessel zurück und befeuchtete seine Lippen. »Es gibt eine Verbindung zwischen seinem Tod und dem von Selkirk.«

»Was hatte er verbrochen?« wollte Benjamin wissen.

»Compton, ein Mitglied von *Les Blancs Sangliers*, erwarb von einem Hexer eine giftige Salbe. Er beschmierte damit die Wände eines königlichen Gemachs, in der Hoffnung, dadurch den König töten zu können. Er wurde entlarvt und verhört, aber er gab nichts preis. Das war genauso wie bei deinen Treffen mit Selkirk«, schloß Wolsey verärgert. »Du hast nichts herausbekommen, und nun stehen wir vor einem Rätsel: Wie kann ein Mann, der in eine Zelle eingesperrt ist, ermordet werden? Und warum finden wir nicht einmal eine Spur des Giftes, warum wissen wir nicht, wie der Mörder in die Zelle hinein und aus ihr wieder hinausgekommen ist?« Der Kardinal raufte sich die Haare. »Wie mir Doktor Agrippa berichtete, muß der Giftmörder in der Zelle gewesen sein, um die weiße Rose zu hinterlassen. Ich nehme an, während der Hinrichtung hast du gesehen, wie irgendein Mistkerl solche weißen Rosen zum Galgen hingeworfen hat?«

»Vielleicht war es die gleiche Person«, platzte ich heraus.

93

»Haltet das Maul, Idiot«, brüllte der Kardinal.

»Wurde Compton von den Folterknechten des Königs verhört?« fragte Benjamin.

»Natürlich.«

»Und habt Ihr dabei etwas erfahren, lieber Onkel?«

»Nein.«

»Dann, ehrenwertester Onkel, glaube ich, wäre es ungerecht, mir meine Erfolglosigkeit bei Selkirk vorzuhalten. Schließlich hatte ich nur zehn Tage Zeit.« Benjamin ließ seine Worte wirken.

Ich blickte zu Doktor Agrippa, der in sich hineinlächelte, während Catesby verdrossen umherschaute. Benjamin zog flink das Stückchen Pergament aus seinem Wams hervor.

»Bevor Ihr uns weiter kritisiert: Ich habe etwas gefunden. Selkirk hatte dies in der Wand seiner Gefängniszelle versteckt.«

Wolsey riß Benjamin das Dokument fast aus der Hand. Er ließ nicht einmal Catesby oder Agrippa einen Blick darauf werfen, als er die Worte vor sich hinmurmelte, und blickte dann Benjamin streng an.

> Drei weniger von zwölf sollen es sein,
> oder der König keinen Prinzen wird erzeugen.
> Das Lamm begab sich zur Rast
> in des Falken Nest.
> Der Löwe brüllte,
> obgleich im Sterben er lag.
> Die Wahrheit nun steht geschrieben
> in geheiligten Händen
> an dem Ort, welcher beherbergt
> des Dionysios Gebeine.

»Was bedeutet das?« fragte er und reichte das Pergament an Doktor Agrippa weiter, der es ebenfalls las und dann an Catesby weitergab.

»Das weiß nur Gott, liebster Onkel«, antwortete Benjamin. »Aber ich bin überzeugt, die Geheimnisse, in deren Besitz Selkirk war, sind in diesen Zeilen verborgen.«

Wolsey ergriff die silberne Klingel und bimmelte damit. Darauf huschte sein Hauptgehilfe ins Zimmer. Der Kardinal nahm das Pergament aus Catesbys Händen und reichte es seinem Bediensteten.

»Laß das abschreiben, fünf- oder sechsmal. Achte darauf, daß kein Fehler passiert, und laß es durch einen Dechiffreur daraufhin untersuchen, ob es eine verschlüsselte Botschaft enthält.«

Der Mann verbeugte sich und eilte davon. Wolsey blickte nach der Seite zu Doktor Agrippa und zu Catesby. »Gentleman, sagen Euch diese Worte etwas?«

Agrippa schüttelte den Kopf, während er seine Augen auf Benjamin gerichtet hielt, und ich vermeinte, so etwas wie Anerkennung in seinem Blick zu bemerken, als habe der Doktor erkannt, daß Benjamin und ich doch nicht jene Trottel waren, als die er uns bisher angesehen hatte. Catesby, dem es die Sprache verschlagen zu haben schien, schüttelte ebenfalls den Kopf. Der Kardinal lehnte sich nach vorn, sichtlich erfreut über die Leistung seines geliebten Neffen.

»Benjamin, das hast du wirklich gut gemacht — aber es gibt noch mehr zu tun.«

O Gott, fuhr es mir durch den Kopf. Ich liebte es nicht, mich in der Nähe der Größen des Staates aufzuhalten. Ich fragte mich auch, was wohl geschehen wäre, hätte Benjamin Selkirks verborgenes Manuskript *nicht* gefunden. Der Kardinal rückte auf seinem Sessel noch ein

Stück weiter nach vorn, wie ein Verschwörer, der uns geheime Dinge anzuvertrauen gedachte.

»In einigen Tagen, am Feiertag des heiligen Lukas, wird Königin Margarete den Tower verlassen und nach Norden reisen, nach Royston, einem königlichen Landsitz in der Nähe von Leicester. Dort wird sie mit Emissären aus Schottland verhandeln, die aus Edingburgh anreisen, um mit ihr über ihre mögliche Rückkehr nach Schottland zu sprechen. Du wirst diese Emissäre in Empfang nehmen und dir im Auftrage von Königin Margarete ihre Vorschläge unterbreiten lassen.« Wolsey blickte seinen Neffen streng an. »Und dann noch etwas. Selkirk wurde durch irgend jemanden aus dem Tower ermordet. Einer oder mehrere Personen des Hofstaats von Königin Margarete müssen Mitglieder von *Les Blancs Sangliers* sein. Du sollst herausfinden, welche das sind. Warum und wie sie Selkirk ermordet haben. Und vor allem, was es mit den rätselhaften Worten in Selkirks Gedicht auf sich hat.«

»Jedes Mitglied des königlichen Gefolges könnte insgeheim ein Yorkist sein«, hob Doktor Agrippa an. »Erinnert Euch daran, daß sogar der alte Surrey, der Jakob bei Flodden geschlagen hat, früher für Richard III. kämpfte. Es könnten sich also Yorkisten dem Hofstaat der Königin angeschlossen haben und mit ihr nach Schottland gegangen sein, um dort Verschwörungen auszuhecken.«

»Dann wollen wir sie aus ihren Löchern hervorlocken!« bemerkte Wolsey. »Gib im Kreis der Höflinge bekannt, daß du Selkirks Gedicht gefunden hast, suche eine Gelegenheit, um es vor dem versammelten Gefolge vorzulesen, und achte darauf, was dann geschieht.«

Ich erinnerte mich an den seltsamen Gesichtsausdruck von Ruthven und stimmte Wolseys Vorschlag zu, wenngleich es mir in erster Linie darum ging, meine eigene Haut zu retten. Das Motto des alten Shallot lautete immer schon: »Kümmere dich um dich selbst, dann ist alles in Ordnung.«

»Das war noch nicht alles«, sagte Catesby dazwischen. »Einer der vertrauenswürdigsten Agenten des Lordkardinals, ein gewisser John Irvine, kommt aus dem Norden herunter. Er hat wichtige Informationen bei sich, die so brisant sind, daß er sie nicht einmal einem Brief anvertrauen möchte. Nun, in der Nähe des Landsitzes von Royston liegt die Abtei von Coldstream. Ich habe Irvine angewiesen, Euch dort am Montag nach dem Feiertag des heiligen Leo zu treffen. Irvine wird Euch dann seine geheime Nachricht überbringen. Ihr sprecht mit niemandem darüber, sondern erstattet sofort direkt Seiner Eminenz dem Kardinal Bericht.«

Wolsey packte Catesby am Arm, als die Türe aufging und der Hauptgehilfe wieder hereinkam.

»Ja, was gibt es denn?«

Der Bedienstete schüttelte den Kopf.

»Eure Hoheit, das Gedicht haben wir kopiert, doch die Dechiffreure konnten keinen Code entdecken. Außerdem habe ich eine Botschaft für Euch: Seine Majestät der König erwartet Euch jetzt.« Der Mann blickte zu uns herüber. »Und natürlich auch Eure Gäste.«

Mir rutschte das Herz in die Hose. Nehmt dies als eine Verhaltensregel vom alten Shallot: Haltet Euch von Herrschern fern. Euch gegenüber werden sie sich immer so darstellen, als seien sie das Höchste, aber Ihr seid für *sie* nichts weiter als eine Schachfigur, ein Strohhalm im Wind. Frei heraus gesagt, ich wollte den König nicht sehen, seine Schwester war schon schlimm genug. Doch Wolsey erhob sich, klatschte in die Hände, und an der Türe erschien Melford mit zwei Hellebardieren. Der Kardinal flüsterte Agrippa und Catesby, die hier auf ihn warten sollten, noch etwas zu, während die Soldaten meinen Meister und mich schon hinausbegleiteten. Wir gingen hinter dem Kardinal die Treppe hinunter und über einen glänzenden, schwarzweiß gemusterten Hallenboden zu einer Türe, durch die wir in die königlichen Gärten hinaustraten. Dort erschlug uns schier die Farbenpracht, welche die Kräuter, die Lilien und die unzähligen Wildblumen verbreiteten. In einer entfernten Ecke befand sich ein kleiner Obstgarten mit Birnenbäumen, doch im Mittelpunkt standen die großen Beete mit roten Rosen, die ihre Köpfe der Sonne entgegenreckten.

Am anderen Ende des Gartens lag ein breiter, saftiger, grüner Rasen, auf dem sich Menschen tummelten, deren goldene, rote, silber- und lilafarbenen Gewänder sogar die Pracht der Blumen in den Schatten stellten. Auf dem Gras waren einige Rasenstücke um einen Brunnen aus reinstem Marmor herum aufgeschichtet worden. Sein Plätschern übertönte an diesem klaren Herbsttag das gedämpfte Murmeln der Konversation und das Gelächter. Dieser Bereich des Gartens war durch goldene Trennwände, die neun Fuß hoch waren, vom übrigen Garten abgetrennt, und in dieser Enklave saß der König, Bluff King Hal, inmitten der Herren und Damen seines Hofes.

Heinrich erhob sich, als Wolsey näherkam. Der König stand da und blickte uns entgegen, das rotblonde Haar zurückgestrichen, die Beine leicht gespreizt, die Hände auf die Hüften gelegt, ein beeindruckender Koloß aus muskulösem Fleisch, das von prächtigen Gewändern umhüllt wurde. Ich hatte den König schon einmal von ferne gesehen, doch nun, von nahem, begriff ich, warum alle Welt ihn verehrte: Da er vollständig in Weiß gekleidet war, erstrahlte er im Licht der Sonne. Sein Haar, das von der Sonne vergoldet wurde, war lang gewachsen und fiel ihm in dicken Locken auf die Schultern. Sein glattrasiertes Gesicht glänzte wie edles Metall. Lediglich seine Augen ließen mich eher erschauern, als daß sie mir Bewunderung abgenötigt hätten. Sie saßen weit oben in seinem Gesicht, standen eng beieinander und waren jetzt wegen des Sonnenlichts zusammengekniffen, und sie strahlten eine Energie und eine Arroganz aus, die ich noch nie zuvor gesehen hatte und später auch nie mehr.

Er war schon ein Goldjunge, unser König, bevor er verrückt und fett wurde und seine langen Beine von Geschwüren überwuchert wurden und sein Arsch sich an den Hämorrhoiden wundrieb, die sich dort angesammelt hatten. Als er älter wurde, hing sein gewaltiger Bauch hinunter wie der einer trächtigen Sau. Heinrich wurde so dick und plump, daß ein spezieller tragbarer Sessel für ihn gebaut werden mußte, und war so leicht reizbar, daß nur noch ich und sein Hofnarr, Will Somers, es wagen durften, sich in seine Nähe zu begeben. Ihr wußtet natürlich, daß Heinrich VIII. ermordet wurde, nicht? O ja, sie töteten ihn und steckten seinen aufgedunsenen Körper gleich danach in einen Sarg, wobei sie den Deckel so heftig herunterdrückten, daß der Leichnam zerbarst und die Hunde herbeigerannt kamen, um die auslaufenden Körpersäfte aufzulecken. Aber das geschah erst viel später. Als ich ihn hier zum ersten Mal sah, glotzte ich ihn nur an — so lange, bis eine der Hofdamen zu kichern anfing und ich merkte, daß meine Begleiter, mein Meister und sogar der Lordkardinal in die Knie gegangen waren.

»Ihr habt uns Gäste mitgebracht, Thomas?« Die Stimme des Königs war tief, mit einem Anflug von Verärgerung.

»Ja, Eure Majestät«, erwiderte der Kardinal. »Ich erwähnte sie schon einmal, erinnert Ihr Euch?«

Der König drehte sich um, klatschte in die Hände und sagte etwas auf Französisch zu seinen Begleitern. Die Männer verbeugten sich, die Hofdamen machten einen Knicks, und dann rauschten sie unter lautem Seidenrascheln und Wolken wohlriechenden Parfüms hinterlassend aus dem Garten. Ich erblickte Heinrichs Gemahlin, Katharina von Aragon, eine plumpe und dicke Frau, die in dunkles Blau gekleidet war und eine goldene Halskette trug, deren Einzelteile spanischen Granatäpfeln nachempfunden waren. Ihr Gesicht war blaß, doch ihre dunklen Augen blickten gütig und warm. Auch Sir Thomas More war anwesend, dessen Haus ich meinem Meister gezeigt hatte. Thomas war ein großer Gelehrter, er hatte ein angespanntes Gesicht und kluge Augen. Er hat sich nie irgendwelchen Illusionen über den König hingegeben.

»Wißt Ihr, Shallot«, bemerkte er einmal, »wenn ich durch mein Wissen eine Stadt in Frankreich für meinen König gewinnen könnte, dann würde ich dorthin gehen.«

Das hat er dann auch getan, er ging nach Frankreich, aber nicht wegen eines Schlosses, sondern wegen einer Kurtisane — Anne Boleyn.

Nachdem alle gegangen waren, richtete sich Wolsey mit der Behendigkeit eines Tänzers wieder auf. Ich wollte es ihm nachtun, doch mein Meister packte mich am Arm und schüttelte den Kopf. Ich blickte nach oben. Der Lustgarten war nun entvölkert bis auf eine lilagewandete Dame, die ihr blondes Haar durch einen zarten Schleier aus Batist vor der Sonne geschützt hatte. Sie saß auf einem schmalen Schemel und nahm ziemlich hastige Schlucke aus einem großen Kelch Wein. Königin Margarete hatte also den Tower verlassen.

»Kommt, Thomas, kommt.« Die Stimme des Königs klang forsch. »Sagt Euren Gästen, sie sollen nähertreten.

Wir können nicht den ganzen Tag mit dieser Angelegenheit verbringen.«

Wolsey schnalzte mit den Fingern. Benjamin erhob sich und ging nach vorne, um zu Füßen des Königs niederzuknien und ihm die Hand zu küssen. Der König hieß ihn aufzustehen und murmelte ein paar Worte der Begrüßung. Ich trat ebenfalls nach vorne, die Augen auf den Boden geheftet, und streckte meine Hand aus, um die des Königs zu ergreifen — doch sie war nicht mehr da. Ich schaute auf. Der König hatte Wolsey untergehakt und ging mit ihm in den Lustgarten zurück. Benjamin folgte ihnen langsam und bedeutete mir mit dem Kopf, ich solle nachkommen. Ich tat, wie mir geheißen, trottete wie ein Hund hinter ihnen her und versuchte, meine Gekränktheit nicht zu zeigen. Offensichtlich war ich gut genug, um für den König in einem Krieg zu sterben, doch nicht würdig, seine Hand zu küssen. Im Lustgarten hievte sich Wolsey auf einen Sessel neben dem des Königs. Ich warf einen Seitenblick auf Königin Margarete. Der König war schon furchteinflößend genug, doch diese Dame hätte auch einen Panther in Angst und Schrecken versetzen können. Ihre verschlagenen Gesichtszüge und eine Grimasse, die sie anscheinend für ein Lächeln hielt, machten sie für mich nur noch abstoßender.

»Mein Lordkardinal hat Euch seine Anweisungen erteilt?« bellte der König meinen Meister an.

Benjamin nickte. »Ja, Eure Majestät.«

»Seid Ihr gewillt, sie auch auszuführen?«

»Mit all meinen Kräften.«

Oh, Herr im Himmel, ich hätte meinem Meister am liebsten meine Hand auf den Mund gepreßt. Da stand er, ein Lämmchen unter Wölfen, und verpflichtete sich (und was noch wichtiger war, auch mich) einer Aufgabe, bei deren Ausführung uns das gleiche Schicksal wie Selkirk und Compton ereilen mochte. Der König nickte und starrte auf die funkelnden Ringe an seinen Fingern hinunter, so als ob ihn die Angelegenheit schon zu langweilen beginne. Ich schaute schärfer hin: Sowohl er als auch der Kardinal blickten feierlich drein, aber auf mich machte das Ganze eher den Eindruck einer Komödie, in der Benjamin und ich als Hofnarren aufzutreten hatten. Sie lachten insgeheim über uns, ich war mir nur nicht sicher, ob Königin Margarete auch zu denen gehörte, die sich amüsierten.

Schließlich entließ der König uns, und wir gingen zurück zum Palast, wo Wolsey uns plötzlich in eine Nische zog, wobei er Melford mit einer Geste bedeutete, er solle weitergehen. Der Kardinal war mir so nahe, daß ich die Schweißperlen auf seinen kräftigen Augenbrauen sehen und das übertrieben süße Parfüm riechen konnte, das seinen Seidengewändern entströmte.

»Vertraut niemandem«, flüsterte er. »Nicht einmal Doktor Agrippa. Ihr müßt euch auf den Weg nach Norden machen, doch vergeßt nie, was ich euch jetzt sage: Eure Mission wird begleitet werden von Intrigen, Geheimnissen und brutalen Morden.«

(Nun, da ich hier in meinen seidenen Kissen ruhe und durch den Tunnel der Jahre in die Vergangenheit zurückblicke, weiß ich, wie recht er hatte, der Kardinal, der alte Halsabschneider. Denn der Teufel höchstpersönlich schlug bei uns sein Lager auf und folgte uns nach Norden.)

Sobald wir Westminster Palace den Rücken gekehrt hatten, steuerten wir die Rose-Taverne an, wie zwei verschreckte Hasen, die ihrem nächstgelegenen Loch entgegenhoppeln. Unser Treffen mit dem König, Wolseys Ausführungen und schließlich seine geflüsterte Warnung waren meiner Verdauung nicht gut bekommen, und der Anblick des bleichen, aufgeregten Gesichtes, das mein Meister zur Schau trug, war auch alles andere als eine Beruhigung für mich. Doch sobald wir in die kühle Dunkelheit der Schänke eingetaucht waren und die ersten Becher Sherry geleert hatten, entspannten wir uns und begannen uns schon wieder etwas besser zu fühlen. Master Daunbey war dabei vielleicht für meine gelassene Nach-mir-die-Sintflut-Einstellung eine Stütze.

»Was hat das Ganze zu bedeuten, Roger? Gift, geheime Botschaften, mysteriöse Treffen und Reisen in den wilden Norden?« Er schaute auf das Stück Pergament, das Wolsey ihm gegeben hatte und das eine Abschrift von Selkirks Vers enthielt.

»Was ist in diesem dreimal verfluchten Gedicht verborgen?« fragte er. »Dionysios ist griechisch. Und wie kann ein Lamm im Nest eines Falken ruhen? Oder ein sterbender Löwe brüllen? Und was hat es mit den ›Drei weniger von zwölf‹ auf sich?«

Ich wußte auf all diese Fragen nur mit einem lauten Rülpser und dem Ruf nach mehr Sherry zu antworten. Der Alkohol beruhigte Benjamin. Er wurde ein bißchen sentimental und begann, etwas von einer Frau namens Johanna zu murmeln. Ich fragte ihn, wer sie sei, doch er schüttelte nur den Kopf und fiel nach ein paar Minuten in einen unruhigen Schlaf. Ich ließ ihn schlafen, denn ich begann mich immer mehr für die koketten Blicke einer der Bedienungen zu interessieren. Sie schenkte mir mehr als ein Lächeln, nachdem ich ihr einige von Benjamins Münzen zugeschoben hatte und wir uns in eines der über dem Schankraum gelegenen Zimmer zurückgezogen hatten. Ihren Namen habe ich vergessen. Sie ist wahrscheinlich schon lange zu Staub zerfallen und nur noch eine schöne Erinnerung, doch sie hatte liebevolle Augen, lange Beine und die größten Brüste von ganz London.

(Größere als die dicke Margot? will mein Kaplan wissen. O ja, wie reife Melonen. Wieder muß ich dem Kaplan einen Stockschlag auf die Finger verpassen, er zeigt einfach zuviel Interesse für die Gelüste des Fleisches.)

Wie auch immer, dieses schöne Mädchen nahm mein Geld, aber ich glaube, sie mochte mich auch, und so preßten sich bald unsere heißen Körper aneinander, und wir tollten wild und ausgelassen im Bett umher. Als ich aufwachte, war sie schon weg, und auch mein übriges Geld. Ich zog mich an und ging nach unten. Benjamin schlief immer noch in der Schankstube, daher weckte ich ihn auf. Er war ganz kalt und klamm.

»Master«, sagte ich (und tat so, als hätte ich den ganzen Nachmittag neben ihm verbracht), »der Tag neigt sich, und wir müssen zurück in den Tower.«

Benjamin rieb sich die Augen. »Bald werden wir London verlassen müssen. Ich möchte aber vorher noch Johanna besuchen.«

»Wo ist sie denn?« fragte ich. »Um alles in der Welt, Master, ich habe hier bei Euch verweilt, und jetzt bin ich müde und möchte ins Bett.«

Benjamin drückte meinen Arm. »Roger, du mußt mitkommen.«

Nun, was blieb mir da anderes übrig? Ich bin im Grunde meines Herzens ein gutmütiger Mensch, und so folgte ich ihm hinaus nach King's Steps, wo wir eine Barkasse themseaufwärts nahmen. Ich wurde einfach nicht schlau aus ihm, und daher überließ ich Benjamin seinen eigenen Gedanken, während ich die breiten Handelsschiffe aus Venedig, die dickbauchigen Koggen der Hanse und die prächtig geschmückten Barkassen der Edelleute studierte, die wie Eisvögel über die dunkel werdende Themse dahinglitten, hinunter nach Westminster oder zum Palast von Greenwich. Am Ufer hatte man bei Sonnenuntergang zwei Flußpiraten gehängt, deren Leichen immer noch am Galgen baumelten. Später würde man sie abnehmen und drei Tage und drei Nächte lang an den Kai binden, zur Warnung für andere Freibeuter auf dem Fluß. Als wir um eine Biegung fuhren, beugte sich Benjamin zum Rudersmann vor und gab ihm flüsternd Anweisungen. Das Boot glitt ans Ufer, und ich starrte verwundert auf das wunderhübsche weiße Ziegelgebäude des Nonnenklosters von Syon.

»Johanna ist eine Nonne?« fragte ich Benjamin leise.

Benjamin schüttelte den Kopf. Wir stiegen aus und gingen den Kiesweg zum eisenbeschlagenen Klostertor hinunter. Benjamin zog an der Glocke, woraufhin eine Seitentüre geöffnet wurde. Wiederum flüsterte Benjamin, und die Nonne in dem weißen Schleier lächelte und forderte uns mit einem Wink auf, einzutreten. Sie führte uns durch den üppig mit Blumen bestandenen Klostergarten und über einige weißgestrichene Gänge in einem Raum, in dem sich nichts außer einer Bank, einigen Schemeln und einem großen schwarzen Holzkreuz befand. Die Nonne brachte uns zwei Becher mit Wein, der mit Wasser verdünnt war, und schlüpfte dann wieder hinaus, wobei sie die Türe hinter sich schloß. Natürlich war ich voller Fragen, doch Benjamins Gesicht war kalt und teilnahmslos geworden, alle Farbe und jedes Gefühl waren aus ihm gewichen. Es vergingen zehn, fünfzehn Minuten, bis die Türe sich wieder öffnete und eine alte Nonne ein junges Mädchen hereinführte, das bestimmt nicht mehr als neunzehn oder zwanzig Lenze zählte. Ihr Haar unter der dunklen Kapuze ihres Überwurfs war feuerrot, und sie hatte ein wirklich wunderhübsches Gesicht — eine Haut wie Marmor und dazu einen Rosenmund —, doch ihre himmelblauen Augen blickten kalt und leer. Sie stolperte, als ob ihr das Gehen Schwierigkeiten bereite, und als Benjamin sich erhob, um sie zu umarmen, schüttelte sie nur stumm den Kopf und lächelte ihn freudlos an.

Mein Meister führte sie zu einer der Bänke und setzte sich neben sie. Er liebkoste sie, zog sie näher zu sich heran und sprach sanft und liebevoll mit ihr, so wie sich Eltern gegenüber einem Kinde verhalten, das sie abgöttisch lieben. Die alte Nonne stand daneben und beobachtete die beiden, während ich Benjamin lauschte, wie er ihr Koseworte zuflüsterte, doch das Mädchen bewegte sich kaum, sie ließ es nur zu, daß er sie sanft hin und her schaukelte. Ich blickte zur Seite, als ich sah, daß meinem Meister Tränen das Gesicht herunterliefen, und ich begriff, daß ein tiefer Kummer seine Seele quälte. Nach einer Weile trat die Nonne zu den beiden hin und löste Johanna sachte aus Benjamins Armen. Sie und mein Meister sprachen flüsternd noch eine Weile miteinander, und dann ging die Türe wieder auf, und Benjamin und ich blieben allein in dem Raum zurück.

Wir sprachen nicht, bis wir wieder im Tower in unserer Kammer angelangt waren. Bis dahin hatte Benjamin sich wieder einigermaßen gefangen.

»Wer war sie, Master?«

»Johanna Beresford«, murmelte er.

Der Name weckte Erinnerungen in mir. »Es gab eine Familie Beresford in Ipswich«, sagte ich, »einen Ratsherrn mit diesem Namen.«

»Ja, das ist richtig.«

Plötzlich erinnerte ich mich auch an die Gerüchte, die

ich über Benjamin vernommen hatte: Es war darüber geklatscht worden, er sei in die Tochter des Ratsherren verliebt gewesen.

»Was ist geschehen?«

Benjamin fuhr sich mit den Händen über das Gesicht. »Vor einigen Jahren«, begann er, »kurz nachdem ich zum Gerichtsdiener in Ipswich ernannt worden war, verliebte ich mich unsterblich in Johanna Beresford.« Er lächelte matt. »Sie war ziemlich verzogen, die einzige Tochter eines älteren, wohlhabenden Paares. Doch ich brachte sie zum Lachen, und ich glaube, sie hat auch für mich etwas empfunden.« Er leckte sich über die Lippen und blickte um sich. »Alles ging gut, zunächst jedenfalls. Ich wurde im Hause ihres Vaters empfangen, wo ich auch meiner Werbung Nachdruck verlieh.« Er verstummte.

»Was geschah dann?«

»Die Azzisen kamen in die Stadt, die großen Richter aus Westminster machten ihre Rundreise in Suffolk. Der Hauptmann der Garde war ein junger Edelmann aus der Familie der Cavendishes in Devon.« Benjamin biß sich auf die Lippen. »Um die schreckliche Geschichte abzukürzen, Johanna vernarrte sich in diesen jungen Edelmann. Natürlich protestierte ich, doch sie war wirklich in ihn verliebt. Nun, ich hätte es schließlich doch akzeptiert: Johanna stammte aus einer ehrenwerten Familie, und er hätte aus ihr eine pflichtbewußte Ehefrau machen können, doch Cavendish spielte nur mit ihr, verführte sie und verließ sie dann. Johanna war verzweifelt. Sie fuhr nach London, doch er lachte sie aus und bot ihr an, ihr eine komfortable Unterkunft zu verschaffen. Er behandelte sie wie eine Dirne.« Benjamin schaute mich an, gar nicht wie die zarte Seele, als die ich ihn kannte. Die Haut über seinem blassen Gesicht hatte sich gestrafft, und seine

Augen waren größer, wilder geworden. »Johanna verfiel dem Wahnsinn!« fuhr er fort. »Ihre verzweifelten Eltern versuchten, bei Cavendish zu protestieren, doch die Beleidigungen, die ihnen entgegengeschleudert wurden, beschleunigten nur noch ihr Hinscheiden. Vor ihrem Tod gaben sie Johanna in die Obhut der Nonnen von Syon und vertrauten ihr Geld dem Orden zur treuhänderischen Verwaltung an. Ratsherr Beresford ließ mich auch schwören, daß ich, solange ich lebe, mich um Johanna kümmern würde.« Er lächelte. »Das ist keine lästige Pflicht, Roger, sondern eine heilige Verantwortung: Johanna ist geisteskrank, verrückt geworden vor Liebe, schwachsinnig vor Verlangen. So, jetzt weißt du alles.«

Ja, nun begriff ich, warum Benjamin gelegentlich nach London aufgebrochen war, um irgendwelche geheimnisvollen Botengänge zu erledigen. Warum er in Gesellschaft von Frauen so zurückhaltend war. Warum er diese fürchterliche Traurigkeit ausstrahlte und warum er es so geschickt verstanden hatte, Selkirk seine Befangenheit zu nehmen.

»Was ist mit ihm passiert?« fragte ich.

»Mit wem?«

»Mit Cavendish.«

Benjamin rieb seine Hände aneinander.

»Nun«, stieß er hervor, »ich habe ihn getötet.«

Der Herr sei mein Zeuge: Ich erschauderte bis ins Mark. Hier saß mein sanftmütiger Meister, dem es schon naheging, wenn ein Brauereipferd geschlagen wurde, und er verkündete jetzt ganz ruhig, er habe einen jungen Edelmann getötet! Benjamin blickte mich von der Seite her an.

»Nein«, sagte er scharf, »nicht was du denkst, Roger. Kein vergifteter Wein oder ein Pfeil in den Rücken. Ich trage zwar keinen Degen, doch ich habe das Fechten gelernt, von einem Spanier, der in Italien gedient hatte und dann nach England floh, als sich die Inquisition für ihn zu interessieren begann. Nun, ich machte Cavendish in einer Londoner Taverne ausfindig. Ich trat ihm entgegen, schlug ihn ins Gesicht und fragte ihn, ob er gegenüber den Männern von Ipswich auch so mutig sei wie gegenüber den Frauen von Ipswich. Eines trüben Morgens standen wir uns dann auf einer taugetränkten Wiese in der Nähe von Lincoln's Inn Fields auf dreißig Yard Distanz mit Degen und Dolch gegenüber. Ich könnte behaupten, daß ich ihn nur verletzen wollte, doch das wäre gelogen.« Er zuckte mit den Achseln. »Ich tötete ihn sauber in zehn Minuten. Es gab zwar ein Gesetz gegen das Duellieren, aber die Familie Cavendish sah es als eine Frage der Ehre an, und sie akzeptierte, daß mir als Gentleman gar keine andere Wahl geblieben war, als ihn herauszufordern. Mein Onkel, der Lordkardinal, erwirkte vom König eine Begnadigung für mich, und so wurde die Angelegenheit unter den Teppich gekehrt.« Er seufzte. »Nun ist Johanna wahnsinnig und im Kloster von Syon versteckt, Cavendish ist tot, mein Herz ist gebrochen, und mein Leben schulde ich dem Lordkardinal.« Er stand auf und öffnete seinen Umhang. »Hast du dich jemals gefragt, Roger«, sagte er über die Schulter, »warum ich dich in Ipswich vor dem Galgenstrick bewahrt habe?«

Um ehrlich zu sein, das hatte ich noch nicht getan. Ich sah Benjamin einfach als einen aufrichtigen, entgegenkommenden und gutmütigen Menschen. Jetzt, in dieser dunklen Kammer im Tower, begriff ich, daß der gute Shallot sich getäuscht hatte, und ich versuchte, das beunruhigende Gefühl der Furcht zu bekämpfen, das in meinem Herzen aufstieg.

Benjamin warf seinen Umhang auf das Bett.

»Nun, Roger?«

»Ja und nein«, stotterte ich.

Er kniete sich neben mich. Ich verkrampfte mich, als ich das kleine Messer sah, das in seiner Hand verborgen war. Seine Augen glühten immer noch wild in seinem bleichen, verhärmten Gesicht.

»Ich habe dich gerettet, Roger, weil ich dich mochte und weil ich dir etwas schuldete.« Er lächelte seltsam. »Erinnerst du dich an diesen tyrannischen Schullehrer?« Er packte mein Handgelenk mit einem Griff, der hart war wie eine Stahlzange. »Ich möchte, daß du mir jetzt schwörst, dich immer um Johanna zu kümmern, falls mir etwas zustoßen sollte!« Er streifte den Ärmel seines Lederwamses zurück und ritzte sein Handgelenk mit dem Messer, bis kleine, rote Blutstropfen hervortraten. Dann nahm er mein Handgelenk und fuhr mit der Spitze des Messers wie mit einer Rasierklinge darüber. Ich schaute nicht hin, sondern hielt meinen Blick auf Benjamins Augen gerichtet. Ein Flackern, eine leichte Veränderung des Ausdrucks, und ich hätte meinen eigenen Dolch gezogen, doch Benjamin drückte nur sein Handgelenk auf meines, so daß sich unser Blut vermischte, auf den Boden tropfte, unsere Arme und unsere gestärkten weißen Hemden befleckte.

»Schwöre, Roger!« rief er. »Schwöre bei Gott, beim Grab deiner Mutter, bei unserem Blut, das sich nun vermischt, daß du dich immer um Johanna kümmern wirst!«

»Ich schwöre es!« flüsterte ich.

Er nickte, erhob sich, ließ das Messer auf den Boden fallen und legte sich auf das Bett, wo er sich in einen Umhang einrollte.

Ich wartete, bis das Blut an meinem Handgelenk eingetrocknet war, und starrte hinüber zu Benjamin.

Nun, laßt Euch vom alten Shallot etwas sagen: Glaubt niemals, daß Ihr schon alles wißt! Benjamin war nicht der Mann, für den ich ihn bisher gehalten hatte. In Wahrheit hatte er viele Gesichter: der liebenswürdige Anwalt, der naive Student, der lustige Geselle..., doch er hatte auch eine dunkle, fast unheimliche Seite. Er war ein Mann, der außergewöhnliche Leidenschaften hinter der Fassade eines kindlichen Äußeren zu verbergen suchte. Draußen brauste ein kalter Wind, der vom Fluß heraufkam, um den Tower, er heulte und jammerte wie eine verlorene Seele auf der Suche nach der Erlösung. Ich fröstelte und zog meinen Umhang enger um mich. Benjamin hatte einen Mann umgebracht! Wäre er noch einmal imstande, einen Menschen umzubringen? Ich war mir darüber im Zweifel. Hatte die Befragung von Selkirk ihn an Johanna erinnert und den Dämon freigesetzt, der in seiner Seele schwärte? Schließlich war mein Meister ja der letzte gewesen, der mit dem Gefangenen gesprochen hatte. Meine Gedanken schwirrten wie Fledermäuse in alle Ecken und Winkel dieses großen Geheimnisses, das uns umgab. Warum hatte der Schotte sterben müssen? Würde Benjamin alles für seinen Onkel tun? Gehörte dazu auch Mord? Und vor allem: Konnte ich mich denn angesichts von alledem in Sicherheit wiegen?

(Es tut mir leid, ich muß nun mein Diktat unterbrechen, denn der Kaplan, mein Gehilfe, springt auf seinem Schemel umher.

»Sagt mir, wer Selkirk getötet hat!« ruft er. »Was hatte es mit den geheimnisvollen Worten in seinem Gedicht auf sich? Warum sagt Ihr nicht einfach, wie es war, und laßt es damit bewenden?«

111

Ich befehle dem alten Furzer, sich zu setzen. Ich bin ein Geschichtenerzähler, und meine Geschichte soll sich entwickeln, sich entfalten können wie ein Wandteppich. Und warum auch nicht? Jeden Sonntag besteigt mein Kaplan die Kanzel und langweilt mich zu Tode mit einer stundenlangen Predigt, in der er über die Lüsternheit des Fleisches herzieht. Nicht im Traum würde es ihm einfallen, einfach aufzustehen und zu brüllen: »Hört endlich auf, Unzucht zu treiben, Ihr alter Lüstling!« und sich dann wieder zu setzen, o nein, und meine Geschichte ist schließlich auch viel interessanter als jede Predigt. Außerdem wird noch viel mehr geboten werden: Morde auf der Landstraße, Schrecknisse in den Straßen von Paris, Tod durch List und Tücke und Bosheiten jeglicher Art; Verbrechen, im Vergleich zu denen Herodes als Unschuldslamm erscheint.

Ihr müßt wissen, Jahre später erzählte ich Meister Shakespeare von Johanna. Er war sehr beeindruckt und versprach, die Geschichte in sein nächstes Stück einzubauen, das von einem dänischen Prinzen handeln sollte, der seiner Liebe entsagte und das Mädchen dadurch in den Wahnsinn trieb. Ich dachte, er würde auch mich kurz erwähnen, allein schon aus Dankbarkeit. Aber nein, nichts dergleichen. Das ist ein Zeichen der Zeit ... der Verfall der guten Sitten! Der Zusammenbruch der Moral! Ich leere meinen Becher und wende mich mit dem Gesicht zur Wand. Es ist wahr, man kann sich auf niemanden mehr verlassen.)

Kapitel 4

Die Tage nach unserem Besuch bei Johanna waren angefüllt mit hektischer Betriebsamkeit: Benjamin packte unsere Habseligkeiten zusammen, und ich mußte einen Becher verkaufen (den ich bei Wolsey gestohlen hatte) und das Geld zurückholen, das ich bei dem Goldschmied hinterlegt hatte. Am 18. Oktober, dem Feiertag des heiligen Lukas, versammelten wir uns unter den hochaufragenden Zinnen des Towers. Diener, Wachleute, Hufschmiede und Pfeilmacher wimmelten durcheinander. Stallburschen, Küchenjungen und Fuhrleute trugen das Gepäck heraus und luden es auf den großen Wagen: Vorhänge, Federbetten, Damasttücher und viele andere kostbare Stoffe wurden in Kisten verstaut. Die Ausstattungsgegenstände von Königin Margaretes Kapelle — Kandelaber, schwere Meßbücher mit vergoldeten Einbänden, gepolsterte Betstühle — sowie all die Töpfe und Krüge aus der Küche wurden in großen Haufen auf dem Kopfsteinpflaster des Hofes zusammengetragen. Ich drückte mich natürlich vor dieser vielen Arbeit und bestieg statt dessen den Tower Hill, um die blutgetränkte Plattform zu sehen, auf der schon so vielen Größen des Landes der Kopf abgeschlagen worden war.

Schließlich war alles bereit. Wir verließen den Tower durch ein Seitentor, zogen bis zur Hog Street, wo wir nach rechts abbogen, um die Kirche von St. Mary's Grace aufzusuchen. Der ganze Troß hielt, und uns wurde befohlen, auf den Wiesen rund um die Kirche zu warten, während Königin Margarete und die wichtigsten Leute ihres Hofstaats die Kirche betraten. Ich war schon ziemlich neugierig geworden, denn ich hatte einen mit schwarzem

Damasttuch überzogenen Karren entdeckt, der vor dem Eingang der Kirche vorgefahren war. Er wurde von königlichen Leibgardisten bewacht. Das Tuch wurde zurückgeschlagen, und ich beobachtete, wie eine große Urne in die Kirche getragen wurde. Catesby befahl uns, ihr zu folgen.

Ich fragte mich, was die Urne wohl enthalten möge, während wir hinter Agrippa, Melford und den anderen Mitgliedern von Margarets Gefolge das dunkle Hauptschiff entlanggingen. Die Urne wurde auf einer Auflage vor dem Hochaltar abgesetzt. Königin Margarete stand an ihrem Kopfende, wir anderen zu beiden Seiten davon. Ich verrenkte mir schier den Hals, um nach vorne sehen zu können. Königin Margarete, blaßgesichtig und mit dunklen Ringen unter den Augen, nickte leicht, daraufhin schlug Catesby den Deckel zurück, und es kamen weiße Tücher aus Gaze zum Vorschein, denen ein betörendes Parfüm entströmte. Die Tücher wurden entfernt, und — gütiger Vater im Himmel — ich wäre beinahe ohnmächtig geworden. Da lag die Leiche eines Mannes: rote Haare, roter Bart, ein langes, wachsweißes Gesicht. Der Leichnam war in eine purpurrote Robe gekleidet, und ein silbernes Brustkreuz blinkte im Schein des Kerzenlichts. Der Mann schien zu schlafen, wenngleich seine Lider nur halbgeschlossen waren. Ich bemerkte kleine Wunden, rote Einkerbungen an seinen Backenknochen. Unverzüglich sanken alle, die hier versammelt waren, in die Knie.

»Wer ist das?« fragte ich flüsternd.

»Ihr Ehemann«, murmelte Benjamin. »Der verstorbene Jakob IV. von Schottland, der bei Flodden getötet wurde!«

Ich starrte auf dieses skelettähnliche Gesicht, die leeren Wangenknochen und das rote Haar, das säuberlich aus der Stirn zurückgekämmt war. Später erfuhr ich, daß sein Körper in der Schlacht übel zugerichtet und sein Gesicht durch einen Axthieb entstellt worden war. Die Einbalsamierer hatten hier ihr ganzes Können eingesetzt, um die Leiche äußerlich zu restaurieren. Königin Margarete murmelte etwas zu Catesby.

»Um Eurer eigenen Gnade willen«, hob Sir Robert an, »betet für unseren verstorbenen König Jakob IV., und verlaßt sodann das Gotteshaus. Ihre Majestät möchte alleine sein.«

Wir verließen alle nacheinander die Kirche, und die Königin blieb allein zurück mit ihren Schatten, während wir draußen unter der warmen Sonne dieses Herbsttages warteten.

»Master Benjamin«, sagte ich mit gedämpfter Stimme. »Der Leichnam des Königs ist nun ja schon vier Jahre lang über der Erde.«

»Die englischen Generale«, gab er zurück, »ließen die Leiche in Flodden anziehen und einbalsamieren und schickten sie nach Süden, damit unser König sie sehen konnte.« Er lächelte und blickte zur Seite. »Du weißt doch, unser guter Heinrich — der fürchtet sich weder vor den Lebenden noch vor den Toten. Er hat den Leichnam in einem besonderen Gemach im Palast von Sheen aufbewahren lassen.«

»Und die Königin nimmt ihn jetzt mit zurück?«

»Nein, nein!« unterbrach Ruthven, der hinter uns getreten war. »König Heinrich hat verfügt, daß er so lange hierbleiben soll, bis sie wieder als Königin von Schottland eingesetzt ist.«

Ich drehte mich um und blickte in das tränenverschmierte Gesicht des Mannes.

»Ihr habt König Jakob geliebt?«

»Er hatte seine Fehler, doch er war ein großer Herrscher. Edelmütig und über die Maßen großzügig.« Ruthven blickte hinauf zu den Vögeln, die am blauen Himmel ihre Kreise zogen. »Solch ein edler König«, flüsterte er, »hätte ein besseres Ende verdient gehabt.«

Königin Margarete kam aus der Kirche heraus und bedeckte ihr verhärmtes Gesicht mit einem Schleier. Benjamin ergriff Ruthven am Ärmel, um ihm zu zeigen, daß er mit ihm reden wolle. Wir gingen ein Stück weiter weg von der Gruppe.

»Wie war Euer Herr?« fragte Benjamin und deutete mit dem Kopf zu der unheimlichen Kirche. »Der verstorbene Jakob IV. Ich meine, als Mensch?«

»Eine eigenartige Persönlichkeit«, erwiderte Ruthven. »Er war beeinflußt von dem neuen Wissen, das aus Italien kam. König Jakob interessierte sich für Medizin und für alle Aspekte der Physis des menschlichen Körpers.« Er rieb sich die Augen mit dem Handrücken. »Wußtet Ihr, daß er sogar einen Lehrstuhl für Medizin an einer Universität begründet hat?« Ruthven wendete seinen Blick ab, er war nun eingetaucht in die Vergangenheit. »Die Neugier des Königs und sein Hunger nach Wissen trieben ihn auf manch seltsame Pfade. Einmal engagierte er einen Satanisten, einen Mönch, der sich mit Schwarzer Magie befaßte.« Ruthven blickte auf die Gruppe der Höflinge, die sich um die Kirchentüre versammelt hatte. »Doktor Agrippa erinnert mich bisweilen an ihn, doch das geschah vor vielen Jahren.« Plötzlich schaute Ruthven uns scharf an. »Wußtet ihr«, flüsterte er, »daß Carey glaubt, sein Großvater habe Doktor Agrippa in Antiochia getroffen. Aber ein Mensch kann doch gewiß nicht so lange leben?« Er seufzte. »Wie dem auch sei, dieser Satanist versprach, er könne Dinge zum Fliegen bringen.

Ob es ihm gelungen ist oder nicht, das weiß ich nicht, doch Jakob schätzte sowohl die guten als auch die rätselhaften Dinge des Lebens — guten Wein, schöne Frauen. Er hatte von mindestens zwei seiner Mätressen illegitime Kinder, von Marion Boyd und Margaret Drummond. Er hätte noch ein langes und reiches Leben vor sich gehabt, wäre er nicht bei Flodden getötet worden.« Er schlug seine Zähne zusammen. »Er hätte auf die Warnungen hören sollen.«

»Welche Warnungen?«

»Einige Tage bevor er sich zu seinem Heer gesellte, betete König Jakob in der königlichen Kapelle in Linlithgow. Da erschien ihm ein geisterhaftes Wesen, das wallende rote und weiße Gewänder trug. Der Geist hatte einen großen Stab bei sich, und mit seiner hohen Stirn und dem blonden Haar ähnelte er auf unheimliche Weise einem Gemälde des heiligen Johannes. Die Erscheinung warnte Jakob mit lauter Grabesstimme, das Kriegführen und den Umgang mit liederlichen Frauenzimmern aufzugeben. Einer der Begleiter des Königs versuchte, die Erscheinung festzuhalten, doch sie entschwand.« Ruthven nagte an seinen Lippen. »Einige Tage darauf versammelte sich die Armee vor den Toren Edinburghs, und eines Nachts vernahm man dort eine geisterhafte Stimme. Sie schien vom Market Cross zu kommen. Diese Stimme erklärte, Jakob und seine Kommandeure würden innerhalb von dreißig Tagen vor Pluto, dem Gott der Unterwelt, erscheinen.«

Ruthven zuckte mit den Achseln. »Die Prophezeiung hat sich erfüllt. Nach einem Monat waren Jakob und die meisten seiner Generale tot, umgekommen in der Schlacht bei Flodden.« Der Verwalter drehte sich um und spuckte auf den Boden. »So, Master Daunbey, nun wißt

Ihr mehr über meinen König. Habt Ihr noch weitere Fragen?«

»Ja«, unterbrach ich, »als mein Master Euch gegenüber von Selkirks Gemurmel sprach, schient Ihr alarmiert, ja fast verstört.«

Ruthven blickte mich finster an. Für einen Augenblick dachte ich, er wolle mir etwas sagen, doch seine hervorquellenden Augen wichen meinem Blick aus.

»Ich habe schon genug gesagt«, meinte er, als er sah, daß Moodie sich näherte.

»Die Königin trauert um ihren Gemahl«, fistelte der Kaplan.

»Tatsächlich?« witzelte Ruthven. »Wieso kann sie trauern?«

»Was meint Ihr damit?« Benjamin hatte sich blitzschnell umgedreht, und seine fragenden Augen blickten den Mann scharf an. »Was meint Ihr damit, Ruthven?«

»Mir sind Gerüchte zu Ohren gekommen, Master Daunbey«, erwiderte Ruthven und nickte in Richtung der Kirche. »Sie besagen, daß König Jakob nicht in Flodden getötet wurde und daß der Mann im Sarg jemand ist, der ihm ähnlich sieht.«

»Wäre das möglich?« fragte ich.

Ruthven schürzte die Lippen.

»Ja, es ist möglich«, flüsterte er. »Erstens, wir sehen immer das, was wir zu sehen erwarten. Zweitens, der Körper des Königs wurde schlimm zugerichtet; er ist durch die Hände von Einbalsamierern gewandert und befindet sich nun schon seit vier Jahren über der Erde. Drittens, in Flodden kleidete Jakob mindestens sechzehn seiner Ritter mit der königlichen Rüstung ein und versah sie mit seinem Wappenzeichen. Gott allein weiß, warum — jedenfalls nicht, weil es ihm an Mut gemangelt hätte.

Und schließlich gab es an Jakobs Hof mehrere Ritter, die ihm ähnlich sahen.« Er blickte hoch und sah, daß Agrippa näherkam. »Das ist alles«, schloß er.

Ich beobachtete ihn, als er wegging. Benjamin, der die Arme verschränkt hatte, schien in Gedanken versunken zu sein. Er wartete, bis der lächelnde Doktor vorbeigegangen war.

»Eine interessante Geschichte, Roger. Glaubst du sie?«
»Nach der *Chronik* von Fabius«, erwiderte ich, um ihm meine Bildung zu zeigen, »kleidete auch Heinrich IV., als er in Shrewsbury gegen Hotspur kämpfte, mehrere seiner Ritter mit der königlichen Rüstung ein.«

(Oh, nebenbei bemerkt, auch diese und andere Einzelheiten erzählte ich William Shakespeare. Ihr könnt davon in seinem Stück *Heinrich IV.* lesen. Will sagte mir großzügigerweise zu, einen der Charaktere des Dramas nach mir zu gestalten. Ich glaube, es ist der König, wenngleich böse Zungen behaupten, es sei Falstaff. Gott ist mein Zeuge, daß ich mit dem nichts gemein habe!)

Wir konnten nicht länger reden. Catesby gab seine Befehle aus, hieß uns alle aufsteigen, und kurz darauf hatten wir St. Mary's Grace verlassen und machten uns in Richtung Osten auf den Weg, nach Canterbury. Königin Margarete und Lady Carey, deren Brokatgewänder hell schimmerten, ritten an der Spitze der Kavalkade. An ihrer Seite ritten Carey, Agrippa und Catesby, dann folgten wir mit den quietschenden Karren und dem sonstigen Gefolge. Melford und eine Gruppe von Bogenschützen schwärmten vor dem Troß aus; sie machten den Weg für uns frei und verjagten all die Händler, Kleinkrämer, Bettler, Studenten und Vagabunden, die auf den Straßen herumwimmelten wie die Fliegen um einen Pferdearsch.

In Canterbury sprach Königin Margarete Gebete vor

dem Grab von Thomas Beckett. Mein Gott, welch ein Anblick: Der Sarg, der Becketts Leichnam enthielt, war in goldene Tücher gehüllt, und im Laufe der Jahre hatten fromme Pilger Saphire, Diamanten, Perlen und kleine Rubine mitgebracht, die nun zu Ehren des Heiligen an der Goldverkleidung prangten. Einige dieser Gemmen waren so groß wie Gänseeier, doch das wertvollste Stück war ein exquisiter Diamant, welcher ›Regal von Frankreich‹ genannt wurde. Dieser Diamant hatte solch ein Feuer und eine Brillanz, daß er sogar wie eine Flamme funkelte, wenn die Kirche dunkel war.

(Der alte Heinrich machte all dem ein Ende. Das Grab wurde zerstört, das Gold und Silber wanderte in seine Münzerei und der Regal von Frankreich an seine dicke, fette Hand. Warum erzähle ich Euch das? Nun, weil der Regal von Frankreich der Auslöser für Mord, blutige Intrigen und gewaltsame Todesfälle war. Doch das ereignete sich alles erst sehr viel später − Ihr könnt davon in einem meiner nächsten Berichte lesen.)

Hinter Canterbury nahmen wir die alte Römerstraße nach Hertfordshire, wobei wir planten, bei einem der königlichen Landsitze Halt zu machen, doch das Wetter schlug um, und es wurde kalt; schwere Regenwolken wurden vom Meer hereingetrieben, und wir waren gezwungen, unsere Reise schon in einer der größeren Tavernen außerhalb von Canterbury zu unterbrechen. Melford belegte die Zimmer mit Beschlag und sagte dem erzürnten Wirt, er solle seinen Mund halten und die Begleichung unserer gesamten Zeche bis zum Feiertag von Johannes dem Täufer beim Schatzkanzler einfordern. An diese Nacht erinnere ich mich gut, denn die Schrecknisse, die wir zu gewärtigen hatten, zogen sich nun dichter zusammen und rückten näher an uns heran.

Wir saßen alle in der großen Schankstube. Draußen war es dunkel und stürmisch, und die Flammen der Kerzen tanzten umher und erfüllten den Raum mit gespenstischen Schatten. Das Mahl war vorbei, Königin Margarete und Lady Carey hatten sich zurückgezogen, und wir Männer saßen um einen großen Eichentisch herum und sprachen eifrig dem Weine zu. Ruthven hatte seine Katze bei sich, streichelte sie und murmelte dabei etwas — ich hätte nicht sagen können, ob er mit sich selbst oder mit seinem Tier redete.

Ich bemerkte, daß seine Kameraden sich von ihm fernhielten. Und in der Tat gab es Gerüchte über Ruthven — daß er ein Hexer sei, weil er Linkshänder war und mit seiner Katze redete. Ruthven ignorierte sie einfach.

(In jenen Tagen konnte eine Hexe so lange in Sicherheit leben, wie sie sich von der normalen Bevölkerung fernhielt. Einmal sah ich, wie eine Gruppe von Dorfbewohnern einen Hexer steinigte, ihm einen Pfahl ins Herz trieb und ihn dann unter einem Galgen an einer Weggabelung begrub.)

Doch zurück zu meinen Kameraden in diesem dunklen Schankraum: Catesby blickte mit strahlenden Augen in die Runde. Moodie, der hier noch mehr als sonst wie eine Maus aussah, knabberte an einem Stück Käse. Da war der stets lächelnde Doktor Agrippa, der hakennasige Carey, das dicke, immer derber werdende Gesicht Melfords und natürlich Scawsby, der wie gewohnt säuerlich dreinblickte, wie wenn er gerade einen fahren lassen hätte und hoffte, daß niemand es bemerken würde. Die Konversation war in vollem Gange, man sprang von einem Thema zum anderen.

Benjamin und ich hatten, eingedenk der geheimen Anweisungen des Kardinals, beschlossen, Selkirks Manuskript bei der ersten sich bietenden Gelegenheit zur Sprache zu bringen. Benjamin gab mir nun mit Blicken zu verstehen, daß dieser dunkle, düstere Abend genau der richtige Moment dafür sei. Geschickt lenkte er das Gespräch zurück zu den unheimlichen Ereignissen, die mit Selkirks Tod zusammenhingen, denn dieser Mord hatte schließlich alle betroffen. So gab es dann Spekulationen darüber, daß Scawsby sich geirrt habe und der Schotte an einem Schlaganfall gestorben sei. Oder daß sein Tod das Ergebnis Schwarzer Magie gewesen sei, wobei viele verstohlene Blicke auf Doktor Agrippa, Ruthven oder sogar auf Benjamin geworfen wurden. Mein Meister ertrug dies alles mit der gewohnten Nachsichtigkeit und Bonhomie. Er hatte sich offensichtlich wieder erholt von seinem Besuch bei Johanna und verbarg seine Gefühle hinter dem üblichen Schleier des Geheimnisvollen. Er hatte sich nichts mehr anmerken lassen, bis auf das eine Mal, als wir durch einen kleinen Weiler kamen und dort Kinder beobachten konnten, welche Hunde auf eine arme, dem Wahnsinn verfallene Frau hetzten. Benjamin hatte mich von der Seite her angeblickt und verzweifelt das Gesicht verzogen. Selkirks Tod war ihm jedenfalls nicht mehr aus dem Kopf gegangen, und wenn wir allein waren, spekulierte er ständig darüber, wie der Schotte umgebracht worden war und was sein rätselhafter Vers zu bedeuten haben könnte. In diesem Schankraum nun hatte er beschlossen, diese Angelegenheit voranzutreiben, und Catesby bot ihm dazu eine Chance.

»Falls Selkirk ermordet wurde«, sagte Sir Robert, »was war das Motiv dafür?«

»Master Daunbey hätte das doch herausfinden sollen«, erklärte Scawsby gehässig.

»Er hat das Wrack lange genug befragt«, bellte Carey dazwischen.

Moodie japste zustimmend, während Ruthven für alle nur einen höhnischen Blick übrig hatte.

»Oh, das habe ich getan«, erwiderte Benjamin.

»Was habt Ihr getan?« fragte Carey.

»Ich weiß vielleicht nicht, wie Selkirk umkam, doch ich weiß, warum.«

»Unsinn«, erwiderte Carey scharf. »Was wollt Ihr damit sagen?«

»Selkirk hatte ein Gedicht verfaßt«, fuhr Benjamin ruhig fort.

»Hirnloses Geschwätz!« antwortete Carey.

»O nein«, sagte Benjamin leise.

Draußen heulte der Sturm und rüttelte an den hölzernen Fensterläden und dem großen Wirtshausschild, das an seiner eisernen Stange hin und her schwang, quietschte und ächzte, als ob es eine Botschaft hinausschreien wollte über die dunklen, regenverhangenen Felder.

Benjamin schloß seine Augen und begann den Text vorzutragen

> Drei weniger von zwölf sollen es sein,
> oder der König keinen Prinzen wird erzeugen.
> Das Lamm begab sich zur Rast
> in des Falken Nest.
> Der Löwe brüllte,
> obgleich im Sterben er lag.
> Die Wahrheit nun steht geschrieben
> in geheiligten Händen,
> an dem Ort, welcher beherbergt
> des Dionysios Gebeine.

Nach Benjamins Worten, Gott ist mein Zeuge, trat eine gespenstische Stille ein.

Ruthven strich sich energisch das Haar aus dem Gesicht zurück. »Wiederholt es, Mann!« flüsterte er mit heiserer Stimme.

Benjamin tat, wie gewünscht, während ich mich in der Runde umblickte. Catesby und Agrippa machten einen gelassenen Eindruck. Moodies Gesicht war ein weißer verschwommener Fleck im Kerzenlicht. Scawsby schien beunruhigt, seine Augen waren zusammengekniffen und sahen aus wie zwei kleine Knöpfe. Carey hatte es anscheinend die Sprache verschlagen, Ruthven war seltsam aufgeregt, während Melford sich nach vorne lehnte und Benjamin mit seinen bernsteinfarbenen Katzenaugen beobachtete.

»Sagen diese Worte irgend jemandem von Euch etwas?« fragte Benjamin.

Ruthven drückte seine Katze an sich und streichelte ihr den Kopf, wobei sich seine Hand immer schneller über das Fell des Tieres bewegte, bis die Katze schließlich unruhig wurde und protestierend miaute.

»Was noch?« fragte Catesby. »Was hat Euch Selkirk noch erzählt?«

»Er hat mir das Gedicht nicht gegeben«, erwiderte Benjamin. »Ich habe es gefunden. Doch einmal, als ich ihn fragte, warum er eingekerkert sei, murmelte er etwas über die Tage, die er in der Taverne Le Coq d'Or in Paris verbracht hatte, und er sagte, er sei eingesperrt, weil er ›die Tage zählen‹ könne.«

Ruthven sprang plötzlich auf, wie wenn er eine starke innerliche Erregung unterdrücken müsse.

»O nein«, zischte er und gab seine geheimen Gedanken preis. »Selkirk war nicht so verrückt, wie es den Anschein hatte. Ich vermute, er war im Tower, nicht, weil er die Tage zählen konnte, sondern weil er in Geheimnisse eingeweiht war, die Throne erschüttern und Kronen ins Wackeln bringen könnten!« Er starrte uns an.

»Wie meint Ihr das?« schnarrte Melford. Ruthven wurde bleich. Er schüttelte den Kopf und verließ leise den Raum. Nachdem er gegangen war, saßen wir alle schweigend umher und wußten nicht, was wir tun sollten, doch dann machte Catesby einen Witz, und das Gespräch wendete sich anderen Themen zu.

Am nächsten Morgen brachen wir nach Leicester auf. Ich fragte mich wieder einmal, was denn an Selkirk so Besonderes gewesen war. Was hatten seine Worte zu bedeuten? Warum war er ermordet worden? War der Mörder nun hier unter uns? Würde er erneut zuschlagen? Was wußte Ruthven? Was waren das für Geheimnisse, die uns umgaben? Was war mit dem König, der vielleicht gar nicht gestorben war? Mit der Leiche eines Königs, die noch nicht beerdigt worden war? Mit der Königin, die danach strebte, ihr selbstauferlegtes Exil zu beenden? Mit den Intrigen der Weißen Rose und den mysteriösen *Les Blancs Sangliers*? Ich sprach Benjamin darauf an, doch er schüttelte nur den Kopf und zeigte zum dunklen Rand des Waldes hinüber.

»Dort drüben, Roger, lauern Geister, Hexen, Trolle und grauenerregende knochenlose Gestalten. Vielleicht sogar der Satan persönlich.« Benjamin deutete mit einem Kopfnicken zu unseren Kameraden hin, die nun ziemlich ruhig waren nach dem ausschweifenden nächtlichen Trinkgelage. »Diese Schrecknisse«, flüsterte er, »verblassen angesichts der Dämonen, die in den Seelen der Menschen nisten und sich nähren vom menschlichen Geist.«

Ich zerbrach mir den Kopf über all diese Fragen, während wir weiter nach Norden zogen. Die Reise verlief ziemlich ereignislos; die Nächte verbrachten wir in Herbergen oder Klöstern, wo uns der Einfluß von Königin Margarete oder die Schreiben des Kardinals kostenloses Essen und saubere, aber harte Betten einbrachten. Wir durchquerten die eintönige Wildnis nördlich von London, wo das Gras unter der warmen Sonne vertrocknete, und erreichten schließlich Leicestershire. Es wurde kälter, wegen der eisigen Winde, die aus den Schneegebieten des Nordens herabkamen, wie mein Meister feststellte. Ich hatte keine Ahnung, wovon er sprach, doch ich lauschte aufmerksam seinen Schilderungen von Gegenden, von denen ich noch nicht einmal geträumt hatte, von Ländern mit dunklen, grünen Wäldern, schneebedeckten Hängen und zugefrorenen Seen. Manchmal spielte Benjamin auf der Laute, die er immer bei sich trug, und ich begleitete ihn auf der Lira. (O ja, ich habe dieses Instrument zu spielen gelernt, und zwar als ich einmal einige Monate in einem heruntergekommenen Gefängnis zu verbringen hatte, wegen eines dieser Mißverständnisse, die mich mein Leben lang verfolgt haben.) Die anderen Mitglieder unserer Reisegesellschaft waren ruhig und in sich gekehrt, und offensichtlich mißtraute jeder dem anderen. Die Erinnerung an Selkirks Tod verblaßte allmählich, doch das Rätsel blieb ungelöst.

Manchmal begegneten wir anderen Reisenden, und die Unterhaltung mit ihnen vertrieb uns ein bißchen die Langeweile: Kaufleute, Mönche auf der Wanderschaft, kleine Jagdgesellschaften, Geistliche oder landlose Männer auf der Suche nach Arbeit. Sie alle warnten uns vor den Gefahren, die an der Straße lauerten, vor Dieben und Vagabunden, die sich in grünes oder braunes Buckram kleideten und in den dunklen Wäldern oder Ödlanden, die wir durchquerten, Robin Hood spielten. Hin und wieder auch beschäftigte sich Benjamin, der Zurückhaltung von Agrippa und der anderen müde, mit seinem Lieblingsthema Alchemie. Wir versuchten beide, Ruthven nach seinem Gefühlsausbruch in der Schenke noch weiter aus sich herauszulocken, doch er zeigte uns offen seine Verachtung. Er zog sich zurück und unterhielt sich nur noch mit Moodie oder mit seiner Katze. Schließlich bogen wir von der großen Straße ab und gelangten in die Stadt Leicester. Der Bürgermeister und die örtlichen Würdenträger empfingen uns, farbenprächtig herausgeputzt, an der Bow Bridge mit den üblichen Höflichkeiten und Begrüßungsfloskeln. Mein Meister studierte die Brücke sorgfältig.

»Roger«, flüsterte er mir zu, »weißt du, daß Richard III., der Große Usurpator, auf seinem Weg nach Bosworth über diese Brücke gezogen ist? Als er sie überquerte, streifte sein Bein eine Seite der Brücke, und eine alte Hexe prophezeite, daß bei seiner Rückkehr sein Kopf an der gleichen Stelle entlangstreifen werde.« Benjamin rückte näher heran. »Auf der Rückkehr war Richards nackte Leiche über den Rücken eines Esels gebunden. Heute werden wir die Nacht im Gasthaus Blue Boar in der Nähe von High Cross verbringen, in derselben Taverne, in der damals auch Richard Rast machte. Ich vermute, daß hier irgendeine Schurkerei geplant ist, deshalb mache dich davon, sobald wir angekommen sind, gehe zur Greyfriars-Kirche und verstecke dich dort so, daß du die Frauenkapelle links vom Altarraum im Auge behalten kannst. Bleibe dort so lange, wie du kannst. Verlasse die Kirche erst, wenn es dunkel ist – und sei vorsichtig! Ganz gleich, was geschieht, beobachte einfach nur.«

Das liebte ich so an Benjamin, er war immer freundlich und rücksichtsvoll zu mir, doch es war natürlich mehr als überflüssig, dem alten Shallot den Rat zu geben, sich von Gefahren fernzuhalten. Wir bahnten uns unseren Weg durch die Straßen von Leicester, vorbei an den großen, vierstöckigen Kaufmannshäusern, die über uns emporragten, hinüber nach Newark. Das Blue Boar war eine zur Hälfte aus Stein gebaute Taverne und Herberge, deren mit Erkern versehene Glasfenster den gesamten Marktplatz überblicken. Mein Meister hielt mich zurück; er beobachtete das Hin und Her der Reiter, wobei er dem grüngesprenkelten Pferdetrog vor dem Blue Boar besondere Aufmerksamkeit schenkte.

(An dieser Stelle muß ich einflechten, daß das Blue Boar früher White Boar hieß, also nach dem Weißen Eber benannt war, nach der Schlacht von Bosworth aber in Blue Boar umbenannt wurde. Ich sprach einmal mit einem ehemaligen Faktotum des Großen Usurpators, und der Mann behauptete, Richard habe in dem großen Bett in dieser Herberge fünfhundert Pfund in Gold versteckt. Ich bin auch später noch einmal dort gewesen, konnte den Schatz aber nicht finden.)

Nun gut, ich nahm mir also einen Schlauch Wein und ging durch die Straßen und Gassen der Stadt zur Greyfriars-Kirche. Drinnen war es kühl und dunkel, dicke Säulen ragten empor in die Schwärze, und im Haupt- und den Seitenschiffen war es ruhig bis auf das Gezwitscher der Vögel, die draußen unter dem Dachvorsprung nisteten. Ich ging kurz vor der brennenden Lampe auf dem Altar auf ein Knie nieder und verbarg mich dann in einer der Seitenkapellen. Von dort aus hatte ich einen guten Blick auf eine wundervolle Statue der Madonna mit ihrem Kinde, die von flackerndem Kerzenlicht erhellt wurde, sowie auf eine kleine aufgestellte Steinplatte, die, so nahm ich an, das Grab einer bedeutenden Persönlichkeit bezeichnete. Ich saß da, döste vor mich hin, nahm hin und wieder ein Schlückchen Wein aus dem Schlauch, sprach ein paar Gebete und behielt dabei immer die Frauenkapelle im Auge. Einige fromme Beter kamen in die Kirche: eine Mutter mit ihrem Kind, eine alte Frau und ein Franziskaner-Mönch in einem staubbedeckten Überwurf. Ich beobachtete, wie draußen die Dämmerung hereinbrach, während es in der Kirche kalt, düster und unheimlich wurde.

›*Hic est terribilis locus* — dies ist ein schrecklicher Ort.‹ Diese Worte waren vorne an dem marmornen Hochaltar eingemeißelt. Es war fürwahr ein schrecklicher Ort! Die Nacht brach herein, die Kerzen gingen aus, und die Geister der Toten kehrten zu deren letzten Ruhestätten zurück (so sagen es jedenfalls die alten Frauen), um sie vor den Anfechtungen der Dämonen zu beschützen. Die Kirchentüre öffnete sich nicht mehr. Mich begann zu frösteln, und ich verfluchte meinen Meister. Dann kam ein Kirchendiener mit klappernden Schlüsseln herein. Er wollte die Türe der Kirche abschließen, und daher machte ich mich bemerkbar. Ich gab vor, mich auf einer Pilgerfahrt zu befinden, um Vergebung für meine Sünden zu erlangen. Er betrachtete mich seltsam, murmelte dann, er werde in einer Stunde wiederkommen, und schlurfte davon. Ich kehrte in mein Versteck zurück. Schließlich ging die Türe doch noch einmal auf. Eine dunkle Gestalt, die mit einer Kapuze angetan war, kam herein und steuerte auf die Frauenkapelle zu. Ich duckte mich und versteckte mich hinter einer Säule. Die rätselhafte Gestalt starrte auf das Grab nieder und drehte sich dann um.

»Roger Shallot!« Die Stimme klang tief und dumpf. »Roger Shallot, ich weiß, daß du hier bist!«

O mein Gott, mein Herz begann zu rasen, und Schweißtropfen traten mir auf die Stirn.

»Shallot!« bellte die geisterhafte Gestalt. »Komm heraus!« Die Stimme hallte in den hohen Gewölben der Kirche wider.

Ich trat nach vorne, vor Angst zitternd, und sah, wie die Kapuzengestalt sich auf mich zuzubewegen begann. Ich sah eine weiße Hand, die die Kapuze zurückschlug, und dann grinste mir das unschuldige Gesicht meines Meisters entgegen.

»Benjamin Daunbey!« schnaufte ich. »Mein Arsch und meine Schenkel tun mir weh von dem langen Tagesritt. Ich habe wie ein Gespenst in dieser kalten, feuchten Kirche auf der Lauer gelegen, und jetzt kommt Ihr und macht aus dem Ganzen eine Posse!«

Er lachte und tätschelte meine Hand. »Roger«, witzelte er, »du bist ja ganz grün vor Angst! Es tut mir leid, wenn ich dich erschreckt habe.« Er winkte mich näher. »Hast du jemanden hereinkommen sehen? Ich meine, jemanden, der zu dem Grab dort drüben gegangen ist? Dort im Gebet verharrt und eine weiße Rose niedergelegt hat?«

Ich schüttelte verärgert meinen Kopf. »Nein, Master. Warum sollte jemand das tun?«

Er hakte mich unter, und wir gingen zu dem Grab hinüber. Benjamin klopfte mit dem Stiefel leicht auf die Grabplatte.

»Hier, Roger, liegen die sterblichen Überreste von König Richard III. Sein Leichnam wurde nach der Schlacht von Bosworth nach Leicester zurückgebracht und in den Pferdetrog vor dem Blue Boar geworfen. Doch der Vater unseres gegenwärtigen Königs bekam dann ein schlechtes Gewissen und ließ den Leichnam hier bestatten und den Grabstein errichten.«

(Ach übrigens, nachdem Bluff King Hal mit Rom gebrochen hatte, weil er unter Anne Boleyns Röcke wollte, wurde das Grab zerstört und Richards Überreste in den Fluß Stour geworfen.)

»Was, Master«, platzte ich heraus, »König Richard liegt hier? Und was habt Ihr hier erwartet?«

Benjamin kaute an seinen Lippen und starrte in die Dunkelheit.

»Was ich erwartet habe? Nun, wir sind hier in Leicester, der letzten Ruhestätte des Weißen Ebers. Es wird doch vermutet, daß sich in unserer Reisegesellschaft Mitglieder des Ordens *Les Blancs Sangliers*, des Hüters der Weißen Rose, befinden. Aber niemand kommt hierher, um ihm seine Referenz zu erweisen...« Er rieb sich eine Wange. »Das finde ich seltsam.« Er legte mir einen Arm um die Schulter, und wir gingen zur Kirchentüre. »Was haben wir denn bis jetzt, Roger? Ein schottischer Arzt wird im Tower ermordet. Warum? Weil er Rätsel in Verse kleidete, oder weil er die Geschichte von Flodden nicht glauben wollte? Was geschah wirklich bei dieser Schlacht? Warum hat sich Königin Margarete so schnell wieder verheiratet? Warum schickt uns mein lieber Onkel auf die Reise, damit wir für sie verhandeln?« Er fuchtelte mit einer Hand herum. »Es gibt hier ein großes Geheimnis, Roger, etwas ganz Furchtbares. Ich traue meinem Onkel nicht, und ich traue ganz gewiß auch Königin Margarete nicht!«

»Und Doktor Agrippa?« fragte ich.

Benjamin ließ seinen Arm herunterfallen. »Ich bin mir nicht sicher«, murmelte er. »Wer bespitzelt hier wen? Agrippa gilt als Agent des Kardinals, so wie Carey, Moodie und Catesby als Agenten von Königin Margarete. Doch für wen arbeiten sie wirklich? Für den Kardinal, für

unseren huldvollen Herrscher oder für den Grafen von
Angus? Oder vielleicht für irgendeinen ausländischen
Potentaten...? Schließlich ist der gegenwärtige Herrscher von Schottland von seiner Erziehung her ein Franzose. Auch er könnte in diesen makaberen, rätselhaften
Tanz verstrickt sein.«

Wir verließen Leicester früh am Morgen und erreichten
am späten Nachmittag des nächsten Tages Royston
Manor. Als das Licht der Sonne verlosch und die langen
Schatten über uns hereinbrachen, erblickten wir die
hochaufragenden Giebel und die mit Ecktürmchen versehenen Mauern dieses befestigten Landsitzes, die uns
über die Baumkronen hinweg zuwinkten. Royston war
kalt und ungemütlich, und er verdarb uns die Stimmung,
sobald wir seiner ansichtig wurden. Benjamin und ich
hatten die Gruppe mit einem französischen Madrigal
unterhalten; mein tiefer Baß diente dem gut modulierten
Tenor meines Meisters, als wohlklingende Untermalung:
Es war ein dummes, kleines Lied über ein Mädchen, das
in der großen Stadt seiner Habe wie auch seiner Tugend
verlustig ging. Königin Margarete fand das Lied süß und
ließ uns einige Silbermünzen als Anerkennung und als
Dank dafür zukommen. Als wir in den Weg einbogen,
der sich zum Haupteingang des Landsitzes hinaufschlängelte, erstickte allerdings der Anblick von Royston unser
Liedchen und auch die Freude in unseren Herzen.

Mein Meister verstärkte mein Unbehagen noch, indem
er mir etwas über die früheren Besitzer dieses tristen,
quadratischen Gebäudes erzählte, über die Templer, die
kriegerischen Mönche, die vor zwei Jahrhunderten vom
Papst und von der französischen Krone brutal niedergeworfen worden waren, weil sie sich angeblich mit Hexerei
und Schwarzer Magie beschäftigten und einem so wider-

natürlichen Laster wie der Sodomie frönten sowie eine große schwarze Katze anbeteten. Nachdem wir abgestiegen waren und die Stallburschen herbeieilten, um sich um unsere Pferde zu kümmern, fuhr Benjamin fort, mit gedämpfter Stimme von diesem gefallenen Orden zu erzählen. (Ich glaube, manchmal genoß mein Meister es richtig, mir einen Schrecken einzujagen.)

»Wußtest du, Roger, daß die Templer ein geheimnisvolles Bild anbeteten, ein schreckenerregendes Gesicht, das auf ein Tuch gedruckt war?«

Ich lächelte matt und wünschte, Benjamin würde mich in Ruhe lassen. (Ich erwähne dies hier nur, weil Benjamin sich in einem irrte: Die Templer wurden zwar geschlagen, doch einige von ihnen überlebten als Geheimbund, und ich habe mit ihnen im Laufe der Jahre oft die Klinge gekreuzt. Ich habe dieses schreckenerregende Gesicht gesehen, und die Geschichten, die darüber erzählt werden, stimmen — manche starken Männer haben ihren Verstand verloren, nachdem sie dieses Gesicht gesehen hatten. Mein Kaplan bettelt mich an, mehr davon zu erzählen, doch diesen Gefallen werde ich ihm hier nicht tun!)

Das Innere von Royston Manor war genauso trostlos: Das Gebäude stand normalerweise leer; es wurde vom Hof nur gelegentlich als Rastplatz auf Reisen benutzt und blieb ansonsten der Fürsorge eines alten Verwalters und eines beflissenen, ebenfalls in die Jahre gekommenen Gehilfen überlassen. Der Verwalter öffnete auf Agrippas hartnäckiges Pochen hin und führte uns in die Haupthalle. Das Haus hatte eine quadratische Form, und eine breite Wendeltreppe führte von der Halle aus nach oben, wo sie sich in der Dunkelheit verlor. Oben befanden sich zwei Galerien, eine links, die andere rechts, die sich nach einer Biegung fortsetzten und ebenfalls wieder ein perfektes Quadrat bildeten. Uns wurden die Kammern, die oben lagen, zugewiesen, während die Bediensteten in der Halle, der Vorratskammer oder in den Ställen hinter dem Haus schlafen mußten. An den Wänden waren Fackeln angebracht, doch nur wenige davon waren angezündet. Gelegentlich stießen wir auf Zeichen und Symbole des Templer-Ordens: große schwarze Kreuze, notdürftig mit weißer Tünche überdeckt, während die Waffen und die Wappen von Rittern, die schon lange tot waren, noch immer an den Wänden hingen.

Die Kammern waren ebenfalls trostlos. Es gab darin niedrige Rollbetten, ein paar Möbelstücke, einen Tisch sowie einen Krug mit Wasser und eine Schüssel zum Waschen. Die Fenster waren klein wie Schießscharten und durch Holzverschläge versperrt; die Luft war von einer durchdringenden, dumpfen Feuchtigkeit gesättigt, und Königin Margarete bestand deshalb darauf, daß in ihren Räumen Feuer gemacht wurde, bevor sie sich für die Nacht zurückzog. Rasch wurde ein kaltes Mahl serviert, man wechselte ein paar Worte, und jeder versuchte, so schnell wie möglich ins Bett zu kommen, und Catesby ordnete noch an, daß wir am Morgen zeitig aufstehen müßten, weil eine Menge zu erledigen sei.

Es ist wichtig, daß ich die Geschichte nun in allen Einzelheiten korrekt erzähle. Zunächst gab es ein Durcheinander, als die Träger, fluchend und schwitzend, die Taschen, Kisten und Truhen heraufschleppten. Ruthven wurde in der Kammer neben uns einquartiert, und er stieg direkt hinter uns die Treppe herauf. Ich hörte, wie er die Türe seiner Kammer verschloß und wie einige Minuten später seine Katze zu miauen und an der Türe zu kratzen begann, um hereingelassen zu werden. Ich trat hinaus auf die Galerie, Ruthvens Türe öffnete sich, der Mann kam heraus, hob seine Katze empor, lächelte mich an und ging wieder zurück in seine Kammer. Ich hörte, wie er den Schlüssel umdrehte. Ich wollte schon klopfen, denn sein Verhalten hatte mich irritiert, doch Benjamin rief nach mir, und so ließ ich die Sache auf sich beruhen.

Wir legten uns zu Bette, doch ich konnte nicht einschlafen. Ich fand keine Ruhe, denn ich fühlte mich unbehaglich in diesem verwunschenen, knarrenden Haus. Meine Ängste hätten sich gewiß ins Unermeßliche gesteigert, hätte ich gewußt, daß wieder der Mord im Anzug war an diesem gottverlassenen Ort.

Kapitel 5

Am nächsten Morgen waren wir schon früh auf. Dichter Nebel hatte sich niedergesenkt und die Landschaft mit seinem weißen Dampf überzogen, und Royston Manor erschien dadurch noch unheimlicher. Wir frühstückten in der etwas heruntergekommenen Haupthalle. Königin Margarete kam herein, auf Catesbys Arm gestützt. Die zwanglose Unterhaltung verebbte. Catesby blickte in die Runde.

»Wo ist Ruthven? Ich habe doch angeordnet, daß alle frühzeitig aufstehen sollen.« Er blickte zu mir herüber. »Shallot, seid doch so gut und sagt Master Ruthven, daß wir ihn hier erwarten.«

Carey, der gerade hereinkam und offensichtlich schlecht gelaunt war, hörte das mit.

»Ja, geht und sagt es ihm. Beeilt Euch!« raunzte er.

Ich wollte schon protestieren, denn ich war ja kein Hund, den man hierhin und dorthin schicken konnte, doch Benjamin warf mir auch einen bittenden Blick zu.

»Melford, geht mit ihm«, fügte Catesby hinzu.

Wir stiegen die Wendeltreppe hinauf, und ich hämmerte an Ruthvens Türe. Es kam keine Antwort, doch ich hörte das schwache Miauen der Katze. Wir versuchten, die Türe zu öffnen, doch sie war verschlossen.

»Stimmt etwas nicht?« rief Carey von unten herauf.

»Er antwortet nicht«, rief Melford zurück. »Hat jemand Ruthven heute morgen schon gesehen?«

Carey eilte herauf, dann Catesby, gefolgt von Moodie und einem beunruhigten Diener.

»Versucht noch einmal, die Türe zu öffnen«, befahl Carey.

Benjamin gesellte sich ebenfalls zu uns. Wir klopften, riefen und drückten. Catesby sagte, wir sollten es mit einer Bank versuchen, die an einer Wand lehnte, und obwohl nur wenig Platz zur Verfügung stand, begannen wir, damit die Türe zu rammen wie Belagerer, die eine Burg erstürmen. Der alte Verwalter kam ebenfalls herauf, keuchend und schnaufend, doch Carey fuhr ihn an, und so schlich er sich wieder davon. Noch ein letzter Stoß, und dann flog die verbeulte Türe endlich auf.

Ich beschreibe hier alles so, wie wir es vorfanden: Ruthven hing zusammengesunken über dem Tisch, sein Kopf lag auf dem Arm, sein Gesicht hatte eine leicht bläuliche Färbung, der Mund stand offen, und seine Augen starrten blicklos in die Ferne. In der Ecke kauerte die Katze, so als ob sie die Gegenwart des Todes spüren würde. Auf dem Tisch neben Ruthven stand ein leerer Zinnbecher. Carey hob den Körper langsam an.

»Tot«, murmelte er. »Tot wie ein Stein! Legt ihn aufs Bett.«

Wir trugen ihn hinüber, den kalten, leblosen Körper, und versuchten dabei, soweit es ging, seine Würde zu wahren, denn die Totenstarre hatte schon eingesetzt. Der Gesichtsausdruck des Toten war schreckerfüllt, wie wenn eine nächtliche Phantomgestalt sein Herz zum Stehen gebracht hätte. Ich fragte mich, wo seine Seele geblieben war. War sie immer noch unter uns? Stehen die Seelen der Toten vielleicht hinter einem unsichtbaren Spiegel und beobachten uns von dort?

»Seht!« rief Moodie plötzlich.

Er zeigte auf die Nackenrolle am Kopfende des Bettes, wo eine kleine weiße Rose lag, wie ein Geschenk, das darauf wartete, überreicht zu werden. Wir starrten alle auf die Blume, als ob sie für Ruthvens Tod verantwortlich wäre.

»Was ist denn los?« Agrippa stand, mit Scawsby an seiner Seite, im Türrahmen. Melford zeigte auf die Leiche auf dem Bett und auf die Blume, die immer noch dort lag. Scawsby eilte ans Bett, erfüllt von dem Bewußtsein seiner eigenen Wichtigkeit. Der Trottel begriff überhaupt nicht, welche Rolle die weiße Rose hier spielte, sondern glotzte nur auf Ruthven hinunter.

»Ein Hirnschlag«, diagnostizierte er. »Nicht selten bei Männern mit cholerischem Blut.«

Melford schnaubte spöttisch. Agrippa lächelte, trat neben den Arzt und hob die weiße Rose auf.

»Das glaube ich nicht, werter Doktor«, flüsterte er. »Master Ruthven wurde ermordet, und der Mörder hat hier sein Zeichen zurückgelassen.« Er drehte die Rose zwischen den Fingern, während er umherblickte. »Der Mörder ist hier in Royston. Die Frage ist nur, wer?«

Wir starrten einfach nur zurück. Das letzte Mal hatte ich in unserem schmutzigen Zimmer im Tower eine solche weiße Rose gesehen. Mein Meister musterte die Blume neugierig, bevor er sich über Ruthvens Leiche beugte. Er untersuchte die Augen, die Zunge und die Nägel des Toten minutenlang und roch intensiv an dessen offenstehendem Mund.

»Master Ruthven wurde vergiftet«, erklärte er dann. »Doch wie?« Er ging hinüber, hob den Zinnbecher hoch und roch daran. »Nichts«, murmelte er, »aber ein schwacher Geruch von Rotwein. Wer brachte ihm diesen Becher?«

Agrippa zuckte mit den Schultern. »Ruthven hat ihn sich selbst mitgebracht. Ich sah ihn damit, als er gestern abend den Tisch verließ.«

»Ich rieche kein Gift«, sagte Benjamin. Er wendete sich an den Arzt. »Master Scawsby«, sagte er taktvoll,

»stimmt Ihr mir zu?« Scawsby ergriff den Weinbecher und hielt ihn unter seine lange, arrogante Nase.

»Nichts«, antwortete er.

Agrippa nahm ihm den Becher ab, fuhr mit dem Finger darin herum, um den Bodensatz abzulösen, und leckte dann geräuschvoll daran, obwohl Moodie und Carey aufstöhnten.

»Richtig, Master Daunbey, kein Gift.«

»Seid Ihr eine Autorität für Gifte, Master Daunbey?« fragte Melford spitz.

»Nein«, erwiderte Benjamin scharf. »Doch wie Master Scawsby bestätigen wird, habe ich als Gerichtsdiener schon genügend Leichen gesehen und weiß etwas über...«

Er verstummte, als Doktor Agrippa seine Hände ausstreckte.

»Nun«, stellte Agrippa fest, »Ruthven wurde vergiftet, obwohl er gestern abend dasselbe aß und trank wie wir. Hat ihn danach noch jemand in seinem Zimmer besucht?«

Alle verneinen im Chor diese Frage, und ich konnte dies bestätigen, weil ich schlaflos wachgelegen hatte. Ich hatte keine Schritte eines Menschen auf dem Korridor vernommen.

Carey trat nach vorne. »Ruthven schließt sich also in sein Zimmer ein, besucht niemanden mehr, und auch ihn besucht niemand, und am nächsten Morgen findet man ihn vergiftet auf, und eine weiße Rose liegt auf seinem Bett.«

»Genau wie bei Selkirk«, ergänzte Agrippa.

»Gibt es hier irgendwelche Geheimgänge?« quakte Moodie.

Catesby blickte hilflos an die weiße Decke; und schließlich wurde der alte Verwalter herbeigerufen und befragt. Der Mann war ziemlich aufgeregt und unfähig, seine Augen von der Leiche abzuwenden, doch er schüttelte den Kopf.

»Es gibt keine Tunnels«, erklärte er rundheraus. »Keine geheimen Gänge oder Falltüren, doch es gibt hier Geister«, sagte er herausfordernd. »Die Mönchsritter wandeln immer noch über die Korridore.«

Melford lächelte spöttisch.

»Kam Master Ruthven in die Küche oder in die Vorratskammer herunter, um sich etwas zu essen hinaufbringen zu lassen?« fragte Catesby.

Der alte Mann schüttelte den Kopf, und dann durfte er gehen.

»Ist hier sonst noch etwas?« fragte mein Meister.

»Was meint Ihr damit?« bellte Carey. »Irgend etwas Auffälliges in der Kammer vielleicht?«

Es wurde eine kurze Suche veranstaltet, doch es fand sich nichts, was nicht in den Raum gehört hätte. Ruthvens tintenbesprenkelter Schreibkiel lag auf dem Boden. Mein Meister hob ihn auf, prüfte ihn gründlich und legte ihn dann auf den Tisch.

»Ein Rätsel«, ließ sich Agrippa vernehmen. Er blickte uns der Reihe nach an. »Doch einer hier ist der Mörder, und er weiß, wie Ruthven umkam!« Er seufzte und blickte zu Carey. »Genug nun. Wir müssen Königin Margarete informieren.«

Wir trotteten alle nach unten, bis auf meinen Meister, der zurückblieb und den Raum noch einmal einer gründlichen Untersuchung unterzog. Als er sich dann draußen zu mir gesellte, schüttelte er den Kopf.

»Doktor Agrippa hat recht«, sagte er mit gedämpfter Stimme. »Wirklich ein Rätsel. Wie kann ein Mann, der gesund und munter ist, bevor er sich zur Nacht zurückzieht, am nächsten Morgen vergiftet aufgefunden werden, wenn niemand ihn aufgesucht hat und wenn er die ganze Zeit in seinem Zimmer eingeschlossen war?« Er blickte mich scharf an. »Du hast ihn doch noch gesehen?«

Ich nickte. »Ihr habt mich ja gehört«, erwiderte ich. »Er öffnete die Tür seiner Kammer, lächelte mir zu und hob seine Katze vom Boden auf.«

»Wie also wurde er vergiftet?«

Diese Frage beherrschte unsere Unterhaltung, als wir in dem Raum zusammenkamen, der einst der große Versammlungssaal der Templer gewesen war.

Königin Margarete nahm am Kopfende des angeknacksten, schon gefährlich wackligen Tisches Platz, während Catesby für die anderen Bänke hereinbringen ließ. Die Schwester des Königs war blaß und hatte verkniffene Lippen, und es war ihr anzusehen, daß sie ihren Zorn kaum zu bezähmen wußte.

»Irgend jemand hier«, fauchte sie, während sie aus ihren Augen Pfeile auf uns abschoß, »hat Ruthven ermordet! Irgend jemand hier ist ein Verräter, ein Spion und hat sich des niederträchtigsten Verrats schuldig gemacht. Warum muß das Haus York uns immer noch mit seinen haltlosen Träumen und seinen unerfüllbaren Ambitionen heimsuchen? Die Mörder haben in ihrer Unverfrorenheit sogar eine weiße Rose zurückgelassen, um sich über uns lustig zu machen! Doktor Agrippa...« Sie verstummte.

Der gute Doktor war sofort zur Stelle.

»Wir müssen nachvollziehen, was jeder getan hat«, sagte er. »Jeder einzelne von uns.«

Auf dieses Stichwort kamen wieder die üblichen einheitlichen Antworten. Niemand war mehr in die Nähe von Ruthven gekommen. Weder Benjamin noch ich hatten etwas Verdächtiges gehört, und Moodie, der in der benachbarten Kammer auf der anderen Seite geschlafen hatte, konnte dies bestätigen.

»Wie war Ruthven?« fragte Catesby. »Ich meine, in den letzten Tagen vor seinem Tod? Hat er irgend etwas Auffälliges oder Ungewöhnliches gesagt oder getan?« Er blickte sich um. »Mit wem hat er gesprochen?«

»Er sprach mit Moodie«, bemerkte Melford.

»Nun?« fragte Agrippa.

Der mausgesichtige Kaplan wurde noch aufgeregter als sonst.

»Ruthven ist nicht aus sich herausgegangen«, stammelte er. »Er hielt sich auf Distanz und war in seinen Gedanken versunken.«

»Worüber sprach er?«

»Über den Mord an Selkirk. Er fand seinen Vers ziemlich eigenartig.«

»Und was noch?«

Moodie biß sich auf die Lippen und blickte nervös zu Königin Margarete. Dann legte er seine Hände auf den Tisch, starrte darauf hinunter und vermied es, jemandem in die Augen zu sehen.

»Wir sprachen auch über die Tage vor Flodden — über die Taten des verstorbenen Königs und den Klatsch am Hofe.«

»Welchen Klatsch?« fragte Königin Margarete kühl.

»Nichts, Mylady. Nur Erinnerungen ... Erinnerungen an glücklichere Tage. Ich versichere Euch, das war alles.«

»Und die Rose?« fragte Benjamin schnell.

»Was ist damit?« gab Agrippa zurück.

»Nun, es gibt hier doch keine Rosen!«

»Aber in Canterbury«, mischte sich Scawsby ein. »Kleine, weiße Rosen, die Sorte, die spät im Jahr blüht.«

»Dann«, fuhr Benjamin fort, »dann plante der Mörder die Tat also schon, als . . .« Er ließ den unvollendeten Satz wie einen Strich in der Luft hängen.

»Es gibt keinen Zweifel«, sagte Agrippa mit samtiger Stimme dazwischen, »daß Ruthven durch dieselbe Hand und auf dieselbe Weise wie Selkirk im Tower gestorben ist.« Er bedachte uns alle mit einem durchdringenden Blick. »Wie Ruthven ermordet wurde und warum, das bleibt ein Rätsel.« Er schaute zu Scawsby. »Fand sich keine Nahrung oder Wein in der Kammer?«

Der alte Quacksalber schüttelte den Kopf. »Und Ihr, Shallot, Ihr wart die letzte Person, die ihn lebend gesehen hat?«

»Und ich hörte niemanden, der heraufgekommen wäre«, antwortete ich kurz.

Agrippa holte tief Luft und legte beide Hände auf den Tisch vor sich.

»Ist es möglich, Master Scawsby, daß das Gift in kleinen Dosierungen zugeführt wurde?«

Scawsby verzog das Gesicht. »Das halte ich für möglich, doch es wäre gefährlich. Denn der Mörder hätte dann das Gift sehr oft in die Getränke mischen müssen, und wenn er erwischt worden wäre . . .«

»Ist es möglich«, fuhr Catesby dazwischen, »daß es sich um ein Gift handelte, das nur langsam wirkt?«

Scawsby lächelte gereizt. »Von einem solchen Gift habe ich noch nie gehört. Und falls es ein derartiges Gift geben sollte, hätte Ruthven dessen Auswirkungen gewiß auch schon gespürt, ehe er sich zur Nacht zurückzog.«

»Master Scawsby hat recht«, fügte Benjamin hinzu. »Ruthven sollte in diesem Zimmer sterben, hinter einer verschlossenen und verriegelten Türe.« Er stocherte mit einem seiner dürren Finger in die Luft. »Erinnert Euch, die Türe war abgeschlossen und von innen verriegelt. Der Mörder ist klug und geschickt. Niemand hörte, wie er heraufkam, doch er mußte in das Zimmer gelangen, um Ruthven umzubringen und die weiße Rose zu hinterlegen.«

»Und Ihr, Master Daunbey, wart in der benachbarten Kammer«, erwiderte ihm Lady Carey scharf. Sie blickte mich böse an. »Euer Diener war der letzte, der ihn lebend gesehen hat. Und ist es nicht eigenartig, daß Ihr, Benjamin, auch der letzte wart, der Selkirk lebend sah?«

»Ich bin mir dessen gewiß«, unterbrach Königin Margarete sie, »daß der Neffe des Kardinals frei ist von jeglichem Verdacht, falsch zu spielen.« Sie blickte verärgert zu Lady Carey und schenkte dann uns ein falsches Lächeln.

Dies war natürlich ein sehr geschickter Schachzug von Carey. Es war auf jeden Fall Schaden entstanden, denn wenn man einmal jemanden mit Dreck bewirft, dann bleibt immer etwas an ihm hängen. Der Rest der Gruppe starrte uns an wie Mitglieder eines Geschworenengerichts, die gerade einen Delinquenten des Mordes für schuldig befunden haben und nur noch auf die Verkündung des Urteilsspruches warten. Benjamin lächelte, als ob er sich über einen gelungenen Scherz amüsiere.

»Lady Carey hat mit einigem recht, was sie sagt, doch ihre Logik ist fehlerhaft«, bemerkte er. »Ruthven mußte sterben, weil er etwas wußte. Er war vermutlich der einzige, außer dem Mörder natürlich, der Selkirks Gedicht verstand.« Er beugte sich vor. »Der Mörder ist mit absoluter Gewißheit hier unter uns. Ich frage mich, wer von den Anwesenden hier Sympathien für das Haus York hat. Melford?«

Der Soldat schreckte hoch wie eine Katze, die Gefahr wittert.

»Was soll das, Daunbey?«

»Kämpfte Eure Familie nicht einst für die Weiße Rose?«

Melford lächelte süffisant. »Ja, doch dies trifft auf alle Anwesenden hier zu, nicht wahr, Carey?«

Der alte Soldat begann zappelig zu werden, als die Erinnerungen aufgerührt wurden. Beschuldigungen flogen hin und her, und die Lautstärke nahm zu. Am Ende dieses Schlagabtausches stand fest, daß jeder im Raum, außer Benjamin und mir, früher irgendeine Beziehung zum Hause York und zum Anliegen der Weißen Rose gehabt hatte. Königin Margarete hatte sich in ihrem Sessel zurückgelehnt und beobachtete das Treiben verächtlich. Catesby schien wütend zu sein, während Doktor Agrippa mit geschlossenen Augen und verschränkten Armen dasaß und den Eindruck eines demutsvollen Klosterbruders machte, der gerade ein herzhaftes Mahl zu sich genommen hatte. Doch dann wurde auch er munter. Er zog ein langes, dünnes Stilett aus seinem Gürtel und hieb damit auf den Tisch.

»Kommt, kommt!« schrie er. »Ihr benehmt Euch wie kleine Kinder beim Spielen. Alle diese hitzigen Worte beweisen nichts. Ruthven könnte auch durch Magie getötet worden sein.« Er grinste zu mir herüber. »Doch wir sind aus einem anderen Grunde hier.«

»Master Daunbey, wir haben nun schon zuviel Zeit wegen Ruthvens Tod vertan«, sagte Catesby dazwischen. »Macht Euch fertig. Ihr brecht in einer Stunde auf. Der Verwalter wird Euch einen ortskundigen Führer beschaffen.«

Benjamin zog an meinem Ärmel. Wir erhoben uns, verbeugten uns in Richtung Tischende und überließen unsere Reisegefährten ihren wechselseitigen Verdächtigungen und Beschuldigungen. Benjamin hüpfte leichtfüßig die Treppe hinauf, doch anstatt unsere Kammer aufzusuchen, zog er mich in die von Ruthven. Der Leichnam lag noch immer in Tücher eingehüllt auf dem Bett. Benjamin durchsuchte den gesamten Raum, wobei er sich besonders für die Dinge auf dem Tisch interessierte, den Federkiel, die Tinte und das Papier. Er roch an allem, schüttelte den Kopf und legte die Dinge wieder zurück.

»Nach was sucht Ihr, Master?«

»Das weiß ich selbst nicht genau«, erwiderte er.

Er ging zum Bett hinüber und schlug das Tuch zurück. Er untersuchte Ruthvens Körper, vor allem seine Hände, und konzentrierte sich dann besonders auf die Schwielen an Ruthvens drittem Finger. Und auch hier beroch er alles gründlich.

»Keine Spur von Gift«, flüsterte er. Dann brach er Ruthvens Mund auf. Ich stand hinter ihm und versuchte, meine Angst und meinen Abscheu zu verbergen. Würde sich der Geist des Toten nicht dagegen sträuben? War Ruthvens Seele noch erdgebunden? Würde sie für immer hier verweilen und erst Erlösung finden, wenn der Mörder gefaßt und seiner gerechten Strafe zugeführt war? Benjamin untersuchte die gelblichen Zähne. Er zog eine kleine Nadel aus der Tasche seines Wamses und begann, zwischen den gelben Stumpen herumzukratzen, bis er einige kleine, graue Teilchen herausbefördert hatte, die noch feucht waren vom Schleim. Benjamin hielt die Nadel in das Licht und betrachtete die herausgekratzten Bröckchen.

»Was ist das, Master?« flüsterte ich.

Benjamin schüttelte den Kopf. »Das weiß ich nicht. Es könnten Nahrungsreste sein, vielleicht Brot.«

»Was tut Ihr hier, Benjamin?«

Mein Meister und ich drehten uns blitzschnell um. Doktor Agrippa und Sir Robert Catesby standen in der Türe. Benjamin strahlte.

»Nichts, Doktor. Lady Carey deutete an, ich könnte etwas mit Ruthvens Tod zu tun haben. Daher hoffte ich, etwas zu finden, das beweisen würde, daß dies nicht der Fall ist.«

»Und habt Ihr etwas gefunden?« fragte Catesby.

Benjamin ließ die Nadel unbemerkt zu Boden fallen.

»Nein, überhaupt nichts.«

Catesby winkte uns nach draußen. »Dann kommt.«

Wir suchten unsere Kammer auf. Catesby, der die Türe hinter sich schloß, forderte uns auf, uns zu setzen.

»Vergeßt den Tod von Ruthven«, begann er. »Die schottischen Emissäre werden bald in Yarmouth ankommen. Sie haben sicheres Geleit bis Nottingham, wo Ihr sie treffen werdet. Der zweite Ehemann von Königin Margarete, der Graf von Angus, wird auch anwesend sein, doch die Delegation wird von Lord d'Aubigny, einem Leutnant des Herrschers, geleitet. Mit ihm werdet ihr über Königin Margaretes Rückkehr nach Schottland verhandeln. Ihr werdet nichts anbieten, doch sehr sorgfältig dem zuhören, was er vorträgt. Wir haben es so eingerichtet, daß Ihr bis zum Feiertag der heiligen Cäcilie, am 22. November, dort eintrefft. Doch zuvor, von heute ab in zwei Tagen, nach dem Feiertag des heiligen Leo, werdet Ihr mit Irvine, dem Spion des Lordkardinals, in der Abtei von Coldstream zusammentreffen, die ungefähr dreißig Meilen von hier entfernt ist. Irvines Informationen werden wahrscheinlich verschlüsselt sein. Lernt die Botschaft auswendig und kommt damit zurück zu mir und Doktor Agrippa.«

»Warum die ganze Geheimniskrämerei?« fragte ich.

»Warum kann Irvine nicht einfach hierher kommen? Warum reisen die schottischen Emissäre zur See an? Und warum Nottingham? Und darüber hinaus«, sagte ich und warf einen Seitenblick auf meinen Meister, »die schottischen Gesandten werden doch wahrscheinlich mit jemand Bedeutenderem verhandeln wollen als dem Neffen des Kardinals und«, fügte ich bitter hinzu, »seinem Knecht.«

Agrippa grinste. »Shallot«, antwortete er. »Benutzt Euren Verstand. Irvine kann nicht hierher kommen — es gibt einen Verräter und einen Mörder in der Reisegesellschaft der Königin. Und trotz Lady Careys Anschuldigungen seid Ihr und Benjamin«, sagte er und warf Catesby einen verschmitzten Blick zu, »die einzigen, die über jeden Verdacht erhaben sind. Außerdem, wenn der Lordkardinal Euch sein Vertrauen geschenkt hat, dann wird es auch Irvine tun. Und was die Emissäre aus Schottland betrifft ... erstens ist eine Reise über Land zu gefährlich, zweitens hält unser König Heinrich dies für eine schottische Angelegenheit und möchte daher nicht offiziell eingreifen, und schließlich möchten Königin Margarete und ihr Hofstaat nicht mit Leuten zusammentreffen, die auch nur das geringste zu tun haben mit den Männern, die sie aus Schottland davongejagt haben.« Agrippa rückte näher heran, und ich konnte das seltsame Parfüm riechen, das er immer auftrug. »Seht Ihr, Shallot, so fügen sich die einzelnen Teile des Puzzles zu einem Ganzen. Die Schotten werden mit Master Benjamin reden. Sie wissen, daß er in persönlichem Auftrage des Kardinals handelt.«

»Und die anderen?« fragte Benjamin. »Ihr bleibt alle in Royston?«

Catesby grinste verlegen. »Ja, unglücklicherweise.

Doch Melford und ich werden in einer Stunde nach Nottingham aufbrechen, um sicherzustellen, daß das Schloß für die schottischen Sendboten vorbereitet ist.« Catesby lächelte. »Ihr habt drei Tage Zeit, um die Abtei von Coldstream zu erreichen. Und was Ruthven angeht...« sagte er, drehte sich um und hob den Riegel unserer Kammertüre an, »wie heißt es doch in der Heiligen Schrift: ›Laßt die Toten die Toten begraben.‹ Nicht wahr, Doktor?«

Und dann verließen sie ohne weiteres Federlesen unsere Kammer.

Wir verabschiedeten uns von einer düster dreinblickenden Königin Margarete, und es war noch keine Stunde vergangen, da geleitete uns der Führer, den der Verwalter herbeibefohlen hatte, aus Royston Manor hinaus in die nebelverhangene Landschaft. Catesby und Melford waren schon vor uns zu ihrem langen Ritt nach Nottingham aufgebrochen, und Agrippa, die Careys, Moodie und der alte Quacksalber Scawsby waren in Royston zurückgeblieben.

Unser Führer war ein mürrisch aussehender, wortkarger kleiner Mann, der die Beredsamkeit und den Scharfsinn eines alten Tölpels hatte, doch er kannte die Reitwege und Trampelpfade in Leicestershire wie seine Hosentasche. Es war eine eigenartige Reise. Der dichte Nebel lichtete sich nur selten, die meiste Zeit hielt er uns wie eine kalte, drohende Wolke umklammert. Wir hatten das unheimliche Gefühl, die einzigen lebenden Menschen zu sein, und das Klick-klack der Hufe unserer Pferde sei das einzige auf Erden noch vernehmbare Geräusch. Natürlich beschäftigte meinen Meister und mich das, was in Royston vorgefallen war.

»Ich bin verwirrt, Roger«, wiederholte Benjamin mehrmals. »Zwei äußerst raffinierte Morde: Sowohl Selkirk als auch Ruthven wurden in Räumen vergiftet, die von innen abgeschlossen waren.« Er seufzte, und sein Atem hing wie eine Wolke in der eiskalten Luft. »Und es gibt keine Spur von einem Gift, niemand hat die Kammern der Opfer betreten... wirklich sehr verzwickt, äußerst rätselhaft das Ganze!«

Ich konnte ihm darin nur zustimmen und fragte mich, ob Agrippas witzige Bemerkung über Magie vielleicht doch etwas für sich hatte. Und auch Lady Careys niederträchtige Andeutungen ließen mir keine Ruhe: In irgendeiner Weise war Benjamin jedesmal in der Nähe des Ermordeten gewesen. War er vielleicht doch der Mörder? Hatte Benjamin von seinem Onkel vielleicht den geheimen Auftrag erhalten, Selkirk und Ruthven aus Gründen der Staatsräson zu beseitigen? Wenn das stimmte, wer würde als nächster drankommen? Ich verscheuchte diese Gedanken, weil sie mich zu sehr beunruhigten, und konzentrierte mich statt dessen auf Selkirks Gedicht. Insbesondere die erste und die letzte Zeile gaben mir Rätsel auf. Benjamin konnte mir dazu auch keine Aufklärung geben, denn er spekulierte darüber, welche Botschaft ihm Irvine wohl überbringen würde.

»Vielleicht hat er eine geheime Nachricht, die alles erklärt«, malte er sich aus.

Ich schüttelte den Kopf. Ich hatte das unangenehme Gefühl, daß es so einfach nicht sein würde. Außerdem ergriff mich seit unserem Aufbruch von Royston immer stärker die Besorgnis, wir könnten verfolgt werden. Oh, ich hatte keinen konkreten Anhaltspunkt dafür, doch es war ein gewisser Argwohn, ein Gefühl des Unbehagens. Vielleicht lag das alles nur an dem kalten, dichten Nebel, der uns einhüllte, doch dann und wann war es mir, als hörte ich den Hufschlag eines fremden Pferdes hinter uns.

Wir machten Halt und suchten in der Scheune eines Bauern Schutz und Unterkunft für die Nacht, doch auch der darauffolgende Morgen, der genauso neblig war, trug wenig dazu bei, meine Befürchtungen zu zerstreuen.

»Was ist denn los, Roger?« fragte Benjamin und musterte mich eindringlich. Sein Kopf war tief in seiner wollenen Kapuze verborgen. Der Führer vor uns blieb ebenfalls stehen. Ich lauschte angestrengt darauf, wie das Echo der Hufschläge unserer Pferde verklang.

»Master, wir werden verfolgt!«

»Bist du dir gewiß, Roger?«

»So gewiß wie ich mir bin, daß Königin Margarete zwei Titten hat!« Ich beobachtete die Umgebung.

Benjamin lächelte ironisch und lauschte gemeinsam mit mir. Ich glaubte schon, etwas zu hören, doch dann riß der Tölpel von Führer sein Pferd zurück und brüllte Fragen in die Gegend hinaus, daß es auch Tote wieder zum Leben erweckt hätte. Benjamin schüttelte den Kopf.

»Nichts, Roger«, stellte er fest. »Vielleicht waren es die Geister von Royston.«

Wir setzten unseren Weg fort und gelangten kurz nach Einbruch der Dunkelheit zur Abtei von Coldstream. Erst nach längerem Verhandeln und Herumschreien gestattete man uns den Zutritt zum Kloster. Wir warteten auf dem Hof, bis die Priorin selbst herauskam, eine seltsame Frau, die ziemlich jung war für ihr hohes Amt. Sie war nicht in die Tracht ihres Ordens gekleidet, sondern trug ein blaßblaues Kleid, das mit einem kupferfarbenen Eichhörnchenfell besetzt war. Ihre Kopfbedeckung war altmodisch, zwei Schleier aus gefältetem Leinen fielen zu beiden Seiten ihres herzförmigen Gesichts herunter und wurden unter dem Kinn durch eine edelsteingeschmückte Brosche zusammengehalten. Ihre Haut war so weiß wie

Milch, und ihre grünen Augen waren bernsteinfarben geefleckt und standen ziemlich schräg. Sie musterte meinen Meister aufmerksam, so wie es auch die Königin getan hatte, doch sie begrüßte uns um einiges höflicher und befahl ihren Dienern, unseren Führer und das Gepäck ins Gästehaus zu bringen, während sie uns Wein, frischgebackenes Brot und eine heiße, pikant gewürzte Suppe vorsetzte. Die Priorin las die Beglaubigungsschreiben des Kardinals und hörte sich die Fragen meines Meisters bezüglich der Vorbereitungen für unser Treffen mit Irvine an. Sie schüttelte ihren hübschen Kopf und blickte uns ziemlich neckisch an.

»Bis jetzt ist kein Mann dieses Namens hier eingetroffen. Und es wurde uns auch nichts dergleichen angekündigt.«

»Aber der Lordkardinal sagte, der Mann werde heute, am Feiertag des heiligen Leo, hier sein«, erwiderte Benjamin.

Die Priorin schürzte ihre Lippen.

»Es hat kein Mann in die Mauern unseres Konvents Einlaß begehrt, und auch von Reisenden und Händlern haben wir keine Berichte darüber erhalten, daß jemand auf den Straßen zu uns unterwegs sei.« Sie lächelte. »Vielleicht hat er sich verspätet. Vielleicht trifft er morgen ein.«

Der nächste Tag kam und ging vorüber, ›kroch vorbei‹, wie Meister Shakespeare es ausdrücken würde, doch es erschien kein Irvine. Wir vertrieben uns die Zeit im komfortablen Gästehaus des Konvents. Unsere Kleidung wurde gewaschen, und morgens, mittags und abends wurden wir eingeladen, an Mahlzeiten mit frisch zubereiteten Speisen und köstlichen Weinen teilzunehmen, um die uns sogar Könige beneidet hätten. Es ging schon ziemlich eigenartig zu in der Abtei von Coldstream: keine Glocken, die zum Gebet riefen, sondern eine hastig absolvierte Messe am Vormittag. Die Nonnen schwatzten ungezwungen in und außerhalb der Kirche. Es hatte den Anschein, wie es mein großer Dichterfreund ausdrücken würde, als ginge es ihnen mehr darum, die Lebensregeln, die ihnen auferlegt waren, zu verletzen, denn sie zu befolgen. Mein Meister sagte, sie besäßen eine vorzügliche Bibliothek, und das mochte auch seine Richtigkeit haben, doch die einzige Beschäftigung, der sich die Nonnen nach meiner Beobachtung widmeten, war das Besticken von Vorhängen, Kleidern und Mundtüchern.

Die Priorin schien meinen Meister als ihre Hauptsorge zu betrachten. Sie erkundigte sich beflissen, ob alles in Ordnung sei, ließ ständig nachfragen, ob uns etwas abgehe, und lud ihn ein, mit ihr in dem duftenden Obstgarten vor den Mauern des Klosters spazierenzugehen.

Die Hauptsorge meines Meisters allerdings war das Ausbleiben von Irvine, und als sich am dritten Tag unseres Aufenthalts in Coldstream die Nacht herniedersenkte, gingen wir zur Klostermauer und spähten in die Dunkelheit hinaus, als ob wir ihn herbeizwingen wollten. Die Priorin gesellte sich zu uns. Sie drückte sich an meinen Meister und strich ihm mit einem Finger leicht über die Hand.

»Master Benjamin«, sagte sie, »Irvine wird morgen vielleicht erscheinen. Kommt — mögt Ihr ein Glas Wein, gewürzt mit Muskatnuß?«

Mein Meister lehnte ab, doch ich sagte freudig zu. Die Frau Priorin warf mir einen finsteren Blick zu und geleitete mich widerwillig durch den Garten in ihre Gemächer, wo sie mir den kleinsten Becher mit Wein vorsetzte, den ich jemals gesehen habe. Dann lief sie geschäftig in dem Raum umher, und was sie mir damit sagen wollte, war offensichtlich: Ich sollte austrinken und dann so schnell wie möglich verschwinden. Ich machte mir einen Spaß daraus, sie warten zu lassen, doch bevor ich ging, rief sie mich noch zu sich. Auf ihrem hübschen, heuchlerischen Gesicht stand ein falsches Lächeln.

»Roger, Euer Master – ist er ein richtiger Mann?«

»Ja, Mylady«, erwiderte ich.

Die Priorin schob ihre Zungenspitze zwischen ihre scharfen, weißen Zähne, und ihre Augen funkelten erwartungsvoll.

»Ein wilder Hengst«, fuhr ich fort, »und ein großer Liebhaber, wenn er es mit einer jungen Maid zu tun hat, doch...«

»Doch was?« fragte sie schnell.

»Manchmal kann er sehr schüchtern sein und vielleicht...«

»Vielleicht was?« rief sie ungeduldig.

Ich nickte in Richtung des Schlafzimmers, das ich durch die halb geöffnete Tür erkennen konnte. »Mylady, ich glaube, er ist von Euch ebenso angetan wie Ihr von ihm. Vielleicht, wenn Ihr heute nacht hier im Dunkeln auf ihn wartet, vielleicht kommt er und sagt Euch ein Liebesgedicht auf... ein Sonett, das er selbst verfaßt hat.«

Die Priorin lächelte, drehte sich um und öffnete eine kleine Truhe. Sie warf mir einen klimpernden Beutel zu.

»Wenn Ihr das arrangieren könnt, Shallot, dann erhaltet Ihr morgen einen weiteren Beutel.«

»Oh, alles, was Ihr zu tun habt, Mylady«, entgegnete ich mit einer Verbeugung, »ist, eine brennende Kerze in das Fenster zu stellen.« Ich deutete auf das hochgelegene Fenstersims. »Meinem Meister wird dies wie ein Leuchtturm sein, der ihn auf den Weg führen wird, den Ihr Euch ersehnt.«

Ich schlüpfte durch die Türe. Mein Meister stand immer noch an der Klostermauer und starrte in die Dunkelheit. Ich rannte in das Gästezimmer, zog mich nackt aus und wusch mich mit einem nassen Lappen. Ich verteilte etwas von dem wohlriechenden Parfüm, das mein Meister benutzte, über meinen Hals und auf den Wangen, lieh mir sein bestes Hemd, seine Schuhe und seinen Umhang aus und schlich mich wieder zurück in den Hof. Ich wartete eine Weile, verborgen im Schatten einer Mauer, und beobachtete, wie man sich im Kloster für die Nacht einrichtete. Ah ja, die Frau Priorin traf auch schon ihre Vorbereitungen. In ihrem Fenster erschien eine Kerze, deren flackerndes Licht einen warmen Willkommensgruß in die Nacht hinausschickte.

Ich huschte über den Hof, drückte die Türe auf und trat ins Dunkle. Ich löschte die Kerze mit den Fingern und eilte in die Bettkammer. Gott sei Dank hatte die Frau Priorin dort kein Licht und auch keine Kerze. Meine Augen begannen sich an die Dunkelheit zu gewöhnen, und ich nahm ihre dunkle Gestalt auf dem Bett wahr und ihre langen Haare, die ihr über die Schulter fielen. Ich schlüpfte in das große, stattliche Bett, flüsterte ihr ein paar französische Koseworte zu, die ich von einer früheren Gespielin gelernt hatte, und legte mich gleich mächtig ins Zeug. Die Priorin mag durchaus eine Dame gewesen sein, doch meine wilden Umarmungen erwiderte sie mit wollüstigem Stöhnen und spitzen Schreien. Ihr Körper war weich, warm und anschmiegsam. Ich bekenne, sie war eine der aufregendsten Frauen, die ich je gehabt habe.

(O je, da rührt sich mein Kaplan wieder, na, na, grummelt er und schüttelt seinen Kopf. Dieser elende, kleine Heuchler! Muß ich ihn daran erinnern, wie er sich oft und lange mit der apfelbäckigen Maude, der Milchmagd, hinter den Stallungen getroffen hat? Sie hatte danach bestimmt noch rötere Backen als zuvor! Er sagt, ich lüge; die Priorin hätte den Unterschied zwischen mir und Benjamin merken müssen. Doch da irrt er sich. Lust, ebenso wie die Liebe, verblendet, wäre es nicht so, hätte die rotbackige Maude ihn doch wohl kaum näher als eine Meile an sich herankommen lassen! Ah, ich sehe, er hat sich wieder beruhigt. Also, zurück zur Priorin...)

»Oh, gütiger Himmel! Oh, gütiger Himmel!« schrie sie, als ich in sie eindrang; meine Waffe war ein Speer, der so hart war, wie ein Speer nur sein kann. Ach, was war das für eine Nacht! Zwei-, dreimal hatte ich mein Vergnügen mit ihr, bis ich sie schließlich auf beide Wangen küßte, ihr einen Klaps auf den Hintern gab und ein zärtliches Lebewohl ins Ohr flüsterte.

Am nächsten Morgen hatte sich ein schwerer Nebel niedergesenkt und das ganze Land in ein Tuch unheimlichen Schweigens eingehüllt. Die Nebelschwaden wirbelten zwischen den Klostergebäuden umher und sorgten für eine bedrückte Stimmung — auch ich wurde davon angesteckt nach meiner wilden Nacht. Ich stand früh auf, noch angenehm ermattet. Mein Meister schlief noch, und er hatte auch schon geschlafen, als ich in der Nacht von meinem Stelldichein zurückgekehrt war. Schnell zog ich mich an und ging über den Hof zum Refektorium hinüber. Man erreichte es über eine außen angebrachte Treppe, und einige der stets hungrigen Nonnen hatten sich bereits dort eingefunden. Ich schnappte einen Teil ihrer Unterhaltung auf.

»Was für ein häßlicher Kauz! Ein abstoßender, garstiger Geselle!«

Ich fragte mich, auf welchen Zeitgenossen sich diese

wenig schmeichelhaften Bemerkungen wohl bezogen, und ließ meinen Kopf verblüfft sinken, als ich hörte, was eine andere darauf erwiderte.

»Ja, sein Name ist Roger. Ist es nicht seltsam, daß ein solch stattlicher Master einen derart häßlichen Gehilfen beschäftigt?«

Nonnen sind natürlich meist nicht mit übergroßer Schlauheit gesegnet, und sie verfügen auch nicht über die Gabe zu erkennen, daß wahre Schönheit oft im Verborgenen blüht. Ich setzte mich an unseren Tisch, der gleich neben dem Podium stand, und beobachtete, wie die Priorin hereinschwebte. Ihr Gesicht war blaß, und um ihre Augen lagen dunkle Ringe, und dies entschädigte mich etwas für das dumme Geschwätz der Nonnen. Benjamin gesellte sich zu mir und verkündete frohgemut, der Nebel werde sich bald lichten, und es werde wieder ein schöner Tag werden. Aus den Augenwinkeln heraus beobachtete ich, wie die Priorin ihm mißbilligende Blicke zuwarf, weil er sie ignorierte, gemischt mit einem koketten Lächeln, das ihn an die Ereignisse der vergangenen Nacht erinnern sollte.

Ihre Liebesseufzer wurden jedoch plötzlich unterbrochen, als draußen ein Tumult anhub. Schreie von Frauen mischten sich mit den tiefen, barschen Rufen eines der Bediensteten des Klosters. Die Priorin stürzte mit zusammengekniffenen Lippen hinaus, und wir folgten ihr. Auf dem Hof unten sahen wir einen merkwürdig aussehenden Mann, der auf einem Pferd saß und von Nonnen und anderen Mitgliedern des Konvents umgeben war. Seine Haare hatten eine blasse orange Farbe, und sein Gesicht wirkte durch den ausgebleichten rotbraunen Bart etwas gespenstisch. Er trug eine Mütze aus Kaninchenfell und ein schmutziges Wams aus Maulwurfsfell, an das einige kleine Glöckchen angenäht waren. Die Priorin murmelte etwas von einem Hausierer, doch der eigentliche Grund für die Aufregung war die Leiche, die quer über dem Pferd des Mannes hing. Als Benjamin und ich der Priorin nach unten folgten, rief der Mann etwas in einer Sprache, die ich nicht verstand.

»Was sagt er?« fragte Benjamin.

»Er hat die Leiche einige Wegstunden vom Kloster entfernt gefunden«, gab sie über ihre Schulter zurück.

Benjamin ging hin und hob den Kopf des toten Mannes empor. Ich erblickte sandfarbene Haare, starre offene Augen und einen herunterhängenden Kiefer. Was jedoch meine Aufmerksamkeit am meisten fesselte, war die häßliche, purpurrote Wunde, die von einem Ohr zum anderen verlief. Die Priorin sprach mit dem Hausierer in dieser fremden Sprache.

»Das ist möglicherweise der Mann, auf den Ihr gewartet habt, Master Benjamin«, rief sie uns zu. »John Irvine.«

Die Priorin wies den Bediensteten an, den Leichnam in die nahegelegene Krankenstation zu bringen, befahl den Leuten, sich zu zerstreuen, und trug einer Schwester auf, den Hausierer zu verköstigen. In der Krankenstation mit der tiefliegenden Decke und den gekalkten Wänden wurde die Leiche auf ein strohbedecktes Bett gelegt. Er war ein junger Mann gewesen, durchaus ansehnlich, solange jedenfalls, bis ihm jemand die Kehle durchgeschnitten hatte. Benjamin starrte ihn an, als ob der Tote ihm gut bekannt gewesen sei. Wir stellten fest, daß der Geldbeutel des Mannes von seinem Gürtel abgeschnitten worden war.

»Räuber!« flüsterte die Priorin. »Die Straßen werden von ihnen heimgesucht. Der Hausierer fand die Leiche versteckt unter einigen Büschen.«

Ich kniete mich nieder und durchsuchte die Kleidung des Toten. Und ich fand auch das, was ich suchte: eine versteckte Tasche in dem gesteppten Wams. Diese enthielt ein paar sorgsam eingenähte Beutel mit einigen Gold- und Silbermünzen (die ich an mich nahm, um dafür eine Messe für die Seele des Unglücklichen lesen zu lassen) sowie eine kleine Rolle Pergament. Darauf war der Name des Mannes, »John Irvine«, gekritzelt und eine Aufstellung über Proviant und Wein, den er in einer Schänke namens Sea Barque in Leicester gekauft hatte. Ich ging zurück zu Benjamin.

»Es ist Irvine«, sagte ich.

»Dann möge Gott sich seiner Seele erbarmen«, antwortete er. »Roger, es gibt für uns keinen Grund mehr, noch länger hier zu verweilen. Wir müssen schnellstens zurück nach Royston.«

Hinter uns schnappte die Priorin nach Luft.

»Ihr möchtet nicht länger bleiben, Master Benjamin?« Sie trat näher und ließ dabei ihre Röcke rascheln und knistern. »Seid Ihr mit unserer Gastfreundschaft nicht zufrieden?« fragte sie kokett.

»Mylady« antwortete Benjamin, »das Essen und der Wein waren ausgezeichnet.« Dann drehte er sich um und ließ die Frau mit offenem Mund stehen. Wir zitierten unseren Führer herbei, packten unsere Satteltaschen und waren schon nach weniger als einer Stunde reisefertig. Die Frau Priorin, die einen wollenen Überwurf um ihre Schultern gelegt hatte, kam herunter, um uns Lebewohl zu sagen. Benjamin lächelte, führte ihre weiße Hand an seine Lippen, küßte sie anmutig und gab dann wie ein schneidiger Ritter seinem Pferd die Sporen, daß es seine Möchtegern-Geliebte fast zu Boden geschleudert hätte. Ich war weniger ritterlich. Ich ignorierte den Ausdruck des Erschreckens auf ihrem Gesicht und streckte ihr die Hand entgegen.

»Mylady«, sagte ich, »Ihr habt mir einen weiteren Beutel mit Münzen versprochen!«

Sie starrte mich an, wühlte in ihrem Überwurf und brachte einen Beutel zum Vorschein (der viel schmaler war als jener, den sie mir am Abend davor gegeben hatte).

»Kuppler«, zischte sie.

»Oh, gütiger Himmel! Oh, gütiger Himmel!« äffte ich sie mit Falsettstimme nach. Das Gesicht der Frau wurde blaß, und ihre Augen weiteten sich in blankem Entsetzen. Ich lachte, trat meinem Pferd in die Flanken und donnerte durch das Klostertor davon. Ich war überrascht, daß Benjamin einen scharfen Galopp vorlegte und erst einhielt, als wir schon eine Meile vom Kloster entfernt waren. Wir stiegen ab, um die Pferde am Zügel zu führen, wobei unser Führer uns vorausging.

»Warum die Eile, Master?« fragte ich.

Benjamin schüttelte den Kopf und schaute nach oben, wo die Sonne nun allmählich die Nebeldecke durchbrach.

»Ein schlimmer Ort, dieses Kloster«, murmelte er.

Ich fühlte einen Stich im Magen. Wußte mein Meister Bescheid?

»Ein schlimmer Ort«, wiederholte er. Er blickte mich an. »Irvine wurde möglicherweise dort ermordet. Die Priorin hatte dabei ihre Hand im Spiel.«

Ich starrte ihn sprachlos an.

»Erstens«, fuhr Benjamin fort, »als wir in Coldstream ankamen, sagte uns die Priorin, sie habe Irvine nicht gesehen.«

»Der Hausierer könnte ihr seinen Namen genannt haben.«

»Wie denn? Seine Brieftasche war verschwunden, und erst du hast seine versteckte Tasche im Wams entdeckt. Zuvor aber schon hatte die Priorin ihn ›John Irvine‹ genannt. Sie schien also seine Leiche erkannt zu haben, und sie wußte seinen Vornamen. Ich habe ihn ihr nicht gesagt, du vielleicht?«

Ich schüttelte den Kopf. »Doch was bringt Euch zu der Annahme, daß er im Konvent ermordet wurde?« fragte ich.

»Das ist mein zweiter Punkt. Als ich auf der Brüstung der Klostermauern stand, bemerkte ich frischen Pferdedung neben dem Haupttor. Er stammte nicht von unseren Pferden, und die Priorin sagte doch, niemand sonst sei im Konvent eingetroffen.« Benjamin unterstrich mit einer Handbewegung die Bedeutung dieses Punktes. »Hast du dich im Klostergarten umgesehen?« fuhr er fort. »Der Boden war mit feinem weißen Sand bedeckt. Spuren davon waren auf Irvines Stiefeln. Und schließlich waren die Knöpfe an seinen Beinkleidern falsch zugeknöpft, so als hätte dies jemand in aller Eile getan.« Benjamin warf mir einen kurzen Blick zu. »Ich vermute, der bedauernswerte Irvine wurde im Kloster ermordet, als er gerade seine Hosen abgelegt hatte, entweder um sich zu erleichtern oder ...« Er verstummte.

Mich durchfuhr ein Schauer der Angst, ich rieb mir den Hals und zupfte besorgt an meiner Haut herum. Vielleicht hatte mein Meister recht. Irvine war ermordet worden, aber nicht, als er sich gerade zum Pissen anschickte, sondern als er sich darauf vorbereitete, dieselben Liebesdienste zu verrichten wie ich später auch. Im stillen schwor ich mir, nie wieder nach Coldstream zurückzukehren.

»Wir könnten natürlich umkehren«, sagte Benjamin,

als ob er meine Gedanken gelesen hätte. »Doch wir können nichts beweisen. Die Frau Priorin würde natürlich die Anschuldigung abstreiten und den Sheriff oder einen der örtlichen Justizbeamten herbeirufen, auf den sie Einfluß hat. Wir haben einfach zu wenig Beweise«, seufzte er und spähte durch den Nebel.

»Und jetzt, Master«, erwiderte ich, »stehen wir wieder mit eingezogenem Schwanz da. Selkirk wurde ermordet, bevor er irgend etwas preisgeben konnte. Ruthven ist tot, und nun auch Irvine.« Ein kühner Gedanke fuhr mir durch den Kopf, aber ich verbannte ihn gleich wieder: Hatte vielleicht Benjamin Irvine ermordet? War er eines Nachts hinausgeschlichen und hatte dem Unglücklichen aufgelauert?

»Woran denkst du, Roger?«

»Ich denke daran«, log ich, »daß Irvine sich in der Sea Barque in Leicester aufgehalten hat.« Ich holte das Stückchen Pergament hervor, das ich in seiner Tasche gefunden hatte.

»Eigenartig«, murmelte Benjamin und beobachtete mich scharf, »daß die Mörder das nicht gefunden haben.«

Ich zuckte mit den Achseln. »Der arme Kerl mußte schnell sterben. Sie nahmen ihm den Geldbeutel ab und ließen ihn dann einfach liegen. Ihr habt erkannt, daß die Priorin ihre Finger mit im Spiel hat, doch Irvines Mörder muß ein Mitglied unserer Reisegesellschaft in Royston sein. Nur die Angehörigen des Hofstaats, wie auch der Lordkardinal, wußten, daß Irvine hierher unterwegs war.«

»Aber wer könnte es getan haben? Catesby und Melford sind nach Nottingham geritten, und wir können uns ziemlich genau ausrechnen, wann sie dort angekommen sein müssen. Ich kann mir vorstellen, daß sich jemand aus Royston aufgemacht hat, um sich in den Hinterhalt zu legen. Er ist nach uns aufgebrochen, und im Nebel haben wir ihn nicht sehen können...«

Unser Führer eilte herbei und rief uns in seinem komischen Dialekt etwas zu. Benjamin bat ihn höflich, auf uns zu warten.

»Also, Roger, du meinst, wir sollten die Sea Barque in Leicester aufsuchen?«

»Ja, Master. Vielleicht finden wir dort etwas, womit wir Irvines Tod und Selkirks todbringendes Gedicht erklären können.«

Kapitel 6

Wir überredeten unseren Führer mit einigen Silbermünzen und mit dem Versprechen, später werde es mehr davon geben, uns nach Leicester zu bringen. Und einen Tag später schon kämpften wir uns durch die Rinnsale und Gassen der Stadt. Nur der Herr im Himmel weiß, welch eine schmutzige, ekelerregende Aufgabe das war: die überfüllten Häuser und die stinkenden Abwassergräben, aus denen es wie aus einem Hexenkessel roch, der in der heißen Sonne kochte. Schließlich fanden wir die Sea Barque an einem schäbigen Marktplatz in der Nähe der Stadtmauer. Die Häuser zu beiden Seiten dieses tristen Platzes waren schmutzig und baufällig; ein alter Hund lag hechelnd unter einem kleinen Marktkreuz. Hin und wieder richtete er sich auf, um an den Füßen eines verlausten Bettlers zu lecken, der im Stock festgebunden war, um eine Strafe zu verbüßen. Es war Abendzeit, der Markt war zu Ende, und die Straßenhändler wie auch ihre Kunden hatten sich an die mit Segeltuch überspannten kleinen Bierstände zurückgezogen. Benjamin zeigte auf die Sea Barque, ein schmales, dreistöckiges Haus mit einem farbenprächtigen Schild, das leicht beschwipst über der ramponierten Tür baumelte. Um den Eingang herum stand eine kleine Gruppe von Hausierern und Straßenhändlern, die bunte Schals, Handschuhe, Pflaumen und grüne Äpfel feilboten. Wir gingen zwischen ihnen hindurch und betraten die Taverne, während unser Führer draußen blieb, um die Pferde zu beaufsichtigen.

Im Schankraum der Sea Barque war es kühl und muffig, die Tische bestanden aus Fässern, und an den Wänden standen einige wacklige Stühle und Bänke. Ein Handlungsreisender hatte uns unterwegs gewarnt, weder Wasser noch das schlammfarbene Ale hier zu trinken, denn vor kurzem habe die Seuche in der Stadt gewütet, und der Fluß sei wahrscheinlich noch immer verseucht. Mein Meister bestellte einen Krug Wein und befragte das Dienstmädchen, eine hübsche, pausbackige Maid, die durchaus ansehnlich gewesen wäre, hätten ihre Zähne nicht so weit vorgestanden. Benjamin ließ sie, höflich wie immer, einen Schluck aus seinem Becher nehmen, und drückte ihr einen Penny in die schmale, aber schwielige Hand.

»Mein Kind«, fing er an, »erinnerst du dich an einen Mann mit dem Namen Irvine, aufgewecktes Gesicht, sandfarbene Haare, vielleicht ein bißchen verschlossen und scheu? Ein Mann, der mit schottischem Zungenschlag sprach?«

Das Mädchen schien verwirrt zu sein, daher wiederholte ich die Beschreibung, und da sah ich in ihren hellen blauen Augen, daß sie sich erinnerte. Sie nickte emsig mit dem Kopfe und begann loszuplappern, doch ich konnte nur die Hälfte von dem verstehen, was sie sagte. Offenbar hatte Irvine hier logiert.

»Er ist allein gekommen«, sagte sie. »Er aß und trank sehr viel, und er war bei den anderen Gästen beliebt, obwohl er ein Schotte war.« Sie hielt inne, blinzelte meinen Meister an, nahm den zweiten Schluck aus seinem Becher und griff nach dem zweiten Penny, den er ihr hinhielt. »Aber dann«, fuhr sie fort, wie ein Mädchen, das eine lange Geschichte erzählt, »dann wurde er verschlossener, zog sich zurück und saß die ganze Zeit in der Ecke mit einem finster dreinblickenden Kerl zusammen.« Sie kniff ihre Augen zu, um sich zu erinnern. »Der Fremde hatte dunkelbraune Haare, einen Fleck über einem Auge

165

und ein großes purpurfarbenes Mal, das sich über die ganze Wange zog.«

»War er Engländer?« fragte ich.

Sie lachte und schüttelte den Kopf. »Ein richtiger Schotte. Er hat gesoffen wie ein Loch, und ich habe seine grobe Sprache nicht verstanden.«

»Und hat Irvine irgend etwas hier zurückgelassen?« fragte mein Meister.

»O nein. Ich habe sein Zimmer saubergemacht.« Sie blickte mich lächelnd an. »Oder ich habe es zumindest versucht.«

»Was soll das heißen?« fragte Benjamin schnell.

»Er hat eine Zeichnung an der Wand zurückgelassen. Der Wirt war wütend und hat mir befohlen, sie mit Wasser abzuwaschen.«

»Was war das für eine Zeichnung?« fragte ich.

»Ein großer Vogel«, erwiderte sie. »Er hat ihn mit einem Stück Holzkohle gezeichnet. Ein großer Vogel mit einem scharfen Schnabel und einer Krone auf dem Kopf.«

»So ähnlich wie ein Adler?« fragte ich.

»Ja, ja«, bestätigte das Mädchen.

»Und was war mit Irvines seltsamen Kumpel?« fragte Benjamin. »Was tat er?«

»Er hat nur die ganze Zeit mit ihm geplaudert, dann ist er gegangen, und Irvine ist kurz darauf auch abgereist.«

Wir bedankten uns bei der jungen Frau, die uns alles erzählt hatte, was sie wußte. Dann streiften wir durch Leicester, zogen von einer Schänke zur anderen, um herauszufinden, ob vielleicht irgend jemand Irvines seltsamen Zechkumpan gesehen hatte. Es war ein kompletter Fehlschlag. Am Ende des zweiten Tages waren wir müde, schmutzig und begierig darauf, die Stadt wieder zu verlassen.

Wir brauchten zwei Tage für die Rückreise nach Royston mit unserem Führer, der uns ebenso satt hatte, wie wir seiner überdrüssig waren. Obwohl sich das Wetter geändert hatte, wirkte der Landsitz immer noch trostlos: ein düsterer Haufen von niedrigen Gebäuden, die sich hinter einer zerbröckelnden, moosbewachsenen Mauer versteckte. Melford und eine Gruppe von Bogenschützen begrüßten uns am Tor. Über ihnen baumelte einer der Küchenhelfer, seine Hose war befleckt, das Gesicht schwarz angelaufen, und die Zunge hing aus seinem Mund.

»Gehängt!« verkündete Melford freudig. »Weil er Haushaltsgegenstände gestohlen und versucht hat, sie in den umliegenden Dörfern zu verkaufen.«

Der Halsabschneider grinste hinterhältig, wie wenn er liebend gerne auch *mir* eine Schlinge um den Hals gelegt hätte, um mich an einem Zweig der großen Ulme baumeln zu sehen. Wir verbargen unseren Abscheu und gingen zum Haupteingang, wo uns der stets gutgelaunte Doktor Agrippa erwartete. Während ein Stallbursche die Pferde wegbrachte, wurden wir in den kahlen Kapitelsaal geführt, der nun ein wenig freundlicher eingerichtet war, mit Vorhängen, Wandteppichen, Kissen und Stühlen aus Königin Margaretes Bestand.

»Wie lautete Irvines Nachricht?« fragte Agrippa sofort, nachdem Catesby die Tür hinter uns verriegelt und den niedrigen Raum gründlich durchsucht hatte, als ob er befürchtete, in den schattigen Ecken könnten sich Lauscher verborgen halten. Dann kam er herüber und stellte sich vor uns.

»Was war mit Irvine?« wiederholte er barsch. »Welche Nachricht habt Ihr uns zu überbringen?«

Mein Meister schüttelte sich den Staub von seinem

Umhang. »Sir Robert, ich bin schmutzig, müde, wundgeritten und durstig. Ich hätte gerne etwas Wein.«

Hastig wurden zwei Becher gebracht, in denen Wein hin und her schwappte. Mein Meister nahm einen großen Schluck, während ich Agrippas engelgleiches Gesicht und die besorgte Miene von Catesby studierte.

»Irvine ist tot«, sagte Benjamin geradeheraus.

Catesby stöhnte auf und wendete sich ab. Agrippa fuchtelte aufgeregt in der Luft umher.

»Wie?« fragte er leise. »Wie wurde Irvine getötet?«

»Er hat das Kloster nie erreicht«, log mein Meister. »Oh, wir warteten auf ihn, doch dann brachte ein Hausierer seine Leiche. Seine Kehle war von einem Ohr zum anderen durchschnitten, und man hatte ihm seinen Geldbeutel entwendet.« Benjamin zuckte mit den Achseln. »Wir haben Pech gehabt.«

»Wir sollten Pech haben«, unterbrach ich ihn heftig. »Irvine wurde in einen Hinterhalt gelockt. Von jemanden, der wußte, daß er dorthin kommen würde, und die einzigen Menschen, die davon wußten, sind hier in Royston Manor versammelt!«

»Was wollt Ihr damit sagen?« fragte Catesby.

»Daß irgend jemand aus Royston Irvine aufgelauert und ihn ermordet hat«, antwortete ich ruhig und ignorierte die Wut, die in Catesby aufstieg und sein sonst immer offenes Gesicht zu einer wilden Fratze verzerrte.

»Wie können wir wissen, daß nicht Ihr beide ihn umgebracht habt?«

»Fragt unseren Führer«, antwortete Benjamin. »Fragt die Damen des Konvents — wir waren immer in ihrer Nähe.«

Ich erinnerte mich an die langen, schlanken Beine der Priorin, die sie fest um mich geschlungen hatte, und unterdrückte ein Lächeln.

»Nun«, fuhr Benjamin fort, »wo waren denn die anderen alle, während wir nach Coldstream unterwegs waren?«

»Ich war in Nottingham«, bellte Catesby. »Wir brachen hier am selben Tage auf wie Ihr, am achten November. Der dortige Verwalter kann für jeden unserer Schritte bürgen.«

»Und hier in Royston?«

Agrippa wendete die ganze Zeit seine Augen nicht von den meinen.

»Eine gute Frage, Master Shallot.« Er spreizte seine Hände. »Keiner von uns hier kann lückenlos Rechenschaft ablegen über das, was er in der Zwischenzeit getan hat. Carey hat die Gegend durchkämmt, um Verpflegung aufzutreiben. Er war insgesamt drei Tage fort. Moodie wurde von Ihrer Majestät der Königin nach Yarmouth gesandt.«

»Und Ihr?«

Agrippa lächelte. »Wie der gute Doktor Scawsby habe ich verschiedene Besorgungen erledigt – Scawsby kaufte Medizin für die Königin«, gähnte er, »und ich war natürlich für den Lordkardinal unterwegs.«

Ich starrte in seine dunklen, rätselhaften Augen. Wollte er sich über mich lustig machen? Hatte er wirklich Aufträge für den Kardinal erledigt, oder hatte er im Hinterhalt gelegen und Irvine aufgelauert? Ich erinnerte mich an die nebelverhangene Landschaft und schauderte. Hatte er sich vielleicht mit seiner Schwarzen Magie beschäftigt und einen Dämon der Hölle heraufbeschworen und zu irgendeinem einsamen, verlassenen Wäldchen gelenkt? Doch warum sollte ich ihn verdächtigen? Seine Antwort war sehr klug gewesen: Niemand konnte unter Beweis stellen, was er wirklich getan hatte, doch Benjamin und ich hatten wieder einmal einen schweren Fehlschlag eingeheimst. Catesby zog einen Schemel zu sich heran, ließ sich darauf fallen und verbarg sein Gesicht in den Händen.

»Selkirk ist tot!« hub er an, wie ein Priester, der mit einer Beerdigungsansprache beginnt. »Ruthven wurde ermordet und nun auch Irvine.« Er blickte Agrippa von der Seite an. »Wenn die Zeit gekommen ist, werden alle diese Verbrechen gesühnt werden, doch die Königin beharrt darauf, daß wir die schottischen Emissäre treffen.« Er warf einen Blick auf die brennende Kerze, die auf dem Tisch stand. »Wir haben es doch mit folgender Situation zu tun: Die Königin ist aus Schottland geflohen und hat ihre beiden kleine Söhne, Jakob und Alexander, zurückgelassen.« Er machte eine Pause. »Alexander war krank und starb. Die Königin empfindet keine große Liebe für ihren zweiten Gemahl, wohl aber für Schottland. Die schottischen Gesandten werden von Lord d'Aubigny angeführt werden, der rechten Hand des gegenwärtigen Regenten. Der Gemahl der Königin, der Graf von Angus, bestand darauf, ebenfalls mitzukommen. Ihr müßt nun von ihnen Königin Margaretes Rückkehr fordern. Sie sollten heute abend in Nottigham eintreffen. Morgen müßt Ihr dorthin aufbrechen, Master Benjamin und Shallot, und dieses Mal wird Doktor Agrippa Euch begleiten.« Catesby schaute uns aus rotgeränderten Augen an.

»Dieses Mal dürft Ihr nicht scheitern!« schnautzte er uns an. »Nun muß ich die Königin unterrichten.« Er erhob sich und verließ den Raum, wobei er die Tür hinter sich zuknallte.

»Habt Ihr Irvine ermordet?« fragte ich den lächelnden Agrippa unverblümt.

Der werte Doktor bog seinen Kopf zurück und begann herzhaft zu lachen. Es gab ein eigenartiges Echo in dieser dunklen, schauerlichen Halle. Er stand auf, wischte sich mit dem Handrücken die Tränen von den Augen und kam zu mir herüber. Er nahm meinen Kopf zwischen seine schmalen, weichen Hände.

»Eines Tages, Roger«, flüsterte er, »werdet Ihr in der Lage sein, große Geheimnisse zu entschlüsseln. Ich habe in eine Schattenwelt geblickt, die noch keine Wirklichkeit ist. Doch Ihr, mein Lieber, Ihr müßt noch soviel lernen.« Er zog seine Hände zurück, lächelte Benjamin an und schlüpfte leise aus der Halle. Den Rest des Tages verbrachten wir damit, uns von unserer Reise zu erholen, und wir versuchten, so gut es ging, den anderen Mitgliedern des Hofstaats aus dem Wege zu gehen, die bald von unserem Fehlschlag erfuhren und ihre Genugtuung hinter selbstgefälligen Blicken oder säuerlichem Lächeln versteckten. Das Abendessen, das dann folgte, war keine angenehme Angelegenheit. Königin Margarete und Catesby starrten uns vom Kopfende des Tisches finster an. Melford, der nun Blut geleckt hatte, schien sich im stillen an irgendeinem Witz zu ergötzen. Moodie hatte einen gottesfürchtigen Blick aufgesetzt, während Scawsby seine Triumphgefühle kaum verbergen konnte. Carey machte einen beunruhigten Eindruck, und Doktor Agrippa saß dabei, wie wenn er Zuschauer bei einem Maskenball oder einem Mummenschanz wäre.

Wir stocherten in unserem Essen herum. Ich trank vielleicht ein bißchen zuviel, denn ein Motto des alten Shallot lautet und hat auch immer gelautet: »Wenn du Angst hast, und es ist Wein in der Nähe, dann trink soviel, wie du kannst.« Schließlich zog mich mein Meister, der des vielsagenden Schweigens überdrüssig geworden war, am

Ärmel. Wir erhoben uns, verbeugten uns zur Königin hin, murmelten einige Entschuldigungen und schlichen aus der Halle.

»Master Daunbey!« Doktor Agrippas Stimme rief uns zurück. »Wir werden heute nacht nach Nottigham aufbrechen!«

Benjamin schürzte seine Lippen und schüttelte den Kopf. »Es besteht kein Grund, uns daran zu erinnern, werter Doktor. Ihr werdet uns vor dem Tore von Royston reisefertig vorfinden. Je früher wir von hier wegkommen, um so besser!«

Als wir in unsere Kammer zurückgekehrt waren, wendete ich mich an Benjamin, schon leicht angetrunken. »Was habt Ihr damit gemeint?«

»Womit?«

»Mit Eurer Bemerkung, nachdem Agrippa uns zurückgerufen hatte.«

Benjamin kaute auf seinen Lippen und schüttelte den Kopf. »Du bist müde und halb betrunken, Roger. Lege dich schlafen.«

Dann drehte mir Benjamin wortlos den Rücken zu. Ich taumelte ins Bett, wurde aber bald wieder von meinem Meister geweckt, dessen Gesicht in den Schein des Kerzenlichts gebadet war.

»Roger!« flüsterte er. »Steh auf — sofort!«

»Was ist denn los?« fragte ich schlaftrunken.

Benjamin schüttelte mich unablässig und zog mich dabei schon halb aus dem Bett. Er zeigte auf ein Tablett, auf dem sich einige Laibe Brot und Becher mit verwässertem Wein befanden.

»Hier, greife zu«, zischte er. »Dieses Essen ist nicht vergiftet. Wir sind hier möglicherweise in Gefahr.«

Ich fluchte, tat aber, was er mich geheißen hatte, und

danach huschten wir über die dunkle Treppe nach unten und durch den Haupteingang in den Hof, wo Benjamin einem verschlafenen Stallknecht aufgetragen hatte, die Pferde bereitzuhalten. Wir stiegen auf und ritten über den düsteren Weg am Wachhäuschen vorbei und durch die offenen Tore nach draußen auf die Straße. Der Leichnam des Hausgehilfen baumelte immer noch an einem Zweig der großen Ulme. Herr im Himmel, an diesen Anblick erinnere ich mich heute noch, als ob es erst gestern gewesen wäre. Ein Verhängnis schien in der Luft zu liegen. Es war bitterkalt, und es war die Zeit kurz vor Anbruch der Dämmerung, wenn die Dämonen und die bösen Geister, die auf der Erde leben, ein letztes Mal die Seelen der Menschen heimsuchen. Ich schaute mich nach den dunklen Gebäuden von Royston Manor um, und mein Blick fiel auf den Gehängten, der leicht hin und her schwang. Da jagte panische Angst durch meinen Körper, und wäre ich nicht aus härterem Holz geschnitzt gewesen, hätte ich schnurstracks meinem Pferd die Sporen gegeben und wäre so schnell wie möglich zurück nach Ipswich galoppiert. Der Wärter behelligte uns nicht weiter, und so ritten wir auf der Straße ein Stück weit, bis Benjamin einhielt und mir einen prall gefüllten Schlauch mit Wein reichte.

»Trinke soviel, wie du willst, Roger«, sagte er flüsternd. »Ich kann es verstehen. Ich habe das auf deinem Tisch gefunden, als ich erwachte.«

Er streckte mir seine Hand entgegen, und ich erblickte darin eine kleine, verwelkte weiße Rose. Mich fröstelte angesichts dieser Warnung. Benjamin warf die Rose auf den Boden. »Nun, Roger«, fuhr er lebhaft fort, »ich entschuldige mich für meine Unfreundlichkeit gestern abend, aber erkennst du nun, daß wir uns in großer

Gefahr befinden? Es gibt irgend etwas bei dieser Angelegenheit, das uns an den Galgen bringen könnte oder vor das Messer eines gedungenen Mörders. Eine dunkle, unheilverkündende Maske wird uns vor Augen gehalten, und wir wissen nicht, wem wir überhaupt noch trauen können. Meinem Onkel? Dem König? Königin Margarete? Doktor Agrippa? Irgend etwas geht hier nicht mit rechten Dingen zu ... aber was können wir denn tun? Wenn wir mit leeren Händen nach London zurückkehren, sind wir erledigt. Wenn wir unseren Auftrag weiterverfolgen, könnten wir ebenfalls bald eine Schlinge um den Hals gelegt bekommen. Wir wissen nicht, wer unsere Freunde und wer unsere Feinde sind. Es gibt zwei Dinge, die uns möglicherweise einen gewissen Schutz bieten: Erstens bin ich der Lieblingsneffe des Lordkardinals, und deswegen wird man uns nicht so leicht angreifen; und zweitens schützen uns auch unsere Ermittlungen. Die Leute, welche die Fäden ziehen, hetzen uns hierhin und dorthin und beobachten dabei, wieviel wir schon herausgefunden haben.«

Er hielt seine kühlen Augen auf die meinen geheftet und rückte näher heran. »Wir befinden uns in einem Reigen des Todes. Solange wir mittanzen, sind wir sicher, doch sobald wir auszuscheren versuchen, wird man uns entweder wieder in den Reigen zurückstoßen oder umbringen. Wer das tun wird, weiß ich nicht, doch ich werde es herausfinden. Was haben wir denn zu verlieren, Roger? Wer wartet auf dich oder auf mich?« Er blinzelte und blickte zur Seite. »Wer würde uns vermissen?« fuhr er fort. »Wer liebt dich, Roger? Wer liebt mich? Wo ist unsere Heimat, wo sind unsere Lieben? Schau uns an, wie wir hier stehen in diesem wilden Heideland, wo uns nur das Gras und der Himmel Gesellschaft leisten. Und wie können wir uns verteidigen? Wir sind gesund, tragen einige Waffen bei uns und etwas Geld, das wir miteinander teilen. Das ist alles, Roger.«

Ich muß rückhaltlos bekennen, daß mein Meister mir mit dieser Ansprache einen fürchterlichen Schrecken einjagte, denn ich fühlte, daß er recht hatte. Mein Magen verkrampfte sich. Ich hätte vor Angst erbrechen können und hatte Schwierigkeiten, meinen Atem unter Kontrolle zu halten angesichts der Schrecknisse und Gefahren, die mein Meister heraufbeschwor. Benjamin packte mich fest am Handgelenk, und mein Pferd wieherte leise.

»Doch ich habe immer noch dich, Roger, deine Freundschaft, und du hast mich.« Er warf seinen Kopf zurück und lachte in den grauen leeren Himmel hinein. »Was braucht ein Mann mehr?« Er lachte, bis ihm Tränen die Wangen herunterliefen. »Ich meine damit, Roger, wie viele Freunde hat denn der Lordkardinal? Der König gehört bestimmt nicht dazu!« Dann wurde er plötzlich wieder ernst. »Manchmal«, flüsterte er, als ob hinter den Büschen königliche Agenten oder Spione versteckt seien, »habe ich Angst um meinen Onkel.«

»Wie meint Ihr das, Master?«

»Auch wenn er die Gunst des Königs genießt ...« Benjamin wollte gerade auf meine Frage antworten, als wir das Klacken von Pferdehufen vernahmen und Doktor Agrippa erblickten, der langsam näherkam. Sein Reittier, ein kleines, gedrungenes Pferd, stakste daher, als wäre es ein warmer Sommertag.

»Guten Morgen Benjamin, Roger.« Der Doktor schob seine schwarze Kapuze zurück. »Ihr habt es aber eilig, Royston zu verlassen.«

Benjamin knurrte.

»Warum eigentlich?« fuhr Agrippa fort. »Vor welchen Gefahren fürchtet Ihr Euch?«

»Das wißt Ihr sehr gut«, gab Benjamin kurz angebunden zurück. »Dort lauert der Tod. Selkirk, Ruthven, Irvine... früher oder später wären auch wir an die Reihe gekommen. Ich habe doch recht, oder?«

Agrippas leuchtende Augen weiteten sich in gespielter Verwunderung. »Aber Ihr seid der Neffe des Kardinals, und Roger ist Euer guter Freund. Euer Tod«, betonte er, »würde aufgeklärt und auch gerächt werden.«

»Hört auf, mit uns zu spielen, Doktor. Wir alle stehen am Rande eines dunklen Schlundes. Wir haben es mit einem großen Geheimnis zu tun.«

Agrippa wendete sich an mich. Seine Augen schienen in der Dunkelheit zu glühen.

»Und Ihr, Roger, glaubt, wenn ich Eure Bemerkungen in der Kapitelhalle richtig deute, daß ich mich im Zentrum dieses dunklen Schlundes befinde?«

Meine Geduld, die auf eine lange Probe gestellt worden war, war zu Ende. »Wer seid Ihr?« fuhr ich ihn an. »Welche dunkle Magie praktiziert Ihr?«

Agrippa zuckte die Schultern. »Was ist Magie, Roger?« Er deutete auf seinen Steigbügel. »Vor vielen Jahrhunderten wurde eine römische Armee von den Goten bei Adrianopolis ausgelöscht. Wißt Ihr, warum?«

Ich schüttelte den Kopf.

»Die Goten benutzten Steigbügel, und deswegen konnten sie besser von den Rücken der Pferde aus kämpfen. Für viele Römer der damaligen Zeit waren die Goten Dämonen, die magische Kräfte eingesetzt hatten, um den Sieg zu erringen.« Er schüttelte den Kopf. »Und worin bestanden ihre magischen Künste? In etwas, das für uns heute überhaupt nichts Besonderes mehr ist.«

»Und doch benutzt Ihr einen Zauber«, hielt ich ihm entgegen. »Carey sagte, sein Vater habe Euch vor vielen Jahren in Antiochia getroffen. Wie kann ein Mensch so lange leben?«

Agrippa lachte leise. »Ihr habt recht, Shallot. Nichts ist so, wie es scheint.« Er lehnte sich nach vorne, und sein Gesicht wurde ernst. »Wer ich bin und was ich tue, das hat Euch nicht zu bekümmern. Ich bin der Mann des Lordkardinals!«

»Bedarf der Kardinal denn eines derartigen Schutzes?« wollte Benjamin wissen.

Agrippa biß sich auf die Lippen. »Euer Onkel wird gehaßt. Er muß sich schützen. Die Leute sagen, er besitzt einen magischen Ring, den er dazu benutzt, Dämonen herbeizurufen, die ihm helfen, Macht über den König zu gewinnen. Es wird auch behauptet, daß er sich eine berühmte Hexe, eine Mörderin namens Mabel Brigge, dienstbar gemacht hat, die sich während des St.-Trinians-Fastens, das drei Tage dauert, König Heinrich untertan macht, und die auch die stärksten Menschen ihrer Kontrolle unterwerfen kann.« Agrippa hielt inne und beobachtete einen einsamen Vogel, der am Himmel kreischte, als ob er ein Teufel wäre, den die Hölle freigegeben hatte, auf daß er diese gottverlassene Wildnis durchstreife.

Mich durchlief ein Schauer, als die Angst mit gespenstischen Händen nach meiner Seele griff.

»Das glaube ich nicht«, erwiderte Benjamin.

»O doch, das glaubt Ihr schon«, murmelte Agrippa. »Der einzige Mensch, den Euer Onkel fürchten sollte, ist der König. Habt Ihr von den Prophezeiungen gehört?«

Ich war fasziniert von der Grabesstimme, mit der er jetzt sprach, und fragte mich kopfschüttelnd, welche

Macht er denn nun wirklich besaß. Der Doktor beobachtete uns scharf.

»Ich vertraue Euch beiden, deshalb werde ich es Euch erzählen. Es heißt, König Heinrich sei der ›Große Dunkle‹, der ›Maulwurf‹, der Fürst der Dunkelheit, den Merlin vorausgesagt hat, der große Zauberer an König Artus Hof. Nach seiner Prophezeiung soll der König in der zwölften Generation nach Johannes der ›Maulwurf‹ sein, ein Mann, der stark behaart ist und eine Haut besitzt, so dick wie die eines Ziegenbocks. Zuerst wird er von seinem Volk hochgerühmt werden, doch dann wird er hinabsinken in die Niederungen der Sünde und der Überheblichkeit. Er wird von Gott verstoßen, und seine Regentschaft endet in Blut und Zerstörung. Wir sind die zwölfte Generation nach Johannes, und Heinrich ist unser König. Wir sehen in ihm gegenwärtig die helle Sonne, doch was wird geschehen, wenn der Tag sich neigt und die Sonne untergeht? Wie lange wird er dann Euren Onkel noch gewähren lassen? Und wenn der Lordkardinal gehen muß, so wie Luzifer aus dem Himmel verstoßen wird, dann werdet auch Ihr, die kleinen Geister, von seinem Sturze mitgerissen werden!« Er gab seinem Pferd die Sporen. »Deshalb müssen wir unsere Aufgabe erfolgreich zu Ende führen, nicht nur um unseretwillen, sondern auch für den Kardinal. Wer weiß, vielleicht hängt es von unserem Erfolg oder Scheitern ab, ob die Prophezeiung sich bewahrheitet?« Er warf einen Blick über seine Schulter. »Wir müssen uns beeilen, damit die Schatten uns nicht einholen.«

Wir trieben unsere Pferde vorwärts. An die weiteren Einzelheiten dieser Reise kann ich mich nicht mehr erinnern. Sowohl Benjamin als auch ich hingen unseren eigenen Gedanken nach, und mir hatten Agrippas Offenbarungen viele Rätsel aufgegeben. Ein sonderbarer, einzigartiger Mann, dieser Agrippa; Ihr werdet in meinen Memoiren keinem Mann mehr begegnen, der ihm gleichkam.

(Ihr müßt wissen, kürzlich finanzierte ich einem von Raleighs Kapitänen eine Reise nach Amerika. Als der Mann zurückkam, gab ich ihm hier in meinem Herrenhaus eine Anstellung. Er erzählte mir wilde Geschichten von rothäutigen Männern, die sich mit Adlerfedern schmückten, und ihr weiser Mann ähnelte auffällig Doktor Agrippa. Eine seltsame Welt, nicht wahr? Mein Kaplan schnaubt verächtlich, doch was weiß denn er schon? Er hechelt hinter den Titten der dicken Margot her und ist eifersüchtig, weil ich sie heute nacht mit meinen Händen umfassen werde. O ja, ich stehe noch voll im Saft, und obwohl ich schon über neunzig bin, kann ich noch so manches vollbringen, wozu ein Dreißigjähriger sich außerstande sieht! Ihr denkt vielleicht, ich lüge? Lest meine Lebenserinnerungen. Als ich von Sultan Suleiman dem Prächtigen gefangengehalten wurde, befriedigte ich jede der *Huris*, die er in seinem Harem hielt, doch das ist eine andere Geschichte, die nicht hierhergehört.)

Schließlich gelangten Agrippa, Benjamin und ich nach Nottingham, wo wir durch den Torbogen in ein Labyrinth schmutziger Straßen hineinritten. Nach der frischen Landluft würgte uns nun der Geruch abgestandenen Urins, stinkender Katzen und verfaulenden Gemüses im Halse. Der offene Abwassergraben in der High Street sah aus, als sei er noch nie gereinigt worden, und immer wieder versanken wir knöcheltief in menschlichen Exkrementen. Unsere Pferde hatten eine noch feinere Nase und weigerten sich weiterzugehen, daher brachten wir sie bei einem Gasthaus im Stall unter und stillten unseren Hunger mit deftigen Fischgerichten, die über Holzkohle gesotten worden waren, bevor wir uns auf den Weg zum Schloß machten; die störrischen Tiere führten wir am Zügel.

Wir überquerten den großen Marktplatz, wo sich eine riesige Menschenmenge versammelt hatte, um der Hinrichtung von zwei Brüdern beizuwohnen, die für schuldig befunden worden waren, eine Verschwörung gegen den König angezettelt zu haben. Wir wurden hin und her geschoben und fanden uns plötzlich inmitten der Menge vor einem mit schwarzem Holz verkleideten Schafott wieder. Der Henker wartete bereits. Er stand vor dem rostigen, blutbefleckten Block, sein Gesicht war unter einer schwarzen Kapuze verborgen, und er stützte sich auf eine große Axt mit zwei Kanten. Er war mindestens zu zwei Dritteln betrunken, doch ich kann verstehen, daß ein Mann, der eine derartige Aufgabe zu erfüllen hat, etwas Wein benötigt, um sein Herz zu beruhigen und seinen Geist abzustumpfen.

Die zwei Brüder wurden unter den Schlägen einer einsamen Trommel auf einem Karren herangefahren. Sie waren ganz schlicht in Hose und Hemd mit offenem Kragen gekleidet. Der Hauptmann der Garde führte sie auf das Schafott, und ein schmalgesichtiger Gerichtsgehilfe schnarrte das Urteil herunter. Der jüngere der beiden Männer drängte sich nach vorne; seine Hände waren auf dem Rücken festgebunden. Er blickte wehmütig auf seinen älteren Bruder, der etwas murmelte. Dann wurde der Mann ruhiger, sank in die Knie und ließ es zu, daß der Henker seinen Oberkörper nach vorne beugte, so daß der Hals über dem Block zu liegen kam. Erneut hob der Trommelwirbel an, und die schwere Axt blitzte in der Sonne. Dann gab es ein Knirschen, ein Blutschwall schoß hervor, und die Menge stöhnte tief auf. Der ältere Mann weigerte sich, sich die Hände fesseln zu lassen, und beobachtete regungslos, wie der kopflose Rumpf seines Bruders weggebracht wurde. Dann kniete er sich vor dem Block nieder, wie ein Priester in seinem Betstuhl. Er legte seinen Kopf in die richtige Position, machte ein Zeichen mit der Hand, und die Axt sauste erneut hernieder. Sein Körper zuckte, und der Kopf sprang in einem großen scharlachroten Strahl vom Schafott herunter. Ein Wärter verjagte einen Hund, der versuchte, unter das Schafott zu laufen und das heruntertröpfelnde Blut aufzulecken.

Mein Meister war blaß geworden, auf seiner Stirn standen Schweißperlen, er stöhnte auf und wendete sich ab. Agrippa gab mir ein Zeichen, ihm zu folgen. Ein Koch, der im Schatten eines Marktstandes stand, lachte meckernd und vollführte seine eigene kleine Hinrichtung an einem unglücklichen Huhn, dem er den Kopf abhackte und das er dann noch eine Weile kopflos herumspringen ließ, bevor es in einem Haufen blutiger Federn zusammenbrach. Mein Meister eilte davon, um sich in einer Ecke zu übergeben. Agrippa wartete, bis er sich wieder gefangen hatte.

»Ich sagte Euch ja schon«, raunte er, »daß das Blutvergießen durch unseren König erst beginnt. Unser Königreich wird von dunklen Strömen des Blutes überschwemmt werden.«

Agrippa trieb uns voran, und wir erstiegen den Hügel, um zum Haupttor des Schlosses zu gelangen, wo das schottische Banner mit dem aufgerichteten roten Löwen im Wind flatterte. Ein kühner Gedanke überkam mich, und zum ersten Mal begann sich einer der Knoten aus Selkirks geheimnisvollem Vers aufzulösen.

Wir gingen über die heruntergelassene Zugbrücke und

traten in den gewölbten Eingang, in den eine wundervolle Darstellung von Mariä Verkündigung eingemeißelt war. Ein bulliger Hauptmann des Wachregiments erklärte sich bereit, für unsere Pferde zu sorgen und sie in die Stallungen des Schlosses bringen zu lassen, und führte uns dann sofort nach oben in eine Halle, welche Agrippa die ›Löwenkammer‹ nannte, ein langer, holzvertäfelter Raum mit schwarzen und weißen Bodenfliesen, die im Licht der Fackeln schimmerten. Die Fliesen hatten eine Rautenform, und ich erinnere mich deswegen besonders an sie, weil sie mit goldenen Schleifenknoten verziert waren, die das Band der Liebe verkörperten. Am südlichen Ende der Halle befand sich ein überdachter offener Kamin, und an der Wand darüber hing ein blauweißer Teppich, der eine Darstellung der königlichen Waffen Schottlands aufwies. Vor dem Kamin standen ein großer Eichentisch und zwei Stühle mit hohen Rückenlehnen, ebenfalls aus Eiche, deren Sitzkissen mit einem goldenen Stoff überzogen und mit silberfarbenen seidenen Fransen gesäumt waren.

»Die schottischen Lords haben sich ja schon häuslich eingerichtet«, brummte Agrippa.

Der Hauptmann lud uns brüsk ein, auf einer Bank vor dem Tisch Platz zu nehmen, und eilte dann aus der Türe. Wir mußten ungefähr eine halbe Stunde gewartet haben. Ein Dienstmädchen brachte uns Krüge mit wäßrigem Bier. Sowohl mein Meister als auch ich ließen unsere Umgebung auf uns einwirken, doch Agrippa, der am Rande der Bank saß, summte vor sich hin und schaukelte hin und her wie ein übermütiger Spatz.

Schließlich kam der Hauptmann wieder herein, begleitet von drei Soldaten. Ihnen folgten zwei Männer. Der eine trug ein dunkelblaues Wams und eine gleichfarbige Hose. Er war ein eleganter Mann mit stahlgrauem Haar und einem bronzefarbenen Gesicht, und sein sinnlicher Mund wurde von einem gepflegten Bart umrahmt. Sein Begleiter, der sich in einen goldbraunen Umhang eingewickelt hatte, als ob er gegen die Kälte empfindlich wäre, unterschied sich deutlich von ihm. Er hatte pechschwarzes Haar, das ein blasses Gesicht umrahmte. Man hätte ihn als durchaus ansehnlich bezeichnen können, hätte er nicht eng zusammenstehende Augen und einen verdrießlichen Zug um den Mund gehabt.

»Lord d'Aubigny und Gavin Graf von Angus!« zischte uns Agrippa zu, als wir uns erhoben, um sie zu begrüßen.

Ich muß freimütig bekennen: D'Aubigny war mir auf Anhieb sympathisch, jeder Zoll ein Gentleman, ein wahrer Edelmann wie ich auch. Angus zog nur seinen Umhang enger um sich und ließ sich in einen der Stühle mit den hohen Rückenlehnen fallen, von wo aus er uns finster musterte. D'Aubigny dagegen kam uns entgegen und schüttelte Agrippa lebhaft die Hand, bevor er dem Doktor gestattete, meinen Meister und mich vorzustellen. Er sprach freundlich mit uns, und seine grauen Augen tanzten vor Vergnügen hin und her, als er sich erkundigte, wie unsere Reise verlaufen sei. Ob die Straßen sicher gewesen seien? Ob wir unterwegs irgendwelche Probleme gehabt hätten? Sein Englisch war sehr gut, wenngleich man einen deutlichen französischen Akzent heraushörte. Ich betrachtete ihn neugierig, denn Meister Benjamin und Agrippa hatten mir auf der Reise einiges über ihn erzählt. Er war ein entfernter Neffe von Jakob IV., doch sein Vater war nach Frankreich ins Exil gegangen, und so war er in der französischen Kultur erzogen worden. D'Aubigny wischte unser Beglaubigungsschreiben beiseite und forderte weitere Erfrischungsgetränke an, bevor er sich zu Angus auf der anderen Seite des Tisches gesellte.

»Nun, Master Daunbey«, hub d'Aubigny an, »ein Vertreter des englischen Königs ist uns stets willkommen, insbesondere aber dann, wenn er zugleich auch noch ein Neffe des großen Lordkardinals ist.« Er lehnte sich nach vorne und faltete seine Hände auf dem Tisch. »Also, Gesandter Daunbey, welche Botschaft habt Ihr uns zu überbringen?«

Mein Meister blickte nervös zu Angus, der sich noch kaum gerührt hatte, außer daß er geräuschvoll aus einem Becher Wein getrunken hatte. D'Aubigny tat so, als sei Angus gar nicht vorhanden.

»Königin Margarete«, sagte mein Meister offen heraus, »wünscht nach Schottland zurückzukehren.«

D'Aubigny breitete seine Hände aus. »Dem steht nichts im Wege«, erwiderte er. »Die Königin ist uns stets willkommen, wenn sie zurückkehren will. Das habe ich schon mehrmals gesagt, nicht wahr, Doktor Agrippa?«

Der Doktor nickte heftig. Als ich ihn von der Seite anblickte, merkte ich, wie sich sein Gesicht verändert hatte: Jeder Ausdruck von Jovialität und Gutgelauntheit war daraus verschwunden. Seine Augen waren nun hart und fixierten d'Aubigny mit gelegentlichen Seitenblicken auf den schmollenden Angus.

»Ich wiederhole«, fuhr d'Aubigny fort, »die Königin ist uns willkommen. Ich bin bereit, das vor unseren heiligsten Reliquien zu beschwören. Ich habe mehrmals König Heinrich gegenüber erklärt, daß seine ehrenwerte Schwester Schottland aus freien Stücken verlassen hat — oder sollte ich sagen, aus Schottland geflohen ist? Wir haben sie nicht von ihren Kindern getrennt, doch der Rat kann es nicht zulassen, daß unser jugendlicher König sich überall dorthin begibt, wo es ihm beliebt.« D'Aubigny rückte auf seinem Sessel umher. Vielleicht hatte ihn Agrippas harter Blick irritiert. Er begann, seine Ausführungen mit seinen Händen zu unterstreichen.

»Lady Margarete wurde durch keinen Geringeren als ihren verstorbenen Gemahl per Testament als Regentin eingesetzt. Doch sie hat sich dieses Auftrages unwürdig erwiesen, indem sie den Grafen Angus schon weniger als ein Jahr nach dem Tode ihres Gatten ehelichte.« D'Aubigny wandte ich an seinen Begleiter. »Mylord, könnt Ihr dies bestätigen?«

Angus, der wie ein verzogenes Kind auf seinem Sessel lümmelte, nickte und begann dann, mit den Fingern geräuschvoll auf die Tischplatte zu trommeln. D'Aubigny wiederholte seine Frage, diesmal etwas energischer. »Mylord Douglas, könnt Ihr dies bestätigen?«

Dieses Mal wartete d'Aubigny auf die Antwort, und er machte den Eindruck, als würde er dafür notfalls bis zur Wiederkunft Christi ausharren. Angus bewegte sich.

»Ah, ja«, erwiderte er säuerlich. »Das kann ich bestätigen. Vielleicht hatten wir es ein bißchen zu eilig. Die Hochzeit hat keinen von uns glücklich gemacht, besonders nachdem meine Gemahlin darauf bestand, sich in den verschiedensten Schlössern zu verstecken, so daß ich ihr nicht mehr folgen konnte.« Er schenkte Agrippa ein süffisantes Lächeln. »Ihr kennt doch das Motto des Douglas-Clans: ›Es ist besser, man hört die Lerche in den Wäldern und über den Feldern singen, als die Mäuse in den Gängen und Kammern des Schlosses quietschen.‹«

»Was Lord Douglas damit sagen will«, erklärte d'Aubigny, »ist, daß die Königin sich aus eigenem Antrieb versteckt hat, zuerst in Stirling, dann in anderen Schlössern. Es gab einen Versuch«, fügte er hinzu, »der von mehreren Würdenträger unterstützt wurde, die Söhne der Königin wieder dem rechtmäßigen Gewahrsam des Rates zu entziehen. Doch er wurde zerschlagen, und so überschritt die Königin die Grenze nach England.«

»Euer Gnaden«, unterbrach ihn Agrippa barsch, »der Platz einer Mutter ist bei ihren Kindern. Unter Eurer Obhut starb ihr zweiter Sohn, Alexander, der Herzog von Ross!«

»Der rechtmäßige Platz einer Königin«, erwiderte d'Aubigny scharf, »ist in ihrem Königreich bei ihren Kindern, von denen eines, obwohl es noch ziemlich jung ist, nun der rechtmäßige König ist.« D'Aubignys Augen wurden milder. »C'est vrai, Alexander ist gestorben, doch er war ein kränkliche Knabe, der zwei Monate zu früh geboren wurde. Wie auch immer, ich meine nicht, daß wir hier über den jungen Herzog von Ross diskutieren sollten, oder?«

Ich blickte zur Seite. Könnt Ihr Euch vorstellen, daß Agrippa, dieser abgebrühte Halsabschneider, tatsächlich rot geworden war, während Douglas ebenfalls seine stoische Ruhe verlor? Es kam allmählich Leben in den Kerl. Ich sah, daß mein Meister sich versteifte, seine sanften, glänzenden Augen hatten irgend etwas aufgefangen, Gott allein weiß, was es war. D'Aubigny merkte, daß er in diesem verbalen Schlagabtausch triumphiert hatte, und stand auf, während er uns freundlich anlächelte.

»Ihr seht also, daß Eure Mission beendet ist. Master Benjamin, Eure Majestät ist zu Hause höchst willkommen. Doch auch wenn ich den Erzengel Gabriel aus dem Himmel einladen würde — es bliebe immer noch an ihm zu entscheiden, ob er kommen möchte oder nicht.«

Mein Meister erhob sich und verbeugte sich.

»Euer Gnaden, ich danke Euch für die Zeit, die Ihr geopfert habt.«

»Bah«, erwiderte d'Aubigny, »das ist doch nicht der Rede wert. Morgen früh treffen wir uns wieder.« Er blickte zu Angus und lächelte. »Diesmal dann allein.«

Ich versuchte, aus meinem Meister herauszubekommen, was er alles von d'Aubigny erfahren hatte, nachdem man uns auf unsere Kammer gebracht hatte, doch Master Benjamin hatte einen seiner schweigsamen, zurückgezogenen Momente. Er ging im Raume auf und ab, legte sich auf das Bett und starrte an die Decke. Hin und wieder warf er mir einen Blick zu.

»Wir haben es hier mit einem Geheimnis zu tun«, murmelte er zwischendurch. Als ich dann wieder nach ihm schaute, war er schon fest eingeschlafen. Gott sei Dank teilte Doktor Agrippa nicht mit uns die Kammer. Ich suchte den Raum ab und ließ ein paar wertvolle Gegenstände mitgehen: ein kleines Set von silbernen Kerzenständern, zwei feinziselierte Zinnkelche sowie ein schön gehämmertes Eisenkreuz, das an der Wand hing. Ich hatte genug von den Geschehnissen des Tages, legte mich zu Bette und schlief wie ein unschuldiges Kind, bis ich, es war schon heller Tag, von meinem Meister geweckt wurde. Lächelnd bot er mir einen Becher verwässerten Weines in einem der Kelche an, die ich am vorhergehenden Abend versteckt hatte. Ich schaute schnell in der Kammer umher und seufzte bitter. Benjamin hatte alles wieder an seinen Platz gestellt. Wie üblich verschwendete er keinen Gedanken an die Zukunft und an die Frage, ob wir denn auch morgen unser täglich Brot noch würden bezahlen können. Er ging in die Waschecke hinüber und begann sich zu waschen.

»Komm, Roger«, sagte er als Antwort auf meinen erstaunten Blick. »Wir dürfen unsere Gastgeber nicht bestehlen. D'Aubigny ist der vollendete Edelmann. Wir haben noch genug Silbermünzen. Erinnere dich, daß es in der Heiligen Schrift heißt: ›Begnüge dich mit dem einen Übel, welches der Tag für dich bereithält.‹«

Ich wollte ihm eigentlich mitteilen, daß ich das Rätsel hinter Selkirks Gedicht teilweise zu durchschauen begann, doch aus Verärgerung sagte ich nichts.

Benjamin lächelte mich an. »Ich glaube«, sagte er, als ob er meine Gedanken lesen könne, »daß die Logik mir einen Weg gezeigt hat, die Morde an Selkirk und Ruthven aufzuklären.«

Ich fuhr hoch. »Und Irvine?«

Benjamin schüttelte den Kopf. »Nein, diesen nicht, doch Catesby zumindest ist in diesem Fall unschuldig. Gestern abend habe ich den Verwalter befragt: Catesby und sein Begleiter sind hier am Morgen des neunten November angekommen. Daher hätten sie keine Zeit gehabt, dem armen Irvine aufzulauern.«

»Und die anderen Morde?« fragte ich ungehalten.

Benjamin legte seinen Finger auf die Lippen. »Nicht jetzt«, entgegnete er, »ich habe bis jetzt auch nur eine leise Ahnung.« Er seufzte. »Wie ich schon sagte: ›Begnüge dich mit ...‹«

Ich war drauf und dran, ihm mit den Versen über Judas zu erwidern, der hinausgegangen war und sich erhängt hatte, und daß er es diesem doch nachtun solle, doch Benjamin machte einen so ruhigen und selbstzufriedenen Eindruck, daß ich mir einen Kommentar verkniff. Ich warf mir mit der Hand etwas Wasser ins Gesicht und trank den Rest der Schüssel aus, denn ich war durstig, und folgte dann Benjamin hinunter in die Große Halle. Dankenswerterweise ließ sich Agrippa nicht sehen, er hatte wohl verstanden, daß d'Aubignys Einladung sich nicht auch auf ihn erstreckte. Vielleicht steckte er statt dessen mit dem mürrischen Scheißkerl Angus zusammen. Wirklich ein Glück, daß wir diesen Burschen los waren, dachte ich mir. Ein Diener, der d'Aubignys Livree trug, blau mit silbernen Lilien, teilte uns mit, Seine Lordschaft erwarte uns draußen. Ich dachte, er meine damit den Schloßhof, doch er führte uns in einen Garten, der sich bis zu einem kleinen Bach hinunter erstreckte. Der schottische Gesandte erwartete uns, auf einem gefällten Baum sitzend. Einer seiner Bediensteten, mit dem er gerade noch gesprochen hatte, entfernte sich taktvoll, als wir näherkamen. D'Aubigny trug eine einfache dunkelbraune Hemdbluse, er sah aus wie ein Forstmann, und ich erkannte, daß er auf die Jagd gehen wollte. Er schien hier ziemlich ungeschützt zu sein, doch dann vernahm ich das Klirren von Waffen, und als ich durch die Bäume am Bach spähte, sah ich das Funkeln von Schwertern, und ich wußte, daß Hilfe, falls er sie benötigen würde, nicht weit entfernt war. Zwar war ihm Nottingham Castle zur Verfügung gestellt worden, doch d'Aubigny traute unserem Heinrich nicht über den Weg. Ein kluger Mann!

D'Aubigny erhob sich, begrüßte uns freundlich und lud uns ein, neben ihm Platz zu nehmen. Er blickte umher, zuerst zu seinen Leibwächtern, die sich unter den Bäumen versammelt hatten, und legte dann den Kopf zurück, um angestrengt zu lauschen. Es war nichts zu hören außer dem leisen Gurren von Waldtauben, dem Rauschen des Wassers und den schrillen Schreien weißer Pfaue, die sich über die Mauer des Schlosses erhoben. Dann kam er unverzüglich zum Kern der Sache. Er öffnete eine kleine Schatulle und nahm einige Briefe heraus, die Königin Margarete in dem Jahr nach dem Tod ihres Gemahls geschrieben hatte. Wären sie von irgendeinem anderen

Mann oder einer anderen Frau aus dem Königreich Schottland geschrieben worden, hätte man sie zweifelsohne als hochverräterisch eingestuft. Sie hatte ihrem Bruder Heinrich geschrieben und ihn unablässig gedrängt, Soldaten nach Schottland zu schicken, um sie wieder als Regentin einzusetzen und jegliche Opposition gegen sie und den Grafen von Angus niederzuschlagen. Heinrichs Antwortbriefe waren ebenso unverblümt. Er sagte ihr Hilfe zu, schrieb jedoch, dies werde Zeit brauchen, und wenn die Verhältnisse zu unübersichtlich und zu schwierig werden würden, solle sie sofort nach England zurückkehren. Mein Meister las die Briefe sorgfältig durch, wie ein Schreibgehilfe, der Eintragungen in ein Hauptbuch vorzunehmen hat.

»Warum zeigt Ihr mir diese Dokumente?« fragte er, als er sie gelesen und ihm zurückgegeben hatte.

D'Aubigny zuckte die Schultern. »Ich bin Königin Margaretes ständige Beschimpfungen leid. Wir haben sie nicht aus Schottland vertrieben, und ihr zweiter Sohn starb, weil er zu früh auf die Welt kam – ihr Ältester dagegen ist kerngesund und putzmunter. Königin Margarete ist herzlich zur Rückkehr eingeladen, doch sie soll nicht eine Armee von zwanzigtausend englischen ›Beratern‹ mitbringen. Schottland ist eine unabhängige, souveräne Nation. Der Bruder von Königin Margarete, der große Heinrich, hat dort keine Hoheitsgewalt.« Er biß sich auf die Lippen. »Wir haben Königin Margarete gebeten, doch zurückzukehren. Sogar als sie schon die Grenze überschritten hatte und sich in Hexham aufhielt, haben Gesandte sie mehrmals aufgesucht, um sie zur Rückkehr zu bewegen, doch alle unsere Bemühungen wurden ignoriert.« Er seufzte. »Ihr mögt Euch nun fragen, warum Königin Margarete nicht zurückkehrt.« Er blies verzweifelt seine Wangen auf. »Der Rat und ich, wir spekulieren auch ständig darüber.« Er deutete auf die Briefe. »Vielleicht wußte sie, daß wir Beweise für ihren Verrat hatten, doch sie hat von uns keine Vergeltung zu befürchten.« Er hob seine Augen und starrte in die Ferne. »Nein, da ist noch etwas anderes... Warum will sie nicht zurückkommen? Wovor hat sie solch große Angst?«

»Wer könnte sie dort bedrohen?« fragte mein Meister unschuldig.

»Der Graf von Angus zum Beispiel!«

»Gestern abend machte er einen höchst liebenswürdigen Eindruck.«

D'Aubigny grinste. »Seine Gnaden weiß inzwischen, wie man sich benimmt. Er wird nicht noch einmal ihren Sohn zu entführen versuchen.«

»Mylord!« stieß ich hervor.

D'Aubigny schaute mich fragend an. »Was gibt es?«

»Gestern abend, als Ihr vom zweiten Sohn der Königin spracht, dem Kind, das starb, Alexander, dem Herzog von Ross..., da schienen Seine Gnaden und Doktor Agrippa...«

»... starkes Unbehagen zu empfinden?« führte d'Aubigny meinen Satz zu Ende.

Ich nickte. Er blickte Benjamin lächelnd an.

»Euer Diener ist nicht dumm. Es ranken sich in der Tat viele Geheimnisse um dieses Kind.«

»Welche zum Beispiel, Euer Gnaden?«

D'Aubigny verzog das Gesicht, erhob sich und wischte sich Gras von der Hose. »Jakob starb in Flodden im September 1513. Alexander, Herzog von Ross, wurde vor der Zeit am 13. April 1514 geboren!«

Nach dieser Bemerkung streckte d'Aubigny abrupt Benjamin seine Hand zum Kusse entgegen, als Zeichen, daß die Audienz beendet war. Er fügte noch hinzu, wir müßten am Abend unbedingt seine Gäste bei dem großen Bankett sein, das er für die anderen schottischen Lords geben werde, die mit ihm nach Süden gekommen waren. Mein Meister beobachtete ihn noch, als er wegging.

»Ein merkwürdiger Mann«, murmelte er und blickte mich an. »Hier bereitet sich irgend etwas Schreckliches vor«, fuhr er fort. »Etwas sehr Gefährliches. Die Dinge sind alle nicht so, wie sie den Anschein machen.«

»Was denn zum Beispiel, Master?«

Benjamin schüttelte den Kopf. »Das weiß ich nicht«, antwortete er. »Doch ich glaube, das Dunkel beginnt sich allmählich zu lichten.«

Kapitel 7

Wir kehrten in unsere Kammer zurück und verbrachten den Rest des Tages damit, uns für das Bankett vorzubereiten und Doktor Agrippa zu lauschen, der sich zu uns gesellt hatte. Er trug wieder seine übliche Jovialität zur Schau und machte unflätige Witze über den französischen und den schottischen Hof. Mein Meister hörte ihm nur mit halbem Ohr zu, er war viel mehr mit einem Stück Pergament beschäftigt, auf das er rätselhafte Worte schrieb, in einem Code, den ich nicht verstand.

Als die Sonne unterging, geleitete Agrippa uns in den Schloßhof hinunter, wo wir die Ankunft der anderen schottischen Lords beobachteten. Jeder von ihnen wurde von einer Gruppe furchterregender Männer begleitet, die bis an die Zähne bewaffnet waren mit Schwertern, Keulen, Dolchen und kleinen Schilden. Die meisten von diesen Männern waren Schotten, doch es befanden sich auch Söldner aus Dänemark, Irland und sogar aus Genua darunter. Die Große Halle war festlich hergerichtet worden. Ringsum waren hoch an den Wänden brennende Fackeln angebracht, die Tische waren mit weißen Leintüchern bedeckt, und es wurden nur Teller aus bestem Silber verwendet.

D'Aubigny hielt Hof auf seinem Sessel, der auf dem großen Podium stand. Er trug einen kostbaren goldfarbenen Mantel, der mit schwarzem Samt besetzt war, und darunter ein Wams aus blutroter Seide und schwarzweiße Hosen. Auf dem Kopf saß verwegen eine Mütze, die mit einer silbernen Brosche, welche die Form einer Lilie hatte, an seinen Haaren festgemacht war. Als er sich zu seinem Tischplatz begab, ertönten Trompeten, und dann wurde das Festmahl von den Dienern aufgetragen, die in einer langen Reihe Tablette mit dampfendheißem gebratenem Eberfleisch, Sülze, Rindfleisch, Stör, Fisch und Bechern mit gezuckerten Erdbeeren sowie unzählige Krüge verschiedenster Weine hereintrugen.

Wir saßen in der Nähe des Podiums zur Rechten von d'Aubigny; die Unterhaltung in dem eigenartigen Dialekt umspülte uns. Agrippa besorgte für uns das Reden. Ich langte zu und aß, als ob es kein Morgen mehr gäbe, während Benjamin von jemandem, der weiter unten in der Halle saß, fasziniert zu sein schien. Nach dem Mahl zeigte ein Italiener ein gekonntes Seilkunststück, und eine Gruppe von Mädchen führte einen lebhaften, wirbelnden Volkstanz vor, der sowohl den Zuschauern wie auch den Mädchen selbst das Blut vor Aufregung in die Wangen trieb, als sie ihre Beine schwangen und die Röcke hochlupften, so daß für jedermann sichtbar wurde, was darunter lag. Mir fiel auf, daß keine anderen Frauen zugegen waren, und später erfuhr ich, daß dies so Sitte war bei den Schotten. Das heißt nicht, daß sie ihre Frauen schlecht behandeln – es ist einfach so, daß beide Geschlechter ihre eigenen Wege gehen und sich die Damen der Edelmänner in eigenen Räumen zu treffen und zu erfrischen pflegen. Als das Bankett beendet war und d'Aubigny sich erhob, um sich zurückzuziehen, stand auch Benjamin auf und schlug Agrippas Einladung aus, noch eine Weile sitzen zu bleiben und zu reden.

Ich jedoch wollte schon gerne noch etwas verweilen. Eine der Tänzerinnen, ein Mädchen mit feuerrotem Haar, einer Haut, die so weich und weiß war wie Seide, und großen dunklen Augen, hatte es mir angetan. Sie lächelte mich an, und ich fragte mich, ob sie vielleicht auch für ein anderes Tänzchen zu haben wäre. Doch Benjamin packte mich am Handgelenk, und so folgte ich ihm, ein bißchen getröstet dadurch, daß es mir gelungen war, zwei Messer, drei Löffel und einen kleinen silbernen Teller in meine Jacke zu schmuggeln.

Wir hatten gerade den Hauptkorridor verlassen und waren in einen Seitengang eingebogen, der zu der Treppe führte, an deren Ende unsere Kammer lag, als uns plötzlich zwei wilde Gestalten, die aus dem Dunkeln traten, den Weg verstellten. Beide sahen ziemlich ähnlich aus: Gesicht und Haare waren schneeweiß, die Augen hatten ein merkwürdiges Blau und waren rotgerändert. Sie trugen Lederwamse und dicke, wollene grünschwarze Röcke, welche die Schotten Kilt nennen. An den Füßen hatten sie Sandalen, so wie die Mönche, doch es ging nichts Friedvolles aus von diesem dämonischen Paar. Sie waren bis an die Zähne bewaffnet mit Dolchen, Degen und einem kleinen Sortiment von Wurfmessern, die in den breiten Ledergürteln steckten, die sie um die Hüften trugen. Einer von ihnen trat auf meinen Meister zu und redete ihn in einem hohen Singsang an. Mein Meister lächelte, blickte sie an und zuckte mit den Schultern.

»Nein, habt Dank«, sagte er und versuchte, zur Seite zu treten. »Wir haben schon genug gegessen und möchten uns nun zurückziehen.«

Der Mann lächelte ebenfalls und schüttelte den Kopf. Mir wurde angst und bange, als ich sah, daß seine Zähne so scharf zugefeilt waren wie eine Dolchspitze. Er brauchte gar keine Messer — schon allein mit seinen Zähnen hätte er mir den Hals aufreißen können. Benjamin trat auf die andere Seite, um vorbeizugehen, doch die beiden Männer blieben stehen und griffen nach ihren Degen. Einer von ihnen schüttelte den Kopf und bedeutete uns mit gesten, daß wir ihnen folgen sollten.

»Einverstanden«, erwiderte mein Meister leise. »Unter diesen Umständen, glaube ich, müssen wir Euch folgen, doch vergeßt nicht, daß wir Gesandte Seiner Majestät König Heinrich VIII. von England sind.«

Der andere Mann mußte das verstanden haben, denn er drehte sich um, hob ein Bein wie ein Hund und furzte. Sie führten uns wieder auf den Hauptkorridor und an der Halle vorbei in einen kleinen Raum, in dem Gavin Douglas, der Graf von Angus, den ich während des Banketts auch kurz gesehen hatte, auf einem Stuhl lümmelte. In der einen Hand hielt er einen randvollen Kelch Wein, die andere hatte er unter dem Rock der Tänzerin, die mir zuvor ins Auge gestochen war. Angus streichelte und liebkoste ihre Schenkel, und sie wand sich lustvoll stöhnend hin und her. Er war betrunken wie ein gemeiner Säufer am Maifeiertag, und seinen scharlachroten Damastüberwurf, sein grünes Wams und seine violette Hose zierten zahlreiche Fett- und Weinflecken.

»Ah, die Gesandten meiner geliebten Frau«, lallte er. Da er keine Hand frei hatte, streckte er uns einen mit einem Lederstiefel bekleideten Fuß entgegen. Ich hätte gleich Reißaus genommen, hätten nicht die Knechte des Grafen hinter mir gestanden. So blieb ich ruhig stehen. Ich wußte nicht, wohin ich schauen sollte: zu dem stöhnenden Mädchen oder in das grinsende Gesicht von Angus. Benjamin allerdings lächelte den Grafen an, als sei dieser schottische Bastard sein lange verschollen gewesener Bruder.

»Mylord, was können wir für Euch tun?« fragte er.

Angus verzog die Lippen. »Oh, was kann ich für Euch tun?« erwiderte er, Benjamin nachäffend. »Erstens, falls ihr oder Eure mißratene Kreatur hier«, sagte er und deutete auf mich, »irgend etwas gegen mich im Schilde führt, dann werden Euch die beiden Gentlemen, die hinter Euch stehen, die Kehlen durchschneiden!« Er schenkte uns ein falsches Lächeln. »Ihr habt sie ja schon kennengelernt. Sie heißen Corin und Alleyn, zwei erfahrene Totschläger aus dem Chattan-Clan. Es würde sie einen Scheißdreck scheren, auch wenn der Papst höchstpersönlich Euch geschickt hätte!« Er trank den Wein mit einem einzigen geräuschvollen Schluck aus und schleuderte den Kelch in die Ecke.

Mein Meister verbeugte sich. »Euer Gnaden«, sagte er ruhig, »ich danke Euch für Eure Höflichkeit und Eure . . .«

Angus, dessen Gesicht nun rot angelaufen war und vor Schweiß glänzte, stand auf und trat vor uns.

»Ich habe eine Nachricht für Euch!« knirschte er. »Sagt meiner geliebten Frau, daß ich ihre Geheimnisse kenne!« Er schnalzte mit den Fingern, und die beiden Highlander traten nach vorne. »Ob es Euch gefällt oder nicht«, keuchte er, »ich habe Doktor Agrippa schon informiert, daß Corin und Alleyn mit Euch nach Süden reisen werden. Sie haben ihre Anweisungen. Ich hasse meine Frau, doch wir sind durch ein Band verbunden, welches diese beiden verteidigen werden.«

Er wendete sich den Highlandern zu und streckte eine Hand aus. Unverzüglich fielen die beiden Grobiane auf die Knie und leckten seine Finger ab, als wären sie Schoßhunde. Angus sprach mit ihnen in einer fremden Sprache. Die beiden Schurken, deren blaue Augen zu leuchten begannen, nickten und wiederholten irgendeinen geheimnisvollen Eid. Benjamin ließ sich jedoch nicht ins Bockshorn jagen. Er ging auf die zwei Highlander zu und tippte jedem leicht auf die Brust.

»Ihr müßt Corin sein und ihr Alleyn, stimmt's?«

Die zwei Mordbuben starrten ihn überrascht an und

weigerten sich auch nicht, sich von ihm kräftig die Hände schütteln zu lassen.

»Dann gute Nacht, Gentlemen!« rief Benjamin fröhlich, und ein Liedchen summend, verließ er mit mir im Gefolge den Raum.

Sobald die Türe sich hinter uns geschlossen hatte, begann ich, ihm Vorhaltungen zu machen, doch Benjamin schüttelte einfach den Kopf.

»Vergiß Angus!« sagte er. »Komm mit mir. Ich habe in dieser Halle heute abend etwas gesehen, das ich für mich behalten habe. Laß uns im Dunkeln warten.«

Er weigerte sich standhaft, auf meine hartnäckigen Fragen zu antworten. Wir gingen hinaus in den Schloßhof und suchten Deckung neben den Hütten und niedrigen Gebäuden, die an die Schloßmauer herangebaut waren und genug Schatten warfen, um auch die Armee der Hölle zu verbergen. Dort lagen wir stundenlang auf der Lauer, bis die Bankettgäste allmählich die Halle verließen, wobei Benjamin jeden einzelnen genau beobachtete. Schließlich stolperte noch eine einsame Gestalt heraus, die mit heiserer Stimme ein Lied grölte, während sie volltrunken herumtorkelte. Benjamin drehte sich um und gab mir einen Stups.

»Da ist unser Opfer. Folgen wir ihm.«

Ich hatte keine Ahnung, wovon er sprach, aber ich gehorchte ihm pflichtschuldigst, und so verfolgten wir den schwankenden Mann, als er das Schloß durch eines der hinteren Tore verließ und in die steilen, engen Gassen Nottinghams hinuntertappte. Wir überquerten den Marktplatz und kamen auch wieder an dem behelfsmäßigen Schafott vorbei, wo die blutigen Leichen der hingerichteten Männer immer noch in schmutzige Segeltücher eingewickelt herumlagen. Unser Mann blieb vor einer

Schänke stehen, aus deren offenem Fenster Licht und Lärm auf die Straße drangen. Er schwankte etwas und stolperte dann durch die Türe hinein. Benjamin und ich folgten ihm einige Minuten später.

Drinnen war ein höllischer Lärm. Die Zecher, deren Bierhumpen überschäumten, brüllten und grölten in der Schankstube umher. Unser Mann ergatterte einen Tisch in einer entfernten Ecke, und sobald ich ihn von vorne sah, hätte ich vor Freude auflachen können. Er war einäugig, und im Gesicht hatte er ein großes violettes Feuermal, das sich über eine ganze Wange hinzog. Er mußte der Mann sein, der mit Irvine in der Sea Barque in Leicester zusammengesteckt hatte. Benjamin drehte sich um und lächelte mich an.

»Verstehst du nun, Roger? Als die Schotten nach Süden herunterkamen, befand er sich möglicherweise unter ihrem Gefolge, und er hat dann Irvine ausfindig gemacht.« Benjamin stieß mich an wie ein übermütiger Junge, der einen Streich ausgeheckt hat. »Jetzt wollen wir einmal sehen, ob er uns gegenüber genauso gesprächig ist wie gegenüber Irvine.«

Wir bahnten uns einen Weg durch die Menge und blieben vor dem Mann stehen, als er sich gerade über den schmierigen Tisch beugte.

»Dürfen wir Euch Gesellschaft leisten, Sir?«

Der Mann blickte hoch. Der flackernde Kerzenschein verlieh seinem verunstalteten Gesicht grauenerregende Züge.

»Wer seid Ihr?« knurrte er.

»Benjamin Daunbey und Roger Shallot, zwei englische Gentlemen, eng miteinander befreundet und bekannt mit Lord d'Aubigny.«

»Und was wollt Ihr von mir?«

»Ein paar Worte gegen ein paar volle Becher Rotwein.«

Das Auge des Fremden begann zu leuchten. »Und was noch?«

»Oh«, erwiderte Benjamin, »wir können über vergangenen Ruhm und über tote Freunde sprechen.«

»Über welche zum Beispiel?«

»Zum Beispiel über die ruhmreiche Schlacht von Flodden und den Mord an John Irvine.«

Der Bursche wurde mißtrauisch.

»Wie meint Ihr das?« stieß er hervor.

Benjamin lehnte sich über den Tisch. »›Drei weniger von zwölf sollen es sein‹« rezitierte er, »›oder der König keinen Prinzen wird erzeugen.‹«

Da wurde das Gesicht des Fremden blaß!

»Setzt Euch«, krächzte er.

»Wie ist Euer Name?« fragte Benjamin.

Der Trunkenbold grinste und zeigte uns seine schwarzen Zahnstumpen. »Ihr könnt mich Oswald nennen, ich bin ein Grenzwächter und stehe in den Diensten von Lord d'Aubigny.«

Benjamin drehte sich um und rief nach Wein. Nachdem uns das Mädchen bedient hatte, stieß Benjamin mit unserem neuen Freund an.

»Nun, Oswald, sagt uns, was Ihr Irvine erzählt habt.«

»Warum sollte ich?«

»Wenn Ihr es tut«, entgegnete Benjamin ruhig, »werdet Ihr Nottingham als reicher Mann verlassen.«

»Und wenn nicht?«

Benjamins Lächeln wurde breiter. »Dann, Oswald, werdet Ihr Nottingham als toter Mann verlassen!« Mein Meister beugte sich über den Tisch. »Im Namen Gottes!« flüsterte er. »Wir sind Freunde. Wir sind Euch nicht übel gesonnen, doch Irvine ist tot. Sagt uns, was Ihr wißt!«

Der Bursche studierte Benjamin sorgfältig, sein einzelnes Auge schien ihn schier zu durchbohren. Schließlich gab er seine Zurückhaltung auf.

»Ihr scheint ein ehrenwerter Mann zu sein«, nuschelte er schwer verständlich und warf mir einen schnellen Blick zu. »Was ich von Eurem Begleiter nicht sagen kann. Doch Ihr habt gemeint, ich könnte ein reicher Mann werden?«

Benjamin zog drei Goldmünzen aus seinem Beutel und legte sie vor ihm auf den Tisch. »Fangt an zu erzählen, Oswald. Ihr wart in Flodden dabei, nicht?«

»Stimmt, ich war dabei«, erwiderte Oswald, und sein Blick schien in die Ferne zu wandern. »Irgendwie kam ich in die Nähe des Königs. Es war ein Massaker«, flüsterte er. »Ein blutiges Massaker! Vergeßt die ganzen Geschichten über tapfere Ritter und den offenen Schlagabtausch im Gefecht – es war ein grauenhaftes, blutiges Durcheinander, ein fürchterliches Gemetzel. Überall fielen die Männer und wälzten sich am Boden, tiefe, aufklaffende Wunden im Gesicht oder am Bauch.« Er nahm einen tiefen Schluck aus seinem Becher. »Ich habe den König gesehen, wie er in seinem prächtigen Umhang vor dem königlichen Banner, dem Löwen und dem Falken, stand. Er fiel, und ebenso auch sie.« Oswald setzte sich auf und schüttelte den Kopf, so als wolle er sich von einer Trance befreien. »Ich wurde bewußtlos geschlagen. Am nächsten Morgen wachte ich mit einem brummenden Schädel und als Gefangener wieder auf. Surrey, der englische General, hat mich und andere Gefangene gezwungen, das Schlachtfeld nach dem Leichnam von König Jakob abzusuchen.«

»Habt Ihr ihn gleich gefunden?«

»Nein, es hat Stunden gedauert, bis wir ihn endlich unter einem Haufen durchnäßter, glitschiger Leichen hervorgezogen haben. Ein Pfeil steckte noch in seinem Hals. Das Gesicht und die rechte Hand waren fürchterlich zugerichtet.«

»Wie ging es weiter?« fragte mein Meister. »Was geschah mit der Leiche?«

»Surrey ließ sie entkleiden. Die blutige Jacke wurde als Trophäe nach England geschickt, und die Überreste wurden den Einbalsamierern übergeben. Der Magen und die Gedärme wurden entfernt, und der Körper wurde mit Kräutern und Gewürzen behandelt.«

»Ihr seid Euch sicher, daß es die Leiche von König Jakob war?«

Oswald lächelte niederträchtig. »Ah, das ist ja gerade das Rätselhafte daran. König Jakob trug immer eine Kette um die Hüften, sozusagen zur Kasteiung.«

»Und?«

»Die Leiche hatte keine Kette um.«

»War es der Körper des Königs?«

»Nun, er könnte es gewesen sein . . .«

»Aber er hatte keine Kette umgelegt, wie Ihr sagt?«

»Ah!« Oswald wischte sich den Mund mit dem Handrücken ab. »Kurz vor dem Kampf soll Jakob mit Lady Heron geschlafen haben. Dabei soll sich die Dame darüber beschwert haben, daß die Kette um die Hüften des Königs ihre Haut aufkratzen würde, und deshalb hat er sie abgenommen.« Oswald griff nach den Goldmünzen, doch Benjamin wehrte ihn ab.

»Oh, da war doch noch mehr, stimmt's? Versucht nicht, uns zum Narren zu halten! Was geschah mit der Leiche?«

»Sie wurde nach England gebracht.«

»Und was war dann?«

»Dann war nichts mehr.«

Benjamin ließ die Goldmünzen wieder in seiner Hand

verschwinden. »Nun, Master Oswald, von nichts kommt auch nichts.«

(Ich erinnerte mich an diesen Satz und gab ihn William Shakespeare weiter. Wenn Ihr darauf achtet, könnt Ihr ihn in einem seiner Stücke lesen.)

Benjamin machte Anstalten aufzustehen. »Nun, Oswald, Ihr seid jetzt nicht reicher, doch wir sind klüger. Was hat Euch das ganze also eingebracht?«

Der Bursche blickte argwöhnisch in der Taverne umher. »Was wollt Ihr damit sagen?« knurrte er.

»›Drei weniger von zwölf sollen es sein‹« hub ich an, »›oder der König keinen Prinzen wird erzeugen.‹«

»Nicht hier«, zischte der Mann, »Kommt!«

Er stand auf und stolperte nach draußen und in eine stinkende Gasse hinein, die nicht weit von der Schänke entfernt war.

»Nun, Oswald, was bedeuten diese Zeilen?«

»Bei Kelso...«, fing er an, dann wurde er plötzlich steif, seine Brust wölbte sich vor, das Gesicht fiel vornüber, und ich beobachtete fasziniert, wie Blut aus seinem Mund schoß wie Wasser aus einem überlaufenden Abwasserzuber. Sein Auge rollte in der Höhle, seine Zunge kam nach vorne, als ob er etwas sagen wolle, dann brach er, an seinem eigenen Blute erstickend, auf dem mit Kot übersäten Pflaster zusammen. Benjamin und ich fuhren herum, wir hatten beide unsere Dolche gezogen und starrten angestrengt in die Dunkelheit, doch wir ernteten nur Schweigen und Stille, als ob Attentate und Morde schon alltägliche Ereignisse geworden wären. Der Dolch konnte von überallher geflogen gekommen sein: aus einem dunklen Fenster, aus einer Türe, die im Schatten lag, oder vom Dach eines der niedrigen Häuser, welche die Gasse zu beiden Seiten säumten.

»Hab keine Angst, Roger«, flüsterte Benjamin. »Sie haben ihr Opfer zur Strecke gebracht.«

Er beugte sich hinunter und zog den Dolch heraus, der tief zwischen Oswalds Schulterblättern steckte. Er sprang mit einem dumpfen ›Plop‹ heraus, gefolgt von einem schäumenden Schwall Blut. Ich drehte den Mann um. Er war noch nicht tot; um seine Lippen stand blutiger Schaum, und seine Augenlider flatterten.

»Ein Priester!« murmelte er.

Benjamin beugte sich näher heran.

»Ein Priester!« flüsterte Oswald erneut.

Er öffnete sein Auge und starrte in den dunklen Nachthimmel.

»Die Absolution«, sagte Benjamin flüsternd, »ist abhängig von der Wahrheit. Sagt uns, was Ihr wißt.«

»In Flodden«, stöhnte der Mann, »in Kelso... Selkirk kannte die Wahrheit.«

Oswald öffnete den Mund, als wolle er fortfahren, doch dann hustete er, sein Kopf fiel zur Seite, und sein einzelnes Auge starrte in glasiger Trance geradeaus. Benjamin befühlte seinen Hals, um den Pulsschlag oder ein anderes Lebenszeichen festzustellen, und schüttelte den Kopf. Ich kauerte mich zu Boden und versuchte, die Angstkrämpfe in meinem Körper zum Abklingen zu bringen.

»Komm, Roger«, flüsterte mir Benjamin zu. »Er ist tot. Laß uns zur Taverne zurückgehen und so tun, als sei gar nichts geschehen.«

Natürlich willigte ich ein. Nichts regt beim alten Shallot den Appetit auf einen Becher Sherry oder einen Kelch Wein mehr an als der Anblick von Tod und Blut! Wir bahnten uns wieder einen Weg durch das Menschengewimmel in der Taverne und bestellten eine neue Lage.

Benjamin lehnte sich über den Tisch und zählte an seinen langen Fingern die einzelnen Punkte auf.

»Erstens, laß uns die Morde beiseite schieben — Selkirk, Ruthven, Irvine und jetzt Oswald. Sie sind alle nur Luftblasen auf dem Grunde eines dunklen Teiches. Was wissen wir noch?«

Ich entschied mich, auch meine Hand vorzuzeigen.

»Ein Teil des Gedichts von Selkirk«, erwiderte ich, »läßt sich jetzt erklären. Die erste Zeile ist immer noch schleierhaft, doch der Falke ist Jakob. Deshalb auch hat Irvine eine Skizze an die Wand in der Taverne gezeichnet — ein großer Vogel, wie das Mädchen gesagt hat, mit einer Krone. Das persönliche Emblem von Jakob IV. war ein gekrönter Habicht oder Falke.«

Benjamin lächelte. »Und das Lamm?«

»Der Graf von Angus«, antwortete ich. »Wenn man mit den Buchstaben seines Titels spielt, dann wird aus Angus *Agnus*, das lateinische Wort für Lamm.«

Benjamin nickte. »Natürlich«, stimmte er mir zu. »Das erklärt die Zeile ›Das Lamm begab sich zur Rast in des Falken Nest.‹«

»Mit anderen Worten«, fuhr ich fort, »der Graf von Angus hat sich dort gebettet, wo zuvor der Falke lag, auf der Liegestatt von Königin Margarete.«

Benjamins Augen verengten sich, als ob er zum ersten Mal meine wahren Fähigkeiten erkennen würde.

»Weiter, Roger!«

»Mit dem Löwen«, flüsterte ich, »ist ebenfalls Jakob gemeint. Das königliche Banner Schottlands ist der rote aufgerichtete Löwe.«

Benjamin verzog die Lippen. »Einverstanden«, erwiderte er, »doch wie konnte dieser Löwe brüllen, obwohl er schon im Sterben lag?«

205

»Ich glaube, gerade das wollte Oswald uns sagen«, entgegnete ich, »bevor ihm jemand einen Dolch in den Rücken gerammt hat. Wer, glaubt Ihr, hat ihn umgebracht?«

Benjamin ließ den Wein in seinem Becher tanzen.

»Das weiß nur der Allmächtige«, erwiderte er. »Es könnte jeder gewesen sein. Agrippa, Angus, dessen gedungene Mörder, oder jemand, der im Auftrage des Mörders von Royston handelte.« Er lehnte sich zurück an die Wand und schien das laute Gelärme um sich herum völlig zu vergessen. »Sag das Gedicht noch einmal auf«, bat er mich.

Ich begann, es langsam zu rezitieren.

> Drei weniger von zwölf sollen es sein,
> oder der König keinen Prinzen wird erzeugen.
> Das Lamm begab sich zur Rast
> in des Falken Nest.
> Der Löwe brüllte,
> obgleich im Sterben er lag.
> Die Wahrheit nun steht geschrieben
> in geheiligten Händen
> an dem Ort, welcher beherbergt
> des Dionysios Gebeine.

Benjamin beugte sich vor. »Wir wissen also, daß Jakob der Falke und der Löwe ist oder war, und der Graf von Angus das Lamm. Aber was ist mit dem Rest?« Er machte eine Pause und schüttelte den Kopf. »Ich frage mich«, fuhr er dann fort, »was Selkirk gemeint hat, als er sagte, er könne ›die Tage zählen‹?« Er blickte sich in dem lärmerfüllten Schankraum um. »Und warum hat man uns zu Gesandten gemacht?« Er schaute mich besorgt an. »Du hast gehört, was d'Aubigny gesagt hat — Königin Margarete ist in Schottland willkommen, warum also dieses ganze Theater, warum müssen wir uns hier mit den schottischen Abgesandten treffen? Die Königin muß vor irgend etwas Angst haben. Welche Geheimnisse teilt sie mit ihrem zweiten Gemahl, dem Grafen von Angus?«

»Das tote Kind«, antwortete ich. »Alexander, Herzog von Ross. Damit stimmt etwas nicht.«

Benjamin trommelte mit den Fingern auf die Tischplatte. »Ja«, sagte er, »ich frage mich . . .«

»Was, Master?«

»Nichts«, erwiderte er. »Nur so ein Gedanke.« Er legte seinen Kopf zwischen seine Hände und blickte mich an. »Aber«, fuhr er fort, »ich glaube, ich weiß jetzt, wie Selkirk und Ruthven umgebracht worden sind. Ich muß noch ein bißchen darüber nachdenken, mich umschauen und die Fakten ordnen.« Er richtete sich auf. »Eines ist allerdings gewiß — wir können nicht länger bei Königin Margaretes Reisegesellschaft bleiben. Man hat uns durch die weiße Rose in unserer Kammer schon eine Warnung zukommen lassen. Es ist Zeit, daß wir verschwinden!«

»Wir können nicht einfach zu Eurem Onkel zurückkehren«, wandte ich ein.

Benjamin grinste. »O nein, das meine ich auch nicht, Roger! Wir müssen uns trennen. Agrippa hat Blanko-Beglaubigungsschreiben des Kardinals. Wir werden für eine kurze Zeit nach Royston zurückkehren, und dann heißt für mich das Reiseziel Schottland und für dich Frankreich. Paris, genauer gesagt!«

»Frankreich! Paris!« rief ich entsetzt aus. »Warum denn das?«

Benjamin ergriff meine Hand. »Roger, wir haben hier nichts mehr zu tun. Was können wir hier noch entdecken? Wir sind bis jetzt immer dahin gegangen, wohin man uns geschickt hat. Man hat uns gesagt, geh hierhin, geh dorthin, wie kleine Kinder in einem Labyrinth. Es wird Zeit, daß wir nun endlich Herren der Lage werden und auch einmal etwas tun, was man nicht von uns erwartet.«

»Aber warum Schottland?« wollte ich wissen. »Und warum soll ich nach Paris?«

»Unser toter Freund Oswald sagte etwas von Kelso. Einige Schotten haben sich nach der Schlacht bei Flodden in die Abtei von Kelso geflüchtet.«

»Und Paris?«

»Selkirk hat sich dort aufgehalten. Erinnerst du dich, er sprach von der Taverne Le Coq d'Or? Kannst du ein bißchen Französisch?« fragte er mich.

»Ein wenig«, gab ich zurück, »zusammengesucht aus ein paar Büchern. Aber laß uns doch zusammen gehen.«

Benjamin wurde ernst. »Wir dürfen keine Zeit vergeuden, und du bist in Paris sicherer als in Schottland. Der Graf von Angus wird es nicht wagen, sich am Neffen des Kardinals zu vergreifen, und die Franzosen interessiert die ganze Angelegenheit nicht. Du wirst dort also sicher sein, vorausgesetzt, du fällst nicht auf und hältst dich von allen englischen Sendboten fern.« Er lächelte. »Wobei ich nicht glaube, daß sich auch nur einer für dich interessieren wird. Paß auf! Du wirst Anfang Dezember in Frankreich ankommen. Ich werde dich am vierten Adventssonntag im Le Coq d'Or treffen.« Seine Augen flehten mich an. »Wirst du fahren?«

»Ja«, antwortete ich, »ich werde fahren.« Und ich dachte dabei daran, daß die Huren von Paris die besten der Welt waren und der Wein dort so billig wie Wasser!

Wir kehrten ohne weiteren Zwischenfall zum Schloß

zurück und schliefen dort unbehelligt in unserer Kammer. Am nächsten Morgen stand Benjamin früh auf und sagte, er wolle den Schreibern bei ihrer Arbeit in der Schreibstube zusehen. Nach einer Stunde kam er wieder zurück und grinste dabei so selbstzufrieden wie eine Katze, die sich ein besonders saftiges Stück Fleisch geschnappt hat. Ich fragte ihn, worüber er sich freue, doch er lächelte nur und meinte, bei Gelegenheit werde er es mir sagen. Im Schloß herrschte nun reges Treiben. Die Schotten, deren Mission beendet war, packten ihre Truhen und Kisten und rüsteten sich zum Aufbruch. Sie sollten unter sicherem Geleit nach Yarmouth reisen, von wo sie ihre Schiffe wieder zurück nach Port Leith in Edinburgh bringen würden. Doktor Agrippa, der sich überraschenderweise am Abend von uns ferngehalten hatte, gesellte sich wieder zu uns. Wir erzählten ihm nichts von Oswald und seiner Ermordung, und er schien davon auch nicht die geringste Ahnung zu haben. Er war viel mehr daran interessiert, etwas über unsere private Unterhaltung mit Lord d'Aubigny zu erfahren. Auch der Graf von Angus hatte uns nicht vergessen. Seine zwei schweigsamen Mordbuben hängten sich an Agrippa wie Hunde an einen neuen Herrn und folgten ihm auf Schritt und Tritt. Dem Magier schien das nichts auszumachen, insbesondere auch, weil die beiden Halsabschneider große Ehrfurcht vor ihm zu haben schienen, während sie Benjamin und mich beäugten wie zwei hungrige Habichte, die ein Küken entdeckt haben und sich schon auf das saftige Fressen zu freuen beginnen.

Am nächsten Tag kündigte Agrippa an, daß wir auch abreisen würden. Wir verließen Nottingham unbehelligt und schlugen den Weg nach Süden ein. Corin und Alleyn trotteten, ohne zu murren oder zu protestieren, hinter unseren Pferden her wie zwei weiße Wölfe; sie hatten offenbar gar keine Ahnung, wie viele Meilen eigentlich vor uns lagen. Wenn wir in Tavernen übernachteten, schliefen die beiden in den Seitengebäuden und versorgten sich selbst wie zwei Tiere. Wenn Agrippa ihnen irgendeine Anweisung erteilte, befolgten sie sie eilfertig, doch manchmal bemerkte ich, wie sie mich beobachteten, und ich schauderte, wenn ich in ihren eisigen, blaßblauen Augen sah, wie sie sich über mich lustig machten.

Wir fanden Royston fast noch genauso vor, wie wir es verlassen hatten. Natürlich fragten uns Königin Margarete und Catesby aus, insbesondere interessierten sie sich dafür, wie d'Aubigny ausgesehen, was er gesagt und wie er uns behandelt habe, bis mir schließlich der Kopf dröhnte von ihren ständig wiederholten belanglosen Fragen. Seltsamerweise erwähnte keiner von ihnen auch nur ein einziges Mal die Rätsel, die sich um Selkirks und Ruthvens Tod rankten, und ich gewann den Eindruck, daß beide erleichtert waren über das, was sie hörten. Catesby schien ziemlich aufgeregt zu sein, und er sowie Königin Margarete sagten, sie würden so bald als möglich nach Schottland zurückkehren.

»Wir reisen zurück nach London!« verkündete Catesby dann feierlich. »Ruft den Hofstaat zusammen, laßt uns unsere Sachen packen, und sobald dann der Rat der schottischen Lords uns sicheres Geleit versprochen hat, machen wir uns auf nach Norden, zur Grenze.«

Agrippa schien nervös und beunruhigt zu sein.

»Aber *Les Blancs Sangliers!*« protestierte er. »Die Morde an Selkirk und Ruthven, und nicht zu vergessen an Irvine — diese Morde müssen untersucht und gesühnt werden.«

»Unsinn!« erwiderte Catesby. Er zeigte auf die beiden

Mordbuben, die der Graf von Angus zu uns geschickt hatte. »Wir haben genug Schutz. Laßt die yorkistischen Verräter ruhig in ihren Geheimbünden intrigieren. Derartige Dinge haben uns jetzt nicht mehr zu bekümmern.«

Ich war ebenso wie alle anderen erstaunt über den Optimismus, den Catesby plötzlich an den Tag legte. Ich bemerkte auch, daß Corin und Alleyn sich gleich nach unserer Ankunft in Royston ihm unterordneten. Hatten sie zuvor auf Agrippa gehört, so scharwenzelten sie nun mit einer Unterwürfigkeit um Catesby und Königin Margarete herum, die ihr vormals bedrohliches Auftreten und ihre Feindseligkeit mir und Benjamin gegenüber Lügen strafte. Agrippa protestierte erneut.

»Es gibt noch einige Angelegenheiten, die zuvor erledigt werden müssen«, beharrte er verärgert.

Catesby lachte über seinen Einwand, und auch die vor Glück strahlende Königin Margarete machte sich über ihn lustig.

»Der Rat möchte, daß ich zurückkehre!« erklärte sie feierlich. »Mein kleiner Sohn, der König, möchte seine Mutter wiedersehen. Mein werter Bruder«, fuhr sie verschmitzt fort, »wird doch nichts dagegen einzuwenden haben, daß eine Königin auf ihren Thron, eine Mutter zu ihrem Kinde zurückkehrt.« Sie wendete sich zu uns, wobei sich ihr fetter Hintern elegant von einer Seite des gewachsten Sessels auf die andere bewegte. »Master Benjamin«, rief sie, und ihre Stimme hallte in dem großen Raum wider, »auch Euer Onkel, der Lordkardinal, wird doch nichts dagegen haben? Außerdem«, fügte sie noch an, »werde ich berichten, daß Ihr bei Eurer Mission nach Nottingham außerordentlich erfolgreich wart.«

»Euer Gnaden«, erwiderte Benjamin kühl, »ich danke

Euch dafür, doch ich muß Doktor Agrippa zustimmen — es sind zuvor noch einige Dinge zu klären.«

»Welche zum Beispiel?«

»Selkirks Verszeilen und sein Tod. Der Mord an Ruthven und der Anschlag auf Irvine, den Sondergesandten des Kardinals für Schottland.«

»Und wie«, fragte sie, »könnten diese Dinge geklärt werden?«

Benjamin hielt seine Augen fest auf die ihren gerichtet.

»Ich werde allein nach Schottland gehen«, sagte er ruhig. »Während Shallot nach Paris reisen wird. In Schottland finde ich möglicherweise Antworten auf einige Fragen. In Frankreich kann Shallot vielleicht herausfinden, was hinter Selkirks geheimnisvollen Warnungen steckte.« Er lächelte. »Euer Gnaden werden doch nichts dagegen haben? Wir gehören zwar zu Eurem Hofstaat, doch wir unterstehen dem direkten Befehl des Lordkardinals.«

Natürlich erhob sie keine Einwände, die königliche Hure. Catesby grinste nur. Agrippa, der sich zuerst sträubte, stellte uns dann doch Empfehlungs- und Beglaubigungsschreiben aus und überließ uns soviel Silber aus seiner Kasse, wie für unsere Reisen nötig war.

Dem Rest von Königin Margaretes Hofstaat war dies gleichgültig; sie waren alle schon viel zu sehr mit ihren Vorbereitungen für die Rückreise nach London beschäftigt. Die Careys glotzten mich an, Scawsby lächelte verächtlich und erkundigte sich sarkastisch nach meiner Gesundheit, während Melford jedesmal, wenn ihn mein Blick traf, die Hand zu dem Dolch an seinem Gürtel wandern ließ. Moodie fiel aus der Reihe. Er war in sich gekehrt und schien ziemlich besorgt zu sein. Als Benjamin und ich aufbrachen, eilte er uns nach, mit einem kleinen Päckchen in der Hand.

»Ihr geht nach Paris?« fragte er.

Ich nickte.

»Zur Taverne Le Coq d'Or?«

»Ja«, erwiderte ich. »Warum?«

Moodie reichte mir verlegen das Päckchen. »In einer der benachbarten Straßen«, murmelte er, »dort, wo das Zeichen des Stößels ist, in einer Apotheke in der Rue des Moines, würdet Ihr dort dies abgeben? Es ist für...« Er blickte verschämt zur Seite. »Es ist für eine gewisse Madame Eglantine, die dort wohnt. Ich habe sie einmal gekannt«, stotterte er. »Es soll ein Geschenk sein.«

Ich blickte den schmächtigen Pfaffen an und warf Benjamin ein Lächeln zu. »Natürlich«, entgegnete ich. »Auch Priester haben Freunde, seien sie nun weiblich oder männlich.«

(Da meldet sich mein Gehilfe wieder zu Wort; er protestiert, als wäre er die Keuschheit in Person. Er rutscht mit seinem kleinen Arsch auf dem Schemel herum. »Ich vermute, Moodie war der Mörder!« kreischt er. Ich sage dem kleinen Mistkerl, daß er still sein soll: Es folgen noch mehr Schrecknisse, noch mehr Geheimnisse und Rätsel, als er sich träumen läßt. Dinge, die, würde ich zweihundert Jahre alt werden und sie dann am St. Paul's Cross verkünden, den Thron von England ins Wanken bringen und an den anderen europäischen Höfen einen Skandal auslösen würden. So, jetzt hat der Bastard sich wieder beruhigt, und ich kann mit meiner Geschichte fortfahren.)

Benjamin und ich verließen Royston in der letzten Novemberwoche, als die Tage sich schon früh neigten und die Sonne schon wenige Stunden nach Mittag wieder verschwand. Über dem Land, das nun steinhart und dunkel war und im Griff eines eisernen Frostes lag, hatte sich der Nebel gelichtet. Wir gelangten zu der Weggabelung. Ich blickte traurig zu Benjamin.

»Müssen wir uns hier trennen, Master?«

Er schaute umher, wie um sich zu vergewissern, ob nicht Agrippa oder irgendein anderer Spion hinter der Hecke am Wegesrand lauerte, und schüttelte seinen Kopf verneinend.

Mein Herz schlug schneller. »So muß ich also nicht nach Frankreich?«

»Doch, zu gegebener Zeit, Roger, aber du weißt sicherlich, wo wir zuerst hin müssen?«

»Master, ich bin nicht zu Scherzen aufgelegt. Mir ist kalt, und ich habe Angst. Ich wünschte, dieser Auftrag wäre endlich erledigt, und wir wären wieder zu Hause in Ipswich!«

Benjamin klopfte mir auf die Schulter. »Hör zu, Roger«, erklärte er mir, »im Palast von Sheen liegt der Leichnam von Jakob IV. von Schottland. Nun, wir haben Königin Margarete gesehen, wie sie um ihren Ehemann trauerte. Wir haben Selkirks Rätsel über den Löwen, der brüllte, obwohl er dem Tode nahe war. Dann Oswald, der davon erzählt hat, daß mehr als ein königlicher Leichnam in Flodden geborgen worden ist...« Benjamin schüttelte den Kopf. »Ich weiß, das hat er nicht tatsächlich *gesagt*, doch er hat es versteckt angedeutet. Und vor allem haben wir noch diesen merkwürdigen Hinweis auf Kelso. Roger, ich bin überzeugt, alle diese Rätsel hängen mit König Jakobs Tod in Flodden zusammen.«

»Hol uns der Teufel!« rief ich aus. »Wir können doch nicht in den Palast von Sheen gehen und den Leichnam des Königs zu sehen verlangen!«

Benjamin zog Wolseys Beglaubigungsschreiben aus der Tasche. »O doch, das können wir, Roger. Diese Dokumente erlauben es uns, überallhin zu gehen, wo wir wollen. Sie verpflichten jeden Diener der Krone, uns Hilfe und Unterstützung zuteil werden zu lassen.«

»Ach so, Master«, sagte ich und lächelte, »wenn man es so betrachtet, dann habt Ihr recht.«

(Mein Schreiber hat soeben losgekichert, weil ich sagte, ich hätte Angst gehabt. Er scheint zu vergessen, daß ich mich in meinem großen Sessel nur nach vorne zu beugen brauche, um ihm einen tüchtigen Stockhieb auf die Schultern zu verpassen. Aber das werde ich nun doch nicht tun, denn er hat ja recht. Ich hatte *wirklich* Angst, und meine Angst wurde genährt von den unbekannten Gefahren, die auf uns lauerten.)

Wir ritten nach Südwesten, zu der alten Römerstraße, die von Newark nach London führt. Benjamin hatte noch einen anderen Grund für diese plötzliche Änderung seines Plans.

»Siehst du, Roger«, erklärte er mir, »man hat erwartet, daß du die Straße nach Dover nimmst, während ich mich auf den Weg nach Schottland machen sollte. Falls nun irgendwer einen Hinterhalt vorbereitet oder irgendein heimtückischer Attentäter in einer Taverne auf dich oder auf mich lauert, dann wird er sowohl lange als auch vergeblich warten.«

Armer Benjamin, er konnte so naiv sein. Er vergaß ganz, daß wir ja auch wieder zurück mußten!

Kapitel 8

Unsere Reise war schon einigermaßen unheimlich und schaurig — wir reisten schließlich in den Süden hinunter, um einen Toten zu treffen — und auch nicht sonderlich angenehm. Es war eisig kalt, und der Frost nagte an jedem Stück Haut, das unbedeckt war. Bald sollte es für mich allerdings noch um einiges ungemütlicher werden. Wir machten bei einem Gasthof Rast, und bevor wir das Abendessen einnahmen, führte mich Benjamin hoch in unsere von Flöhen wimmelnde Kammer.

»Ziehe dein Wams und dein Hemd aus, Roger!«

Ich schaute ihn befremdet an.

»Keine Angst, Roger, ich bin nicht auf deinen geschmeidigen jungen Körper aus. Ich möchte mit dir nur ein Experiment anstellen. Vertraue mir.« Er griff in seine Satteltasche und holte eine lange, schwarze Kette heraus. »Frage mich nicht, wo ich diese Kette her habe.« Er grinste. »Gut, ich habe sie in Royston gefunden. Es ist eine Kasteiungskette für einen Priester, die um die Hüften getragen wird, und zwar auf der bloßen Haut. Ich möchte, daß du sie eine Weile anlegst.«

»Warum ich?« rief ich. »Ihr könntet das blutige Ding doch auch anlegen.«

Benjamin schlug seinen Umhang zurück. »Ich bin viel zu dürr und zu knochig. Du hast genau die richtige Figur dafür. Lege sie so an, daß sie so bequem wie möglich sitzt.«

Ich legte das gottverdammte Ding um meinen Körper. Es war merkwürdig, am Anfang spürte ich überhaupt keinen Unterschied, nur, daß die Kette kalt war und gegen meinen Bauch drückte. Ich wurde nur an sie erinnert, wenn ich mich nach vorne beugte oder wenn ich abends einzuschlafen versuchte. (Diese Ketten waren nicht eigentlich eine Strafe, sondern eher eine Art scharfer Verweis für das vergnügungssüchtige Fleisch und eine Erinnerung an die Eide, die man geschworen hatte.)

»Nimm sie nicht ab, Roger«, befahl mein Meister. »Das ist mir wichtig. Du mußt sie so tragen, wie Jakob IV. von Schottland sie getragen hat.«

»Warum hat er das getan?« fragte ich.

Benjamin erklärte es mir: »Der Vater des Königs wurde ermordet, als Jakob noch ein Knabe war. Trotzdem lebte der König ständig in der Überzeugung, am Tod seines Vaters zumindest mit schuld zu sein. Die Kette erinnerte ihn an diese Schuld.«

»Oswald hat gesagt, die Leiche von Flodden habe keine Kette umgehabt. Wieso also dieser ganze Mummenschanz?«

»Jakob könnte sie doch auch abgenommen haben«, antwortete Benjamin. »Entweder weil ihn eine Dame darum bat, weil sie die Kette störte, als sie sich im Bett des Königs herumwälzten. Oder, was wahrscheinlicher ist, weil er in voller Rüstung in die Schlacht zog. Die Rüstung liegt eng am Körper an und macht es schier unmöglich, die Kette zu tragen. Und bei jedem Schlag, den Jakob abbekommen hätte, hätte sich die Kette tief in das Fleisch eingegraben und vielleicht eine tödliche Verletzung verursacht.«

Ich akzeptierte Benjamins Erklärungen, doch als ich ihn fragte, warum ich sie tragen sollte, lächelte er nur, machte eine abwehrende Bewegung mit seiner knochigen Hand und sagte, ich solle nur Geduld haben. Zwei Tage später gelangten wir nach London. Ich riet meinem Meister, besser nicht durch die Stadt zu gehen, denn der Kardinal habe überall seine Spione, und sie würden uns vielleicht auf unserem Weg zum Palast von Sheen ausfragen. Aus diesem Grunde führte ich ihn auf Schleichwegen in die Stadt, am St. Katherine Hospital und am Tower vorbei zum Custom House an der Ecke der Thames Street in der Nähe des Woolquay. Oh, ich fühlte die Versuchung, meinen alten Lieblingsplätzen wieder einen Besuch abzustatten oder den Fluß zu überqueren und in die Bordelle von Southwark hineinzuschauen, doch Benjamin bestand darauf, daß ich mich auch selbst an die Ratschläge hielt, die ich ihm gegeben hatte. Wir zogen uns die Kapuzen tief ins Gesicht, nannten in den Tavernen falsche Namen und vermieden es, über unsere Angelegenheiten zu sprechen, solange jemand auch nur einen Bogenschuß weit entfernt in der Nähe war. Wir gingen am Flußufer entlang. Dort, in der Nähe von Billingsgate, wurden gerade zwei Schmuggler gehängt, und dieses Ereignis hatte eine große Menschenmenge angezogen, die deren letztes Tänzchen mitverfolgen wollte. Wir gingen daran vorbei und mieteten einen Ruderkahn am Botolph's Wharf.

Ich erinnere mich, daß es ein zwar kalter, aber klarer, sonniger Tag war. Ich verhielt mich ruhig, lehnte mich in dem Kahn zurück und betrachtete gedankenverloren die Turmspitzen, Erker und Zinnen der Stadt. Wir fuhren unter der London Bridge hindurch. Ich erblickte die aufgespießten Köpfe von enthaupteten Verrätern, ihre zermalmten Genicke, die offenstehenden Münder und das wirre Haar. Alle hatten sie keine Augen mehr, denn die Krähen und die Raben holten sich die saftigen Stücke zuerst. Die Bootsmänner ruderten auf die Flußmitte zu. Sie machten einen Moment halt, um einige Barkassen vorbeizulassen, die mit städtischen Würdenträgern besetzt waren und majestätisch auf dem Wasser dahinglitten. Ach, welche Pracht die Reichen hier zur Schau stellten! Musikanten spielten auf den Schiffen; die Musik wehte von den Kabinen, die unter einem Gewirr von Bannern und Flaggen verborgen waren, wohltönend über das Wasser. Silberne Glöckchen erklangen, und die goldverzierten Ruder flogen rhythmisch auf und nieder. All dieser Reichtum und dieser Prunk schien sich über unsere geheime und gefahrvolle Reise lustig zu machen.

Wir passierten Queenshithe, St. Paul's Wharf, White Frairs und Temple. Benjamin stieß mich an, als die Abtei von Westminster in Sicht kam. Mein Meister kannte meine Vergangenheit: Die Abtei war, bevor der fette Heinrich dem ein Ende machte, ein Refugium für Männer gewesen, die vom Gesetz verfolgt wurden und sich vor den Schergen der Justiz verstecken mußten. Diese Gesetzlosen schlugen auf dem Gelände der Abtei ihre Zelte auf, stritten sich untereinander um gestohlene Waren und stahlen sich, wie Jack Hogg und ich, des Nachts hinaus, um die Häuser der Reichen auszurauben und zu plündern. Die schweren Glocken der Abtei läuteten gerade, und ich spekulierte darüber, was wohl aus mir geworden wäre, wenn Jack Hogg und ich nicht geschnappt worden wären. (Nehmt dies auch als eine Lektion für Euch! Klagt nie über das Schicksal: Wenn eine Türe zufällt, tut sich dafür eine andere auf. Ihr müßt Euch nur vergewissern, daß dahinter keine Falle ist.)

Schließlich erreichten wir den Palast von Sheen. Der Kahn legte am großen Gartentor an, und wir stiegen aus. Der Palast liegt weit zurückgesetzt vom Fluß, und man muß Felder und Obstgärten durchqueren, die als Schutz gegen die Launen der Themse dienen. Benjamin und ich waren sehr vorsichtig zu Werke gegangen. Vor unserer

Reise hatten wir uns gefragt, ob sich vielleicht gerade der Hof und seine Günstlinge im Palast aufhalten würden. Wir waren zu dem Ergebnis gekommen, daß sie zu dieser Zeit nicht anwesend sein würden. Denn im Herbst bevorzugte König Heinrich Windsor und die Jagdhäuser in den großen Wäldern dort. Wir waren erfreut, den Palast verlassen vorzufinden (so dachten wir jedenfalls), mit Ausnahme natürlich der Verwalter und Gehilfen, die das ganze Jahr über dort lebten und die Räume saubermachten, die Vorhänge wuschen und den Staub und Schmutz hinauskehrten, wenn der Hof sich angesagt hatte. Benjamin trat so autoritär auf, wie es ihm möglich war: Nachdem er Wolseys Papiere vorgezeigt hatte, erteilte er seine Befehle in solch barschem Ton, daß die Bediensteten bald so beflissen umhersprangen, wie wenn der große Kardinal höchstpersönlich angekommen wäre. Wir suchten den Verwalter in seiner kleinen Kammer über dem Vorratsraum in der Nähe der großen Halle auf. Er war ein nervöser, dürrer Mann mit schmierigem, grauem Haar und einer Hasenscharte, die mich faszinierte.

»Master«, säuselte er, »was kann ich für Euch tun?«

»Könnt Ihr den Mund halten?« fragte Benjamin schneidend.

Der Mann nickte und machte große Augen. »Natürlich, Master. Meine Lippen sind versiegelt.« Er klappte seinen Mund theatralisch zu, was sein Gesicht noch komischer erscheinen ließ.

»Erzählt niemandem, daß wir hier waren. Wir möchten den Leichnam von Jakob IV. von Schottland sehen.«

Der Mund des Mannes ging wieder auf, und Angst flackerte in seinen Augen. Er biß sich auf die Lippen.

»Das ist verboten«, flüsterte er.

»Ich bin hier auf ausdrücklichen Befehl des Lordkardinals«, sagte Benjamin. »Ihr habt die Papiere gesehen. Soll ich meinem Onkel sagen, daß Ihr sie ignoriert habt?«

Der Widerstand des Mannes brach zusammen wie ein Kartenhaus. Unter vielen Verbeugungen und Entschuldigungen murmelnd führte er uns aus dem Hauptgebäude des Palastes hinaus und über einen menschenleeren Hof zu einem kleinen Turm, der an der hinteren Mauer des Palastes stand. Zwei Wärter mit Schwertern und Hellebarden standen davor Wache. Erneut gab es Diskussionen, doch Benjamin setzte sich durch. Die Türe war unverschlossen. Wir stiegen über kalte, feuchte Stufen hinauf bis zu einer weiteren Türe und traten schließlich in einen ovalen Raum. Darin gab es keinerlei Einrichtung: keine Möbel, keine Teppiche, keine Vorhänge. Die Fensterläden waren verriegelt und zusätzlich mit einem Sicherheitsschloß versperrt. Ein vollendetes Mausoleum für den Sarg, der auf einigen Böcken mitten im Raum stand.

»Entzündet die Fackeln«, befahl Benjamin. »Und dann zieht Euch zurück, Sir!«

Der Verwalter wollte schon protestieren, doch der harte und durchdringende Blick meines Meisters hielt ihn davon ab. Zunder wurde entflammt, und die Fackeln, die in Halterungen an der Wand befestigt waren, flackerten auf. Nun wurde ich, ich gebe es unumwunden zu, von Angst erfaßt. Oh, ich habe wirklich schon viele Leichen gesehen. Der alte Shallot ist fürwahr ein Haudegen: von Kindesbeinen an gewohnt, sich auf der Straße durchzuschlagen, ein Soldat, der an mehr Gefechten teilgenommen hat, als manche von Euch warme Mahlzeiten genossen haben. Doch dieser Raum machte mich frösteln. Ich hatte das Gefühl, wir seien hier in Gegenwart eines Ghuls, eines lebenden Toten. Der Verwalter schloß die

Türe hinter sich, und unsere Schatten tanzten an der Wand, als wir wie angewurzelt dastanden und den Sargdeckel beobachteten, darauf gefaßt, daß er hochgeklappt werden und der Tote heraussteigen würde. Benjamin mußte mitbekommen haben, wie mir zumute war, doch wie auch sonst immer verlieh ihm meine Anwesenheit Kraft.

»Entferne den Deckel, Roger.«

Ich holte tief Luft, fuhr mit meinem Dolch die Einfassung des Sargs entlang und drückte die hölzernen Pflöcke aus ihren Verankerungen. Wir hoben den Deckel an und legten ihn behutsam auf den Boden. Die Düfte der Einbalsamierungsstoffe stiegen in den Raum, vermischt mit einem leicht säuerlich-scharfen, abstoßenden Geruch. Wir entfernten die Grabkleidung, hoben die Gazetücher hoch und blickten dann hinunter auf den königlichen Leichnam. Die Augen mit den schweren Lidern waren noch halboffen, die Lippen leicht geöffnet; im flackernden Schein der Fackeln schien es, als ob der Mann nur schlafe. Ich rechnete schon fast damit, einen Pulsschlag am Hals zu spüren, zu sehen, wie die Brust sich hob und senkte und die langen, weißen Finger zu beobachten, wie sie sich nach mir ausstreckten . . .

»Komm, Roger«, flüsterte Benjamin.

»O mein Gott, Master! Was soll ich tun?«

»Heben wir den Körper heraus.«

Ich schloß meine Augen und ergriff die Beine der Leiche, während Benjamin an den Schultern anpackte. Vorsichtig legten wir den Körper auf den Boden.

»Laß ihn uns jetzt ausziehen, Roger.«

Mein Magen rebellierte, und mein Herz begann zu rasen. Nun, als Gefangener bei den Franzosen (das ist auch wieder eine andere Geschichte) hatte ich Leichen auf dem Schlachtfeld einzusammeln. Ich war heilfroh, daß ich überhaupt noch am Leben war, und schleppte die Leichen, die oft keine Köpfe, Beine oder Arme mehr hatten, ohne mit der Wimper zu zucken umher. Doch wenn man es mit einer Leiche zu tun hat, die überhaupt nicht wie eine Leiche aussieht, dann kann einen das schon fürchterlich aus dem Gleichgewicht bringen. Man weiß überhaupt nicht, worauf man sich einzustellen hat.

(Mir fällt auf, daß mein Kaplan leicht grünlich geworden ist um seine hohen Backenknochen herum, auf die er sich soviel einbildet. Nun gut, vielleicht wird ihn das für eine Weile davon abhalten, sich seinen Ranzen mit Delikatessen aus meiner Küche vollzuschlagen.)

Wie dem auch sei, ich löste also die weichen Bänder an den Füßen der Leiche und zog ihr sorgfältig den blauen Mantel und das weiße Baumwollhemd darunter aus. Benjamin entfernte den Lendenschurz. Ich hätte es nicht über mich gebracht, diesen Teil des Körpers zu berühren.

Die Einbalsamierer hatten zwar das Gesicht sorgfältig repariert, doch der Rumpf war übersät mit Wunden und wurde durch eine schwarze Linie entstellt, die sich vom Unterleib bis zum Hals erstreckte.

»Du siehst also, Roger«, erklärte Benjamin, »die Einbalsamierer haben zuerst den Körper der Länge nach aufgeschnitten, um Herz, Magen und Darm zu entfernen. Sie haben soviel Blut wie möglich abfließen lassen und den Körper mit saurem Wein ausgewaschen. Danach haben sie Kräuter und Gewürze hineingepackt und die Haut wieder zugenäht.«

»Danke, Meister«, erwiderte ich höflich, obwohl ich mich ziemlich schwach fühlte. Ich versuchte verzweifelt, meinen Brechreiz zu unterdrücken und meinen Magen daran zu hindern, die Überreste der letzten Mahlzeit wieder nach oben zu stülpen.

»Master«, fragte ich, »was bedeutet dies alles?«

»Nun, der Körper wurde schlimm zugerichtet in der Schlacht.« Benjamin zeigte auf die violetten Kreuze auf der Brust des Toten.

»Das sind Pfeilwunden. Das hier«, sagte er und deutete auf eine Stelle an der Seite des Brustkorbs, »ist eine Lanzenwunde.« Er streckte die Hand aus und klopfte auf eine Stelle oberhalb des Knies. »Hier haben wir Schwertwunden. Ich vermute, der König wurde umzingelt, als er schon von Pfeilen leicht verletzt war. Ein Speerkämpfer versuchte, ihn durch einen Lanzenhieb gegen den Brustharnisch zu Fall zu bringen, während ein anderer mit einem Schwert auf seinen Oberschenkelknochen einhieb. Das genügte nicht, um ihn zu töten.«

»Es genügte nicht?« fragte ich.

»O nein«, antwortete Benjamin flüsternd. »Die tödliche Wunde muß woanders sein.« Er drehte den Leichnam auf den Bauch und zeigte auf einen häßlichen Bluterguß am Ende der Wirbelsäule. »Er wurde von hinten getötet. Jemand muß ihm von oben ein Schwert hinter das Blech der Rüstung gestoßen haben, wodurch die Wirbelsäule aufgerissen worden ist.« Benjamin deutete auf den Hinterkopf der Leiche. »Diese Wunden sind vermutlich dadurch entstanden, daß im Getümmel der Schlacht auf der Leiche herumgetrampelt worden ist.«

»Aber ist es der König?« wollte ich wissen. »Ist es Jakob?«

Benjamin drehte die Leiche wieder auf den Rücken. »Schau dir die Hüftknochen an, Roger. Kannst du irgendwelche auffälligen Stellen entdecken?«

Ich nahm eine der Fackeln von der Wand herunter,

kauerte mich nieder und hielt mir dabei die Nase zu wegen des säuerlichen Geruchs. »Keine Abschürfungen«, murmelte ich. Ich erhob mich und ging auf die andere Seite. »So weiß und unversehrt wie die Haut eines Babys.«

Benjamin lächelte und nahm mir die Fackel aus den Händen. »Nun, Roger, steh auf. Zieh dein Hemd aus und nimm die Eisenkette ab.«

Ich tat, wie er mir geheißen hatte, wobei mich ein merkwürdiges Gefühl beschlich, als ich halbnackt neben der mumifizierten Leiche stand. Benjamin drückte den kalten Stahl seines Dolches gegen meinen Bauch.

»Die Kette hat leichte Druckstellen hinterlassen, doch diese verschwinden wieder. Wo aber«, fragte er, »sind die wundgeriebenen Stellen?«

Ich zeigte auf meine Hüftknochen, insbesondere auf den rechten, der das Hauptgewicht der Kette getragen hatte. Hier hatten sich schon häßliche Striemen gebildet. Benjamin steckte seinen Dolch wieder in die Scheide.

»Jetzt ist es offenkundig, Roger, du hast diese Kette einige Tage getragen, und sie hat eine Markierung hinterlassen. König Jakob soll sie mindestens zwanzig Jahre lang getragen haben. Das Ergebnis eines solchen ständigen Drückens und Schabens müßte zweifellos auf der Haut sichtbar sein.«

Ich zuckte zusammen, als einer der Fensterläden plötzlich schepperte.

»Kommt, Master«, flüsterte ich. »Laßt uns von hier verschwinden. Wir haben genug gesehen!«

Ich knöpfte meine Hose zu und streifte mein Hemd über, froh darüber, der Kälte in diesem schaurigen Raum wenigstens nicht mehr völlig schutzlos preisgegeben zu sein. Ich stieß den Toten leicht mit dem Fuß an.

»Wir brauchen keine weiteren Beweise mehr, Master. Dieser Mann hat vielleicht bei Flodden gekämpft, doch er ist nicht König Jakob. Die Leiche zeigt keine Schürfspuren von einer Kette.«

Benjamin setzte sich auf einen der Böcke, hob seine Hand über den Sarg und rieb mit dem Handballen über das Kinn des Mannes.

»Master«, beharrte ich, »wir sollten gehen.«

Wir legten dem Toten die Kleider wieder an, betteten ihn sorgfältig in den Sarg und drückten den Deckel fest zu. Benjamin löschte die Fackeln, und ich schob ihn dann fast durch die Türe, erleichtert darüber, dem Bannkreis dieses nicht beerdigten Toten entfliehen zu können. Der Verwalter wartete auf uns an den Stufen der Treppe.

»Habt Ihr gesehen, was Ihr zu sehen wünschtet, Master?« fragte er.

Benjamin ließ zwei Silbermünzen in seine Hand gleiten. »Ja, und vergeßt nicht, daß Ihr darüber Stillschweigen bewahren sollt, obgleich ich annehme, daß niemand hier ist. Der Hof hält sich doch in Windsor auf, nicht?«

Der Mann schluckte nervös. »Ja und nein, Master. Der König ist fort, aber...«

»Wer ist hier?« stieß Benjamin hervor.

»Ihre Majestät die Königin und ihre kleine Tochter, Prinzessin Maria.«

»Sie müssen uns gesehen haben!« flüsterte ich. »Master...«

Benjamin verstand meinen warnenden Blick. Wir schoben den Verwalter beiseite, überquerten den asphaltierten Hof und eilten zum Hauptgebäude des Palastes. Wir hatten schon fast den Eingang erreicht, als eine Frauenstimme rief: »Signor Daunbey! Signor Daunbey!«

Benjamin blieb so abrupt stehen, daß ich fast auf ihn

aufgelaufen wäre. Eine Frau stand im Eingang zur Halle. Sie trug ein goldfarbenes Kleid und einen weißen Kopfschleier aus Seide; um ihren Hals hing eine goldene Halskette aus juwelenbesetzten Granatäpfeln. Neben ihr stand ein kleines, rothaariges Mädchen mit einem blassen Gesicht und dunklen Augen. Die Frau lüftete ihren Schleier und trat ins Freie.

»Euer Gnaden!« Benjamin beugte ein Knie und zog mich am Ärmel, damit ich es ihm gleichtat. »Roger«, flüsterte er, »das ist die Königin!«

Die Frau kam näher. Ich blickte in ein fahles Gesicht mit freundlichen Augen. Katharina von Aragon schaute mich an, und ich sah in ihren Augen, daß sie sich amüsierte.

»Signor Daunbey, bitte bleibt stehen. Euer Freund?«

Benjamin stand ihr gegenüber, er schien ein bißchen verlegen und spähte über die Schulter, ob zu allem Unglück auch der Verwalter noch auftauchen würde.

»Eure Majestät«, stammelte er verwirrt, »Ihr kennt meinen Namen?«

Sie lächelte, doch ihre Augen wurden hart.

»Ich habe ein gutes Gesichts- und Namensgedächtnis, Signor Daunbey. Ihr seid der Neffe des Kardinals. Ich habe Euch bei Hofe gesehen. Ich bin es gewohnt«, fuhr sie fort, und nun stammelte sie, »mir alle neuen Gesichter einzuprägen.« Sie schob das kleine Mädchen vor sich. »Doch Ihr kennt meine Tochter noch nicht, Prinzessin Maria.«

Wir verbeugten uns und küßten die kleine weiße Hand.

»Eure Majestät, ich dachte, Ihr wärt in Windsor?«

Nun blickte die Königin verlegen zur Seite.

»Ich kann nicht«, sagte sie, und ihre gutturale Stimme

verriet ihre spanische Herkunft. »Ich kann nicht dieselben Räume teilen.« Sie fuhr sich mit der Zunge über die Lippen. »Ich bin die Infantin von Spanien und die Königin von England. Ich kann nicht die Räume mit einer Dirne teilen.«

Ich betrachtete ihr dunkles Gesicht, das eine Mischung aus Ärger und Schmerz ausdrückte, und blickte dann zu der kleinen Maria neben ihr, die all die Beleidigungen, die ihrer geliebten Mutter zugefügt wurden, im Laufe der Jahre in sich aufnahm.

(Ihr müßt wissen, Heinrich machte das oft. Er ließ die arme Katharina mit der kleinen Maria in irgendeinem verlassenen Schloß zurück, während er sich mit Huren herumtrieb. Nachdem er sich schließlich von ihr hatte scheiden lassen, schickte er Katharina in ein feuchtes, zugiges Cottage, in der Hoffnung, sie werde dort bald an Brustfellentzündung sterben. Doch das tat sie natürlich nicht. Deshalb ließ der fette Schweinehund sie vergiften. Es wissen nur sehr wenige Leute, daß ich anwesend war, als man den aufgeschwemmten Körper der bedauernswerten Katharina öffnete und ihr Herz entnahm. Glaubt mir, es war schwarz und aufgequollen wie eine verfaulte Schweinsblase. Maria vergaß all dies natürlich niemals! Glaubt nicht an die Geschichten, in denen es heißt, daß Heinrich in Westminster begraben liegt. Ich war auch in jener Nacht dabei, als Maria die Leiche ihres Vaters exhumieren und seine verfaulten Überreste in die Themse werfen ließ. Gott lasse sie beide in Frieden ruhen, die zwei tapferen Frauen, die von diesem elenden Halsabschneider auf das niederträchtigste behandelt wurden! Doch dies lag alles noch in der Zukunft.)

Damals in Sheen war Katharina jedenfalls erfreut, einmal ein freundliches Gesicht zu sehen. Wir plauderten eine Weile, und Benjamin war schon im Begriff zu gehen, da trat Katharina einen Schritt nach vorne.

»Signor Daunbey, warum seid Ihr hier? Überbringt Ihr uns eine Botschaft?«

Sie schaute zu mir und erblickte die eiserne Kette in meiner Hand.

»Seid Ihr gekommen, um die Leiche zu sehen?« fragte sie.

»Ja, Eure Majestät, auf Befehl meines Onkels.«

Katharina nickte. »Ich war damals die Regentin«, sagte sie leise. »Ich habe Surrey nach Norden geschickt, um Jakob niederzuwerfen.«

»Eure Majestät«, platzte ich heraus, »wir haben die Leiche gesehen. Würde Euer Gnaden so freundlich sein, uns einige Fragen zu beantworten?«

Benjamin blickte mich überrascht an, doch ich war das Versteckspiel inzwischen leid, und Katharina war der freundlichste Mensch, den wir im Verlaufe unseres schrecklichen Unternehmens bisher kennengelernt hatten. Die Königin lächelte und kniff mich leicht in die Wange.

»Ich habe schon von Euch gehört, Shallot«, sagte sie. »Der Lordkardinal hat von Euren Eskapaden erzählt, so lange, bis seine Wangen naß waren vor Tränen.«

»Es freut mich, daß ich doch zu etwas nütze bin«, antwortete ich sarkastisch.

(Ihr dürft mir glauben, Wolsey hatte im Laufe seines Lebens des öfteren Grund, wegen mir zu heulen.)

Katharina winkte uns, ihr in die Halle zu folgen, und wir nahmen am Fenster Platz. Benjamin brachte stotternd seine Bitte zum Ausdruck: Er würde es außerordentlich zu schätzen wissen, sagte er, wenn niemand von diesem Besuch erführe. Katharina lächelte warm. Die kleine

Maria saß neben ihr und sah aus wie eine Puppe; sie hatte einen Daumen würdevoll in den Mund gesteckt.

»Eure Fragen, Signor Shallot?«

»Euer Gnaden, wie sah die Leiche aus, als sie aus dem Norden heruntergebracht wurde?«

»Grauenhaft«, erwiderte sie. »Eine Seite des Gesichts war schlimm zugerichtet. Die Einbalsamierer arbeiteten sehr umsichtig und geschickt, auch als sie den Toten herbrachten. Der königliche Wappenrock war blutbesudelt. Ich schickte ihn Hein... dem König, der in Frankreich weilte, als Zeichen unseres großen Sieges.« Sie spähte durch das Glasfenster. »Das hätte ich nicht tun sollen«, sagte sie leise.

»Euer Gnaden«, fragte ich, »seid Ihr sicher, daß es die Leiche des Königs von Schottland war?«

Katharina zuckte mit den Schultern. »Ich habe Jakob nie lebend getroffen, wie sollte ich ihn also als Toten erkennen? Er trug einen Ring an seiner rechten Hand. Der Rock und die Rüstung stammten vom König.« Sie runzelte die Stirn. »Der Leichnam war rasiert worden, doch er hatte einen roten Bart gehabt. Surrey sagte, es handele sich um Jakob, wenngleich ich auch anderslautende Stimmen gehört habe.«

»Aber er hatte keine Kette um?« fragte ich weiter.

»Ah ja, die Kette«, murmelte sie. »Nein, da war keine Kette. Doch ich möchte Euch eines sagen: Vielleicht handelt es sich bei dem Toten nicht um Jakob, doch Surrey hat mir persönlich versichert, daß niemand von den schottischen Kämpfern in Flodden entkommen ist. Möglicherweise hat Jakob auch in einer Rüstung ohne seine königlichen Abzeichen gekämpft. Das ist heute üblich.« Sie lächelte uns an. Ich bemerkte, daß ihre Zähne noch weiß waren, nicht schmutzig grau oder schwarz wie bei den meisten anderen Höflingen, die ständig Süßigkeiten und Konfekt in sich hineinstopften. »Warum seid Ihr an der Leiche interessiert?« fragte sie. »Doch vielleicht wäre es klüger, wenn Ihr darauf nicht antworten würdet.«

Benjamin lächelte, und wir standen auf. Wir verbeugten uns und wollten gerade gehen, da murmelte die Königin: »Signor Daunbey, Signor Shallot!« Sie hatte nun einen feierlichen Gesichtsausdruck. »Seid vorsichtig«, warnte sie uns. »Und seid versichert, daß mein Gemahl, der König, sich außerordentlich stark für all diese Dinge interessiert.«

Wir nahmen uns Katharinas Warnung zu Herzen. Ich warf die Kette in den Burggraben, und wir machten uns schleunigst aus dem Staube. Es war später Nachmittag, als der Ruderkahn uns wieder zurück zum Botolph's Wharf brachte. Benjamin und ich hatten noch kaum ein Wort gewechselt, als der Kahn am Konvent von Syon vorbeiglitt.

Wir holten unsere Pferde aus dem Stall des Gasthauses und entschlossen uns, die Stadt auf dem schnellsten Wege zu verlassen. Wir überquerten die Holywell Road und Deep Ditch, ritten am Charterhouse und an Clerkenwell vorbei, dann lag die Stadt schon fast hinter uns, und wir gelangten zu der Straße, die nach Süden, nach New Cross führte. Dort übernachteten wir in einer vorzüglichen Herberge. Natürlich schaute ich an diesem Abend tief ins Glas, einerseits aus Erleichterung darüber, daß die Königin uns so bereitwillig und offenherzig unterstützt hatte, andererseits, um die Schrecken der schaurigen Totenkammer zu vergessen. Nach dem Abendessen (köstlicher Lachs, der in Weißwein gekocht worden war) und nachdem der Schankraum sich schon geleert hatte, blieben Benjamin und ich noch lange sitzen. Unsere Unterhaltung drehte sich um die Königin und die Gier des Königs nach immer jüngeren Mätressen. Schließlich blickte Benjamin sich in dem verlassenen Raum um.

»Was glaubst du, Roger, haben wir nun heute die Leiche von Jakob IV. von Schottland gesehen?«

»Ich weiß es nicht«, entgegnete ich.

Er lehnte sich am Tisch zurück und begann, die einzelnen Punkte an seinen langen, dürren Fingern abzuzählen.

»Warum sind wir nach Sheen gekommen?« fragte Benjamin, wartete aber meine Erwiderung nicht ab. »Wir wollten den Leichnam sehen, weil wir den Verdacht hatten, es könnte sich um einen Schwindel handeln. Der einzige Beweis für unsere Vermutung ist das Fehlen der Kette und jeglicher Anzeichen am Körper, die darauf hindeuten, daß er eine Kette getragen hat. Wir haben also entdeckt, daß der Mann im Sarg niemals eine Kette um die Hüften getragen hat.« Benjamin machte eine Pause und schob seinen Teller von sich. »Ich kann daher schlußfolgern, daß es sich bei der Leiche, die wir gesehen haben, nicht um die von Jakob IV. gehandelt hat. Was also ist mit dem König geschehen?«

Ich erinnere mich, daß ich von dem breiten Talglicht, das in der Mitte des Tisches stand, das Wachs herunterzupfte.

»Es bieten sich uns mehrere Möglichkeiten, Master«, antwortete ich. »Erstens, König Jakob hat in einer gewöhnlichen Uniform gekämpft, ist getötet worden, und Surrey hat den falschen Leichnam aufsammeln lassen. Zweitens, Jakob ist entweder schon vor der Schlacht oder gleich bei ihrem Beginn getötet worden. Vielleicht durch Attentäter aus den Reihen der *Blancs Sangliers*.« Ich zuckte mit den Achseln. »Das könnte eine Erklärung sein für die Verwirrung und die schlechte Führung der schottischen Armee in Flodden.«

»Oder«, unterbrach mich Benjamin, »Jakob konnte fliehen, vielleicht in die Abtei von Kelso.«

»Aber«, widersprach ich ihm, »wenn nur irgend etwas von dem, was wir annehmen, den Tatsachen entspricht, warum trauert Königin Margarete dann vor einer falschen Leiche? Sie müßte doch von allen Leuten den Körper ihres Gemahls am besten kennen.«

Benjamin starrte auf den Tisch und schüttelte den Kopf. Ich lachte bitter.

»Fällt Euch nicht auf, Master, auf welch schwachen Beinen unsere Theorie steht? Wenn der Leichnam von Sheen der eines anderen Mannes ist, der ihr untergeschoben worden ist, dann wäre es für Margarete doch sicherer, ihn so schnell wie möglich loszuwerden.«

»Vielleicht hofft sie, daß die Leute das sehen, was sie sehen wollen«, erwiderte Benjamin. »Jede Veränderung, die entdeckt wird, kann dann als Einbildung abgetan werden oder auf die Arbeit der Einbalsamierer geschoben werden.« Er lehnte sich auf seinem Stuhl zurück und atmete schwer. »Ja, Roger, wir müssen auch daran denken. In meinen Tagen als Gerichtsgehilfe habe ich genug Leichen gesehen, um zu wissen, daß der Tod auch das lieblichste Antlitz grauenhaft entstellen kann.« Er verzog das Gesicht. »Die Königin kann man vielleicht gar nicht der Täuschung beschuldigen. Vielleicht möchte Margarete ganz einfach, daß diese Leiche die ihres Ehemanns ist, damit sie etwas hat, worum sie trauern kann. Sie zieht diese Möglichkeit vor, anstatt sich mit dem Gedanken vertraut zu machen, daß ihr Gemahl, der König von Schottland, zusammen mit vielen gemeinen Soldaten in eine Grube geworfen worden ist.« Er blickte auf. »Was hältst du davon, Roger?«

»Nun, Master, wir bauen unsere Theorie anscheinend

darauf auf, daß es Männer gab, die König Jakob ähnlich sahen.«

Benjamin rieb sich über das Gesicht. Er sah plötzlich müde und erschöpft aus. »Darüber haben wir ja schon gesprochen, Roger. Jakob gehörte, wie du dich erinnerst, zu einem schottischen Clan. Es ist mehr als wahrscheinlich, daß es eine ganze Menge von Höflingen gab, die eine ähnliche Figur hatten und auch so ähnlich aussahen wie er.« Er lächelte müde. »Vergiß nicht, daß Adlige dazu neigen, die Mode und das Gehabe ihrer Herren nachzuäffen. Mir fällt mindestens ein halbes Dutzend Männer an Heinrichs Hof ein, die man gut und gerne für den König halten könnte.« Er stützte sich schwer auf den Tisch. »Die Möglichkeiten sind schier unbegrenzt«, murmelte er. »Woher wissen wir eigentlich, daß Jakob nicht von Surrey gefangengenommen und in irgendein geheimes Verlies in England geschafft worden ist?« Er spielte mit seinem Kelch und beobachtete, wie der kleine Rest Wein darin herumwirbelte und kreiste. »Doch was ich sicher weiß, Roger, ist, daß all die Morde, die wir erlebt haben, all die Geheimnisse, denen wir gegenüberstehen, in den Ereignissen von Flodden ihren Ursprung haben.«

»Wir wissen also schon eine ganze Menge«, gab ich zurück, »doch wir können nichts beweisen.«

Benjamin verstummte, und wir saßen eine Weile schweigend da und beobachteten das flackernde Licht der Kerze.

»Vielleicht gibt es noch andere Schlüssel, mit denen wir das Schloß zu diesem Geheimnis aufschließen können?«

Mein Meister starrte mich an.

»Nun«, stotterte ich, »wenn wir die Morde der Weißen Rose aufklären könnten...«

Benjamin richtete sich auf und rief der Bedienung, sie

solle uns einen Zahnstocher bringen. Das Mädchen, dem die Augen schon fast zufielen, tat, wie ihm geheißen, und Benjamin begann, damit seine Zähne zu säubern. Ich beobachtete ihn mit ungläubigem Staunen, denn mein Meister legte sonst bei Tisch immer größten Wert auf vornehme Manieren. Doch jetzt stocherte er ungeniert in seinen Zähnen herum und betrachtete sich hin und wieder die Nahrungsreste, die er dabei zutage förderte.

»Master, seid Ihr in Ordnung? Findet Ihr diesen Zahnstocher interessanter und rätselhafter als die Geheimnisse, mit denen wir es zu tun haben?« Er grinste. »Aristoteles, mein lieber Roger, hat die Ansicht vertreten, daß man durch genaue Beobachtung, verbunden mit logischem Denken, jedes Problem lösen kann, das unter der Sonne auftaucht. Erinnerst du dich an Ruthven und die kleinen Teilchen, die wir zwischen seinen Zähnen gefunden haben?«

Ich schluckte hart. »Master, ich habe gerade gegessen!«

»Ja, Roger, ich auch. In den Wochen seit Ruthvens Tod habe ich mich bemüht, wann immer es möglich war, dasselbe zu essen, was er immer gegessen hat. Und weiß du was? Niemals habe ich zwischen meinen Zähnen irgend etwas gefunden, das dem ähnlich gewesen wäre, was wir in seinem Mund entdeckt haben. Interessant, nicht?«

»Habt Ihr dafür eine Erklärung?«

»Wie ich schon in Nottingham sagte: eine blasse Ahnung, aber sonst nur Schattenhaftes, wenig Greifbares. Doch nun komm, morgen mache ich mich auf nach Norden, und du reist nach Dover. Wer weiß, welche Enthüllungen eine Taverne in Paris und ein Kloster in Schottland für uns bereithalten?«

Am nächsten Morgen standen wir zeitig auf. Ich packte sorgfältig meine Satteltaschen und vergewisserte mich, daß ich Selkirks Gedicht und Moodies Geschenk dabei hatte. Benjamin begleitete mich ein Stück des Weges in der nebligen, froststarrenden Landschaft. Wir plauderten über Ipswich, und ich fühlte, daß das, was Scawsby meiner Mutter angetan hatte, mich immer noch in der Seele schmerzte. An der Wegkreuzung, wo die Straße nach Süden abzweigte, mußten wir uns trennen. Benjamin drückte mir lange und innig die Hand.

»Genug von Scawsby jetzt. Sei guten Mutes! Wir treffen uns in Paris, und zur Weihnachtszeit sind wir wieder zu Hause!« Er grinste, und ich vernahm leichten Spott in seiner Stimme. »Was auch immer geschieht, Roger, wir haben Erfolg gehabt. Königin Margarete höchstpersönlich hat uns gratuliert. Und ein solches Lob«, sagte er trocken, »wiegt wahrlich schwer.«

Ich stellte mir das fette, teigige Gesicht dieser Dirne vor, was wenig zu meiner Erheiterung beitrug. »Vergiß nicht, Roger, ich werde bis Weihnachten im Le Coq d'Or sein. Sei du auch da!« Er ergriff noch einmal meine Hand, wendete dann sein Pferd und galoppierte schnell davon.

Mir blieb nichts anderes übrig, als mich nun nach Süden auf den Weg zu machen. Ich überlegte, ob ich einen Abstecher nach Ipswich unternehmen sollte, um Madame Scawsby meine Liebesgrüße zu überbringen, aber das erschien mir dann doch zu gefährlich. Scawsby hatte meine Mutter auf dem Gewissen und hätte auch mich beinahe an den Galgen gebracht, und ich wollte mir eine subtilere Art der Rache ausdenken, die angemessener und schmerzhafter sein würde. So ritt ich unbeirrt nach Süden, auf der Kalkstraße, die sich entlang der Downs bis nach Dover schlängelte. Rückblickend muß ich sagen, daß es mir so schlecht nicht ging, wenngleich ich ziemlich betrübt war über den Abschied von Benjamin. Ach, die Torheiten der Jugend!

Kapitel 9

Ich erreichte Dover in der Dämmerung, gerade als der Himmel sich verdunkelte und dicke Regentropfen herunterzufallen begannen und meine federngeschmückte Kappe durchnäßten. Ich verbrachte die Nacht in einem verlausten Gasthaus, während draußen die See unter einem plötzlich hereingebrochenen Sturm zu toben und zu kochen begann. Bis zur Morgendämmerung hatte sich das Wetter wieder beruhigt, doch die See war immer noch wild bewegt, und der kräftige Wind zerteilte die Wasseroberfläche in Kämme und Täler. Ein Fischerboot brachte mich hinaus zu dem Schiff, das im Hafenbecken wild hin und her schaukelte. O mein Gott, wie klein und zerbrechlich es wirkte! Wir verbrachten den Tag damit, vor Anker zu liegen oder, besser gesagt, zu reiten, und das war das einzige Mal in meinem Leben, daß ich wirklich den Wunsch hatte, möglichst rasch zu sterben.

Am nächsten Tage entschied sich der Idiot von einem Kapitän, in See zu stechen. Ich gab auf. Ich blieb in der dunklen Kabine und erbrach mehrere Male, während das Schiff sich schlingernd und schaukelnd durch die hoch aufwogenden Wellen vorankämpfte. Ich betete zu allen Heiligen, die ich kannte, und nachdem wir unversehrt Harfleur erreicht hatten, begab ich mich in eine Hafentaverne, um mich zu erholen. Nach einigen Tagen war ich einigermaßen wiederhergestellt, das Wetter hatte sich deutlich gebessert, und ich konnte meinen Weg durch das fruchtbare, bebaute Land der Normandie antreten. Es war eine Reise von einer Woche, bis ich den Hafen von St. Denis und Paris erreichte. Auf den ersten Blick betörte mich die Stadt: die großen Wiesen und dunklen, grünen

Wälder nahe der Stadtmauern und die Windmühlen, Chateaux und Paläste, die im modernen italienischen Stil erbaut waren, mit ihren Fassaden aus grauem Stein, den hohen Fensterbögen und eleganten Säulen.

Meine Französischkenntnisse waren um einiges besser, als Benjamin wußte. Ich fand mich schnell zurecht, sowohl auf den breiten Boulevards als auch in den engen, stinkenden, rattenverseuchten Gassen. Paris ist eine Stadt, die vor Leben überschäumt. Sie ist aber auch heimtückisch wie eine zischende Natter, voller Intrigen, Verschwörungen und hinterhältiger Ganoven, die sogar einem Bettler noch sein letztes Hemd abspenstig machen würden. Mein Geldvorrat schwand zusehends dahin, doch schließlich fand ich das Coq d'Or, ein schmuddeliges, zweistöckiges Gebäude, das an der Mündung eines der Rinnsale auf der anderen Seite der Grand Pont gegenüber der beeindruckenden Kathedrale von Notre Dame stand.

Der Wirt war ein rotznasiger, kurzsichtiger Kerl mit schmierigen, hochstehenden Haaren und einem Gesicht, das so zerfurcht war wie die Straße, die hinter seiner schäbigen Schenke vorbeiführte. Ich bezog dort eine Dachkammer und gab mich als englischer Student aus Cambridge aus. Hier wurde man als das genommen, was man zu sein vorgab, und der Wert eines Menschen hing davon ab, wie viele Gold- oder Silbermünzen er in seiner Tasche hatte. Nach zwei oder drei Tagen spendierte ich dem Wirt eine Flasche seines eigenen Weines — der Schuft suchte sich natürlich einen teuren, edlen Tropfen aus, nicht den verwässerten Essig, den er üblicherweise seinen Gästen servierte — und fragte ihn nach Selkirk. Der Bursche warf mir einen resignierten Blick zu und schüttelte den Kopf.

»Ich kann mich an niemanden erinnern, Monsieur.« Doch ein Stück Silber half seiner Erinnerung auf die Sprünge. »Ah ja«, sagte er, wobei er mir seinen Weinatem ins Gesicht blies, »der schottische Arzt — dürr wie eine Bohnenstange und wirre rote Haare. Der und seine blöden Verse!« Der Mann zuckte die Schultern. »Er hat sich eine Weile hier aufgehalten. Dann sind andere gottverdammte Arschlöcher gekommen (so nennen die Franzosen uns Engländer) und haben ihn mitgenommen.«

»Was hat Selkirk getan?« fragte ich ihn. »Ich meine, bevor man ihn mitgenommen hat.«

Der Wirt rümpfte die Nase. »Er war auf seinem Zimmer, ist hin und wieder hinausgegangen...«

Ich zappelte ungeduldig, und der Mann leckte sich über die Lippen.

»Ich glaube, er ist nach St. Denis gegangen«, fuhr er fort. »Zu der Abtei dort. Oder nach Notre Dame.« Er führte einen schmutzigen Finger an seine Lippen. »Er hat immer eine Schatulle mit sich herumgeschleppt, ein verbeultes, ramponiertes Ding, das er wie seinen Augapfel gehütet hat.«

»Was war darin?«

»Das weiß ich nicht.«

»Die Engländer, die ihn mitgenommen haben, haben die die Schatulle gefunden?«

»Nein, das glaube ich nicht. Sie haben das Zimmer durchsucht und waren wütend, weil sie nichts finden konnten. Selkirk hat sie ausgelacht und ist hier im Schankraum hin und her gesprungen. Vieles von dem, was er gesagt hat, war ziemlich wirr, und so haben sie ihm eins über den Schädel gezogen und ihn weggebracht. Danach habe ich ihn nicht mehr gesehen.«

Da ich aus dem Wirt nicht mehr herausbekommen

konnte, versuchte ich, bei den anderen Gästen Erkundigungen einzuziehen: bei einem Bettler, der im Türeingang um eine milde Gabe bettelte, und bei einem Buben mit fettigen Haaren, doch sie wiederholten beide nur, was der Wirt schon gesagt hatte. Der einzige Hinweis (den ich zu diesem Zeitpunkt aber noch ignorierte) war Selkirks Interesse für die Abtei von St. Denis. Später, als die großen Schrecken über mich hereinbrachen, nahm ich mir vor, mich dorthin aufzumachen.

Nun, Moodie hatte mir ja ein Päckchen mitgegeben. Natürlich hatte ich es unterwegs aufgemacht, hatte aber nichts weiter gefunden als ein kostbares Stück Seide, blutrot und an beiden Enden mit Fransen besetzt. Eine Art Schärpe, die eine Dame um die glatte, geschmeidige Haut ihrer Hüfte schlingen konnte. Der Stoff gab einen betörenden Duft von sich, der mich an etwas erinnerte, doch ich wußte nicht, an was. Da mich der Aufenthalt im Coq d'Or allmählich zu langweilen begann, entschloß ich mich, die Rue des Moines aufzusuchen und Moodies Geschenk bei der Empfängerin abzuliefern.

(Ja, ja, mein kleiner Kaplan liegt richtig. Er hat seine Lippen geschürzt und meine wahren Absichten erraten: Wenn ich nicht so gelangweilt gewesen wäre, hätte ich das Tüchlein verkauft. Und ich wünschte bei Gott, ich hätte es getan!)

Ich fand die Rue des Moines und betrat den kleinen Apothekerladen, doch ich wurde enttäuscht. Nicht Madame Eglantine fand ich dort vor, sondern nur einen schwatzhaften alten Mann, der das Päckchen entgegennahm und sagte, er werde es Madame Eglantine bei ihrem nächsten Besuch aushändigen. Ich sagte ihm, wer ich war und wo ich mich aufhielt, und vergaß dann die ganze Angelegenheit. Zwei Tage später saß ich wieder im

Schankraum des Coq d'Or, neben mir die halbbetrunkene Dienstmagd. Sie preßte sich an mich und fuhrwerkte mit ihren Fingern an meinem Gemächte herum, doch ich wußte, daß sie nur hinter meiner Geldbörse her war. Ich tätschelte ihre weichen Schultern und ihre vollen Brüste, die aus einem schmutzigen, aber weit ausgeschnittenen Mieder herausragten. Ein natürliches Bedürfnis unterbrach meine lustvolle Betätigung, und ich ging hinaus zu dem dafür vorgesehenen Häuschen hinter der Taverne, das nicht mehr als ein Loch im Boden war, welches von einem schäbigen Holzverschlag umzäunt war. Darin gab es eine Türe, die von innen zu verriegeln war. Als ich nun dort hockte und meinem Bedürfnis freien Lauf ließ und über meine Zukunft sinnierte, flog plötzlich die Türe auf. Drei Gestalten, deren Gesichter hinter Kapuzen und breitkrempigen Hüten verborgen waren, begannen auf mich einzuprügeln, als wäre ich ein tollwütiger Hund.

Es gibt nichts Hilfloseres und auch nichts Lächerlicheres als einen Mann, der mit heruntergelassenen Hosen und hochgeschobenem Hemde sein Geschäft verrichtet und dabei seine Gedanken ganz woanders hat. Die drei Grobiane trommelten auf mich ein und schlugen meinen Kopf gegen die Holzwand. Natürlich wehrte ich mich mit dem Mut eines Löwen, doch mein Schwert und mein Dolch waren in der Dachkammer, und wer in der Schänke würde wohl mein Schreien hören?

Schon nach wenigen Minuten war mein Körper von Kopf bis Fuß mit Flecken und Beulen übersät. Zwei der Kerle packten mich und drückten mich gegen den Bretterverschlag, und ich sah zu meinem tiefsten Entsetzen, wie der dritte ein langes, dünnes Stilett hervorholte, meinen Hemdkragen zurückschlug und mir das Stilett an den Hals setzte. Er sagte etwas auf Französisch über den Apothekerladen und das Zeichen des Stößels. Ich sah das böse Glitzern in seinen Augen und wußte, daß sie bis jetzt nur mit mir gespielt hatten: In Wirklichkeit wollten sie mich töten. Ich gab einen Schrei von mir, doch ich weiß nicht, nach wem ich geschrien habe. Nach Benjamin? Meiner Amme? Wolsey? Einfach nach irgend jemandem? Der Dolch kam näher und ritzte meine Haut am Hals unterhalb des linken Ohres.

»Ich bin noch zu jung, um zu sterben«, schrie ich.

(Ich sehe, daß mein Kaplan, der kleine Schweinehund, schon wieder lacht. Hält er das etwa für komisch? Bedenkt, ich bin kein Held, und wenn Ihr mit heruntergelassenen Hosen dasäßet, und drei Mordbuben fielen über Euch her, um Euch zu töten, dann würdet Ihr gewiß auch zu schreien beginnen.)

Ich schloß meine Augen. Plötzlich wurde die Türe der Latrine aufgerissen, und ein Schrank von einem Mann stürzte herein. Er brüllte meine drei Bedränger auf Französisch an und schwang einen riesigen Knüppel. Kaum hatten die drei den Mann zu Gesicht bekommen, da sprangen sie über den Zaun und suchten das Weite, so flink wie Ratten, die die Planken eines sinkenden Schiffes verlassen. Ich ließ mich kraftlos zu Boden fallen, in den Schlamm und den Dreck. Der Koloß beugte sich zu mir herunter. Ich erblickte ein breites, lustiges Gesicht mit Bartstoppeln und einem Schnurrbart.

»Wer seid Ihr?« flüsterte ich.

Der Mann erhob sich, und ich sah die lange braune Kutte eines Franziskanermönchs, den groben Strick um seine Hüfte und das hölzerne Kruzifix, das an einer Kordel um seinen Hals hing.

»Ich bin Bruder Joachim«, antwortete er mit Donnerstimme.

»Ihr seid ein Priester?«

»Ich bin Franziskaner und Maillotiner.«

»Die Franziskaner kenne ich, doch was ist ein Maillotiner?« brachte ich durch meine blutigen Lippen hervor.

»Sorgt Euch nicht darum.«

Er half mir mit seinen stämmigen Armen auf, bellte mich an, ich solle mich, so gut es gehe, zurechtmachen, und dann trug er mich fast in den Schankraum. Auf seine Order hin stach der Schankkellner ein Faß mit gutem Wein an und brachte mir außerdem eine Schüssel mit Wasser. Bruder Joachim reinigte mir das Gesicht und beseitigte den Schmutz von den Wunden, während ich gierig den dicken Roten in mich hineinschüttete. Vielleicht hätte ich merken sollen, daß etwas nicht stimmte: Im Schankraum war es merkwürdig ruhig, die Dienstmagd war verschwunden, und der Wirt schien zu beschäftigt zu sein, um sich um das Ganze zu kümmern.

»Braucht Ihr noch irgendwelche Hilfe?« erkundigte Bruder Joachim sich.

»Nein«, stammelte ich.

»Dann kann ich mich verabschieden«, dröhnte er. »Ich muß den Schrein des Heiligen Dionysius besuchen.«

Trotz meiner Verletzungen gelang es mir, zu ihm hinaufzustarren.

»Dionysius?« fragte ich. »Wer ist das?«

»St. Denis, natürlich!« gab der Mönch scherzhaft zurück. »Ich benütze den lateinischen Namen. Ihr kennt das Kloster?«

Er schüttelte mir die Hand und stampfte aus der Schänke hinaus. Ich habe ihn nie mehr wiedergesehen, den Mann, der mir das Leben rettete. (Ihr müßt wissen, bis der fette Heinrich die Kloster niederreißen ließ, habe ich immer eine Zuneigung für die Franziskaner empfun-

243

den. Nicht nur weil Bruder Joachim so freundlich und hilfsbereit zu mir gewesen war, sondern auch weil mich diese zufällige Begegnung auf die entscheidende Spur gebracht hatte, die es mir ermöglichte, die Rätsel von Selkirk und die Morde, die dadurch verursacht worden waren, aufzuklären.) Nachdem Joachim gegangen war, zeigte der Wirt wieder Interesse an mir. Er kam herüber und blieb mit einem halb belustigten, halb tragischen Gesichtsausdruck vor mir stehen.

»Monsieur, wurdet Ihr überfallen?«

»Nein, nein«, gab ich sarkastisch zurück, »nur ein paar übermütige Franzosen, die mich in dieser gottverdammten Stadt willkommen geheißen haben.« Ich stand auf. »Ich muß in meine Kammer.«

»Monsieur!« Der Bursche trat vor mich hin und versperrte mir den Weg, und hinter ihm tauchten zwei der Schläger auf, die er sich hielt, um widerspenstige oder lärmende Zecher zur Räson zu bringen.

»Monsieur, Euer Zimmer wurde durchwühlt. Von wem, weiß ich nicht. Euer Gepäck und Euer Geld sind verschwunden!«

»Bei den Klauen der Hölle!« fuhr ich den Wirt an, doch dieser, die beiden Muskelprotze dicht hinter sich, beteuerte seine Unschuld. Er blickte mich scharf an und fragte, was ein Engländer denn in Paris tue.

»Dieser Selkirk«, fragte er, »wart Ihr sein Lustknabe?«

(Zu dieser Zeit wußte ich noch nicht, wovon er sprach. Ich habe in meinem Leben immer die holde Weiblichkeit angebetet, doch wenn man Männer wie Christopher Marlowe kennengelernt hat, weiß man, daß man niemandem trauen kann. O ja, ich kannte Marlowe, den Dramatiker, und ich half ihm dabei, sein Stück *Eduard II.* aufzuführen. Ein guter Poet, doch ein schlechter Spion.

Ihr müßt wissen, ich war dabei, als er starb. Er wurde bei einer Wirtshausrauferei eines hübschen Knaben wegen erstochen.)

Nun denn, ich mußte also das Coq d'Or verlassen und fand mich dann mittellos und frierend, ohne mein Gepäck und mein Silbergeld in einer Pariser Gasse wieder. Ich dachte daran, nach St. Denis zu gehen, doch zu welchem Zweck? Wichtiger war es für mich, eine Unterkunft, Essen und neue Kleidung zu bekommen. Ich dachte auch daran, Joachim nachzugehen, doch ich fühlte mich zu müde und zu erschöpft nach der Abreibung, die man mir verpaßt hatte. Irgendwie hatte mein Besuch in dem Apothekerladen den Überfall auf mich ausgelöst, und deshalb wagte ich mich nicht dorthin zurück. Ich kauerte mich in der Gasse auf den Boden und betete, daß Benjamin bald kommen möge.

Armer Shallot! Allein in Paris, einer fremden Stadt, kurz vor Einsetzen des Winters, mittellos, hungrig, aller Habseligkeiten verlustig gegangen. Außer den Kleidern, die ich am Leibe trug, besaß ich nichts mehr. Zuerst machte ich mir meinen Einfallsreichtum zunutze. Ich wurde ein Geschichtenerzähler: Ich bemalte mein Gesicht, stahl mir einen bunt bestickten Umhang, und da mir die französische Sprache nicht so geläufig war, gab ich vor, ein Reisender zu sein, der erst kürzlich von einer Reise in die Fabelwelten Indiens und Persiens zurückgekehrt sei. Ich stellte mich vor einer der Brücken über die Seine auf und erzählte holpernd Geschichten von Wäldern, die so hoch seien, daß sie an die Wolken kratzten.

»Diese«, schrie ich, »werden von gehörnten Pygmäen bevölkert, die in Herden umherziehen und die schon mit sieben Jahren alte Menschen sind!«

Damit verdiente ich nur ein paar Sous, deshalb legte

ich noch etwas Phantasie zu und behauptete, ich sei Brahminen begegnet, die sich gegenseitig auf Scheiterhaufen umbrachten, Menschen mit den Köpfen von Affen und den Leibern von Leoparden, Riesen mit nur einem Auge und einem Bein, die so schnell laufen könnten, daß man ihrer nur habhaft werden könne, wenn sie im Schoß einer Jungfrau einschliefen. Im Laufe der Zeit wurde ich immer einfallsreicher, und auch meine Beherrschung der Sprache verbesserte sich. Ich war Amazonen begegnet, die goldene Tränen weinten, Panthern, die fliegen konnten, hatte Bäume gesehen, deren Blätter aus Holz bestanden, und Schlangen, die dreihundert Fuß lang waren und Augen aus funkelnden Saphiren hatten.

Doch schließlich gingen mir sowohl die Sous als auch die Geschichten aus, und ich verkaufte den Umhang und begann, verschiedene Gegenstände zu sammeln: Knochen, Tonscherben, Lumpen und anderen Müll. Ich wurde ein professioneller Reliquienhändler. Stolzer Besitzer eines Fetzens von dem Unterhemdchen, das der Jesusknabe getragen hatte, eines Spielzeugs, mit dem er dereinst gespielt hatte (Benjamin hätte sich über so etwas gefreut), und eines Barthaares des heiligen Petrus, das einen Schüttelfrost oder einen wunden Hals heilen konnte. Ich besaß den Arm das Aaron, und wenn jemand das als schlechten Witz abtat, änderte ich meine Geschichte und behauptete, Asche von dem Feuer zu besitzen, über dem der Märtyrer Laurentius verbrannt worden war. Ich verdiente damit einige Sous, doch nicht genug. Paris war voll von Gaunern, Falschspielern, Räubern, Wegelagerern, Würfelspielbetrügern, Zuhältern, Schwulen, Pferdedieben, Rabauken, Beutelschneidern und anderem Gelichter — den Kindern des geflügelten Merkur, des Schutzpatrons der Diebe und Politiker. Mit anderen Worten, die Konkurrenz wurde zu groß, und ich begann, in den stinkenden Rinnsalen und Gassen von Paris langsam zu verhungern.

Paris mag viele Poeten und Troubadoure inspiriert haben, doch in meiner Erinnerung ist es keineswegs das fabelhafte Athen des Westens. Ich erinnere mich an den grauen, bedeckten Himmel und an die Seine, die unter den Brücken dahinfloß, an große, spitzgiebelige Häuser, die aus dem Asphalt emporwuchsen und sich ungeordnet aneinanderlehnten, ein Stockwerk über das andere geschichtet, an die engen, gewundenen Straßen des Quartier Latin, an das heillose Durcheinander geschwungener Giebel und tönerner Dachziegel, wobei die Giebel der niedrigeren Häuser oft phantasievoll gestaltet waren und die Figuren von Kriegern oder exotischen Tieren zeigten. O ja, ich lernte Paris kennen, als ich wie ein hungriger Fuchs durch die Straßen und Gassen strich. Über mir knarrten die farbenprächtigen Schilder der Tavernen und Lebensmittelläden im Winde und machten sich über meinen Hunger lustig. Die Steinbrunnen an den Straßenkreuzungen, die köstliches Wasser spendeten, wurden von bewaffneten Männern bewacht. Einmal blieb ich an einer Straßenecke vor der Statue eines Heiligen stehen, um zu beten, und bemerkte, daß davor eine Lampe brannte. Ich stahl die Kerze daraus und verkaufte sie für ein Stück Brot und einen Schluck Wasser an eine Marktfrau.

Der vierte Adventsonntag kam und verstrich. Benjamin hatte mir gesagt, er würde an diesem Tag ins Coq d'Or kommen; jeden Morgen und jeden Abend ging ich dorthin, doch Benjamin war nicht da. Ich begann, ihn zu verfluchen. Ich versuchte, mit dem Wirt zu sprechen, doch er jagte mich davon, denn er hielt mich für einen der vielen zerlumpten und stinkenden Bettler, und so sah ich auch aus. Mein Geist, der früher immer klar und logisch dachte, verwirrte sich und stumpfte ab. Ich dachte einmal, Selkirk und sein verdammter Vers würden durch mein Gehirn stolpern.

> Drei weniger von zwölf sollen es sein,
> oder der König keinen Prinzen wird erzeugen!

(Der Vikar zerdrückt eine Träne. Der Mistkerl hätte zuvor besser nicht lachen sollen!)

Ich schlief auf Friedhöfen oder auf den Treppenstufen von Kirchen und erwachte benommen, mit verklebten Augen und krank vor Hunger durch die Flüche der Wachmänner, das Gejohle von Ramschhändlern oder Quacksalbern, das Klappern von Hufen und das Gebimmel und Geläute der unzähligen Glocken in der Stadt. London stinkt, aber Paris erst! Der Gestank ist einfach fürchterlich; die Gassen und Straßen sind überzogen mit Schlamm und Scheiße. Der Gestank wird noch gesteigert durch alle möglichen anderen Abfälle, so daß es riecht, als seien ganze Fässer von Schwefel in den Gassen ausgeschüttet worden. Ich lebte wie ein Bettler und schnorrte zusammen, soviel ich kriegen konnte, doch dann brach der Winter herein, und zwar nicht nur früh, sondern auch grausam; es war einer der härtesten und kältesten Winter seit Jahrzehnten. Die Straßen waren verschneit, und in der Stadt wurden die Nahrungsmittel knapp. Sogar die Reichen, die Grundherren, die arroganten Wachmänner und die breithüftigen, vierschrötigen Frauen des Bürgertums begannen zu hungern. Die Märkte leerten sich, und was es noch an Nahrungsmitteln in Paris gab, wurde teurer verkauft als Gold. Zuerst starben die Alten, die Bettler und die Krüppel; sie erfroren, wenn sie sich keuchend an die urinstarrenden Mauern drückten. Dann kamen die Babys, die Kinder und die Schwachen an die Reihe. Ständig fiel Schnee in dicken, weißen Flocken. Die Seine fror zu, und die nahegelegenen Wälder, die sonst eine üppige Nahrungsquelle waren, erzeugten nun einen neuen Alptraum. Große, zottelige, graue Wölfe verließen die froststarrende Dunkelheit des Waldes und überquerten rudelweise die Seine, um in den Vorstädten zu jagen. Sie griffen Hunde und Katzen an und wüteten unter den Bettlern und Krüppeln. Sie scharrten sogar Gräber auf und zerrten die frisch beerdigten Leichen heraus. Es wurde eine Ausgangssperre verhängt, Bogenschützen mit gespannten Armbrüsten patrouillierten durch die Straßen, und ein dichtes Netz von Ketten wurde um die Zugänge zu den großen Durchfahrtsstraßen gezogen.

Ich dachte, ich sei sicher. Ich war zwar schwach vor Hunger, doch ich hatte ein Messer und konnte mich immer noch in der Stadt bewegen. Natürlich waren auch mir diese Geschichten zu Ohren gekommen, und eines Morgens entdeckte ich eine frische Blutspur, wo die Wölfe eine alte Bettlerin, die an der Ecke zur Rue St. Jacques ihr Lager gehabt hatte, angegriffen und davongeschleppt hatten. Eines Nachts befand ich mich in einer Gasse, die nicht viel mehr war als ein enger, dunkler Fußweg. Der nächtliche Himmel erstrahlte wunderschön, und die Sterne schienen wie kostbare Steine vor einem samtenen Hintergrund herunterzuwinkern. Die Straßen, von Eis und hart gewordenem Schnee überzogen, schimmerten und glänzten unter dem blassen Licht des Mondes. Ich war hinter einem Stützpfeiler der Kirche von St. Nicholas eingeschlafen; es war schon weit nach der Sperrstunde, meine Lippen waren blau angelaufen, und meine Zähne klapperten vor Kälte. Ich schrie auf vor Schmerzen, mein Körper schien sich in eine einzige große, offene Wunde zu verwandeln. Zum hundertsten Male verfluchte ich Benjamin und fragte mich verzweifelt, was wohl aus ihm geworden sein mochte. Ich lief benommen umher und versuchte, mich warmzuhalten, als wilde Phantasien mich überkamen: Selkirk stand in einem Feld weißer Rosen, die alle blutbefleckt waren, und sagte seinen Vers auf. Meine Mutter kauerte auf einer Treppenstufe, was sie immer tat, wenn ich nach dem Spielen zu ihr gelaufen kam — aber als ich näherkam, wurde aus ihr eine alte, krüppelhafte Gestalt mit offenen Augen und einem blaugefrorenen Gesicht. Als ich sie berührte, fiel sie einfach hintenüber.

Ich ging weiter und versuchte unablässig, mich warmzuhalten. Die Straßen waren schwarz und das Kopfsteinpflaster rauh unter ihrer Decke aus Eis, und ein scharfer, kalter Wind wirbelte Schneeflocken empor. Ich sah eine Gruppe von Menschen, die durch die aschfahle Dunkelheit näherkamen. Es waren leprakranke Frauen, Unglückliche aus dem Krankenhaus St. Lazaire, ein Dutzend hutzlige, schreckenerregende Gestalten, die Fäulnis und Verfall mit sich herumschleppten. Sie schlangen ihre schmutzigen, dürftigen Lumpen um sich und riefen mir zu, ich solle weggehen, wobei ihr fauliger Atem auf ihren blauen Lippen gefror. Ich wanderte die Rue de la Carbière hinunter, und dann hörte ich das erste markerschütternde Heulen: Die Wölfe waren wieder in der Stadt und jagten alles, was ihnen unterkam.

Die Haare in meinem Nacken sträubten sich, und mein müdes Herz beschleunigte seinen Takt vor Angst. Ich lief weiter, rutschte auf dem eisglatten Boden aus, fluchte und betete und hämmerte an die Türen, an denen ich vorbeikam, doch ich war schon so stark unterkühlt, daß ich kaum mehr schreien konnte. Da war wieder das Heulen, nun schon näher und lauter, es ging mir durch Mark und Bein. Ich drehte mich um, wie in einem Alptraum, und nach all den Jahren ist mir dieses Bild des Schreckens, das sich mir darbot, immer noch frisch im Gedächtnis: Hinter mir wand sich die lange Straße dahin, vorbei an dunklen Häusern mit hohen Giebeln, und der verharschte Schnee blinkte im Mondlicht. Am anderen Ende der Straße tauchte eine große, schreckliche, hundeähnliche Gestalt auf, massiv und unheilverkündend. Sie stand einfach nur da, dann kamen weitere hinzu, die Meute versammelte sich in der Dunkelheit. Ihre Ohren waren gespitzt und ihre Schweife aufgerichtet, und das Fell auf ihren Rücken bildete imposante Halskrausen.

O Herr im Himmel, ich rannte davon, so schnell ich es noch vermochte, mein Herz hämmerte, und es schnürte mir die Kehle zu. Ich wollte mich erbrechen und hätte es auch getan, wäre mein Magen nicht so leer gewesen. Ich schrie: »Aidez-moi, aidez-moi!«

Ich betete und gelobte, in Zukunft Wein, warme Titten und schneeweiße Hinterbacken fahren zu lassen. (Und daran mögt Ihr erkennen, wie verzweifelt ich war!) Hinter mir heulten die Wölfe, als würden sie sich ihrer Beute schon sicher glauben und wollten nur noch weitere Artgenossen herbeirufen, um an diesem Bankett mit bestem englischem Fleisch teilzunehmen. Ich rannte an verriegelten Türen und verrammelten Fensterläden vorbei. Auf mein Schreien erntete ich nichts als Schweigen. Ich hörte das Scharren und Trappeln der Wölfe, die immer näherkamen. Noch ein durchdringendes Heulen, und dann war es mir, als spürte ich schon ihren heißen, säuerlichen Atem im Nacken. (Übrigens, ich wurde insgesamt zweimal von Wölfen verfolgt. Das zweite Mal einige Jahre später in der eisigen Schneelandschaft vor Moskau, doch nichts war grauenhafter als dieses Erlebnis in Paris, als ich verzweifelt um mein Leben rannte.) Ich erblickte das knarrende Schild einer Taverne, auf dem zwei rote Äpfel abgebildet waren. Wieder begann ich zu schreien.

Plötzlich öffnete sich die Türe unterhalb des Schildes, eine Hand fuhr heraus und zog mich hinein. Ich hörte, wie draußen ein Körper gegen die Türe prallte, und dann folgte ein grimmiges Knurren. Ich blickte mich keuchend um und sah niedrige schwarze Balken, billige Tische und dicke Talgkerzen, deren ranziger Geruch meine erfrorene Nase umschmeichelte. Ein stämmiger, rotgesichtiger Bursche mit behaarten Warzen um den Mund grinste mich aus Zahnlücken an, stieß einen Fensterladen auf und feuerte mit einer riesigen Armbrust hinaus. Ich vernahm Flüche, das kreischende Heulen der Tiere und wurde dann ohnmächtig.

Als ich wieder zu mir kam, beugten sich das Warzengesicht (das sich als Jean Capote vorstellte) und sein Kamerad Claude Broussac, ein rattengesichtiger Mann mit vorspringender Nase, schmierigen Haaren und den vorwitzigsten Augen, die mir jemals untergekommen sind, über mich und drückten mir einen Becher mit siedendheißer Milch, die mit Wein versetzt war, an die Lippen. Sie stellten sich als Führer der Maillotiner vor, womit eine Art Klub gemeint war, eine geheime Vereinigung der Armen von Paris, welche die Reichen überfiel und ausraubte und deren Name sich von den großen Knüppeln herleitete, die sie bei sich trugen. Bruder Joachim war, wie wohl die meisten Franziskaner, auch einer von ihnen.

»Ihr werdet nicht sterben«, sagte Broussac, und seine Augen tanzten verschmitzt umher. »Wir wollten den

Wölfen diese Mahlzeit nicht gönnen. Andernfalls hätten wir Euch wieder zurückgestoßen und einen anderen Unglücklichen gerettet.«

Ich rappelte mich auf, um zu zeigen, daß ich nicht gewillt war, als Fraß für die Wölfe zu dienen. Capote brachte mir einen großen Becher voll mit schwerem Rotwein, den er mit einem glühenden Schürhaken erhitzt hatte, und ein Tablett mit dampfendem, kräftig gewürztem Fleisch. Später erfuhr ich, daß es sich um eine Katze gehandelt hatte. Sie stellten mir ein paar Fragen und zogen sich dann zurück, um brummelnd miteinander zu beratschlagen. Dann kamen sie wieder zu mir und hießen mich als einen der Ihren willkommen. Gott allein weiß, warum sie mich retteten. Als ich sie danach fragte, lachten sie nur.

»Wir mögen die Wölfe nicht«, sagte Broussac lächelnd, »seien sie nun vier- oder zweibeinig. Du bist kein Franzose, stimmt's?«

»Ich bin Engländer«, erwiderte ich. »Aber ich hungere genauso wie die Franzosen.«

Sie lachten und klopften mir auf die Schulter. Hätte ich gelogen, hätten sie mir höchstwahrscheinlich die Kehle durchgeschnitten. Hier und jetzt schwöre ich (mag mein Kaplan mich auch spöttisch anblicken), daß ich unter den Maillotinern mehr christliche Nächstenliebe erfahren habe als irgendwo sonst auf der Welt. Ihre Organisation war locker aufgebaut, doch sie akzeptierten jeden, der den Eid der Verschwiegenheit ablegte und sich bereit erklärte, alles gemeinsam zu teilen, was ich auch auf der Stelle tat. Alles, was wir besaßen, hatten wir gestohlen, aber nicht von den Armen, sondern von den Kaufleuten, den Anwälten, den Fetten und Reichen. Was wir nicht selbst aßen, verschenkten wir; die, die es am nötigsten hatten, erhielten das meiste, danach kamen die anderen an die Reihe, je nach Bedürftigkeit.

Ich begann langsam, meine Abreise aus Paris ins Auge zu fassen. Benjamin, so überlegte ich, mußte entweder an einer Krankheit gestorben oder getötet worden sein. Nun brauchte ich Silbergeld, um an die Küste zu gelangen und die Überfahrt nach England bezahlen zu können. Einmal fragte mich Broussac, was mich eigentlich nach Paris gezogen habe, und ich sagte es ihm. Er war fasziniert von dem Mord an Selkirk.

»Es gibt eine geheime Gesellschaft«, brummelte er, »Engländer, die geflohen sind, nachdem euer Richard III. bei Bosworth getötet worden war. Sie haben ein Emblem.« Er verzog sein Gesicht, so daß es sich fast hinter der großen Nase zu verstecken schien. »Ihr Emblem ist ein Tier, ein Leopard? Nein, nein, ein weißer Eber. *Les Blancs Sangliers!*«

Zu diesem Zeitpunkt interessierte mich das nicht mehr. Im Winter des Jahres 1518 kümmerte ich mich ausschließlich um mein Überleben, und dieser Winter war außergewöhnlich streng in Paris. Weihnachten und Dreikönige vergingen, und die Messen waren dünn besucht, denn kaum jemand wagte es, abends noch aus dem Haus zu gehen. Allerdings hatte die Situation auch ihre guten Seiten. Die Bordelle waren frei, die Damen der Nacht waren ausgeruht und gern bereit, sich in Naturalien entlohnen zu lassen, mit einem Laib Brot oder einem Krug Wein anstelle von Silbergeld. Ich glaube, unter den gegebenen Umständen ging es mir ganz gut. Ich ließ mich treiben und plante nichts mehr. (Meine Richtschnur war immer der Satz aus der Heiligen Schrift: ›Begnüge dich mit dem einen Übel, welches der Tag für dich bereithält.‹) Ich wünschte, ich hätte mich auch an das gehalten, was ich mir selbst predigte. Ich war bis obenhin voll mit Katzenbraten, und das ist auch der Grund, warum ich diese Viecher nicht mehr ausstehen kann. Wann immer mir eines dieser Tiere unter die Augen kommt, erinnere ich mich an den ranzigen Geruch von Broussacs Eintopfgericht, und die Galle kommt mir hoch.

(Mein dummer Kaplan wackelt mit seinem Schädel. »Ich würde keine Katze essen«, brummelt er. O doch, auch dieser kleine Scheißer würde eine Katze verzehren. Glaubt mir, wenn man hungrig ist, richtig hungrig, so daß einem der Magen schon fast an der Wirbelsäule klebt, dann gibt es nichts Köstlicheres als eine Ratte oder ein gut durchgebratenes Katzenbein!)

Ich blieb bis zum Frühjahr bei den Maillotinern. Das Eis auf dem Fluß taute auf, und die Barkassen mit Nahrungsmitteln konnten die Hauptstadt wieder erreichen. Der Bürgermeister und seine Polizeischergen gingen nun härter gegen die Heerscharen von Dieben vor, die sich in den Slums rund um die Rue Saint Antoine angesiedelt hatten. Broussac und Capote weigerten sich, die Zeichen der Zeit zu erkennen, und begingen schließlich ihren schwerwiegendsten Fehler. Anfang Februar 1518 saßen wir drei eines Abends in einer Taverne namens Chariot, einer netten kleinen Bierschänke an der Ecke der Rue des Mineurs in der Nähe der Kirche von St. Sulpice. Wir hatten gut gespeist und getrunken, unsere Galgengesichter waren vom Wein gerötet, wir grölten heisere Lieder und planten unsere nächsten Unternehmungen.

Nun hatte Broussac einen Feind, einen gewissen François Ferrebourg, Priester, Magister der Philosophie und päpstlicher Notar. Er bewohnte ein Haus, das in derselben Straße wie diese Taverne lag, ein Stück weiter unten, gegenüber der Kirche des Ordens der heiligen Cäcilie. Ich erinnere mich noch sehr gut an diese Szene: Die dunkle Straße mit den überhängenden Dachvorsprüngen und Giebeln und der breite Lichtstrahl, der aus Ferrebourgs geöffnetem Fenster über das Kopfsteinpflaster fiel. Drinnen saßen seine Bediensteten, sie waren offenbar noch mit irgendeiner dringenden Arbeit beschäftigt, und Broussac, der schon ziemlich einen sitzen hatte, verhöhnte sie, machte obszöne Gesten und spuckte durch das Fenster. Wir hätten uns danach schnellstens aus dem Staub machen sollen, doch wir waren schon zu betrunken zum Laufen, während die Bediensteten nüchtern und nicht auf den Kopf gefallen waren. Sie sprangen von ihren Schreibpulten auf und liefen auf die Straße heraus, angeführt von Master Ferrebourg höchstpersönlich. Der Notar versetzte Broussac einen heftigen Stoß, so daß mein Kamerad in einen offenen Abwassergraben stürzte. Er rappelte sich wieder auf, außer sich vor Wut, und bevor ich ihn daran hindern konnte, zog er seinen Dolch und stieß ihn Ferrebourg in die Brust, während er ihm die Geldbörse aus dem Gürtel zog.

»Lauf, Shallot!« brüllte er.

Doch ich war schon zu betrunken, und während Broussac in der Dunkelheit verschwand, wurden Capote und ich festgehalten, bis die städtische Nachtwache eintraf. Unsere Hände wurden aneinandergefesselt, und dann brachte man uns unter Waffengeklirr und bewacht durch Bogenschützen in die dunklen Gewölbe des Chatelet-Gefängnisses, wo wir in einen verlassenen Kerker unterhalb des Turmes geworfen wurden.

Am nächsten Morgen wurden wir vor dem Bürgermeister von Paris verhört. Capote, der immer noch betrunken war, furzte und rülpste, als das Urteil verkündet wurde. Ich versuchte, vernünftig mit den Leuten zu reden, doch dadurch gab ich zu erkennen, daß ich Engländer war. Mein Schicksal war besiegelt. Wir galten als zwei der größten Spitzbuben von ganz Paris, als Unruhestifter, Einbrecher und Mörder, die Hand in Hand arbeiteten mit den schlimmsten Figuren der Unterwelt. Wir sollten am nächsten Morgen in Montfaucon gehängt werden. Ich versuchte immer noch, Argumente vorzubringen und um Gnade zu bitten, doch sie schlugen mich und warfen mich die Treppe zu unserer Zelle hinunter. Die Türe unseres Kerkers fiel knirschend ins Schloß und wurde hinter uns verriegelt.

Capote schlief sofort auf dem Stroh ein. Ich saß auf dem Boden, starrte in die Dunkelheit und umklammerte dabei meine Knie. Das einzige, was ich sah, war der Tod, der mir zuwinkte und mich angrinste. In der abgestandenen, muffigen Luft des Verlieses überkam mich das Gefühl, lebendig begraben zu sein. Wer würde mir dieses Mal helfen? Die Pariser Bürger würden nicht eine Sekunde daran verschwenden, an das Schicksal eines Engländers zu denken, sie würden gewiß höchst erfreut sein, mich am Galgen baumeln zu sehen. Ich dachte an Benjamin und Wolsey und verfluchte sie. Hätten sie denn nicht etwas tun können? Nachforschungen anstellen? Oder nach mir suchen?

(»Vertraut niemals auf Fürsten, Shallot!« witzelt mein Kaplan zwischendurch. Ich versetze dem kleinen Heuchler einen Hieb auf die Knöchel und herrsche ihn an, er solle weiterschreiben.)

Die Nacht vor meiner geplanten Hinrichtung verbrachte ich damit, Capotes heiseren Gesängen zu lauschen. Der Bursche sagte, er kümmere sich einen Scheißdreck um das Leben, warum solle er dann Angst vor dem Tode haben? Das sagte er auch noch am nächsten Morgen, als der Bürgermeister und seine Leibwache aus zwölf berittenen Sergeanten und zehn Bogenschützen kamen, um uns abzuholen. Man band uns mit Stricken zusammen und trieb uns die Stufen des Kerkers hinauf in den frostig kalten Gefängnishof. Der scharlachrote Hinrichtungskarren wartete schon auf uns; er war zu beiden Seiten mit den Schädeln Gehenkter verziert. Der Bürgermeister bellte einen Befehl, und der Henker unter der roten Kapuze drehte sich um, wünschte uns einen guten Morgen und schnalzte mit der Peitsche. Der Wagen setzte sich in Bewegung und fuhr durch das Gefängnistor hinaus auf die gewundene Straße nach Montfaucon. Wir machten einen kurzen Halt beim Kloster der Filles de Dieu in der Nähe des Hafens von St. Severin. Die guten Schwestern versorgten uns auf unserer letzten Reise mit Brot und Wein.

Ich kaute das Brot und trank den Wein in langen Zügen, um mein Zittern zu bekämpfen, denn ich wollte mir keine Blöße geben. Capote war so ungehobelt wie immer, starrte die Schwestern an, riß Witze mit dem Henker und sagte der braven Priorin, sie solle bei unserer Rückfahrt einen zweiten Becher Wein bereithalten. Der Bürgermeister trieb uns zur Eile an, und die Sergeanten machten uns eine Gasse frei in der Menschenmenge, die sich versammelt hatte, um uns sterben zu sehen. Ich erblickte Broussac, eine Hand auf dem Mieder irgendeiner Dirne, in der anderen einen Becher Wein. Er grinste und prostete mir stumm zu. Ich starrte den Galgenvogel an. Wenn er sein Maul gehalten hätte, dann würde ich jetzt immer noch Katzenbraten essen und mir überlegen, wie ich aus Paris wegkommen konnte.

Schließlich gelangten wir zu der Hinrichtungsstätte, und wenn es Euch gelüstet, schon vor dem Tode einen

Blick in die Hölle zu erhaschen, dann geht nach Montfaucon. Ein grauenerregender Ort! Eine unebene rechteckige Erhöhung, fünfzehn Fuß hoch, ungefähr dreißig Fuß breit und vierzig Fuß lang. Die Hinrichtungsstätte liegt wie ein übergroßer, gräßlicher Pickel neben der Straße von Paris nach St. Denis. Zu drei Seiten des Platzes stehen auf einer erhöhten Plattform Kolonnaden aus jeweils sechzehn quadratischen Säulen aus unbehauenem Stein, jeweils zweiunddreißig Fuß hoch, in gleichen Abständen angeordnet und oben durch schwere Holzbalken miteinander verbunden, von denen in kleinen Abständen Stricke und Ketten herunterbaumeln. Man hätte hier ein ganzes kleines Dorf aufhängen können. In der Mitte der Plattform befindet sich eine gewaltige Kalkgrube, die durch ein Gitter abgedeckt ist und in die die Leichen der Gehängten geworfen werden, nachdem man sie abgeschnitten hat. (Wußtet Ihr, daß sich im Sommer hier draußen die Galane mit ihren Gespielinnen zum Picknick treffen? Stellt Euch das vor: Wein und Leckereien unter den hin und her baumelnden Leichen der Verdammten!)

Als wir dort ankamen, schien in Montfaucon bereits Hochbetrieb geherrscht zu haben. Mindestens fünfzehn Leichen, denen schon die Krähen zugesetzt hatten und die mit ihrem eigenen Schleim bedeckt waren, hingen an knarrenden Stricken herunter. Da verließ mich mein ganzer Mut, und man mußte mir die steilen hölzernen Stufen zur Plattform hinaufhelfen. Die Handlanger des Henkers flüsterten mir zu, wenn ich mich gut aufführen würde, würden sie dafür sorgen, daß ich nicht länger als zehn Minuten würde leiden müssen. Hinter mir hörte ich den Karren ächzend davonfahren, und die Henkersgesellen machten sich an den Stricken zu schaffen. Ich erblickte Capote neben mir; nun war er ruhig. Man legte uns die dicken Hanfseile um den Hals. Ein Priester in einem staubigen Umhang erschien, wie aus dem Nichts, und sprach mit klarer Stimme das letzte Gebet für uns zum Tode Verurteilte. Der Bürgermeister trat vor den Galgen hin, entrollte ein Pergament und verlas die Todesurteile. Die Schlinge wurde zugezogen, und man schob mich auf eine Leiter.

»Sei nicht nervös«, grinste der Henker. »Immerhin mußt du die Treppen nicht mehr hinuntersteigen!«

Ich warf wilde Blicke in die Menge.

»Nicht jetzt!« flüsterte ich. »Bitte nicht jetzt!«

Die Leiter wurde weggestoßen, und ich hörte noch eine Stimme rufen: »Nein, der nicht!«

Doch es würgte mich schon, als sich die Schlinge fester um meinen Hals zusammenzog. Ich hörte ein rasendes Pochen in meinen Ohren, mein Herz begann wild zu trommeln, und mein Magen verkrampfte sich ruckartig, als ich am Ende des Seiles baumelte. Ich fuchtelte und zappelte. Auch Capote tanzte in der Luft. Ich konnte nicht mehr atmen, der Schmerz in meinem Hinterkopf wurde übermächtig, und dann war plötzlich alles dunkel.

Ich kam wieder zu mir, als ich fühlte, daß ich durch die Luft sauste und auf den hölzernen Bohlen der Plattform aufschlug. Die Schlinge um meinen Hals war gelockert, und ich würgte und spuckte. Vor mir kauerte der Bürgermeister, der einen besorgten Eindruck machte.

»Weilt Ihr noch unter uns, Master Shallot?«

Ich würgte erneut und spie auf seinen Umhang, ein angemessener Dank für den hartherzigen Schweinehund. Er wand sich vor Abscheu.

»Eure Begnadigung, Shallot!« Er hielt mir ein kleines Schriftstück unter die Nase. »Irgend jemand scheint Euch zu lieben.«

Der Bürgermeister machte ein Zeichen. Zwei der Bogenschützen packten mich unter den Achseln, hoben mich hoch und halfen mir die Stufen hinunter. Ich warf einen Blick zu Capote, der noch in der Schlinge zuckte und sein Leben aushauchte. Ich erblickte ein Meer von Gesichtern und hörte die Pfiffe und Buhrufe der Menge, die sich um ihr Vergnügen betrogen wähnte. Ein bewaffneter Sergeant, der die königlichen Waffen Frankreichs auf seinem Wappenrock hatte, bedeutete den Bogenschützen, mich in den Sattel eines Pferdes zu hieven, dessen Zügel er in der Hand hielt.

Bei den Klauen der Hölle, was dann folgte, daran kann ich mich kaum erinnern! Zuerst ein holpriger Ritt zurück nach Paris, der mich kräftig durchrüttelte. Ich dachte, ich würde wieder in das Gefängnis gebracht werden, doch statt dessen fand ich mich vor der Tür des Coq d'Or wieder. Der Sergeant, dessen Gesicht unter seinem konischen Helm verborgen war, half mir abzusteigen und schob mich in eine Kammer, in der eine Kerze die Dunkelheit erhellte. Der säuerliche Geruch von verschwitzten Mänteln stieg mir in die Nase, und ich sah, daß ein Kohlenbecken hereingeschafft worden war, in dem ein Holzkohlenfeuer glimmte. Ich mußte mich auf das Bett legen, und nachdem der Soldat den Raum verlassen hatte, kam die Dienstmagd mit einem Laib Brot und einem Kelch Wein herein. Sie schaute mir eine Weile beim Essen zu, murmelte dann etwas und verschwand wieder. Ich erstickte fast an dem Brot, denn mein Hals fühlte sich an, als wäre er in einem schweren Schraubstock eingepreßt gewesen. Sterne tanzten mir vor den Augen, und es schüttelte mich immer noch vor Angst angesichts meiner jüngsten Begegnung mit dem Tod. Ihr könnt dieses Gefühl gewiß verstehen, nicht? Zuerst eine Minute lang in einer Schlinge baumeln, dann die Begnadigung und ein ungemütlicher Ritt nach Paris und schließlich das wohlschmeckendste Brot und der köstlichste Wein seit Monaten.

(Seit Montfaucon habe ich mich immer vor Hinrichtungen gefürchtet. Gewiß, manchmal muß ich als Herr dieses Landsitzes notgedrungen auch selbst welche anordnen, doch mein Hof ist wohlbekannt für seine Nachsicht. Natürlich muß ich dafür einen Preis bezahlen. In den Nächten tummeln sich auf meinen Feldern mehr Wilderer als Hasen. Ich gewähre aber auch dem schlimmsten Verbrecher eine Begnadigung, als daß ich ihn hängen lasse. Der Kaplan nickt mit seinem kleinen, kahlen Schädel. Vielleicht versteht der Schwachkopf jetzt den Grund für meine Milde. Bisher dachte er vielleicht, ich hätte eben ein weiches Herz. Nun, so lernt er jeden Tag etwas Neues, zum Beispiel weiß er jetzt auch, warum ich nichts Hartes um meinen Hals herum ertragen kann. Sogar die Berührung mit glattester Seide erweckt in mir die Schrecken meines Ausfluges nach Montfaucon wieder zum Leben.)

Alsdann, wieder zurück ins Coq d'Or, wo ich auf dem Rollbett lag und in den Schlaf hinüberdämmerte.

Als ich wieder erwachte, beugte sich Benjamin über mich. Seine hellen Augen standen in einem Gesicht, das noch bleicher war als sonst.

»Roger, ich bin zurückgekommen.«

»Natürlich, das sehe ich. Ihr verdammter Idiot! Gerade noch rechtzeitig!« knurrte ich. »Wo in Dreiteufelsnamen habt Ihr denn gesteckt?«

Kapitel 10

Benjamin saß auf dem Schemel neben meinem Bett und wischte sich den Schweiß von der Stirn. Er sah wirklich noch weitaus blasser und dünner aus als vorher.

»Es tut mir leid, Roger«, murmelte er. »Es ist eine lange Geschichte. Ich ging nach Kelso in Schottland.« Er blickte gedankenverloren zur Seite. »Ein einsames Kloster, umgeben von einem Meer aus dunkelviolettem Heidekraut und verlassenen, gespenstischen Mooren. Ein Gebäude aus dunklen Steinen und mit einem grauen Schieferdach.« Er lächelte schwach. »Oh, für meine Sicherheit war gesorgt. Agrippa hatte mir sicheres Geleit verschafft, und Lord d'Aubigny hatte dafür Sorge getragen, daß mich Grenzwächter auf Schritt und Tritt begleiteten.«

»Was habt Ihr herausgefunden?« fragte ich verärgert.

Benjamin rieb sich mit dem Handrücken über die Augen. »Nichts«, erwiderte er. »Überhaupt nichts. Viele Schotten hatten sich nach der Schlacht von Flodden nach Kelso geflüchtet, aber weißt du was, Roger? Es gab niemanden, der sich an irgendwelche wichtigen Ereignisse in diesen bewegten Tagen erinnern konnte.« Er runzelte seine Augenbrauen. »Noch seltsamer war, daß der Prior, der Unter-Prior und alle anderen leitenden Personen des Klosters ausgewechselt worden waren. Einige waren unter mysteriösen Umständen gestorben, andere hatte man mit dieser oder jener Aufgabe ins Ausland geschickt. Die übrigen Mönche«, sagte er und zuckte mit den Schultern, »waren so verschwiegen wie ein Grab. Einer der Laienbrüder, ein ergrauter alter Mann, murmelte etwas davon, daß die Abtei die dunkle Grube für die bösen Taten der Großen des Landes sei.«

Er seufzte. »Dann kehrte ich nach Royston zurück, doch Königin Margarete und ihr Gefolge waren schon nach London abgereist, um ihre Rückkehr nach Schottland vorzubereiten, und ich folgte ihnen in großer Eile. Ich besuchte den Lordkardinal im Palast von Sheen. Er wußte bereits, daß unsere Mission nach Nottingham erfolgreich gewesen war, und er begrüßte es, daß ich nach Kelso gegangen war und du nach Frankreich gereist warst.« Benjamin holte tief Luft. »Dann wurde ich krank. Zuerst dachte ich, es wäre nur ein Schüttelfrost, doch dann stellte sich heraus, daß ich die Schwitzkrankheit hatte. Mein Onkel sorgte dafür, daß ich ins Krankenhaus von St. Bartholomew kam, und Agrippa schickte eine alte Frau, die mir ein Gebräu aus zerstampftem Moos und abgestandener Sauermilch zu trinken gab. Das Fieber ging wieder zurück, doch ich fühlte mich schwach.« Er gab mir einen zärtlichen Klaps auf die Schulter. »Der Lordkardinal sandte einen Boten, doch dieser wurde vor Dover von Räubern überfallen und offensichtlich getötet.«

»Das glaube ich nicht«, erwiderte ich schroff. »Er wurde wahrscheinlich von Mördern umgebracht, die mit den Kerlen unter einer Decke steckten, die mich im Coq d'Or beinahe erledigt hätten!«

»Was soll das heißen?« fragte Benjamin.

Ich erzählte ihm meine Geschichte in kurzen, knappen Sätzen. Benjamin hörte aufmerksam zu.

»Es tut mir leid«, sagte er dann. »Ich bin schon eine Woche in Paris. Der Wirt hier hat geschworen, dich nie gesehen zu haben.«

»Er lügt!« unterbrach ich ihn.

»Ja, das glaube ich auch. Nun, wir gingen zum Bürgermeister von Paris. Ich warf den ganzen Einfluß des Lordkardinals in die Waagschale, um eine Suchaktion nach dir in die Wege zu leiten. Die Begnadigung wurde dann vergangene Nacht verkündet.« Er verzog das Gesicht. »Aber du kennst ja die Beamten.«

»Ja, allerdings«, knurrte ich. »Nur zu gut. Die Saukerle hatten mich schon aufgehängt.«

Benjamin biß sich auf die Lippen. »Ich weiß, Roger, aber deine Schwierigkeiten begannen mit diesem Stück roter Seide. Es war das Signal dafür, dich zu ermorden. Zweifellos hat die dämonische Kraft, die uns auf den Fersen ist, auch in Paris ihre Agenten.«

»Wahrscheinlich«, antwortete ich, »doch Moodie hat mir den Stoff gegeben, also muß er der Mörder sein.«

(Ah, da treibt es meinen Kaplan wieder um, und er rutscht aufgeregt auf seinem Stuhl hin und her. »Ich habe es Euch gesagt! Ich habe es Euch gesagt!« kreischt er. Ich befehle ihm, den Mund zu halten, und verpasse ihm wieder einen kräftigen Hieb auf die Fingerknöchel. Der kleine Scheißer weiß ja nicht, wovon er redet.)

»Du hast doch gesagt«, fuhr Benjamin fort, »daß das Stück Seide stark geduftet hat. Hast du den Duft erkannt? War er so ähnlich wie dieser?«

Er öffnete ein kleines Säckchen und hielt es mir unter die Nase. Es entströmte ihm derselbe Duft wie dem Geschenk für Madame Eglantine.

»Ja. Was ist das?«

Benjamin lächelte und schüttelte ein paar verwelkte Blüten einer weißen Rose heraus, die so sanft wie Schneeflocken zu Boden fielen.

»*Les Blancs Sangliers!*« murmelte ich. »Moodie muß einer von ihnen sein. Er hat Selkirk, Ruthven und Irvine umgebracht, doch nur Gott allein weiß, warum und wie.«

Benjamin schüttelte den Kopf. »Nein, so einfach ist es

nicht.« Er schaute mich fragend an. »Worüber lächelst du, Roger?« Die Besorgnis verschwand aus seinem Gesicht. »Du weißt etwas, stimmt's?«

Ich grinste. »Die Wahrheit nun steht geschrieben in geheiligten Händen an dem Ort, welcher beherbergt des Dionysios Gebeine.«

»Du weißt, was das bedeutet?« flüsterte Benjamin.

»O ja, und dieser Ort ist gar nicht weit von hier entfernt. Dionysios ist nicht irgendein griechischer Gott!« rief ich und vergaß die Schlinge, die meinen Hals malträtiert hatte, und die bleierne Müdigkeit, die meine Glieder immer noch in einer schraubstockartigen Umklammerung hielt. »Es ist St. Denis, der römische Märtyrer, der auf dem Hügel von Montmartre enthauptet worden ist und der, so behauptet die Legende, seinen Kopf noch bis dahin getragen hat, wo heute die Abtei von St. Denis steht.«

Benjamin sprang auf und stieß dabei vor Aufregung den Schemel um, der hinter ihm stand.

»Natürlich!« rief er aus. »Dionysius ist das lateinische Wort für Denis. Die Mönche dort müssen Selkirks Geheimnis kennen.«

Ich schwang meine Beine aus dem Bett. »Ja, was wir suchen, finden wir dort in einer angeschlagenen Schatulle.«

Benjamin blickte mich argwöhnisch an. »Warum bist du nicht selbst nach St. Denis gegangen?«

Ich rieb mir die Stelle am Hals, die der Strick wundgescheuert hatte. »O ja«, erwiderte ich sarkastisch. »Ein englischer Bettler, der in Fetzen gehüllt ist, stolziert zum Tore der Abtei, verlangt, daß man ihm eine Schatulle aushändige, und die Mönche beeilen sich, ihm zu Willen zu sein.«

Benjamin grinste. »Jetzt werden sie es tun!« Er warf mir

ein Bündel mit sauberer Kleidung zu. »Darin wirst du zwar nicht wie ein Höfling aussehen, Roger, doch zumindest auch nicht mehr wie ein Bettler.«

»Ich bin müde«, stöhnte ich. »Mein Hals schmerzt noch immer. Ich möchte essen, trinken, einen Beweis dafür, daß ich noch am Leben bin.«

Benjamin kauerte sich neben mir nieder, und ich sah die Besorgnis, die in seinem langen, dunklen Gesicht stand. »Roger«, sagte er, »wir müssen uns beeilen. Jede Minute ist wichtig. Zweifellos ist der Mörder schon dabei, uns ausfindig zu machen. Wir müssen das Rätsel lösen, bevor Königin Margarete nach Schottland aufbricht. Wir müssen nach St. Denis gehen, Selkirks Geheimnis aufdecken und dann auf schnellstem Wege nach England zurückkehren.«

Ich nickte bedrückt.

Benjamin brachte mir einen frischen Becher Wein und einen Teller mit fetter Suppe. Ich verschlang die Suppe wie ein ausgehungerter Hund und zog mich dann um. Der verlogene Scheißkerl von Wirt kam herein, ein leeres Grinsen auf seinem trägen Gesicht, und erkundigte sich nach meinem Befinden. Ich grinste verschlagen zurück und sagte Benjamin, er solle unten an der Straße auf mich warten. Ich traf meine Vorbereitungen und gesellte mich dann so schnell als möglich zu ihm. Wir gingen den ausgetretenen Weg entlang und fluchten über den vereisten Boden unter unseren Füßen, auf dem wir oft ausrutschten. Die Kerze, die ich unter dem trockenen Stroh in der Dachkammer des Coq d'Or zurückgelassen hatte, erwachte zu kräftigem Leben, und das Feuer verwandelte die elende Schänke in ein flammendes Inferno. O ja, Rache wird erst dann richtig süß, wenn sie diejenigen trifft, die sie wirklich verdient haben.

267

Obwohl ich der Hölle von Montfaucon entronnen war, dämpfte die Eiseskälte meine Begeisterung bald wieder. Die Stadt lag noch immer im festen Griff des Winters, und unser Weg war hart und beschwerlich. Von Kopf bis Fuß tat mir alles weh, und die Wunde an meinem Hals, die sich durch die Kälte entzündete, verursachte Schmerzen, die sich in meinem Hals und in den Schultern ausbreiteten.

Wir kamen an den Galgen vorbei, wo die Leichen derjenigen, die weniger Glück gehabt hatten als ich, nun steifgefroren an ihren Stricken hingen, dann passierten wir das Tor der Stadt und erreichten endlich die Abtei von St. Denis. Es war ein ehrfurchtgebietender, erhebender Ort: hoch aufragende Steingiebel, grinsende Wasserspeier, große Fenster aus bemaltem Glas, Türme, die bis in den Himmel reichten, und Mauerwerk, das an den Gesimsen, Ecktürmchen und Säulen mit Holzschnitzereien versehen war. St. Denis ist das Mausoleum Frankreichs, wo die weißen Alabastergräber der Könige still auf die Wiederkunft von Jesu Christi hoffen. Ein merkwürdiger Ort, kalt und düster. Die Abtei ist eine eigene kleine Stadt. Ihre Klosterbauten, Gutshöfe und Seitengebäude, die sich auf dem Gelände ausbreiten, sind von einer hohen Mauer umgeben, die von Soldaten bewacht wird, welche die königliche Livree tragen. Wäre ich alleine hier erschienen, ich wäre zweifellos sofort abgewiesen worden. Benjamin allerdings, der fließend Französisch sprach und mit einer persönlichen Empfehlung des Lordkardinals von England ausgestattet war, erlangte schnell Einlaß. Ein asketischer Prior empfing uns in seinem Gemach und lauschte Benjamin aufmerksam, der unser Anliegen vorbrachte.

»Viele Menschen kommen hierher«, erwiderte er dann

in perfektem Englisch. »Sie haben Geschenke und Wertgegenstände bei sich, die sie unserer Obhut anvertrauen wollen. Manche kehren später zurück, manche nicht.« Er spreizte seine Finger. »Sie setzen ihr Vertrauen in uns.« Er blickte Benjamin scharf an. »Könnt Ihr schwören, daß Selkirk tot ist?«

»Ja, Vater Prior.«

»Und sein Geheimnis könnte den englischen Thron in Gefahr bringen?«

»Möglicherweise«, antwortete Benjamin. »Aber es hat zum Tode von drei wertvollen Menschen geführt und wird vielleicht auch noch für andere den Tod bedeuten, vielleicht auch für uns.« Der Prior rutschte unbehaglich auf seinem Sessel umher. Er zeigte auf eine Bibel, die an ein großes Pult angekettet war, das hinter ihm stand. »Schwört es!« krächzte er. »Schwört, daß das, was Ihr sagt, wahr ist, mit Eurer Hand auf der Heiligen Schrift!«

Benjamin gehorchte. Eine Hand legte er auf den juwelenbesetzten Einband, die andere hielt er in die Höhe, und dann sagte er in feierlichem Ton, Gott sei sein Zeuge, daß alles, was er vorgebracht habe, der Wahrheit entspreche. Als er geendet hatte, nickte der Prior, und sein steinernes Gesicht zeigte ein schwaches Lächeln. Er läutete mit einer kleinen Handglocke. Es trat ein junger Mönch herein, dem der Prior heiser Anweisungen ins Ohr flüsterte. Ich hörte den Namen ›Selkirk‹ und ein Datum. Der junge Mönch nickte und entfernte sich leise, kam aber bald wieder zurück — mit einer angestoßenen Lederschatulle, die mit dem wächsernen Wappen der Abtei von St. Denis versiegelt war. Der Prior brach das Siegel und hob den Deckel an. Er fuhr darin herum und brachte dann mit seinen langen Fingern einige Rollen Pergament zum Vorschein. Er warf Benjamin einen verzweifelten Blick zu.

»Ihr sagt, Selkirk war verrückt?«

»Ja, Vater Prior.«

»Dann war dies sein letzter verrückter Scherz. Außer diesen Pergamentfetzen ist nichts in der Schatulle. Nun, mein Gewissen ist beruhigt, Ihr könnt alles haben.«

Wir verließen St. Denis, als die Dämmerung hereinbrach, und machten bei einer Schänke Halt, die außerhalb von Paris an der Straße nach Calais lag, ein warmes, gemütliches Gasthaus, das dem Wüten der Hungersnot entgangen war, die immer noch die Stadt heimsuchte. Benjamin bestellte ein Zimmer und frische Pferde für den nächsten Tag. Er bestellte auch ein Mahl, das aus saftigem, gebratenem Kapaun mit einer reichhaltigen Soße und frischgebackenem Weizenbrot bestand und damit eine willkommene Abwechslung bot zu dem harten Roggenbrot, das ich in den vorangegangenen Monaten gegessen hatte. Ich stopfte soviel in mich hinein, wie Platz hatte, doch Benjamin mahnte mich, beim Wein Zurückhaltung zu üben. Nach dem Essen saßen wir in der Kaminecke vor dem offenen Feuer und beobachteten, wie die lodernden Flammen die Kiefernscheite in glimmende weiße Asche verwandelten. Benjamin öffnete Selkirks Schatulle und war eine Weile damit beschäftigt, die Pergamentstücke zu sichten. Eines fiel ihm besonders auf: ein schmutziges, gelbliches Stückchen, oben und unten ausgefranst, auf dem nur die Überschrift leserlich war, ein lateinisches Zitat aus einem der Paulus-Briefe. Es lautete schlicht: ›Durch ein geschwärztes Glas‹. Der Rest bestand aus einem Durcheinander aus Hieroglyphen und anderen seltsamen Zeichen. Es gab auch einige noch vollständige Papiere in dem Kästchen, doch diese waren nur königliche Schreiben, von König Jakob persönlich ausgestellt und mit dem Abdruck seines Siegelringes bekräftigt, in denen seinem ›hochgeschätzten Arzt, Andrew Selkirk‹ Aufgaben übertragen oder Vergünstigungen zugestanden worden waren. Benjamin und ich studierten diese Schreiben, doch wir konnten nichts Außergewöhnliches darin entdecken. Mein Meister legte die Dokumente wieder zurück in das Kästchen.

»Laß uns unser Gedächtnis auffrischen«, sagte er. »Selkirk war der Leibarzt von König Jakob. Er zog mit dem König nach Flodden, wo Jakob geschlagen und getötet wurde. Selkirk floh nach Paris, hinterlegte seine geheimnisvolle Schatulle in St. Denis und besuchte das Coq d'Or, wo man ihn aufgriff und dann nach England zurückbrachte.« Er blickte mich an. »Stimmst du mir soweit zu?«

»Ja, Master.«

»Gut, in Schottland ist Jakobs Witwe, die schon Mutter eines Kindes ist, erneut schwanger, als sie die Nachricht von der Niederlage und dem Tod ihres Gemahls erhält. Entsprechend der letzten Verfügung von Jakob wird sie zur Königin ausgerufen, verwirkt diese Position jedoch wieder, als sie den Grafen von Angus heiratet. Sie verliert auch das Vertrauen ihrer Adeligen und sieht sich gezwungen, nach England zu fliehen und ihre beiden Söhne zurückzulassen. Die schottischen Adeligen bilden einen Regentschaftsrat und unterstellen ihm die zwei kleinen Söhne von Margarete, von denen einer, Alexander, der Herzog von York, kurz nach der überstürzten Abreise seiner Mutter nach England stirbt. Ist das alles richtig, Roger?«

»Es sind auch noch einige andere Dinge in Erwägung zu ziehen«, erwiderte ich. »Erstens: Bevor Jakob nach Flodden ging, hatte er angeblich Visionen, in denen er wegen seines lockeren Lebenswandels gerügt und vor einem

Angriff auf England gewarnt wurde. Zweitens: Warum heiratete Margarete den Grafen von Angus so plötzlich und verließ ihn dann schon nach so kurzer Zeit wieder, ja, haßte ihn sogar? Drittens: Warum ging sie nach England und suchte dort Schutz, weit entfernt von ihrem Königreich und ihren Söhnen? Wir haben von Lord d'Aubigny gehört, daß der schottische Regentschaftsrat bereit ist, die Königin wieder mit offenen Armen aufzunehmen.«

»Was uns zu der Frage führt«, schloß Benjamin an, »was den plötzlichen Sinneswandel der Königin verursacht hat. Es hat den Anschein, als könne es ihr mit der Rückkehr nach Schottland gar nicht schnell genug gehen. Doch fahre fort, Roger.«

»Ich frage mich, wovor Margarete solch große Angst hatte. Und welche Geheimnisse sie und der Graf von Angus miteinander teilen. Vergeßt nicht, Master, daß in den Dokumenten in dieser Schatulle vielleicht auch noch andere Geheimnisse verborgen sind. Was meinte Selkirk mit dem Satz, er könne ›die Tage zählen‹? Und warum wurde der Leichnam von König Jakob nicht nach Schottland zurückgebracht zur Bestattung?«

Benjamin nickte und starrte auf die verglimmenden Flammen im Kamin.

»Das bringt uns zu Selkirks Versen«, sagte er. »Wir wissen, daß der Falke für Jakob steht, das Lamm für Angus und daß mit dem Löwen ebenfalls der König von Schottland gemeint ist. Wollte Selkirk vielleicht sagen, daß König Jakob auf irgendeine Weise die Schlacht von Flodden überlebt hat? Was wir ja auch vermuteten, nachdem wir den Leichnam in Sheen gesehen hatten?«

»Vielleicht«, antwortete ich. »Die Verszeilen sagen auch, daß der Löwe brüllte, obwohl er im Sterben lag.

Wir haben auch entdeckt, was mit Dionysios gemeint war, jedoch kennen wir nicht die eigentliche Bewandtnis, die es damit auf sich hatte.«

Benjamin hob die Schatulle empor und untersuchte sorgfältig den Stoffbezug, um vielleicht ein Geheimfach oder eine versteckte Schublade zu finden.

»Nichts«, murmelte er.

»Was uns wieder auf die Morde bringt«, sagte ich. »Sowohl Selkirk als auch Ruthven fand man vergiftet vor in Räumen, die von innen verriegelt waren. Und in diesen Kammern waren weder vergiftete Becher noch vergiftetes Essen zu finden.«

Benjamin nickte zustimmend.

»Während Irvine«, bemerkte er, »jeder aus dem königlichen Gefolge die Gurgel hätte durchschneiden können, bis auf vier Leute: du und ich, die wir im Konvent von Coldstream waren, und Catesby und Melford, die sich in Nottingham aufhielten. Wir wissen auch, daß die Königin den Landsitz nicht verlassen hat.«

»Was heißt«, folgerte ich müde, »daß wir nicht wissen, wer tatsächlich der Mörder ist, obwohl wir Moodie in Verdacht haben. Wir kennen Selkirks Geheimnis nicht, auch wenn wir es in Händen halten. Und vor allem, wir wissen immer noch nicht, was die ersten zwei Zeilen seines verdammten Gedichts bedeuten: ›Drei weniger von zwölf sollen es sein, oder der König keinen Prinzen wird erzeugen!‹«

Mit diesem schönen Resümee zogen wir uns zurück, um uns schlafen zu legen. Benjamin allerdings verbrachte den Großteil der Nacht damit, auf seinem Stuhl zu sitzen und in das flackernde Licht der Kerze zu starren, während ich im Schlafe heimgesucht wurde von schrecklichen Nachtgespenstern aus Montfaucon. Am nächsten Morgen versorgte Benjamin meine Wunden, und wir machten uns auf den Weg nach Calais. Das Wetter besserte sich, und obgleich die Straßen noch mit Eis und Schlamm bedeckt waren, erreichten wir bald den Kanalhafen, wo Benjamin seine Papiere und seinen Status benutzte, um unsere Überfahrt auf einer Galeere zu organisieren.

Es war eine fürchterliche Überfahrt, das könnt Ihr mir glauben! Wenn es eine Hölle gibt, dann besteht sie gewiß darin, daß man dazu verdammt wird, auf ewig seekrank zu sein und auf einem Schiff zu reisen, das niemals das rettende Ufer erreicht. Als ich in Dover von Bord ging, verfluchte ich Benjamin, den König und den Lordkardinal und wünschte mir von ganzem Herzen, endlich wieder zu Hause in Ipswich und dem unheilvollen Bannkreis der Großen des Landes entronnen zu sein. Doch die Wirklichkeit holte mich sogleich wieder ein, als wir sahen, daß Doktor Agrippa uns in der Hafentaverne erwartete, wohlgelaunt und voller Leben wie ein gut genährter Sperling. Der Bursche schien einfach nicht zu altern; er veränderte sich nicht, auf seinem engelsgleichen Gesicht zeigte sich keine Kummerfalte, und in seinen harten, klaren Augen lag immer etwas von einer stillen Freude.

Er begrüßte uns überschwenglich und drückte Benjamin warm die Hand. Er bestand darauf, daß wir ihm beim Essen Gesellschaft leisteten, wo er uns den neuesten Klatsch und Tratsch vom Hofe und aus der Stadt auftischte.

»Woher wußtet Ihr, daß wir kamen?« fragte ich ihn gereizt.

Er lächelte, als würde er sich insgeheim an einem Witz ergötzen. »Ich habe meine Quellen«, erwiderte er spöttelnd. »Der Lordkardinal trug mir auf, hierherzukommen. Eure Rückkehr war nur eine Frage der Zeit.« Sein Gesicht wurde hart. »Ihr habt Neuigkeiten?«

»Ja und nein!« gab Benjamin zurück. »Das Spiel ist jedenfalls noch nicht zu Ende, und ich hoffe, Ihr verzeiht mir, doch wir können immer noch nicht Freund und Feind unterscheiden.«

Der rätselhafte kleine Magier überhörte diese Anspielung und lenkte das Gespräch geschickt auf andere Themen. Wir verbrachten eine Nacht in Dover und reisten dann durch eine immer noch froststarrende Landschaft zurück nach London. Nur Gott allein weiß, woher ihm diese Eingebung kam, doch Agrippa bestand darauf, daß wir Waffen mit uns führten. Er mahnte uns auch, wenn wir wieder in London seien, sorgfältig darauf zu achten, wohin wir gingen, mit wem wir sprachen und was wir aßen und tranken.

Seine Warnungen erwiesen sich als prophetisch. Wir befanden uns gerade auf einem einsamen Abschnitt der Straße kurz vor London, die Dämmerung brach herein, und wir überlegten, ob wir uns beeilen sollten, um noch in die Stadt zu gelangen oder ob wir in der nächstgelegenen Gastwirtschaft für die Nacht Quartier beziehen sollten. Da geschah es. Unsere Angreifer, vermummt, in Umhänge gehüllt und mit Dolchen und Schwertern bewaffnet, schienen förmlich aus dem Boden zu wachsen und umzingelten uns in Windeseile. Nun, in erbaulichen Berichten für die Damenwelt ist bei derartigen Begegnungen häufig die Rede von tapferen Schwüren und heroischen Bekundungen. Doch ich, der ich mich mit Fug und Recht als Experte in Sachen Attentat und Mord bezeichnen darf, sage Euch, der gewaltsame Tod kommt immer lautlos.

Da ritten wir noch ahnungslos und guten Mutes auf

unseren Pferden, und im nächsten Augenblick waren wir umzingelt von fünf Schurken, die darauf aus waren, uns zu ermorden. Benjamin und Agrippa zogen ihre Degen und setzten sich energisch zur Wehr, die beklemmende Stille der einsamen Straße wurde durch Ächzen, Flüche und das Aufeinanderkrachen von Stahl durchbrochen. Ich zog auch meinen Degen und rief den anderen herausfordernde beziehungsweise anfeuernde Worte zu. Aber, Herr im Himmel, was hatte ich für eine Angst! Das waren keine gewöhnlichen Wegelagerer, diese hätten es nicht gewagt, drei berittene, gut bewaffnete Reisende anzugreifen. Nein, dies waren Attentäter, gedungen von dem Mörder, den wir jagten.

»Roger!« schrie Benjamin. »Um Gottes willen, tu etwas!«

Ich hatte mich zurückfallen lassen, um mir eine Strategie auszudenken.

(Nein, das ist eine Lüge! Mein Kaplan hat recht, ich war einfach starr vor Schreck. Nun, Ihr könnt mit einem Feigling sprechen, einem wirklichen Feigling, wie ich einer war, und er wird Euch bestätigen, daß es einen Punkt gibt, an dem die Angst so stark wird, daß sie sich in Mut verwandelt, nicht aus Ärger oder Raserei, sondern aus diesem wunderbaren angeborenen Streben heraus, seine eigene Haut zu retten. Und auf dieser Straße vor London gelangte ich an einen derartigen Punkt.)

Zwei der Angreifer hatten Agrippa in die Zange genommen, während die anderen drei mich offenbar vergessen hatten und sich darauf konzentrierten, meinen Meister zu Fall zu bringen. Ich schloß meine Augen, stieß meinem Pferd die Sporen in die Seite und trieb es vorwärts. Und dann wütete meine Klinge unter den Angreifern, als wäre ich der Große Schnitter höchstpersönlich. Es war ein Wunder, daß ich Benjamin nicht auch dabei tötete, doch als ich meine Augen wieder öffnete, lagen zwei der Mordbuben tot am Boden, mit klaffenden Wunden zwischen den Schulterblättern und am Hals, während Benjamin gerade dabei war, einem dritten seinen Degen durch die Brust zu bohren. Agrippa, dem Schweißperlen im Gesicht standen, hatte ebenfalls schon einen Angreifer außer Gefecht gesetzt, doch nun hatte er seine Waffe verloren, und er wendete sein Pferd, um sich seinem letzten Gegner entgegenzustellen. Ich wartete, bis mir der Bursche den Rücken zukehrte, dann griff ich an und fühlte, wie sich mein Degen tief in seine Schulter bohrte. Der Schurke wirbelte herum, doch während er dies tat, gab ihm Agrippa den Rest und stieß ihm seinen Dolch heftig in den Rücken.

Der Tod ist etwas Eigenartiges: in einem Augenblick noch Gelärme, Blut, Geschrei und Kampf, im nächsten erschreckende Stille. Ihr alten Soldaten, die Ihr meine Lebenserinnerungen lest, Ihr werdet bezeugen können, daß ich die Wahrheit spreche. So hatte es sich auch auf dieser einsamen Straße verhalten, über die sich nun der Nebel breitete. Benjamin und Agrippa, beide noch ziemlich außer Atem, reinigten ihre Waffen. Ich saß wie ein Triumphator auf meinem Pferd, bis ich plötzlich meines Magens gewahr wurde und geräuschvoll zu erbrechen begann. Nichtsdestotrotz priesen sowohl mein Meister als auch Agrippa lautstark meine kämpferischen Fähigkeiten. Schmeicheleien und Komplimente sind etwas, dem ich beim besten Willen nicht widerstehen kann, und so ging mir dieses Lob hinunter wie Honig. Ich bemerkte natürlich das ironische Glitzern in Agrippas Augen, doch Benjamin blickte mich fassungslos an:

»Du bist wirklich seltsam, Shallot«, murmelte er. »Ich werde dich nie ganz begreifen.«

Ich stieg ab und begann, die Leichen zu durchsuchen. Ich fand nichts bei den Toten, was der Erwähnung wert gewesen wäre, außer bei einem, der offensichtlich der Anführer war, denn er hatte eine größere Menge Silbergeld bei sich. Ich nahm es an mich, um es gelegentlich unter den Armen zu verteilen. Dann setzten wir unsere Reise fort und trieben unsere Pferde voran, bis wir die Stadtmauern und eine der besseren Tavernen von Southwark erreichten, wo wir für die Nacht abstiegen. Ach, war das schön, wieder in London zu sein! Die schmierigen Lumpen, in welche sich die Armen hüllen, wie auch die seidenen, parfümierten Wamse, die violetten Hosen und die mit kostbaren Schnallen versehenen Schuhe der Reichen zu sehen und zu riechen. Die wichtigtuerischen kleinen Kirchendiener, die Priester in ihren dunklen Kutten, die Anwälte aus Westminster mit ihren pelzbesetzten Schultertüchern und natürlich meine Lieblinge, die Königinnen der Nacht, mit ihren hochgesteckten Haaren, kurzen Kleidern und den Schuhabsätzen, auf denen sie über das Pflaster staksten. Ein Bär war ausgebrochen und hatte die ganze Stadt in helle Aufregung versetzt, vor dem St.-Thomas-Spital wurde gerade eine Dirne ausgepeitscht, und zwei Schlachter, die verfaultes Fleisch verkauft hatten, wurden auf dem Rücken einer alten Mähre durch die Stadt geführt, wobei man ihnen die Hände auf dem Rücken gefesselt und das verfaulte Zeug, das sie unter die Leute gebracht hatten, dicht unter die Nasen gebunden hatte.

(Ben Jonson hat schon recht, London ist wirklich eine wundersame Stadt! Innerhalb seiner Mauern könnt Ihr das gesamte Spektrum menschlichen Verhaltens studieren: den Prunk der Reichen, die sich auf Zeltern, die mit Schabracken aus Damast geschmückt sind, durch die

Straßen bewegen, und die in Lumpen gehüllten Armen, die einem für eine Brotkruste die Kehle durchschneiden würden.)

Seltsamerweise wollte Benjamin seinen Onkel nicht aufsuchen, der den Winter in einem Gasthaus namens Bishop of Ely verbrachte, das nördlich von Holborn gelegen ist. Statt dessen schlug er vor, daß wir auf direktem Wege zum Tower gehen sollten. Wir nahmen den Weg über Cheapside, denn die Themse war noch zugefroren, vorbei an den Villen der Reichen, den Läden voll mit Flitterkram, dem verrottenden Eleanor Cross und der großen Rohrleitung, die frisches Wasser in die Stadt bringen sollte. Ich sage ›sollte‹, denn sie war zugefroren, und unter dem Eis erblickte ich den dürren Körper eines toten Hundes. Die Stadt erholte sich gerade von einer der üblichen Seuchenwellen, die in diesem Spätwinter über sie hereingebrochen war; die Bewohner der Stadt hatten erkannt, daß das Schlimmste ausgestanden war, und daher summte und brummte es auf den Straßen wie in einem aufgescheuchten Bienenstock. Wir gelangten über Poor Jewry und vorbei am Haus der Crutched Friars zum Tower, den wir durch ein in der Nähe der Hog Street gelegenes Hintertor betraten. Benjamin und Agrippa waren seltsam still geworden.

Doch als wir den Tower betraten, flüsterte Benjamin mir zu: »Roger, tu so, als hätten wir nichts entdeckt, und behalte deine Meinung für dich – so lange, bis wir die Wahrheit herausfinden über diese Gesellschaft von Schurken.«

Benjamins ›Gesellschaft von Schurken‹ hatte sich wieder im Tower eingerichtet und wartete darauf, daß der Frühling die Straßen trocken werden ließ, damit sie sich nach Norden aufmachen konnten. Sir Robert Catesby begrüßte Agrippa warmherzig und zog ihn gleich zur Seite, um mit ihm etwas zu besprechen, während er Benjamin und mich keines Blickes würdigte. Allmählich wurde ich dieser Unfreundlichkeiten überdrüssig. Die Stallburschen hatten unsere Pferde weggebracht, und ich wollte nicht wie ein Diener auf dem kalten Vorhof des Towers herumstehen.

»Doktor Agrippa!« rief ich. »Was ist los?«

Er entschuldigte sich und kam Arm in Arm mit Catesby zu uns zurück, der sich nun huldvoll uns beiden zuneigte.

»Willkommen zu Hause, Master Benjamin, Shallot. Ich entschuldige mich für diese Unhöflichkeit, doch es hat einen weiteren Todesfall gegeben, es ist allerdings ein Todesfall, der uns helfen wird, die Geheimnisse zu enträtseln, die uns so lange in Atem gehalten haben.«

»Moodie ist tot!« gab Agrippa ohne Umschweife bekannt. »Diesmal war es kein Mord«, fügte er schnell hinzu. »Er starb auf die römische Art und Weise.«

Benjamin schaute ihn fragend an.

»Er hat sich selbst umgebracht«, erklärte Catesby. »Er hat in der Küche nach einer Schale mit warmem Wasser gefragt, sich in seiner Kammer eingeschlossen und sich dann die Pulsadern aufgeschnitten.«

»Wann war das?« fragte ich.

»Gestern abend. Seine Leiche wurde erst spät in der Nacht entdeckt.«

Ich blickte in den grauen Himmel und zu den schwarzen Raben hinauf, die um die Zinnen kreisten wie die Seelen von Männern, die dazu verdammt waren, auf immer und ewig über die Erde zu wandern.

»Ihr sagtet, sein Tod könne all die Geheimnisse aufklären?« fragte Benjamin.

Ich stampfte mit den Füßen auf das Pflaster, um kundzutun, daß mich fror. Catesby ging darauf ein, lächelte und führte uns in sein warmes, geräumiges Gemach im Lion Tower. Er servierte uns Glühwein, der mit einer Prise Zimt angereichert war und mit Hilfe eines heißen, rotglühenden Feuerhakens erhitzt worden war. Dann leerte er den Inhalt einer Satteltasche vor uns auf dem Tische aus; sie enthielt einige verwelkte Blüten einer weißen Rose und ein paar Stücke Pergament. Letztere wurden uns zur Prüfung überreicht. Die meisten enthielten Aufzeichnungen, Briefentwürfe oder Memoranden, in denen es um geheime Pläne der Yorkisten ging; dazu kamen anonym verfaßte Proklamationen, die überall im Königreich an den Kirchentüren angeschlagen werden sollten. Sie waren voll von dem üblichen kindischen Unsinn, daß die Tudors Usurpatoren seien und daß die Krone rechtmäßig dem Hause York zustehe — eine erbärmliche Anhäufung von verblichenen Träumen und gescheiterten Bestrebungen. Agrippa studierte sie lächelnd. Benjamin warf nur einen kurzen Blick auf die Dokumente und legte sie dann wieder zurück auf den Tisch.

»Moodie war also ein Anhänger der Weißen Rose«, stellte er nüchtern fest. »Ein Mitglied von *Les Blancs Sangliers*. Doch warum sollte er Selkirk und Ruthven töten?«

Catesby zuckte mit den Schultern. »Das weiß nur Gott! Vielleicht sah er sie als eine Gefahr an. Vielleicht enthielten Selkirks Zeilen Informationen, die er aus der Welt schaffen wollte.«

»Glaubt Ihr das wirklich?« fragte ich.

Catesby schüttelte den Kopf. »Nein«, antwortete er langsam. »Nein, das glaube ich nicht. Vielleicht war es auch nur ein Racheakt.« Er seufzte. »Es gibt für Moodies

Selbstmord nicht das geringste Motiv.« Er ließ sich auf den Stuhl fallen. »Ich weiß nicht, wie Selkirk und Ruthven umkamen«, murmelte er und blickte hoch. »Wißt Ihr es?«

Benjamin schüttelte den Kopf.

»Moodie könnte Irvine getötet haben«, fuhr Catesby fort. »Er verließ Royston für eine Weile, zur gleichen Zeit wie Ihr. Ein Priester wäre in den Mauern des Konvents von Coldstream gewiß nichts Ungewöhnliches gewesen.«

»Was sagt Königin Margarete dazu?« fragte Benjamin.

Catesby zuckte mit den Achseln. »Sie betrauert Moodies Tod und hat ihre eigene Erklärung dafür.« Er legte eine Pause ein, um seine Gedanken zu sammeln. »Ihr verstorbener Gemahl, Jakob IV., unterstützte einst die Sache der Weißen Rose und wendete sich dann von ihr ab. Sie glaubt, daß Jakob nicht bei der Schlacht getötet wurde.« Er hustete, und das Geräusch zerschmetterte die beklemmende Stille in der Kammer. »Königin Margarete glaubt«, fuhr er fort, »daß ihr Ehemann in Flodden von Mitgliedern der *Blancs Sangliers* ermordet wurde, die seitdem all jene verfolgen, die ihrem verstorbenen Gatten zur Seite gestanden waren, wie zum Beispiel Selkirk und Ruthven.«

Ich lehnte mich überrascht zurück, denn das, was Catesby sagte, ergab einen Sinn. Agrippa spielte mit den Quasten seines Umhangs, während Benjamin gedankenverloren ins Weite blickte.

»Doch warum«, fragte Benjamin schließlich, »sollte Moodie sich nun selbst töten?«

»Vielleicht«, antwortete Doktor Agrippa, »weil er befürchtete, Ihr oder Shallot könntet auf Euren Reisen nach Schottland und Frankreich etwas entdeckt haben, das ihn entlarvt hätte.«

Wieder einmal waren Agrippas Schlußfolgerungen logisch, schließlich hatte Moodie den Anschlag auf mich in Paris eingefädelt.

»Wie erfolgreich war denn Eure Mission?« wollte Catesby wissen.

Ich zuckte mit den Schultern. Benjamin lachte einfach nur.

»Laßt es mich so formulieren, Sir Robert, falls Moodie vor unserer Heimkehr bangte, dann hatte er sehr wenig zu fürchten.«

Agrippa seufzte geräuschvoll, ob aus Erleichterung oder aus Enttäuschung konnte ich nicht feststellen.

»Nun denn«, sagte Catesby und erhob sich. »Diese Angelegenheit wird bald abgeschlossen sein, und dann wird Ihre Majestät nach Schottland aufbrechen. Sie hat sehr viel zu tun.« Ein Lächeln erhellte sein knabenhaftes Gesicht. »Doch ich weiß, daß sie Euch zu sehen wünscht.«

Agrippa entschuldigte sich, und Catesby führte daraufhin Benjamin und mich zu den großen Privatgemächern der Königin, die im zweiten Stock des Towers lagen, neben der Kapelle von St. Stephen (oder war es die von St. John? Ich habe es vergessen.) Nun, diese fette Dirne hatte es sich behaglich eingerichtet. Sie hatte ein wunderschönes Zimmer, das rot gestrichen und mit goldenen Monden und Sternen dekoriert war. An den Wänden hingen Gobelins, und auf dem glänzenden Fußboden lagen türkische Teppiche. Sie trug ein enganliegendes Kleid, das die Farbe von Damaszenerpflaumen hatte und ihre füllige, runde Figur betonte, während ihr goldenes Haar noch nicht geflochten war und über ihre Schultern herunterhing. Sie machte einen warmherzigen und freundlichen Eindruck, doch ihre Augen waren immer noch so dunkel wie die Nacht, und ihre Gesichtszüge wurden durch ein falsches, aufgesetztes Lächeln verzerrt. Die Careys waren ebenfalls anwesend. Lady Carey blickte finster drein, während ihr Gemahl sich am anderen Ende des Raumes beschäftigt gab und uns vollständig ignorierte. Meldorf, der mordlüsterne Söldner, war auch da und kauerte wie ein streunender Kater auf einer Bank an der Wand, während der Halsabschneider Scawsby gerade ein Glas Glühwein für seine Mätresse ansetzte. Er wendete sich ab, als wir eintraten, und seine Schultern zuckten, als würde er sich über einen gelungenen Witz amüsieren. Königin Margarete reichte uns beiden die Hand, hieß uns zu Hause willkommen und händigte Benjamin einen Beutel mit Silbermünzen aus.

»Euren Einsatz für meine Sache weiß ich sehr zu schätzen, Master Daunbey«, flötete sie. »Ich würde Euch gerne bitten, länger zu verweilen, doch Seine Majestät der König hat mich zu einem Maskenball in Richmond eingeladen.« Sie deutete mit der Hand auf die Kleider, die im Gemach herumlagen: eines aus Taft, ein anderes aus Damast, ein drittes aus einem goldfarbenen Stoff. Das falsche Lächeln verbreiterte sich. »Die Zeit schreitet voran, und ich muß mich beeilen.«

Wir verbeugten uns, und Catesby geleitete uns an die Türe. Wir gelangten wieder in den eiskalten Hof. Benjamin lehnte sich an eine Wand und beobachtete einen Schlachter, der am anderen Ende des Hofes gerade ein großes Stück Rindfleisch in kleinere, dampfende Scheiben zerteilte, wobei das Blut in roten Strömen über den roh behauenen Hackblock schoß.

»Roger, Roger«, flüsterte er, »was geht hier eigentlich vor? Da werden wir mit Angelegenheiten des Staates befaßt, haben es mit Morden und mit Verschwörungen der Yorkisten zu tun, und dann werden wir einfach beiseitegeschoben, weil Ihre Majestät einen Maskenball zu besuchen beabsichtigt!«

Catesby hatte uns gesagt, daß wir wieder unsere alte Kammer im Tower beziehen sollten, doch bevor wir uns dorthin begaben, wollte Benjamin noch Moodies Leichnam sehen, der sich in der Leichenhalle befand, welche nicht viel mehr war als ein Holzverschlag, der an die Mauer der Kapelle des Towers, St. Peter ad Vincula, angebaut war.

Nun, Ihr dürft mir glauben, daß ich schon Leichen zuhauf gesehen habe, Berge von Kadavern, die sechs, sieben Fuß hoch übereinandergeschichtet waren und die man auf den Schlachtfeldern der Welt, in Frankreich oder in Nordafrika, vor sich hinfaulen ließ. Ich habe abgeschlagene Köpfe gesehen, die in Körben aufgestapelt waren, und ich habe schon mehr Leichen von den Ästen der Bäume herunterhängen sehen, als ich Äpfel in meinem Obstgarten habe. Doch nichts ist jämmerlicher als eine einzelne Leiche auf einem kalten Tisch in einem heruntergekommenen Schuppen.

Moodie mochte zu Lebzeiten ein Priester gewesen sein, doch im Tode sah sein Körper aus wie ein zerbrochenes Spielzeug, das man achtlos auf ein Regal gelegt hatte. Sein verkrampftes Gesicht war durch ein schmutziges Tuch zur Hälfte verdeckt, und seine Augen waren noch offen, blicklos und leer. Man hatte versucht, seine Gliedmaßen gerade auszurichten, doch darin erschöpfte sich die Fürsorge für den Toten auch schon. Offensichtlich sollte er in den Kleidern bestattet werden, in denen er auch gestorben war; er würde in etwas Segeltuch eingewickelt und dann entweder auf dem Friedhof einer nahegelegenen Kirche oder hinter der Kapelle des Towers verscharrt werden. Da er schon fast zwei Tage tot war, begann der Körper schon zu stinken, und dieser Geruch brachte Benjamin und mich zum Würgen. Benjamin murmelte ein Totengebet, starrte auf das fleckige Gesicht und untersuchte sorgfältig die Handgelenke des Toten. Das linke war unversehrt, doch am rechten klaffte eine tiefe Wunde, aus der das Blut abgeflossen sein mußte.

»Eine schmerzhafte Art zu sterben, Master.«

Benjamin schüttelte den Kopf. »Nicht unbedingt, Roger«, antwortete er, und seine Stimme wurde durch den Saum seines Umhangs gedämpft, den er sich vor die Nase hielt. »Das Handgelenk wird aufgeschnitten und in warmes Wasser gelegt. Es heißt, daß dann der Tod wie der Schlaf über einen kommt, ein schmerzloses Hinübergleiten in die Bewußtlosigkeit. Die Senatoren im alten Rom haben häufig diese Methode gewählt.«

Ich ließ seine Worte im Raume stehen, und wir gingen wieder hinaus, froh darüber, diesen grauenhaften Ort verlassen zu können. Draußen starrte Benjamin in den dunkel werdenden Himmel hinauf.

»Das Spiel ist noch nicht vorbei, Roger«, murmelte er. »Glaube mir, Moodie ist nicht umsonst gestorben.«

Mehr wollte er nicht sagen. Wir zogen uns in unsere Kammer zurück, machten es uns so bequem, wie unser trostloses Quartier es zuließ, und gesellten uns später zum Rest der Hofgesellschaft, der sich in der Halle zum Abendessen versammelte. Königin Margarete hatte, begleitet von Catesby und Agrippa, den Tower bereits in einem Meer von Farben verlassen und war entlang der Ropery in die Vintry und dann in die Thames Street gefahren, wo sie eine Abteilung der königlichen Sergeanten ihres Bruders in Castle Baynard erwartete.

Catesby hätte vielleicht, wäre er hier gewesen, seine

Kameraden ein bißchen gebremst. Zuerst hatten sie uns ignoriert, und nun ließen sie uns ihre Boshaftigkeit und ihre Schadenfreude spüren. Carey (seine Frau hatte Königin Margarete begleitet), Melford, Scawsby und die beiden Mordbuben aus dem Chattan-Clan, Corin und Alleyn, kamen in die Halle stolziert. Ehrlich gesagt, ich hatte das Geschenk des Grafen von Angus für seine in der Ferne weilende Gattin schon vergessen, doch die zwei Highlander erinnerten mich schlagartig wieder daran. Sie lächelten und zeigten dabei ihre gefährlich scharfen Zähne, was mich einmal mehr an Jagdhunde gemahnte, die das Opfer beäugen, das sie sich aussersehen haben. Benjamin und ich hatten an einem Ende des Tisches Platz genommen, die beiden am anderen Ende; sie steckten die Köpfe zusammen wie zwei dumme Schuljungen, die sich über ihre Albernheiten amüsieren. Die Wachen hatten bereits gegessen, daher waren wir alleine. Die Diener trugen auf Tabletts zu lange gekochtes, fast schon ranziges Fleisch herein, das mit Kräutern bestreut war, und gleich nachdem sie gegangen waren und der Wein zu kreisen begann, fing Melford lauthals darüber zu lästern an, wie man Buben damit beauftragen könne, die Arbeit von Männern zu tun. Die zwei Highlander grinsten, als verstünden sie jedes Wort, und Carey lächelte süffisant, während Scawsby jenes wiehernde Lachen von sich gab, das mein Blut zum Kochen brachte. Feigling hin oder her, am liebsten hätte ich ihm meinen Dolch in sein schwarzes, heimtückisches Herz gebohrt. Benjamin beachtete ihn nicht und war in seinen Gedanken versunken, doch schließlich erhob sich Scawsby, dessen teigiges Gesicht vom Wein gerötet war, und kam zu mir herüber.

»Freue mich außerordentlich, Euch zu sehen, Shallot«,

säuselte er. »Wieder eine Aufgabe, wieder ein Fehlschlag, hä?«

Benjamin stieß mich mit seinem Knie an, und deshalb blickte ich zur Seite. Scawsby beugte sich zu mir herunter, und ich verzog meine Nase wegen seines säuerlichen Geruchs.

»Ihr seid ein geborener Schurke, Shallot«, zischte er. »Wenn es nach mir ginge, würdet Ihr genauso wie Eure Mutter in einem Armengrab verscharrt werden!«

Benjamin packte mich am Handgelenk, bevor ich nach meinem Messer greifen konnte.

»Komm, Roger«, murmelte er, »wir haben schon genug gegessen.«

Er zog mich weg, denn ich wäre imstande gewesen, Scawsby auf der Stelle zu töten, und auch jeden anderen, der sich dazwischen gestellt hätte. Draußen vor der Halle fuhr ich Benjamin an.

»Ihr hättet mich nicht daran hindern sollen, ihn umzubringen!« warf ich ihm vor.

»Nein, nein, Roger. Sie sind alle voll des Weines und trunken von ihrer eigenen Bedeutsamkeit. Sie glauben, das Spiel ist vorbei, und wir dürfen wie räudige Hunde davongejagt werden, zurück zu meinem Onkel.«

»Wenn wir beweisen könnten, daß Scawsby der Mörder ist«, fauchte ich. »Schließlich kennt er sich bei Giften aus.«

Benjamin schaute zur Seite. »Scawsby«, überlegte er, »ist er wirklich der Mörder oder einfach nur ein gehässiger Kerl, der sich daran ergötzt, andere zu erniedrigen? Doch eines kann ich dir sagen, Roger: Moodie hat sich keines Verbrechens schuldig gemacht. Und er hat sich genausowenig selbst umgebracht wie Selkirk und Ruthven!«

Kapitel 11

Mein Meister weigerte sich, seine Gedanken mit mir zu teilen. Er verbrachte den nächsten Tag zurückgezogen in seinem Zimmer und studierte die Manuskripte, die wir aus Paris mitgebracht hatten. Ich wurde allmählich unruhig, und daher warnte mich Benjamin und sagte, ich solle vorsichtig sein und mich von Königin Margaretes Hofstaat fernhalten. Ich verließ den Tower und suchte eine Gegend auf, die als Petty Wales bekannt ist, ein Labyrinth von Gassen und Straßen, das sich bis hinunter zum Wool Quay erstreckt. Es war ein kalter Tag, eine Gruppe von Zigeunern, Ägyptern oder ›Mondmenschen‹, wie sie auf dem Lande genannt werden, hielten einen ihrer Märkte ab. Natürlich hatte das alle Schurken und Gauner der Stadt angezogen, mich eingeschlossen: Halsabschneider, Taschendiebe, betrügerische Händler, professionelle Bettler, den ganzen Abschaum aus der Unterwelt. Ich fühlte mich wie zu Hause, wanderte zwischen den billigen Ständen umher und schaute, ob ich vielleicht eine hübsche Maid auf mich aufmerksam machen oder ein Schmuckstück günstig erstehen könnte.

Nun, wie Ihr wißt, hege ich ein starkes Interesse für die Geschichte und glaube, daß Zufall und Glück eine große Rolle im Reigen des Lebens spielen. Wenn Harold vor der Schlacht von Hastings nicht ertrunken wäre, hätte er bei der Schlacht möglicherweise gesiegt. Oder wenn das Pferd Richards III. nicht im Morast steckengeblieben wäre, hätte die königliche Linie des Hauses York möglicherweise überlebt. Eine kleine Laune des Schicksals kann die weitreichendsten Folgen haben. So streifte ich also durch die Straßen von Petty Wales, während die

Straßenhändler ihre Waren anpriesen und an den Imbißständen Pasteten und Krüge mit Glühwein serviert wurden. Darüber hinaus gab es noch einige besondere Attraktionen: die Mumie eines Mameluken, die frisch aus Ägypten kam, das Horn eines Einhorns, einen Hund mit zwei Köpfen sowie eine Dame mit einem langen, wallenden Bart. Meine besondere Aufmerksamkeit erregte ein Junge, der mit lautem Geschrei kundgab, daß ein Riese aus dem fernen Norden, hinter einem Tuch verborgen, zu besichtigen sei.

»Fast drei Yards groß«, kreischte er. »Und ein Yard breit. Zwei Pence, und Ihr dürft ihn anfassen!«

Hierbei würde es sich natürlich wieder um den üblichen Trick handeln, so dachte ich mir, um einen ungewöhnlich großen Mann, der auf kleinen Stelzen stand. Der Gassenjunge zog mich am Ärmel, seine Augen waren vor Bewunderung weit aufgerissen, und auf seinem Gesicht spiegelte sich seine Aufregung.

»Kommt herein, Lord«, rief er, »seht Euch den Zyklopen an. Ein echtes Wunder!«

Ich lächelte, warf dem Knaben einen Penny zu und fragte: »Wie kommt es, daß er so groß ist?«

Der Herr des Knaben, der Geld gewittert hatte, trat nach vorne.

»Weil dieser Riese«, log er, »nicht neun Monate im Bauche der Mutter verbrachte, wie Ihr und ich, sondern achtzehn!«

Mein Kiefer fiel herunter, und ich wendete mich verblüfft ab. Neun Monate! Natürlich, jeder Mensch, der von einer Frau geboren wird, verbringt neun Monate oder achtunddreißig Wochen im Leib der Mutter. Ich erinnerte mich an Selkirks Vers: ›Drei weniger von zwölf sollen es sein‹ und daran, daß er gemurmelt hatte, er könne ›die Tage zählen‹. Ich machte kehrt und rannte flink wie ein Wiesel, dabei immer wieder auf den nassen Pflastersteinen ausgleitend und fluchend, zurück zum Tower. Benjamin war allerdings nicht da, und ich vermutete, er sei am Flußufer entlang zum Konvent von Syon gegangen. Ich mußte meine Aufregung bezähmen und blieb daher die ganze Zeit in unserer Kammer. Ich wollte nicht, das Margarete oder ihr Hofstaat irgendeine Veränderung an mir bemerkten. Am frühen Nachmittag kehrte Benjamin schließlich zurück, ziemlich verschlossen und düster dreinblickend.

»Johanna?« fragte ich ihn.

»Es geht ihr gut, Roger, so gut, wie es ihr unter den Umständen eben gehen kann«, murmelte er. »Hingebreitet wie ein Spinnennetz in der Sonne.« Er schaute mir prüfend ins Gesicht. »Aber du hast doch etwas, Roger?«

Ich sagte ihm, was ich am Morgen auf dem Marktplatz entdeckt hatte, und erinnerte ihn an unsere Unterhaltung mit Lord d'Aubigny in Nottingham Castle. Benjamins Bedrücktheit verflog auf der Stelle.

»Und ich habe auch für dich etwas, Roger«, sagte er und ging zu seiner Satteltasche hinüber. Er zog das seltsame Manuskript aus Selkirks Schatulle heraus und nahm dazu ein kleines Stück polierten Stahls, welches als Spiegel dienen sollte.

»Was besagen die ersten Worte?«

»Das wissen wir ja, Master Benjamin, es ist ein Zitat von Paulus: ›Durch ein geschwärztes Glas.‹«

Er lächelte. »Ist dir dein Latein noch geläufig, Roger?« Er reichte mir das Manuskript. »Halte das gegen den Spiegel.«

Ich tat, wie mir geheißen.

»Nun lese die Worte im Spiegel!«

Oh, Herr im Himmel, ich brauchte dafür einige Minuten, doch dann begann ich Selkirks Einfallsreichtum zu bewundern. Er hatte sein Bekenntnis auf Lateinisch verfaßt und sich dabei die Mühe gemacht, alle Worte von hinten zu schreiben. Ich entschlüsselte die ersten drei Worte: *Ego Confiteor Deo* — ›Ich bekenne zu Gott.‹

Der Rest war einfach. In dieser dunklen, kalten Kammer im Tower ergründeten nun Benjamin und ich die Geheimnisse von Selkirks Gedicht und die schreckliche Wahrheit, die es verbarg.

»Du siehst also, Roger«, rief Benjamin, »daß am Ende unweigerlich alles ans Tageslicht kommt.«

»Und die Morde?« fragte ich.

Benjamin lehnte sich zurück. »Höre dir dieses Rätsel in Versform an, Roger!« Er schloß seine Augen und begann zu rezitieren: »Zwei Beine sitzen auf drei Beinen mit einem Bein in seinem Schoß. Hereinkommen vier Beine und nehmen weg ein Bein. Hochspringen zwei Beine und verlassen drei Beine und laufen vier Beinen nach, um ein Bein zurückzuerhalten.« Er öffnete seine Augen. »Versuche, das Rätsel zu lösen!«

Ich schüttelte verärgert den Kopf.

»Roger, es ist kinderleicht, doch nur mit der Logik kann man es lösen. Genauso verhält es sich auch mit diesen Morden. Wir können sie durch Beweise aufklären, doch daran mangelt es uns. Wir können die Wahrheit enthüllen, indem wir die Verdächtigen harten Verhören unterziehen und ausführliche Erkundigungen einholen, doch das ist unmöglich. Nimm zum Beispiel Irvines Tod: Wir könnten Jahre damit verbringen, herumzufragen, wer wann wo gewesen ist und was er dort getan hat. Oder«, fuhr er fort, »wir können die reine Logik anwenden, die Meditation, die Spekulation und schließlich die Deduktion.«

»So wie bei diesem Rätsel, das Ihr mir eben aufgesagt habt?«

»Ja, Roger. Logisch betrachtet, kann es nur eine einzige Erklärung geben: Zwei Beine, das ist ein Mann, der auf einem dreibeinigen Schemel sitzt und eine Lammkeule auf dem Bauch hat.«

»Und mit den vier Beinen ist ein Hund gemeint?«

»Natürlich, die einzig mögliche logische Deduktion. Nun«, sagte Benjamin und lehnte sich zu mir herüber, »laß uns mit den Mitteln der Logik auch an diese Morde herangehen.«

Es war schon dunkel, als wir zu Ende kamen, und als wir durch die Fensterverschläge blickten, sahen wir, daß der Hof des Towers von einem dichten Nebel eingehüllt wurde, der vom Fluß heraufgezogen war. Ich war in Hochstimmung, fühlte mich aber auch erschöpft. Benjamin und ich hatten nicht nur entschlüsselt, was Selkirk in seinen Verszeilen verborgen hatte, sondern wir hatten auch herausgefunden, wie der bemitleidenswerte Doktor sowie Ruthven, Irvine und Moodie umgekommen waren.

(Da packt meinen kleinen Kaplan schon wieder die Ungeduld, er ruckt hin und her und bettelt wie ein kleines Kind: »Sagt es mir! Sagt es mir!« Doch warum sollte ich? Alles zu seiner Zeit. Würde er denn enthüllen, was Mistreß Burton in ihrer Beichte gesagt hat? Oder würde Shakespeare *Twelth Night* unterbrechen, um den Zuschauern zu sagen, was mit Malvolio passieren wird? Natürlich nicht! Wie gesagt, alles zu seiner Zeit.)

Benjamin erledigte die Arbeit, die nun zu tun war: Er übersetzte Selkirks geheime Botschaft. Als er damit fertig war, las ich das Transkript sorgfältig durch, während

Benjamin mich beobachtete. Ich hätte stärker nachbohren sollen, denn ich bemerkte bei meinem Meister wieder diesen eigenartigen Ausdruck, der jedesmal über sein Gesicht huschte, wenn er zwar die Wahrheit gesagt, aber doch noch irgend etwas für seine eigenen Zwecke zurückgehalten hatte. (Oh, Ihr braucht Euch darüber nicht zu sorgen, ich werde es Euch später erklären.) Doch damals in dieser dunklen und kalten Kammer war ich zunächst einmal davon fasziniert, daß wir nun wußten, wer der Mörder sein könnte, und daß wir Selkirks Geheimnissen auf die Spur gekommen waren.

Ich deutete auf das Manuskript. »In diesem Bekenntnis wird ein neuer Name erwähnt?«

Benjamin nickte. »Ja, ja, Roger, der Ritter Harrington, doch er ist nicht wichtig. Harrington war wie der bedauernswerte Irvine und Ruthven nur ein weiteres Opfer der Niedertracht unseres Mörders.«

Ich musterte Benjamin. »Master, gibt es da noch etwas?«

Benjamin verzog das Gesicht. »Für den Augenblick habe ich dir alles gesagt, Roger, was du wissen mußt.« Er stand auf und streckte sich. »Wir haben den Beweis, nun müssen wir dem Mörder eine Falle stellen.«

»Wie sollen wir das bewerkstelligen?«

Benjamin zuckte mit den Schultern. »Gebe ein bißchen von dem preis, was du weißt, und wähle einen einsamen und verlassenen Ort, den der Mörder aufsuchen wird, um uns zum Schweigen zu bringen.« Benjamin ging zur Wand hinüber und spähte durch die Fensterläden. »Das darf jedoch nicht hier sein«, murmelte er. »Und auch nicht irgendwo anders in London.«

Ich erhob mich und stellte mich hinter ihn. »Ich kenne einen Ort, der nicht weit entfernt ist, Master, an dem wir unsere Falle aufbauen und beobachten könnten, wie der Mörder hineintappt.«

Benjamin blickte im Raum umher, als ob er befürchtete, die Wände könnten Ohren haben. »Es kann gefährlich werden, Roger.«

Ich zuckte mit den Achseln. »Master, wir haben einen Verdacht, wer der Mörder sein könnte. Wir haben Beweise, doch wir müssen ihn aus der Reserve locken. (Ich höre, wie mein Schreiber zu kichern beginnt, vielleicht hätte er mir soviel Mut gar nicht zugetraut – ich selbst mir vielleicht auch nicht.) Doch mein Meister nahm mich beim Wort und klopfte mir leicht auf die Schulter.

»Dann sei es, Roger«, murmelte er, »dann sei es.«

An diesem Abend gingen wir nicht in die Halle hinunter zum Abendessen, sondern ließen uns von einem Bediensteten aus der Küche kaltes Fleisch und einen Krug verdünnten Weines heraufbringen. Die Nacht verbrachten wir damit, unseren Plan zu entwickeln, wie zwei Künstler, die über einer komplizierten Maske oder einem neuen Gesellschaftsspiel brüten. Am nächsten Morgen verließen wir den Tower und begaben uns, vorbei an der Kirche von St. Mary Grace, zu den Feldern, die sich nördlich der Hog Street nach Aldgate erstreckten, ein verlassener, öder Landstrich, ähnlich dem unfruchtbaren Heideland in einem von Will Shakespeares Stücken. Mitten in diesem wilden Moor stand eine alte, aufgegebene Kirche, die einst dem heiligen Theodor von Tarsus geweiht gewesen war.

Zu besseren Zeiten hatte es hier noch ein Dorf gegeben, doch seit der Großen Pest war alles verfallen. Die Ortschaft war verschwunden und die Kirche heruntergekommen. Das Dach war abgedeckt worden, und das Mittelschiff lag nun den Elementen preisgegeben da, die Kanzel war schon längst auf dem Hof irgendeines Baumeisters gelandet, und der Altarraum war nur noch anhand der Stufen und der Steinplatten zu erahnen, auf denen einst der Altar gestanden hatte. Rechts vom Hauptschiff, in einem der Gänge, führten Stufen hinunter zu einer dunklen Krypta. Benjamin und ich stiegen sie hinunter. Überraschenderweise war die Türe noch vorhanden. Wir stießen sie auf, sie knirschte in ihren verrosteten Angeln, und wir traten in die Krypta, die dunkel und verlassen vor uns lag und deren Stille nur gestört wurde durch das Quietschen von Mäusen und dem raschelnden Flügelschlag von Vögeln, die hoch oben in der Wand am Sims des offenen Fensters nisteten. Ein verwilderter, muffig riechender Ort, schauerlich und kalt, an dem sich des Nachts gewiß die Geister versammelten. Am anderen Ende der Krypta befanden sich einige verfallene Gräber, auf deren Platten die Bildnisse von Rittern zu erkennen waren, die ihre Schwerter umklammerten, und all dies zerfiel nun allmählich zu Staub. Ich blickte mich um, und es schauderte mich.

»Wäre dieser Ort dafür geeignet, Master?«

Benjamin lächelte schwach. »Ja, Roger, das ist genau richtig. Noch nicht heute abend, doch gewiß morgen!«

Wir hielten uns fast den ganzen Tag vom Tower fern. Benjamin besuchte eine entfernte Verwandte in der Axe Street in der Nähe der Abtei von St. Helena, doch wir sorgten dafür, daß wir wieder rechtzeitig zum Abendessen zurück im Tower waren. Königin Margarete und ihr gesamtes Gefolge waren schon versammelt: Catesby gab, im vollen Bewußtsein seiner Bedeutung, Befehle aus und verkündete lauthals, daß sie sich schon vor dem Fest von Mariä Verkündigung auf dem Weg nach Norden befinden würden. Agrippa war still und in sich gekehrt. Melford und die anderen zogen es dieses Mal vor, uns nicht zu beachten, doch Benjamin und ich hatten wie gute Schauspieler unsere Rollen gelernt und warteten auf unseren Einsatz. Scawsby biß an, wie wir gehofft hatten.

»Master Benjamin«, fragte er frohgemut, »was wird aus Euch, wenn wir abgereist sind?«

Benjamin zuckte die Schultern. »Das weiß nur Gott allein, Master Scawsby. Vielleicht hat mein Onkel der Lordkardinal weitere Aufgaben für uns. Natürlich erst, wenn wir diese Aufgabe hier erledigt haben.«

Benjamins ruhig gesprochene Worte machten dem Gelärme am Tisch ein Ende.

»Was meint Ihr damit?« bellte Carey.

Benjamin lächelte und wendete sich seinem Essen zu.

»Ja«, mischte sich Agrippa ein, »was meint Ihr damit, Master Daunbey?«

»Er meint damit«, sagte ich und stand auf, »daß wir nun das Geheimnis hinter Selkirks Gedicht kennen. Und wir wissen auch, wie Selkirk, Ruthven, Irvine und Moodie umgekommen sind.«

Nun, in diesem Augenblick hätte man eine Stecknadel fallen hören können. Alle saßen wie erstarrt da, wie Figuren aus einem Gemälde: Königin Margarete, die gerade einen Becher zum Munde führen wollte und damit auf halbem Wege innehielt, Catesby, der gerade etwas zu ihr sagen wollte, und die Careys, deren Münder offen stehenblieben. Melford, Agrippa und Scawsby machten große Augen. Die einzigen Ausnahmen bildeten die beiden Highlander, doch auch sie hatten mitbekommen, daß das, was ich gesagt hatte, wichtig war. Ich habe mich niemals mehr in meinem Leben so köstlich amüsiert! Agrippa hatte sich als erster wieder in der Gewalt.

»Erklärt uns dies, Roger«, sagte er mit weicher Stimme. »Ich bitte Euch, erklärt es uns.«

»Als ich in Paris war«, log ich, »fand ich zwar nicht Selkirks Geheimnis, doch etwas viel Wichtigeres — einen Mann, der mit König Jakob IV. von Schottland bei Flodden gekämpft hat.«

Benjamin blickte mich erstaunt an, denn ich wich vom vereinbarten Text ab.

»Dieser Mann«, fuhr ich bedeutungsschwer fort, »hielt sich bei Jakob auf, bis dieser starb.«

»Wie heißt er?« stieß Königin Margarete hervor und sprang dabei beinahe von ihrem Sitz auf. »Wovon redet Ihr überhaupt?«

Nun erhob sich Benjamin und zog mich am Ärmel. »Du hast genug gesagt, Roger. Wir müssen gehen.«

Wir verließen beide die Halle, bemüht, uns nicht anmerken zu lassen, wie aufgeregt wir waren angesichts des gefährlichen Spiels, das wir begonnen hatten. Draußen stieß mich Benjamin über den Hof.

»Warum hast du diese Person erwähnt?« fragte er verärgert. »Das war nicht ausgemacht.«

Ich lächelte. »Wir spielen nun einmal mit dem Feuer, Master. Das Schicksal hat uns einen Fingerzeig gegeben. Wir haben durch Zufall die Wahrheit entdeckt, laßt also auch den Zufall bei dem walten, was nun geschehen wird.«

Benjamin stimmte mir schließlich zu, wenngleich er sowohl ängstlich als auch verärgert war. »Wir können nicht länger hier im Tower bleiben«, murmelte er. »Der Mörder kann jederzeit wieder zuschlagen und das Spiel beenden.«

So packten wir also unsere Satteltaschen, und Benjamin gelang es, aus den Waffenbeständen des Towers zwei kleine Armbrüste sowie neue Degen und Dolche zu bekommen. Wir kehrten der Festung den Rücken. Benjamin sagte mir, ich solle in einer kleinen Bierschänke hinter dem Tower auf ihn warten, und verzog sich. Ich vertrieb mir die Zeit damit, der jungen, pausbackigen Magd schöne Augen zu machen und ihren tölpelhaften Burschen dazu zu überreden, beim Würfelspiel ein paar Münzen zu riskieren. Doch allmählich wurde es mir zu dumm, ich lehnte mich zurück, schlürfte mein Bier aus dem Lederbecher und ging in Gedanken noch einmal alles durch, was wir aus Selkirks Bekenntnissen erfahren hatten. (Oh, ich wünschte, mein Kaplan würde endlich Ruhe geben. Ich werde ihm schon noch mitteilen, was die Manuskripte enthielten, und zwar dann, wenn es an der Zeit ist!) Ich konnte dies alles noch kaum glauben und fragte mich, was wohl aus dem Ritter geworden sein mochte, den Selkirk erwähnt hatte, aus Sir John Harrington. Ich ergötzte mich an meinem raffinierten Trick und hoffte, daß uns das Opfer willfährig in die Falle tappen möge. Plötzlich erinnerte ich mich an meine Mutter und an eines ihrer Lieblingsworte, ein Zitat aus den Psalmen: ›Er geriet in eine Falle, die er für andere ausgelegt hatte.‹ Ich nahm einen weiteren Schluck aus dem Lederbecher mit Bier und hoffte, daß dies nicht auch uns zustoßen möge. Ein weiteres Mal prüfte ich unseren Plan. Nein, er war wasserdicht. Wir durften jetzt nur nicht die Nerven verlieren.

Nach einiger Zeit kam Benjamin zurück. Sein Gesicht machte einen blassen, erschöpften Eindruck, doch seine Augen funkelten vor Aufregung.

»Wo seid Ihr gewesen?« fragte ich ihn.

Er blickte mich unschuldig an.

»Ich habe die Königin besucht.«

Ich stöhnte. »Warum denn, Master? Wir waren uns doch einig, daß wir diese fette Dirne meiden wollten.«

Benjamin verzog seinen Mund. »Ich mußte es tun, Roger«, antwortete er. »Hast du über Selkirks Bekenntnisse nachgedacht?«

Ich nickte.

»Nun, ich habe sie nur nach Sir John Harrington gefragt, den schottischen Ritter, der zusammen mit ihrem Gemahl gekämpft hat.« Er grinste. »Laß es uns anpacken!«

»Ich habe auch Doktor Agrippa von unserem Treffpunkt erzählt«, murmelte er, als wir die dunkle Gasse entlangritten.

»War das denn klug?« fragte ich.

»Das werden wir sehen«, erwiderte er. »Falls Agrippa der Mörder ist, wie du vermutet hast, Roger, dann muß er wissen, wo der letzte Akt der Aufführung stattfindet.«

»Und die anderen?«

Benjamin hielt sein Pferd an. »Die werden es auch erfahren, Roger. Wir müssen nur dafür sorgen, daß wir vorbereitet sind.«

Wir stiegen in einer kleinen Taverne in der Nähe von Poor Jewry ab und schliefen lange in den nächsten Morgen hinein. Am nächsten Tag ging Benjamin seinen Geschäften nach, und ich erledigte auch meine Besorgungen. Ich suchte einen Schreiber in der Mincing Lane, einer Abzweigung der Eastcheap Street auf, der für mich mit geübter Hand und gegen Bezahlung eine Botschaft zu Papier brachte. Bei einem Händler in der Lombard Street erstand ich drei Goldstücke, und dieser versprach mir auch, mein kleines Päckchen, versiegelt in einer ledernen Brieftasche, in den Tower zu schicken. Dann kaufte ich eine Stundenkerze, einen dicken Wachsstumpen, der fein säuberlich in zwölf Abschnitte unterteilt war, und kehrte schließlich in unsere Unterkunft zurück, um die Degen und Dolche zu reinigen und zu prüfen, ob die Armbrust auch funktionierte. Kurz vor Einbruch der Dämmerung verließen wir unsere Herberge und machten uns auf zur Aldgate Street. Wir überquerten den stinkenden Stadtgraben, gelangten nach Portsoken und wendeten uns dann nach Süden in das Ödland und zur Ruine der Kirche von St. Theodore.

Schon bei Tageslicht war es dort unheimlich, in der Dunkelheit und bei der Kälte allerdings wurde es nachgerade gespenstisch. Schwarzgefiederte Vögel flatterten zwischen zerbrochenen Säulen umher, eine Eule schrie von einem Baum herunter, und ab und zu wurde die Stille auch durch das lange, traurige Heulen eines Hundes von einem nahegelegenen Bauernhaus durchbrochen.

(Eine weise Hexe hat mich einst gewarnt und gesagt, ich solle mich vor verlassenen Kirchen in acht nehmen. Denn sie ziehen all jene ruhelosen Seelen an, die weder in den Himmel noch in die Hölle eingehen, sondern dazu verurteilt sind, im Fegefeuer auszuharren und die Einöden der Erde zu durchwandern.

Natürlich, mein Kaplan gackert und kichert an dieser Stelle. Wie ich schon sagte, glaubt er nicht an Geister. Er sollte die verlassenen und zerstörten Abteien und Klöster aufsuchen, die nun, dank Bluff King Hal, nur mehr ein matter Abglanz ihrer einstigen Pracht sind – dort würde er Geistern zur Genüge begegnen. Oder er sollte die mondbeschienenen Galerien von Hampton Court entlangwandeln, dann würde er den Geist von Katharina Howard hören, der genauso schreit, wie sie schrie, als Heinrichs Häscher kamen, um sie zu ergreifen.)

Nun, wie dem auch sei, in dieser verlassenen Kirche

bereiteten Benjamin und ich alles vor für den letzten Akt. Wir krochen in die Krypta hinunter. Ich befestigte die Stundenkerze auf einem der Gräber, entzündete ein Stück Zunder, und der dicke weiße Docht der Kerze entflammte. Benjamin breitete Holzkohle am Fuße eines Grabes aus, nahm einen brennenden Holzspan und brachte die Kohle zum Aufflackern. Wir blickten uns um, stellten fest, daß alles zu unserer Zufriedenheit arrangiert war, und verließen die Krypta wieder, wobei wir darauf achteten, daß die Türe nur angelehnt war. Vom oberen Ende der Treppe aus sahen wir, wie die Kerze und das Holzkohlenfeuer einladend in die Dunkelheit hinaus schimmerten.

Wir suchten uns ein sicheres Versteck und gewöhnten uns allmählich an die unheimlichen, klagenden Laute der Nacht. Die Wolken brachen auf, und der Vollmond badete die Ruine der Kirche in einem gespenstischen Licht. Einmal schreckte ich zusammen und flüsterte, ich hätte ein Geräusch gehört. Ich kauerte mich auf den Boden und lauschte angestrengt, doch ich vernahm keinen weiteren Laut. Die Zeit verging, und als ich schon kurz davor war, in einem angenehmen, warmen Schlaf zu versinken, hörte ich ein Geräusch unter dem Torbogen. Ich rüttelte Benjamin wach und sah dann, wie eine dunkle Gestalt, deren Gesicht durch eine Kapuze verhüllt war, flink wie eine Spinne durch das Hauptschiff hastete und schließlich die Stufen hinunterhüpfte. Benjamin wollte sich schon aufrichten, doch ich hielt ihn zurück.

»Wie spät, glaubt Ihr, wird es sein?«

»Ungefähr acht oder neun Uhr!« zischte er zurück. »Warum, was spielt das für eine Rolle? Roger, was hast du gemacht?«

»Wartet noch eine Weile«, murmelte ich.

Wir vernahmen ein Geräusch, das sich so anhörte, als mache die Gestalt in der Krypta sich gerade daran, die Stufen wieder emporzusteigen. Da kam eine weitere Gestalt katzengleich durch das Hauptschiff gekrochen. Benjamin verrenkte sich schier den Hals.

»Wie ich es mir gedacht habe«, flüsterte er. »Aber wer ist das unten in der Krypta?«

Ich blickte zur Seite und lächelte. Die zweite Gestalt schlich die Stufen hinunter. Wir hörten, wie die Türe der Krypta aufschwang. Es folgte ein ärgerlicher Ausruf und dann ein plötzlicher fürchterlicher Schrei.

»Komm!« befahl Benjamin. Wir griffen zu unseren gespannten Armbrüsten und rannten zu der Treppe.

In der Krypta lag eine Gestalt, die wie ein Bündel alter Lumpen achtlos in die Ecke gestoßen worden war. Um den Körper herum bildete sich eine Blutlache, die aus einer großen Wunde in der Brust gespeist wurde, in der tief eingerammt ein Dolch steckte. Das Gesicht war von uns abgewendet. Als wir hineinstürmten, wirbelte der andere Mann herum, und dabei rutschte ihm seine Kapuze vom Kopf.

»Melford!« rief Benjamin.

Im Gesicht des Söldners spiegelte sich seine Aufregung, wie bei allen Mördern, wenn sie einmal Blut geleckt haben.

»Master Benjamin und der kleine Shallot«, murmelte er. »Gut, daß Ihr kommt!« Seine Hand bewegte sich in Richtung der Armbrust, die auf dem Grab in der Nähe der Kerze lag. Er nickte in Richtung des Toten. »War er einer von Euch?«

»Wer?«

Melford ging hinüber, ergriff den Leichnam bei den Haaren und zog ihn soweit hoch, bis das verkrampfte und grauenhaft verzerrte Gesicht Scawsbys zum Vorschein kam.

»Insgeheim«, sagte Melford und ließ den Körper plumpsend auf den Boden fallen, »muß er einer von Euch gewesen sein. Er stammt doch aus derselben Stadt, nicht?«

Benjamin blickte mich von der Seite an, doch ich beobachtete Melford, als er zu dem Grab zurückschlenderte und dabei so nahe an die dort liegende Armbrust herankam, wie es möglich war. Er lächelte verschlagen. »Oder vielleicht auch nicht. Vielleicht kam ich hier herunter und ertappte Euch gerade auf frischer Tat, schuldig eines Mordes. Nun, was würde wohl der Lordkardinal dazu sagen?«

»Melford!« schrie ich.

Der Söldner drehte sich um. Im gleichen Augenblick, als er nach seiner Armbrust griff, brachte ich die meine in Anschlag und betätigte den Auslöser. Der Bolzen traf ihn mitten in die Brust, knapp unterhalb des Halses. Er torkelte mir entgegen, und seine Hände gingen in die Höhe, als wolle er um Gnade flehen.

»Warum?« krächzte er, als ihm das Blut in den Mund schoß und über die Lippen heruntertropfte.

»Ihr seid ein Mörder«, entgegnete ich. »Und Ihr redet zuviel!«

Melford riß die Augen auf, er hustete, und das Blut schoß ihm nun aus Mund und Nase heraus. Er fiel vornüber auf den Boden der Krypta.

Benjamin trat nach vorne, um die beiden Körper zu untersuchen. »Tot«, verkündete er ruhig. »Und du bist verantwortlich, Roger!«

Ich legte einen neuen Bolzen in die Armbrust.

»Melford war ein Werkzeug. Er war zumindest so

schuldig, vielleicht auch mehr, wie die Männer, die in Tyburn gehängt werden.«

»Hast du den Tod von Scawsby so brennend gewünscht?«

»Ja«, antwortete ich. »Aber nicht so brennend wie Gott oder der Geist meiner Mutter. Scawsby war ein Mörder. Er hat meine Eltern auf dem Gewissen und hätte auch mich beinahe an den Galgen gebracht. Solange er am Leben war, hätte ich niemals sicher sein können. Und«, fügte ich hinzu, »Ihr auch nicht.«

»Wie hast du ihn dazu gebracht, hierher zu kommen?«

»Scawsby war ein gieriger Geizkragen«, antwortete ich. »Ich schickte ihm einen anonymen Brief, in dem stand, daß er hier einen großen Schatz finden und eine Möglichkeit entdecken würde, die Königin von mir zu befreien. Drei Goldmünzen waren dem Brief beigelegt als Beweis für die Aufrichtigkeit des Schreibers. Ich wußte, Scawsby würde einem derartigen Versprechen nicht widerstehen können.«

»Und wenn nun Melford als erster gekommen wäre?«

»Auch dann wäre Scawsby gestorben. Melfords Auftrag war es zweifellos, jeden zu töten, den er hier antreffen würde.«

Benjamin starrte mich an. »Vielleicht hast du recht, Roger.«

Er blies die Kerze aus. »Lassen wir die Toten hier, das Spiel ist noch nicht zu Ende.«

Wir stiegen die Stufen von der Krypta hinauf. Da wußte ich mit einem Male, daß etwas nicht in Ordnung war. Ich spürte, daß eine Gefahr in der Luft lag, daß eine dunkle Wolke sich zusammenbraute und böse Schatten uns beobachteten. Wir waren erst ein paar Schritte gegangen, da hörte ich, wie hinter mir ein Stück Zunder angerissen wurde, und eine Stimme sagte: »»Drei weniger von zwölf sollen es sein, oder der König keinen Prinzen wird erzeugen!«

Benjamin und ich fuhren herum: Im Altarraum waren zwei Kerzen entzündet worden, und wir erblickten schattenhafte Gestalten.

»Legt die Armbrüste auf den Boden, Master Daunbey. Und Ihr, Shallot, Euren Degen und den Dolch, und dann kommt herüber!«

Ich trat einen Schritt zurück, und da sauste ein Bolzen aus einer Armbrust zwischen Benjamins Kopf und meinem hindurch.

»Ich sage es nicht noch einmal!« warnte uns die Stimme. Sie klang hohl und unnatürlich zwischen den Wänden der Ruine, die ein Echo zurückwarfen.

»Tu, was er sagt«, murmelte Benjamin.

Wir warfen die Armbrüste zu Boden und lösten unsere Degengehenke.

»Nun tretet nach vorne«, schnarrte die Stimme, »langsam bis zum Fuße der Stufen!«

Fackeln entflammten und tauchten den alten Sockel des Altars in helles Licht. Catesby thronte darauf, und links und rechts von ihm standen die beiden Highlander, ebenso wie Catesby bis zu den Zähnen mit Degen, Dolchen und Armbrüsten bewaffnet.

»Sieh an, sieh an!« Catesby lächelte. Im flackernden Licht der Fackeln sah er älter aus, und auch verschlagener. In seinem bubenhaften Gesicht lag ein heimtückischer, lauernder Ausdruck. (Ist Euch das auch schon einmal aufgefallen? Daß, wenn die Maske fällt, der wahre Charakter eines Menschen in seinem Gesicht und seinen Augen zum Vorschein kommt? Ich frage mich, wie mein Kaplan dann wohl aussehen würde!) Aus Catesbys selbstherrlichem Auftreten jedenfalls ließ sich auf einen wahrhaft bösen Menschen schließen, der sich einen Spaß daraus machte, Verschwörungen und Gegenverschwörungen anzuzetteln.

»Benjamin«, sagte er leise. »Ihr scheint überrascht zu sein?«

»Ich dachte, es wäre Agrippa.«

Ich blickte Benjamin von der Seite an und fragte mich, woher Catesby gewußt hatte, wohin er zu kommen hatte.

»Ah!« Sir Robert lächelte erneut. »Und Hauptmann Melford?«

»Er ist tot.«

»Und wen hat er umgebracht?«

»Scawsby.«

»War er ...?« Catesby brach den Satz ab und grinste mich an. »Das war geschickt, Shallot, wirklich geschickt!« Der Schurke zuckte mit den Schultern. »Ich mochte ihn nicht, doch er hatte geschworen, Euch zu töten.« Er seufzte. »Nun werde ich das für ihn übernehmen müssen.«

»Der Lordkardinal wird uns vermissen«, warnte Benjamin.

»Aber, aber, Master Daunbey, erzählt doch keine Märchen. Ich ließ Euch beobachten. Ihr habt nicht einen Brief an Euren Onkel geschickt und ihn auch nicht besucht.« Catesby setzte sich auf. »Wenn Ihr das getan hättet, wären jetzt die Männer des Lordkardinals hier. Und außerdem, was könntet Ihr ihm denn berichten? Ihr hattet Agrippa in Verdacht, nicht?«

Benjamin blickte stumm zurück.

»Nun, wie dem auch sei«, fuhr Catesby fort, »meine Freunde hier werden Euch töten, wir werden dem fetten Kardinal irgendeine Lüge auftischen, und nach ein paar

Tagen werde ich über die schottische Grenze sein.« Er zeigte auf den Boden vor sich. »Setzt Euch, Benjamin. Roger, Ihr auch.«

Nachdem wir getan hatten, wie er uns geheißen hatte, beugte er sich vor wie ein bösartiger Schullehrer, der sich genußvoll die Prügel ausmalt, die er den zwei verhaßten Schülern angedeihen lassen will.

»Nun laßt uns sehen, wieviel Ihr wirklich wißt«, begann er. »Ihr habt behauptet, Moodie sei ermordet worden?«

Benjamin lächelte zurück. »Ja. Ihr habt Moodie, eine Bauernfigur auf Eurem Schachbrett, beauftragt, Roger jene rote Seidenschärpe zu geben, die für Eure Agenten in Paris das Signal war, ihn zu töten. Als wir nach England zurückkehrten, habt Ihr den Überfall auf der Straße vor London organisiert, und nachdem dieser fehlgeschlagen war, mußte Moodie sterben. Natürlich mußtet Ihr Euch beeilen. Ich vermute, Moodie wurde unter Drogen gesetzt. Dann habt Ihr sein Handgelenk gepackt, Ihr und Euer gedungener Mörder Melford, und habt ihm die Adern durchgeschnitten. Das hat Euch sehr gefallen, nicht wahr, Catesby? Ihr liebt doch den Geruch des Todes! Doch, wie ich schon sagte, Ihr wart in Eile. Ihr seid Linkshänder, Moodie war Rechtshänder. Wenn er sich selbst die Pulsadern aufgeschnitten hätte, dann hätte er den Dolch oder das Messer in der rechten Hand gehalten und sich das linke Handgelenk aufgeschnitten.«

Catesby lehnte sich wieder zurück. »Aber seine Kammer war von innen verschlossen!«

Benjamin lachte. »Sir Robert, Ihr seid ein heimtückischer, aber doch auch ein intelligenter Mann. Versucht nicht, mich als einen kompletten Toren hinzustellen. Der einzige Beweis, daß das Zimmer wirklich von innen verschlossen war, ist Eure entsprechende Aussage.«

Catesby machte eine abfällige Handbewegung wie ein Spieler, der sich über einen schlechten Wurf beim Würfelspiel ärgert. »Und Selkirk und Ruthven?«

»Ah!«

Benjamin zog seinen Umhang enger um sich, als mache es ihm wirklich Spaß, diese Geschichte zu erzählen. »Nun, diese beiden Todesfälle sind in der Tat sehr rätselhaft. Beide Männer wurden vergiftet, doch es konnte weder in einem Becher noch in der Nahrung die Spur eines Giftes gefunden werden. Und auch weder in Selkirks Zelle noch in Ruthvens Kammer in Royston wurde irgendein Gift entdeckt. Nun, ich habe darüber nachgedacht, und als ich in Nottingham Castle war, ging ich hinunter ins Skriptorium. Ich beobachtete die Schreiber, wie sie mit ihren Federkielen hantierten beim Abfassen ihrer Berichte und Memoranden. Ihr müßt wissen, es waren mindestens ein Dutzend Schreiber in diesem Raum, und jeder steckte irgendwann einmal seinen Federkiel in den Mund!«

Benjamin machte eine Pause, und ich sah, wie Catesbys Gesicht sich versteinerte, wie bei einem ungezogenen Buben, der erkennen muß, daß der Streich, den er ausgeheckt hat, danebengegangen ist.

»Nachdem ich Selkirk an diesem Abend besucht hatte«, fuhr Benjamin fort, »ergriff der Unglückliche seinen Federkiel, um mit seinen unverständlichen Kritzeleien fortzufahren. Der Kiel war neu und mit einem tödlichen Gift präpariert. Was war das für ein Gift? Belladonna, der Saft eines Nachtschattengewächses oder rotes Arsen? Schon kleinste Mengen davon können das Herz eines Mannes zum Stehen bringen. Selkirk wollte den Federkiel beiseite werfen, sich vielleicht erheben und zum Bett taumeln, als er zusammenbrach und starb. Am nächsten

Morgen rief Euch ein erschütterter Verwalter zu seiner Kammer. In der allgemeinen Aufregung habt Ihr den vergifteten Federkiel aufgehoben und durch einen anderen ersetzt.«

Benjamin legte eine weitere Pause ein und atmete schwer. Ich beobachtete die beiden Highlander, die wie Statuen an ihren Plätzen standen. Nur ihre Augen, die nicht eine Sekunde von uns abließen, verrieten ihre Bösartigkeit und ihre Lust am Töten.

»In Royston seid Ihr nach demselben Plan vorgegangen. Ihr hattet den königlichen Hofstaat unter Euch und teiltet die Kammern zu. Während das Gepäck nach oben gebracht wurde, war es für Euch ein leichtes, in Ruthvens Kammer zu gehen und dort einen vergifteten Federkiel zu hinterlegen. Nun, dabei habt Ihr einen Fehler gemacht. Ihr wißt doch, daß Ruthven immer seine Katze bei sich hatte. Alles, was er aß oder trank, teilte er mit seiner Katze. Doch das Tier blieb unversehrt. Daher kam ich zu der logischen Schlußfolgerung, daß Ruthvens Tod durch etwas verursacht worden sein mußte, was er in den Mund genommen hatte, aber niemals auch mit seiner Katze geteilt hätte, und das konnte nur der Federkiel sein.« Benjamin hielt inne, doch Catesby blickte ihn kühl an. »Die Türe der Kammer wurde aufgebrochen, die Leute strömten hinein, und natürlich versammelten sich alle um die Leiche. Auch dieses Mal habt Ihr oder Euer Scherge Melford den Federkiel ausgetauscht. In diesem überfüllten, unaufgeräumten Zimmer hätte auch jemand mit einem Adlerblick eine solch geringfügige Veränderung schwerlich entdeckt.« Benjamin war mit seinem Vortrag am Ende.

»Sehr gut«, murmelte Catesby. »Und Ihr, Shallot, Ihr kleiner verlauster Kretin, Ihr wart immer dabei?«

»Ich habe meinen Master bei seinen Beobachtungen unterstützt«, erwiderte ich. »Wir untersuchten Master Ruthvens Leiche und fanden einen Stoff, der sich zwischen seinen Zähnen festgesetzt hatte. Ein Stückchen von einem Gänsekiel. Benjamin stellte ein Experiment an, er kaute selbst ein Stück von einem Gänsekiel, und was er dann zwischen seinen Zähnen fand, ähnelte stark dem Stoff aus Ruthvens Mund. Dies bekräftigte unsere Hypothese, daß Ruthvens Federkiel vergiftet worden war.«

Catesby klatschte theatralisch in die Hände.

»Schließlich noch Master Irvine«, fuhr ich fort. »Wieder einmal, Sir Robert, habt Ihr Euch als sehr schlau erwiesen. Ihr habt dafür gesorgt, daß Ihr in Nottingham wart, und Ihr habt gleichzeitig in Royston Befehle hinterlassen, welche die zurückgebliebenen Mitglieder des Hofstaats der Königin ziemlich auf Trab gehalten haben. Nun, als wir in Nottingham ankamen, erfuhren wir, daß Ihr mit Eurem Schergen am achten November dort eingetroffen wart, und daher schien es unmöglich, daß Ihr mit dem Tod von Irvine etwas zu tun haben könntet.«

Mein Meister berührte mich am Arm und führte die Geschichte weiter.

»Doch auf meiner Rückkehr von Kelso, Sir Robert, reiste ich auf der Great North Road und stattete Nottingham Castle erneut einen Besuch ab. Erneut bestätigte mir der Verwalter das Datum Eurer Ankunft, doch als ich ihn bat, mir Hauptmann Melford, Euren Begleiter, zu beschreiben, paßte die Beschreibung überhaupt nicht zu Eurem nun toten Diener. Also schloß ich daraus, daß Melford nach Coldstream geritten war, Irvine aufgelauert hatte und mit Unterstützung dieser Dirne von einer Priorin dem Unglücklichen die Kehle durchschnitt und sich dann zu Euch nach Nottingham Castle gesellte. Niemand kümmerte sich darum, wie viele Diener Ihr dabeihattet oder welcher Euch begleitete, als Ihr dort ankamt.«

»Eine faszinierende Geschichte«, erwiderte Catesby sarkastisch.

»Doch allzu klug seid Ihr auch wieder nicht, Catesby!« schleuderte ich ihm entgegen. »Ihr hättet Eure Zunge besser hüten sollen. Bei unserer Rückkehr aus Frankreich wolltet Ihr uns glauben machen, Moodie habe Irvine getötet. Ihr habt behauptet, der Priester sei nach Coldstream geritten. Doch wie konntet Ihr das wissen?«

Catesby starrte mich an, vollkommen verdutzt.

»Niemand hat Euch doch gesagt«, fuhr ich fort und senkte dabei meine Stimme absichtlich, »daß Irvine *in* Coldstream getötet wurde. Wir vermuteten es zwar, doch die einzige Person, die das ganz genau wissen konnte, war der Mörder!«

»So viele gewaltsame Tode«, murmelte Benjamin. »Solch furchtbare Morde. Und es gab noch weitere, nicht wahr, Sir Robert? Zum Beispiel der Mann, den wir in Nottingham trafen, Oswald, der Grenzwächter? Wen habt Ihr uns damals dort nachgeschickt? Melford oder einen von diesen gedungenen Mördern?« Benjamin deutete mit einem Kopfnicken auf die beiden Highlander. Er kaute auf seinen Lippen herum, und sein Gesicht war eine weiße Maske der Wut.

(Auf meinen Reisen habe ich mit mehreren kundigen Ärzten gesprochen – eine wahre Seltenheit in der Tat! Doch dies waren weise Männer, welche die Schriften von Avicenna, Hippokrates und Galen studiert hatten. Ich sprach mit ihnen über den Geist von Mördern, und alle Doktoren stimmten darin überein, daß es gewisse Menschen gibt, die von einer schicksalhaften Krankheit befallen sind, einen gewissen Körpersaft in sich tragen, der sie zum Morden treibt. Diese Menschen erfreuen sich an der Ermordung anderer, ergötzen sich an den Todeskämpfen ihrer Opfer. Sie planen ihre Verbrechen äußerst geschickt und zeigen hinterher keinerlei Reue, allenfalls Wut und Enttäuschung, wenn sie entdeckt werden. Im alltäglichen Leben verhalten sie sich normal, machen den Eindruck geistig gesunder, gut erzogener Menschen, doch in Wirklichkeit sind sie der Teufel in Menschengestalt. Zu diesen gehörte zweifellos auch Catesby.)

Er schien zu vergessen, warum er überhaupt hier war, und faßte unsere Unterhaltung offenbar als einen geistigen Wettstreit auf, bei dem er allerdings im Begriff war, ins Hintertreffen zu geraten.

»Ihr vergeßt eines«, bellte er, »die Weiße Rose, die Verschwörung der *Blancs Sangliers*!«

»Unsinn!« gab Benjamin zurück. »Nachdem Ruthven und Selkirk tot waren, war es für Euch eine Kleinigkeit, eine weiße Rose in deren Kammern fallenzulassen. Wer hätte das bemerkt in all der Verwirrung? Vielleicht hattet Ihr sie auch schon dort hinterlegt, bevor Eure Opfer starben.« Benjamin faßte den Mann scharf ins Auge, der vorhatte, ihn zu ermorden. »Oh, ich gestehe durchaus zu«, fuhr er fort, »daß es Geheimbünde der Yorkisten gibt, irregeleitete Männer und Frauen, die vergangener Macht und Herrlichkeit nachtrauern, doch Ihr habt deren Anliegen benutzt, um Eure eigenen verwerflichen Absichten zu bemänteln. Ihr erinnert Euch doch noch an unsere Reise nach Leicester?«

Catesby starrte ihn an.

»Nun, Sir Robert«, sagte Benjamin belustigt. »Ihr hättet Euch mehr mit Geschichte befassen sollen.« Er wendete sich zu mir. »Das hätte er wirklich tun sollen, Roger, nicht?«

Ich studierte das Gesicht meines Meisters und bemerkte die ersten Anzeichen von Verzweiflung. Ungeachtet seines forschen Tones machte sich die Angst in seinen Augen breit, und ich sah, wie Schweißperlen über sein nun marmorweißes Gesicht herunterliefen. Ich verstand seinen Blick.

Er versuchte, mehr Zeit herauszuschinden, wenngleich nur Gott allein wußte, warum.

»Ja, ja, Sir Robert«, nahm ich den Faden auf. »Wenn Ihr Fabians *Chronik* gelesen hättet, dann wüßtet Ihr, daß der Leichnam von Richard III. nach der Schlacht von Bosworth in den Pferdetrog vor dem Blue Boar in Leicester geworfen wurde, damit er öffentlich begafft und verhöhnt werden konnte. Später wurde er in der Lady Chapel der Greyfriars-Kirche beerdigt. Nun hätte ein echter Yorkist, ein Mitglied von *Les Blancs Sangliers*, beide Orte als heilige Stätten behandelt, doch alle Angehörigen des Hofstaats der Königin ließen ihre Pferde aus dem Trog saufen. Außerdem hat während unseres Aufenthalts in Leicester nicht ein einziges Mitglied von Margaretes Gefolge das Grabmal von Richard III. in der Greyfriars-Kirche besucht. Also«, schloß ich, »begannen wir zu vermuten, daß die Morde nur der Weißen Rose in die Schuhe geschoben wurden, um ein anderes, heimtückischeres Komplott zu verbergen.«

Catesbys Haltung veränderte sich. Er stampfte mit seinen gespornten Stiefeln auf den Boden und klatschte in die Hände, als hätten wir ein höchst vergnügliches Maskenspiel aufgeführt oder sein Lieblingsgedicht zum Vortrage gebracht. Er wischte sich mit dem Handrücken über die Augen.

»Lieber Benjamin, lieber Roger«, sagte er und lehnte sich nach vorne, »ich hielt Euch für Schwachköpfe — das war mein einziger Fehler. Ich werde ihn nicht wieder begehen.«

»Aber wir sind noch nicht fertig«, erwiderte Benjamin. »Wir haben Euch erzählt, wie diese Männer umgebracht wurden, doch noch nicht, warum.«

Catesbys Gesicht verhärtete sich. »Was meint Ihr damit?«

»›Drei weniger von zwölf sollen es ein‹«, rezitierte ich. »Wollt Ihr das nicht auch erfahren, Sir Robert? Gewiß wird die Königin, Eure Herrin, einen Bericht verlangen.«

»Ihre Majestät hat damit nichts zu tun!« gab Catesby zurück.

Benjamin lächelte und schüttelte den Kopf. »Bei all diesen Morden, Master Catesby, gab es die Opfer, über die wir hier gerade gesprochen haben. Dann gab es den Mörder, und nun wollen wir uns des Mannes annehmen, der letztlich dafür verantwortlich war.«

»Und was noch?« bellte Catesby.

»Dann gab es noch jene, die mit dem Mörder zusammenarbeiteten oder für den Grund sorgten, aus dem die Morde verübt wurden.«

Catesby sprang auf und schlug Benjamin mit der Hand ins Gesicht. Mein Meister blickte ihn nur an.

»Wenn ich gelogen habe«, erwiderte Benjamin ruhig, »dann beweist es mir. Doch wenn ich die Wahrheit gesprochen habe, warum habt Ihr mich geschlagen?«

»Ihr habt die Königin beleidigt«, erwiderte Catesby. Als er wieder zu seinem Platz zurückging, entspannten sich auch die beiden Highlander wieder, und ihre Hände entfernten sich wieder von den langen Messern, die in ihren Gürteln steckten. Ich beobachtete Catesbys Gesicht und wußte: Königin Margarete war genauso schuldig wie er. Benjamin, dessen linke Gesichtshälfte nach Catesbys

Schlag rot anlief, beugte sich vor. Ich blickte in der dunklen Kirche umher. Ich fühlte mich steif, und die kalte, feuchte Nachtluft begann allmählich meine Kleidung zu durchdringen, so daß mich fröstelte. Ich fragte mich, wie lange diese Komödie noch weitergehen konnte.

»Sir Robert«, hub ich an, »Ihr wollt doch gewiß auch die Wahrheit hören?«

Catesbys Stimmung schlug wieder um, und er lächelte.
»Natürlich!« Er hob einen Schlauch Wein, der neben ihm lag, vom Boden auf und bot ihn Benjamin an, der jedoch den Kopf schüttelte. »Oh, der Wein ist nicht vergiftet!« witzelte der Mörder, öffnete den Verschluß und hob den Schlauch an, bis der rote Wein in seinen Mund strömte und kleine rote Rinnsale außen an seinen Backen hinunterliefen. Er setzte den Schlauch wieder ab, verschloß ihn und warf ihn mir zu. Mich brauchte er nicht ein zweites Mal zu bitten. Ein bißchen Wein beruhigt den Magen; ich leerte ihn mit einem großen Schluck bis zur Hälfte, während mein Meister damit begann, das Rätsel von Selkirks Gedicht aufzudecken.

Kapitel 12

»Die Wurzeln der Tragödie«, hub Benjamin an, »reichen zurück in die Jahre, als Königin Margarete, eine junge, lebenslustige Prinzessin, mit Jakob IV. von Schottland verheiratet wurde — einem Manne, der die Freuden des Bettes liebte und sich eine große Schar von Mätressen hielt, um ihnen zu frönen. Und er hatte schließlich auch uneheliche Kinder von zumindest zweien seiner Gespielinnen.«

Catesby nickte, ein abwesender Blick lag in seinen Augen.

»Nun traf Margarete«, fuhr Benjamin fort, »in Schottland Euch, den jungen Gutsherrn Robert Catesby. Ihr wart Eurer Königin ergeben und habt zusammen mit ihr beobachtet, wie Jakob eine Gespielin gegen die andere auswechselte. Ein tiefer Haß keimte in Margaretes Herzen, der durch Jakobs offene Sympathien für das Haus York noch gesteigert wurde. Margarete rächte sich, indem sie, wie mir mein Onkel, der Lordkardinal vertraulich mitteilte, Jakobs Erzrivalen, König Heinrich von England, Informationen zukommen ließ.«

»Was Ihr sagt, ist wahr, Master Daunbey!«

»Ja, Sir Robert!« sagte ich und führte die Geschichte fort. »Die Dinge spitzten sich zu, als König Jakob seinen Angriff auf England plante, der schließlich zu der Tragödie von Flodden Field führte. Königin Margarete und, wie ich vermute, auch Ihr, habt Euch König Jakobs lebhafte Einbildungskraft zunutze gemacht. Ihr habt eine Reihe von Listen ausgeheckt, um ihn und seine wichtigsten Kommandeure in Verwirrung und Zweifel zu stürzen: die berühmte Vision des heiligen Johannes, in welcher Jakob wegen seines ausschweifenden Lebenswandels getadelt wurde, sowie die Grabesstimme, die beim Market Cross in Edinburgh Schlag Mitternacht prophezeite, Jakob und seine Kommandeure würden allesamt in den Hades gestoßen werden. Das war doch alles von Euch geplant und inszeniert, nicht?«

Catesby lächelte und strich sich mit der Hand über die Wange.

»Ihr habt durchschlagenden Erfolg gehabt«, fuhr Benjamin fort. »Jakob war verunsichert, vielleicht vermutete er sogar, daß einige Unzufriedene in seinem Königreich den Flodden-Feldzug dazu benutzen würden, seine Ermordung in Szene zu setzen. Deshalb kleidete Jakob sowohl während des Feldzugs als auch schließlich in der Schlacht mehrere Soldaten mit der königlichen Livree ein, um mögliche Attentäter abzulenken. Nun, die Schlacht wurde für ihn ein Desaster. Mehrere der königlichen Doppelgänger wurden getötet – ich vermute, einige durch Attentäter, die anderen durch die Engländer. Surrey fand einen dieser Körper, erklärte, dies sei Jakobs Leiche und ließ sie nach England zu seinem Herrn, König Heinrich, schicken.«

Catesby blickte Benjamin finster an.

»Das haben wir herausgefunden«, fügte ich hinzu, »weil der Leichnam nicht die Büßerkette umgelegt hatte, die Jakob immer um die Hüften trug. Und weil Margarete niemals darauf gedrängt hat, den Leichnam zur Bestattung zurück nach Schottland zu bringen. Hatte sie vielleicht Angst«, stichelte ich, »irgend jemand in Schottland könnte entdecken, daß es sich nicht um König Jakobs Leichnam handelte?«

Catesby schlug sich mit der Hand auf den Oberschenkel. »Und ich vermute, Ihr wollt mir auch erzählen«, japste er unter brüllendem Lachen, »daß König Jakob entkommen ist?«

»Ihr wißt, daß er entkommen ist!« gab Benjamin zurück. »Er hatte eine gewöhnliche Rüstung getragen. Er floh zusammen mit einem Ritter des königlichen Hofstaates, Sir John Harrington, und mit Selkirk in die Abtei von Kelso. Dort verfaßte König Jakob einen kurzen Brief, den er mit einem Abdruck seines Siegelringes versiegelte und von Selkirk seiner Gemahlin überbringen ließ, welche er darin um Hilfe und Unterstützung bat. Der Doktor überbrachte die Botschaft der Königin, die sich in Linlithgow aufhielt, doch anstatt ihm Hilfe zukommen zu lassen, sandte sie Mordbuben, die ihn und Harrington umbrachten.«

Catesbys Gesicht machte nun einen verwirrten, besorgten Eindruck.

»Der perfekte Mord«, flüsterte Benjamin. »Wie sollte man Euch anklagen, einen König ermordet zu haben, den die ganze Welt schon für tot hielt? Gott weiß, was mit dem Leichnam geschehen ist, doch als Selkirk nach Kelso zurückkehrte, war sein Herr verschwunden, und die Mönche waren zu verängstigt, um etwas zu sagen. Er entkam Euren Häschern und ging nach Frankreich, wo sein Geist, der von diesen grauenhaften Ereignissen gequält worden war, sich verwirrte. Natürlich hattet Ihr ihn ausfindig gemacht, doch es war zu spät — die Männer des Lordkardinals hatten ihn schon gefaßt. Ihr wart selbstverständlich erleichtert, als Ihr entdecktet, daß Selkirk aufgrund der Zeit, die inzwischen verstrichen war, und aufgrund des Wahnsinns, der von ihm Besitz ergriffen hatte, seine Geheimnisse nur noch in unverständlichen Versen zu Papier bringen konnte.«

»Jakob war ein Ehebrecher«, murmelte Catesby, als

spräche er mit sich selbst. »Er war dem König Ahab von Israel ähnlich, unfähig zu herrschen, und deshalb hat Gott ihn niedergestreckt!«

Benjamin schüttelte den Kopf. »Wenn Jakob wie Ahab war«, erwiderte er, »dann war Margarete wie Jezebel. Sie ermordete Jakob, nicht weil sie ihn haßte, sondern weil auch sie eine treulose Gattin gewesen war. Sie mußte ihre eigene Untreue verschleiern, die sie mit Gavin Douglas, dem Grafen von Angus, begangen hatte.«

»Das ist eine Lüge!« brüllte Catesby.

»O nein!« erwiderte ich. »Margaretes zweiter Sohn, Alexander, der Herzog von Ross, wurde am dreizehnten April 1514 geboren. Er wurde, wie ich herausgefunden habe, zwei Monate zu früh geboren, der eigentliche Geburtstermin wäre also im Juni 1514 gewesen. Wenn wir von dort aus neun Monate oder achtunddreißig Wochen zurückrechnen, die eine normale Schwangerschaft dauert, dann fand die Empfängnis Ende September statt, kaum vierzehn Tage nachdem Jakob getötet worden war.«

Ich fuhr mir mit der Zunge über die Lippen und beobachtete die beiden Mordgesellen, die unruhig zu werden begannen, so als würde sie das Geplapper dieser fremden Zungen allmählich langweilen.

»Oh«, fuhr ich fort, »wir können natürlich mit den Zahlen jonglieren. Jakob verließ Edinburgh mit seinem Heer im August. Die Aussagen seines Hofstaates werden belegen, daß er und Margarete zum letzten Mal im Juli als Mann und Frau zusammenwaren. Habe ich recht?«

Catesby starrte vor sich hin.

»Und wir wissen auch«, setzte ich meine Erklärungen fort, »daß Margarete sich schon einige Zeit vor Flodden Gavin Douglas hingegeben hatte.«

»Ihr beleidigt die Königin!« schrie Catesby. Er funkelte uns an, und ich begriff, daß er Margarete liebte und nicht akzeptieren konnte, daß sie eine lüsterne Ehebrecherin war.

»Wir haben dafür Beweise«, rief ich laut, und meine Stimme hallte hell und klar wie eine Glocke durch diese düstere Kirche. »Selkirk behauptet, daß er, Jakob und Harrington nach Flodden darüber diskutierten, was zu tun sei. In seinen Bekenntnissen schreibt er, daß der König besorgt war wegen der bösen Gerüchte, die ihm über Margarete zu Ohren gekommen waren. Kein Wunder, daß Jakob bei Flodden seine Armee verlor: Visionen, unheilverkündende Stimmen, Gerüchte über seine Gemahlin und mögliche Drohungen gegen sein Leben!«

»Ich frage mich«, unterbrach Benjamin, »ob der König jemals diese beiden Dinge im Zusammenhang sah: die Gerüchte über Attentäter, die auf ihn angesetzt seien, und das Geschwätz über seine Ehefrau?«

»Reine Phantasieprodukte!« entgegnete Catesby.

»Nein, keine Phantasieprodukte«, widersprach ich ihm. »Selkirk ritt in der Nacht nach Linlithgow, doch sobald er die Königin sah, erfaßte ihn Unbehagen. Eure Herrin war alles andere als eine trauernde Witwe. Selkirk wurde mißtrauisch und eilte zurück nach Kelso, doch der König und Harrington waren schon fort.«

»Und ich vermute«, sagte Catesby, »dieser Harrington hat es einfach zugelassen, daß sein König ermordet wurde?«

Ich blickte zu Benjamin und bemerkte dieses Flackern in seinen Augen, das immer ein Anzeichen dafür war, daß er im Begriff stand, etwas zu sagen, das nicht ganz der Wahrheit entsprach.

»Harrington«, antwortete er, »war allein und erschöpft

nach der Schlacht. Er wäre für Jakob kein großer Schutz gewesen. Vielleicht wurde auch Harrington ermordet. Ihr müßt wissen«, fuhr er fort, »als ich in Schottland war, sah ich in der königlichen Kapelle von St. Margaret's in Edinburgh eine Liste der Männer, die bei Flodden gefallen waren. Ich kann mich nicht entsinnen, den Namen Harrington darauf gefunden zu haben.« Mein Meister warf mir einen schnellen Blick zu, und ich wußte, daß er log. Er erfuhr von Harrington erst, nachdem wir uns in Paris getroffen hatten.

»Also«, stellte ich fest, »Margarete und Douglas waren schon vor Flodden ein Liebespaar.«

»Und deshalb hatten sie es auch so eilig mit der Heirat«, setzte Benjamin hinzu. »Um Ross mit einer gewissen Legitimität auszustatten. Wer weiß, vielleicht ist sogar der gegenwärtige schottische Thronerbe ein Douglas! Ist dies, neben dem Mord an König Jakob, das Band, das Margarete noch immer mit dem Grafen verbindet?«

Catesby lehnte sich nach vorne. Sein Gesicht war weiß und sah aus wie ein Totenschädel. Er schien sich schon im stillen mit der Todesart zu befassen, die er uns zugedacht hatte.

»Also«, fuhr Benjamin fort, um ihn abzulenken, »Selkirks Zeilen sind nun entschlüsselt: Das Lamm ist Angus, das Nest des Falken, in dem es ruhte, ist das Bett von Jakob. Der schottische König ist auch der Löwe, der brüllte, obgleich er starb, und der Satz ›Drei weniger von zwölf sollen es sein‹ ist, auch in Verbindung mit Selkirks Andeutungen, er könne ›die Tage zählen‹, ein Hinweis auf die geheime und ehebrecherische Empfängnis von Alexander, dem Herzog von York. Selkirk, von Beruf Arzt, vermutete also, daß Alexander nicht Jakobs Sohn war.«

»Welche Beweise habt Ihr dafür?« fragte Catesby und stand auf.

»Oh«, gab ich ihm zur Antwort, »da möchte ich Euch an die letzten Zeilen von Selkirks Gedicht erinnern: Er verfaßte seine Bekenntnisse in einem Geheimcode und hinterlegte sie bei den Mönchen des Klosters von St. Denis in der Nähe von Paris.«

»Dummes Geschwätz!« rief Catesby. »Von einem verrückten Schwachkopf!«

Benjamin schüttelte den Kopf. »O nein, Selkirk hinterließ durchaus Beweise. Er hob alle Beglaubigungsschreiben auf, die ihm von König Jakob während dessen Regentschaft ausgestellt worden waren. Zuerst glaubte ich, sie hätten nichts zu bedeuten, zumal es Dutzende davon gab, doch dann fand ich ein Schreiben, das mit dem Datum des zwölften September 1513 versehen und versiegelt war, also drei Tage *nachdem* Jakob angeblich bei Flodden gefallen war!«

Catesby schien es die Sprache verschlagen zu haben.

»Natürlich«, fuhr Benjamin ruhig fort, »wurde Margarete nach Jakobs Tod bald des Grafen von Angus überdrüssig. Sie stritt mit ihm, versuchte, die Gewalt über ihre Kinder zu erlangen, und als dies fehlschlug, floh sie zu ihrem Bruder nach England.«

Catesby verzog die Lippen. »Lügen!« murmelte er, als ob er zu sich selbst spräche. »Alles Lügen!«

»Nein«, erwiderte ich scharf. »Margarete hatte Angst, ihr Geheimnis könnte entdeckt werden. Wer weiß, vielleicht vermutete sie auch, König Jakob sei immer noch am Leben und verstecke sich in irgendwelchen dunklen Wäldern oder einsamen Mooren. Sie mußte sicherstellen, daß Angus, der bei der Ermordung ihres Ehemannes dabeigewesen war, ebenfalls schwieg, und deshalb wurden wir nach Nottingham geschickt. Angus tat beleidigt«, sagte ich und blickte zu den beiden Highlandern, die mich böse anstarrten, »und Lord d'Aubigny war argwöhnisch, doch es gab keine Anzeichen für einen Skandal. Königin Margarete weiß nun, daß sie sicher ist«, schloß ich bitter, »und kann ihre Rückkehr nach Schottland in die Wege leiten.«

Catesby legte seine Hände in den Schoß. »Ich muß gestehen, daß ich Euch beide für Narren hielt, für zwei Idioten, die im Dunkeln umhertappen und uns vorauseilen, um drohende Gefahren ausfindig zu machen. Ich habe mich schwer getäuscht.«

»Ja, das habt Ihr«, antwortete Benjamin. »Bei Euch läuteten die Alarmglocken, als Selkirk mit mir zu reden begann; deshalb mußte er sterben, obwohl Ihr vielleicht seinen Tod schon geplant hattet, bevor Roger und ich in diesem mörderischen Reigen mitzutanzen begannen. Wie auch immer, Selkirk redete, und Ruthven fing an, über seinen eigenen Verdacht nachzudenken, weshalb auch er sterben mußte.«

Einer der beiden Schotten trat plötzlich nach vorne, wie ein Hund, der Gefahr wittert. Catesby schnippte mit den Fingern. Der Mann zog seinen Dolch, während sein Herr eine Weile angestrengt in die Dunkelheit lauschte.

»Nichts«, murmelte er dann. »Nur der Wind.« Er blickte zu uns herunter und lächelte. »Und der sanfte Hauch des Todes.«

»Ihr wollt uns töten?« meldete ich mich zu Wort, während ich mit den Augen verzweifelt nach einem Fluchtweg suchte.

»Natürlich«, flüsterte er. »Ich kann Euch nicht am Leben lassen. Nun wird alles gut werden. Die Königin wird nach Schottland zurückkehren, und ich werde mich um sie kümmern, während der kleine Jakob zum Manne heranwächst.«

»Ihr vergeßt Selkirks Manuskripte.«

»Die können mir gestohlen bleiben!« schnarrte Catesby.

»Und wir?«

Catesby nickte in Richtung des Heidelands, das sich neben der Kirche ausdehnte. »In diesem dichten Gestrüpp und den tiefen Sümpfen liegen schon andere Leichen begraben, warum also nicht auch Eure?« Er schaute hinunter auf Benjamin. »Lebt wohl«, flüsterte er und wendete sich zu den beiden Schotten. »Macht zu, tötet sie jetzt!«

Ich stand auf, doch Corin schleuderte mich zu Boden. Ich sah, wie Alleyn meinen Meister bei der Schulter packte und mit seiner Faust zum tödlichen Schlag ausholte. Plötzlich rief eine Stimme: »Catesby, halt!«

Der Mörder rannte zu der Treppe und spähte in die Dunkelheit hinaus.

»Catesby, im Namen des Königs, haltet ein!«

Ich blickte hoch, der Highlander grinste, und sein langer, spitzer Dolch begann herniederzusausen. Dann hörte ich, wie etwas durch die Luft zischte. Ich öffnete die Augen. Der Schotte stand noch aufrecht, aber sein Gesicht war durch den Bolzen der Armbrust, der sich in es hineingebohrt hatte, in eine einzige blutige Masse verwandelt worden. Ich warf mich auf die Seite. Der andere Henkersknecht stand immer noch über Benjamin, doch sein Rücken war nun gebeugt, und seine Hände hingen schlaff herunter, als er ungläubig auf den Bolzen starrte, der in seiner Brust steckte. Er öffnete den Mund, schluchzte wie ein Kind und brach dann auf dem Boden des Altarraumes zusammen.

Benjamin und ich drehten uns um. Catesby war dabei, seinen eigenen Degen zu ziehen, doch Doktor Agrippa und Soldaten in der Livree des Kardinals kamen durch das dunkle Hauptschiff herbeigestürmt. Der Doktor warf uns einen Blick zu, schnippte mit den Fingern, und bevor Catesby noch einen Schritt tun konnte, wurden ihm sowohl sein Degen als auch sein Dolch abgenommen.

Die Männer des Kardinals untersuchten die beiden Toten und stießen sie dann weg, wie man Hunde mit Fußtritten davonjagt. Ein Soldat lief die Stufen hinunter, kam gleich wieder zurück und schrie, daß unten in der Krypta noch zwei Leichen lägen. Agrippa schlug die Kapuze seines Umhangs zurück und lächelte uns wohlwollend an.

»Wir hätten früher kommen sollen«, sagte er ruhig. »Oder vielleicht früher eingreifen sollen, doch was Ihr sagtet, war hochinteressant.«

Er hob Catesbys Degen auf, hielt ihn Benjamin hin und deutete zu dem Gefangenen, der finster blickend zwischen zwei Soldaten stand.

»Tötet ihn!« befahl Agrippa. »Laßt uns hier gründlich aufräumen.« Er drückte Benjamin die Waffe in die Hand. »Tötet ihn!« wiederholte er. »Er verdient den Tod!«

Mein Meister ließ den Degen klirrend zu Boden fallen.

»Nein«, murmelte er. »Er verdient einen Prozeß, nach dem er gehängt werden wird, als der Mörder, der er ist.«

Agrippa verzog seine Lippen. »Nein«, flüsterte er. »Nichts dergleichen.« Er hob den Degen vom Boden auf und warf ihn mir zu. »Ihr, Shallot, tötet Ihr ihn!«

»Laß das fallen«, warnte mich Benjamin. »Roger, du bist zwar zu vielem imstande, aber nicht zu so etwas.«

Ich ließ die Klinge auf den Steinboden scheppern.

»Er soll nicht sterben«, wiederholte Benjamin.

Doktor Agrippa zuckte mit den Schultern und wandte

sich an den Hauptmann der Garde. »Bringt Catesby in den Tower«, befahl er. »In das tiefste und dunkelste Verlies. Königin Margarete darf davon nichts erfahren.«

Der Soldat nickte und ergriff Catesby am Arm. Der Mörder lächelte uns zu, als er sich abführen ließ.

Agrippa rief einige weitere Befehle. Die Soldaten stiegen in die Krypta hinab, zerrten Melfords und Scawsbys Leichen nach oben und legten sie neben die der beiden Highlander. Agrippa untersuchte sie alle und machte dabei seltsame Zeichen in die Luft.

»Catesby hatte in einem Punkt recht«, murmelte er. »Das Heideland draußen eignet sich gut als Friedhof. Laßt sie dort draußen verscharren.«

Danach sprach Agrippa nur noch wenig mit uns, als er uns zum Tower zurück geleitete, wo wir in einer komfortablen Kammer untergebracht wurden. Benjamin war still, doch er konnte für mindestens zwei Stunden seines Zitterns nicht Herr werden. Ich hatte meine eigene Medizin. Ich verlangte nach einem Krug Wein und fiel nach ein paar Stunden sturzbetrunken auf das Pritschenbett.

Am nächsten Morgen brachte uns ein immer noch schweigsamer Agrippa über Billingsgate, die Thames Street, durch Bowers Row und die Fleet Street nach Westminster. Wir wurden von einer schwerbewaffneten, berittenen Eskorte begleitet, die uns abschirmte, als wir im Palast durch ein Labyrinth von Gängen zu einem kleinen, komfortabel eingerichteten Gemach in der Nähe der Kapelle von St. Stephen geführt wurden, in dem uns der Lordkardinal erwartete.

Ich erinnere mich, daß es ein schöner Tag war. Die Sonne hatte die dicke Wolkendecke durchbrochen, und ein Hauch von Frühling hing in der Luft.

Wolsey begrüßte uns wärmstens. Keine Beschimpfungen mehr, sondern nur noch ›Liebster Neffe‹ und ›Mein werter Shallot‹. Der Kardinal schickte alle Bediensteten und Höflinge hinaus, nur Agrippa durfte bleiben, und dann bat er Benjamin, über das Zusammentreffen mit Catesby am vorangegangenen Abend zu berichten. Hin und wieder nickte Wolsey oder stellte eine kurze Zwischenfrage an Benjamin oder mich. Als mein Meister seine Ausführungen beendet hatte, schüttelte der Kardinal, ein schwaches Lächeln auf den Lippen, verwundert seinen Kopf.

»Soviel Schlechtigkeit!« murmelte er. »So viele Morde. Solch ein großes Geheimnis!«

»Aber Ihr habt doch auch nichts anderes erwartet, liebster Onkel, oder nicht?«

Wolsey streckte seine massige Gestalt und gähnte. »Ja, ja, liebster Neffe. Ich habe nichts anderes erwartet. Das stimmt doch, Doktor?«

Agrippa murmelte seine Zustimmung.

»Ihr habt uns benutzt!« warf ihm Benjamin vor. »Catesby hatte recht damit. Wir wurden engagiert, um wie Tölpel umherzutappen und für andere Leute Türen zu öffnen!«

Agrippa gab sich überrascht. Der Kardinal blickte seinen Neffen gütig an.

»Ja, ich habe dich benutzt, liebster Neffe«, erwiderte er. »Doch nur, weil du am besten geeignet warst für diese Aufgabe.« Er lächelte schwach. »Und natürlich auch der stets getreue Shallot.« Er legte die Ellbogen auf die Stuhllehne und faltete seine Hände. »Du hast doch gesehen, Benjamin, welch gute Schauspieler sie waren? Catesby mit seinem offenen, ehrlichen Gesicht und der Besorgnis, die er immer zur Schau trug, und Königin Margarete, die Wut und Zorn besser vortäuschen kann als ihr Bruder.«

»Ihr dürft dem Lordkardinal nicht zu sehr gram sein«, mischte sich Agrippa ein. »Auch Catesby trug dazu bei, daß Ihr für diese Aufgabe ausgewählt wurdet, denn der Lordkardinal rühmte einmal Eure Taten bei einem Bankett in Greenwich. Catesby zog daraufhin seine eigenen Erkundigungen ein, und der Rest ergab sich so natürlich, wie die Nacht dem Tage folgt.«

»Gehörte auch Scawsby zu diesem Plan?« fragte ich.

»Ja«, murmelte Agrippa. »Catesby hat zweifellos von Euren Attacken gegen Scawsby und seine Familie gehört und hat erkannt, daß dessen Feindschaft Euch gegenüber dem ganzen Unternehmen zusätzliche Würze verleihen würde. Und außerdem, wenn Morde geplant waren, dann konnte Catesby keinen Arzt mit scharfem Auge und wachem Verstand brauchen. Scawsby war ein Quacksalber, ein Scharlatan, ein Mann, der immer tun würde, was man ihm sagte.«

»War er in Catesbys Verschwörung eingeweiht?« beharrte ich.

»Nein!« Der Lordkardinal starrte mich an wie ein Falke. »Gewiß wußte Scawsby, daß hier etwas Geheimnisvolles, Rätselhaftes vor sich ging, doch er betrachtete seine Ernennung vor allem als einen königlichen Gunstbeweis. Natürlich haßte er Euch und ergötzte sich an Eurem Unbehagen. Sein Tod, Master Shallot«, fügte er vielsagend hinzu, »war ein Akt vorsätzlichen Mordes.«

»Roger hat Scawsby nicht getötet!« unterbrach ihn Benjamin. »Seine Gier hat den Arzt dorthin getrieben. Und außerdem«, fügte er hinzu, »ist es besser, daß Scawsby aus dem Weg ist. Er konnte einfach nie den Mund halten.«

Der Kardinal nickte. »Wohl wahr«, murmelte er. »Scawsby ist tot, und Roger wird wegen seiner Beteiligung an dessen Ermordung Pardon unter dem Großen Siegel erhalten.

»Ihr habt auch mich verdächtigt, nicht?« sagte Agrippa plötzlich dazwischen.

»Ja, eine Zeitlang. Catesby war so überzeugend. Man hätte ihm niemals zugetraut, daß er ein solch heimtückisches Netz webte.«

»Doch warum?« fragte ich. »Warum die ganze Scharade?«

Agrippa blickte zu Wolsey, und der Kardinal nickte.

»Nein!« rief ich, bevor der Doktor zu sprechen beginnen konnte. »Es gibt noch einige andere Fragen. Woher wußte Catesby von der Kirche von St. Theodore? Und Euer Erscheinen, Doktor Agrippa, wieso kam es genau zum richtigen Zeitpunkt?«

»Das war mein Fehler«, murmelte Benjamin. »Ich dachte wirklich, Agrippa könnte der Mörder sein oder zumindest sein Komplize. Du hast gesagt, es sei ein Spiel, Roger, und so war es auch — bevor wir den Tower verließen, informierte ich den Doktor darüber, wohin wir gingen. Es konnte, logisch gesehen, nur eine Möglichkeit geben: Falls er der Mörder war, würde er als erster dort eintreffen, und Catesby wäre unschuldig.«

»Natürlich«, unterbrach ihn Agrippa, »wenn ich unschuldig war, doch vermutete, daß das Ganze inszeniert war, dann mußte ich dafür sorgen, daß Catesby von Eurer Falle in der Kirche von St. Theodore erfuhr, und auch dafür, daß ich dort erscheinen würde, wenn alle ihre Karten auf den Tisch gelegt hatten.« Er zuckte mit den Schultern. »Scawsby verhielt sich verdächtig. Er zog sich von den anderen zurück und verließ sehr früh den Tower. Ich eilte zur Königin und erzählte ihr etwas davon, daß der junge Benjamin das Rätsel gelöst habe und die Lösung in St. Theodore zu finden sei. Den Rest«, sagte er und spreizte die Hände, »kennt ihr ja.«

»Ihr hättet zu spät kommen können!« warf ich ihm vor.

Agrippa schüttelte den Kopf. »Das ganze Leben ist ein Spiel, Roger. Die Männer des Kardinals standen bereit. Wir erschienen dort, um Catesby festzunehmen und Euch aus seinen Klauen zu befreien.«

»Und wenn Ihr zu spät erschienen wärt?«

»Dann hätten wir Catesby auch festgenommen und dafür gesorgt, daß Ihr ein anständiges Begräbnis bekommen hättet.«

Ich funkelte ihn wütend an. Benjamin schüttelte nur den Kopf.

»Ihr wißt«, sagte Agrippa und erhob sich, um ruhelos im Raume auf und ab zu gehen, »wir leben in unruhigen Zeiten. Jenseits des Kanals liegt Frankreich, das unter einem mächtigen König vereint ist, der seine begehrlichen Blicke auf Italien geworfen hat. Im Süden ist Spanien, das gewaltige Flotten baut und sich auf die Suche nach neuen Ländereien begibt. Weiter im Osten liegt das Heilige Römische Reich, das seine Arme nach allen Niederlassungen der Kaufleute ausstreckt. Und was ist mit England?« Agrippa machte eine kurze Pause. »England vollführt einen Balanceakt zwischen all diesen rivalisierenden Mächten und darf keinen Fehler begehen. Die Inseln – England, Irland, Schottland und Wales – sollten unter einem König vereinigt werden, und wer wäre dafür besser geeignet als unser ehrwürdiger König Heinrich?« Agrippa hielt inne und blickte mich süffisant an, was mich an seine Worte in der Einöde bei Royston erinnerte. »Unser König braucht eine solche Herausforderung«, fuhr er fort. »Er hat auch die Kraft, dieses Ziel zu erreichen. Er muß eine Vision haben, andernfalls wird er sich auf sich selbst zurückziehen, und nur Gott weiß, was dann geschehen wird.«

»Also muß er Schottland seiner Herrschaft unterwerfen«, sagte mein Meister schnell dazwischen.

»Ja«, antwortete Wolsey, »Schottland muß unter unsere Kontrolle gebracht werden. König Heinrich dachte, er könne dies durch die Verheiratung seiner Schwester mit Jakob IV. bewerkstelligen, doch dies hat sich als Fehlschlag erwiesen. Die Heirat war ein Desaster, und das, was folgte, war noch schlimmer: Jakob begann, mit Frankreich zu verhandeln, und für England erwuchs die Gefahr, von zwei Seiten aus in die Zange genommen zu werden, von Schottland im Norden und Frankreich im Süden. Heinrich bat seine Schwester, einzugreifen, und Margarete tat, was sie konnte.« Er machte eine Pause und betrachtete die Juwelen, die an seinen Fingern glänzten. »Der alte Surrey hat uns gerettet«, murmelte er, »sein Sieg und Margaretes wachsender Haß auf ihren Gemahl.« Er warf Benjamin einen Blick zu. »Oh, du hast recht, liebster Neffe«, sagte er leise, »die Königin hat geholfen, Jakob zu verunsichern, und sie hatte zweifellos auch bei seiner Ermordung ihre Hand im Spiel. Nun«, fuhr er fort und lächelte, »hat Schottland keinen König mehr, das Land ist gespalten und stellt für unsere Sicherheit keine Gefahr mehr dar.«

»Doch wie kamt Ihr dazu zu vermuten, Jakob sei bei Flodden nicht umgekommen?«

»Bei den Klauen der Hölle, Shallot!« rief Agrippa und zitierte meinen Lieblingsfluch. »Ihr wart doch auch dort. Surrey ließ das Schlachtfeld durchkämmen und fand insgesamt sechs Leichen mit den königlichen Abzeichen, doch keine hatte eine Büßerkette um. Da begannen wir stutzig zu werden.«

»Und Irvine?« fragte ich.

Der Kardinal rümpfte die Nase. »Wir wußten, daß Irvine Gerüchte aufgeschnappt hatte, die besagten, Jakob sei bei Kelso gesehen worden. Er erfuhr sie möglicherweise von Oswald, dem Grenzwächter.«

»Doch Ihr habt ihn nach Süden bestellt und Catesby darüber informiert?«

»Irvine war ein Lockvogel«, schnarrte Agrippa. »Er sollte Margarete und Catesby aufschrecken. Sie haben nach dem Köder geschnappt.«

Oh, das habe ich mir gut gemerkt. Für Wolsey und Agrippa war jedermann ersetzbar und konnte daher bedenkenlos geopfert werden.

»Was geschieht nun?« fragte Benjamin.

»Oh, der König wird ein paar ernste Worte mit seiner Schwester Margarete reden. Sie wird nach Schottland zurückkehren, und dort wird sie genau das tun, was wir ihr sagen, andernfalls hat sie entsprechende Konsequenzen zu gewärtigen. Die Careys können sie begleiten.«

»Und Catesby?« wollte ich wissen.

»Im Tower«, antwortete Agrippa und wiederholte damit annähernd die Worte des Soldaten, den ich dort getroffen hatte, »gibt es Verliese, die irgendwann einfach verschwinden.« Er spielte mit dem silbernen Pentakel, das um seinen Hals hing. »Im Augenblick«, fuhr er fort, »ist schon ein vertrauenswürdiger Maurer dabei, den Eingang zu seiner Zelle zu beseitigen. Wir werden nie wieder etwas von Catesby hören.«

»Es gibt noch ein paar Leute, um die wir uns kümmern werden«, sagte Wolsey. »Die Frau Priorin von Coldstream wird für ihr Verbrechen zur Rechenschaft gezogen werden, und der Graf von Angus wird ein paar kräftige Hiebe auf die Finger bekommen.«

»Eines erstaunt mich, liebster Onkel.«

»Was, mein Neffe?«

»Warum sind der Graf von Angus und Königin Margarete so schnell füreinander entbrannt, haben so kurz nach der Schlacht von Flodden geheiratet und dann ihre stürmische Leidenschaft so bitter bereut?«

Wolsey lächelte. »Mein edler Herr, der gute König Heinrich«, murmelte er, »hat den Grafen von Angus in der Tasche.« Er schürzte die Lippen. »Nein, ihr sollt die volle Wahrheit erfahren. König Heinrich hat Angus schon lange vor der Schlacht von Flodden gekauft: Er war ein gutaussehender, charmanter Bursche, und Heinrich bezahlte ihn dafür, seine Schwester zu verführen.« Der Kardinal verzog den Mund. »Nach Flodden und der Heirat zwischen Angus und Margarete sah der König keinen Grund mehr, warum er weiterhin gutes Silbergeld für ihn ausgeben sollte.«

Mir hatte es die Sprache verschlagen. Ich bin zwar auch mit vielen Wassern gewaschen, doch hier erklärte ein Kardinal ganz kühl und unverblümt, ein König habe einen Adligen dafür bezahlt, daß er seine eigene Schwester verführe, sie mit seiner Leidenschaft betöre, auf das der König Einfluß über das Königreich erlangen könne, über das sie herrschte! Plötzlich erkannte ich, wie fürchterlich raffiniert König Heinrichs niederträchtiger Plan angelegt gewesen war: Auch ohne die Schlacht von Flodden wäre Jakob gestürzt worden. Früher oder später wäre Margaretes ehebrecherische Liaison ans Tageslicht gekommen. Jakob wäre in den Krieg gezogen. Und Schottland wäre gespalten worden, wenn er und der Douglas-Clan die Sache bis zum bitteren Ende ausgefochten hätten.

Später einmal erzählte ich der jungen Elisabeth von

dem raffinierten Plan, den ihr Vater ausgeheckt hatte. Und was tat sie? Genau dasselbe! Sie sorgte dafür, daß der Trottel Darnley Maria, die Königin der Schotten, ehelichte. Dann verliebte Maria sich in Bothwell, es kam zu Morden, Bürgerkrieg, und der Rest ist Geschichte. Oh, Herr im Himmel, welche Schliche sich die Mächtigen einfallen lassen!

Doch im Rückblick betrachtet, war Heinrich allerdings nicht ganz so schlau, wie er sich dünkte. Er verbrachte die Zeit seiner Regentschaft damit, eine Geliebte gegen die nächste auszutauschen, in dem Bemühen, einen männlichen Thronfolger zu zeugen. Und was kam dabei heraus? Der jämmerliche, wimmernde Eduard! Doch kaum daß er auf der Welt war, versuchte Heinrich, seinen schwächlichen Sohn mit einer schottischen Prinzessin zu verheiraten, weil er hoffte, nun auf diese Weise England und Schottland unter einer Krone vereinigen zu können. Doch es wird mir warm ums Herz, und es macht mich schadenfroh kichern, wenn ich mich daran erinnere, daß die Eskapaden seiner Schwester Margarete alle seine Bemühungen über den Haufen warfen. Versteht Ihr, was ich meine? (Mein Kaplan schüttelt den Kopf.) Nun, wenn der junge Knabe, Jakob, auch aus der ehebrecherischen Verbindung zwischen Königin Margarete und Douglas hervorgegangen ist, dann ist der Enkel von Jakob, der gegenwärtige König von Schottland, letztlich auch illegitimer Herkunft, und ihm werden dann, wenn die betagte Elisabeth eines Tages stirbt, die Kronen sowohl von England als auch von Schottland zufallen. Ist das nicht komisch? England und Schottland unter der Regentschaft eines Bastards, dessen Vorfahren ebenfalls Bastarde waren! Das muß doch Bluff King Hal in der Hölle die Schuhe ausziehen!

»Du hast gute Arbeit geleistet, Benjamin«, trompetete der Kardinal. »Du und dein Freund Shallot, ihr werdet nicht vergessen werden!«

Agrippa grinste und sah dabei aus wie eine kleine, schwarze Katze.

»Es werden weitere Aufgaben folgen«, fuhr der Kardinal entspannt fort, »doch für den Augenblick, liebster Neffe, nimm dies als Zeichen unserer Wertschätzung.« Er öffnete eine kleine Truhe, die neben ihm stand, und schob ein mit klimpernden Münzen prall gefülltes Säckchen zu Benjamin hinüber. Ich schnappte es mir behende und stopfte es unter meinen Umhang.

»Ihr habt gewisse Papiere?« fragte Agrippa mit seidiger Stimme. »Master Selkirks Geheimnisse aus Paris?«

»Ihr habt sie schon in Eurem Besitz«, entgegnete Benjamin. »Als ihr uns heute morgen abholtet, habt Ihr die Schatulle schon mitgenommen.«

Agrippa blickte den Kardinal an. »O ja, darin finden sich genügend Beweise«, antwortete er. »Jakobs Beglaubigungsschreiben, die Übersetzung von Selkirks Bekenntnissen durch Euren Neffen. Doch«, sagte er, und seine Augen wanderten wieder zu Benjamin, »es sind nur Kopien, keine Originale.«

»Ich hatte sie in St. Theodore dabei«, erwiderte Benjamin. »Catesby nahm sie an sich und vernichtete sie. Ihr habt alles, was übriggeblieben ist.«

Agrippa nickte wohlwollend. Wolsey streckte uns seine dicke, fleischige Hand entgegen, auf daß wir sie küssen sollten, und dann waren wir entlassen. Wir verließen das Privatgemach, und die Lobpreisungen des Kardinals klangen uns dabei noch in den Ohren.

»Geh nur weiter, Roger«, zischte mir Benjamin zu, als wir den langen Korridor entlanggingen. »Bleibe nicht stehen, aber sieh dich um. Vergewissere dich so oft wie möglich, daß uns niemand folgt.«

Benjamin und ich verließen Westminster, als beabsichtigten wir, uns in nördlicher Richtung, nach Holborn, aufzumachen. Doch dann änderte Benjamin plötzlich seine Absicht, und wir eilten zurück in den Hof des Palastes, stießen Diener, Schreibkräfte und Küchenjungen beiseite und rannten hinunter zu den King's Steps am Flußufer. Benjamin sprang in eines der Boote und zog mich ebenfalls hinein. Er befahl dem überraschten Bootsmann, sofort abzulegen und, für den doppelten Fahrpreis, so schnell wie er könne den Fluß hinauf zu rudern.

Der Bootsmann legte sich ins Zeug, und bald schon waren wir in der Mitte des Stromes, wo uns ein leichter Nebel einhüllte und vor neugierigen Blicken vom Ufer aus verbarg.

»Was hat das alles zu bedeuten, Master?« fragte ich.

»In Kürze wird sich auch das letzte Stück des Puzzles an dem für ihn vorgesehenen Platz einfinden.«

Sobald wir die Fleet hinter uns gelassen hatten, wo der Abfall der Stadt als dicke, schleimige Masse auf der Wasseroberfläche trieb, wies Benjamin den Bootsmann an, ans Ufer zu rudern, und wir verließen das Boot beim Paul's Wharf. Benjamin warf dem Ruderer ein paar Münzen zu, und wir eilten die Thames Street hinauf. Nun, so dachte der alte Shallot, sei das Spiel zu Ende. Ich wollte stehenbleiben und schauen, die Bilder, Geräusche und Gerüche der Stadt auf mich wirken lassen und insbesondere die dicken Kaufleute und ihre in Seide gewandeten Frauen sowie ihre hübschen, drallen Töchter beobachten, die ihre anmutigen und sinnlichen Gesichter unter goldenen Kopfbedeckungen verbargen. Doch Benjamin zog mich weiter, hinter eine Zeile von wunderschönen Fachwerkhäusern, deren Verputz in hellen Farben bemalt oder vergoldet war, manche sandfarben, andere schneeweiß, einige sogar violett. Wir rannten durch stinkende Gassen und durch die Gärten der Reichen mit den eleganten Brunnen, zugeschnittenen Hecken und wohlriechenden Kräutergärten. Wir liefen die Bread Street hinauf, bogen dann nach rechts ab in Richtung Watling, liefen querbeet über einen Garten und kümmerten uns nicht um die überraschten Aufschreie von Bediensteten und Kindern. Als wir die Budge Row in der Nähe des Chancellor's Inn erreicht hatten, blieb Benjamin an der Abzweigung zu einer Gasse stehen und blickte sich um, um festzustellen, ob uns jemand folgte.

»Nein«, murmelte er. »Wir sind sicher!«

Er lächelte, wischte sich den Schweiß von der Stirn, hakte mich unter, und dann traten wir in die muffige, aber warme Stube der Kirtle-Taverne.

»Du hast das Gold meines Onkel bei dir, Roger?«

Ich nickte.

»Dann, Wirt«, rief Benjamin, »möchten wir eine Kammer für diesen Tag mieten und das beste Mahl bestellen, das in Euren Küchen zubereitet wird.«

Oh, Ihr dürft mir glauben, wir ließen es uns gutgehen. Sogar heute noch, wenn ich die hübsch zugeschnittene Ligusterhecke in meinem Irrgarten betrachte, kann ich mir diese behagliche, komfortable Kammer vorstellen, die durch ein glimmendes Kohlenfeuer erwärmt wurde. Wir speisten Fischsuppe, Rinderlende, die in einem Wein- und Kräutersud gekocht worden war, und weiße Waffeln in Knoblauchtunke. Benjamin leerte ebenso wie ich Becher für Becher von kräftigem Bordeaux, süßem Malvasier und frischem Elsässer Wein. Ich nahm an, wir feierten das Ende unseres Auftrages, daß es uns gelungen war, all die Rätsel und Geheimnisse zu enthüllen, und daß wir Catesby entronnen waren. Und daß der Kardinal uns in den höchsten Tönen gelobt hatte.

»Du denkst also, das Spiel ist vorbei, Roger?«

Ich lehnte mich zurück und ließ mir noch einmal durch den Kopf gehen, was sich im Privatgemach des Kardinals zugetragen hatte. »Ja, aber Ihr habt einmal gelogen – Catesby hat unsere Manuskripte doch gar nicht vernichtet. Und warum hätte uns jetzt noch jemand verfolgen sollen?«

Benjamin zog einen seiner Stiefel aus und holte aus dem Futter drei säuberlich zusammengefaltete Pergamentstücke hervor. Eines war gelb und verblichen, doch die beiden anderen waren noch frisch und cremefarben. Er schob das vergilbte Pergament zu mir.

»Erkennst du, was das ist?«

Ich faltete es auseinander und begann, es zu studieren.

»Natürlich. Selkirks geheime Bekenntnisse. Das Pergament, das wir in Paris gefunden haben. Wieso habt Ihr es Agrippa nicht gegeben?«

Benjamin nahm die beiden anderen Pergamentstücke und faltete auch sie auseinander.

»Nun ja«, murmelte er und reichte mir eines davon herüber. »Lies es!«

Ich betrachtete die gepflegte, sorgfältige Handschrift.

»Master, Ihr spaßt mit mir. Das ist die Übersetzung von Selkirks Bekenntnissen.«

Benjamin hob eine Hand. »Dann lese es, Roger, noch einmal. Lese es laut vor!«

»›Ich, Andrew Selkirk, Arzt Seiner Majestät‹«, begann ich, »›Höfling ebenso wie auch Freund von Jakob IV. von Schottland, bekenne hier in einem geheimen Code vor Gott und der Welt, was sich nach unserer verheerenden

Niederlage in der Schlacht von Flodden im September 1513 zugetragen hat. Möge die Welt es erfahren, daß, als der Tag sich neigte und die schottische Armee zusammenbrach, König Jakob und ich von diesem Schlachtfelde flohen. Der König hatte während des ganzen Tages in der Rüstung eines gewöhnlichen Ritters gekämpft. Er vertraute mir an, daß er einen Mordanschlag von unbekannter Hand fürchte. Einige seiner Ritter am Hofe wie auch einige Knappen hatten die königliche Rüstung und den Wappenrock angelegt, nicht aus Furcht oder Feigheit des Königs, sondern als Schutz gegen einen heimtückischen Mord.

Wisset, daß wir am Abend desselben Tages Kelso erreichten, wo sich Sir John Harrington zu uns gesellte, königlicher Bannerträger und einer jener Ritter, welche der König ausgewählt hatte, seine Farben in der Schlacht zu tragen. Nun nahmen der König, Harrington und ich im Hause des Abtes geheimes Quartier und berieten uns darüber, was als nächstes zu tun sei. Seine Majestät und Harrington entschieden sich dazu, in der Abtei zu verweilen, währenddessen ich einen Brief des Königs zu seiner Gemahlin, Königin Margarete, nach Linlithgow bringen sollte, in welchem er um ihre Hilfe ersuchte. Seine Majestät allerdings zeigte sich höchst widerstrebend. Er bekannte, daß vor der Schlacht sein Geist durch Phantasma, die er gesehen, und bösartige Gerüchte über die Königin, die er vernommen habe, berückt worden sei.«"

Ich hielt inne und blickte zu Benjamin. »Master, das haben wir doch schon alles gelesen.«

»Roger, bitte lies weiter. Du kannst auch einige Zeilen überspringen.«

Ich überflog die Seite schnell. »»Ich gelangte nach Linlithgow««, fuhr ich fort, das Bekenntnis des toten Schotten zu verlesen, »«und überbrachte die Botschaft Seiner Majestät. Die Königin hatte sich mit dem Grafen von Angus zurückgezogen, und ich war überrascht, daß die Königin vom Schlachtfelde bereits die Nachricht vom Tode ihres Gemahls erhalten hatte. Man hieß mich, in der Halle eine Erfrischung zu mir zu nehmen. Nach einer Stunde erschien der Graf von Angus und erklärte mir, Reiter seien ausgeschickt worden, den König abzuholen und zur Königin nach Linlithgow zu bringen. Ich muß gestehen, ich war immer noch irritiert, denn das Auftreten der Königin hatte mich betroffen gemacht: Sie war nicht die trauernde Witwe, die ihren Ehemann verloren hatte, und auch nicht die Königin, die hatte mitansehen müssen, wie ihre Armee in einem Massaker untergegangen war. Verwirrt und betrübt eilte ich zurück nach Kelso. Ich erreichte die Abtei früh am Morgen, und nach sorgfältigen Erkundigungen erfuhr ich, daß Harrington geflohen war, während Männer aus dem Hume- und dem Chattan-Clan den König fortgebracht hatten.«

Ich blickte überrascht hoch.

»Aber, Master, in dem Bekenntnis, das Ihr mir im Tower gezeigt habt, schrieb Selkirk, auch Harrington sei von den Soldaten gefangengenommen worden.« Ich griff nach dem zweiten cremefarbenen Pergament und überflog es eilig. »Ja, seht, hier steht es!« Ich warf es auf den Tisch. »Also, welches entspricht denn nun der Wahrheit?«

Benjamin grinste und nahm eine der Übersetzungen von Selkirks geheimem Bekenntnis in die Hand.

»Die Wahrheit steht in diesem hier: Selkirk schrieb, daß Harrington geflohen war. Ich übersetzte es, doch dann begann ich mich zu wundern. Also schrieb ich es noch einmal ab, veränderte dieses Mal aber eine Kleinigkeit, so daß es besagte, auch Harrington sei gefaßt worden.« Benjamin warf die Übersetzung in das Holzkohlenfeuer. Ich beobachtete, wie die Flammen an den Rändern des Pergamentes leckten und es in schwelende schwarze Asche verwandelten.

»Warum?« fragte ich. »Warum ist Harrington so wichtig?«

»Nun«, Benjamin lehnte sich auf seinem Stuhl zurück und blickte an die Decke, »als ich den Originaltext von Selkirk durchlas, fiel mir auf, daß bestimmte Buchstaben unterstrichen waren. Und als ich damals mit Selkirk im Tower sprach«, fuhr er fort, »meinte dieser, er sei ein guter Dichter und der König ebenfalls. Er erwähnte auch einen Troubadour bei Hofe, einen Mann namens Willie Dunbar.« Benjamin blickte zu mir herüber. »Hast du schon einmal ein Gedicht von Dunbar gelesen?«

Ich schüttelte den Kopf.

»Ich schon«, antwortete Benjamin, »als ich in Schottland war. Nun, Dunbar ist einer jener geschickten Burschen, die ihre Verse mit verborgenen Anspielungen und geheimen Hinweisen anzureichern pflegen, deren Bedeutung sich nur wenigen Eingeweihten erschließt. Auch Selkirks Gedicht enthielt einen solchen Hinweis.« Benjamin hob das Pergament empor. »Ich habe es noch einmal durchgesehen«, sagte er, »und dabei kam es mir seltsam vor, daß die folgenden Buchstaben in gewissen Wörtern unterstrichen waren: das ›L‹ in ›Löwe‹, das ›n‹ in ›nun‹, das ›s‹ in ›steht‹ sowie die Anfangsbuchstaben von ›in geheiligten Händen‹. Liest man nun diese Worte hintereinander, so ergibt sich: ›Der Löwe nun steht in geheiligten Händen‹.«

»Das ist doch nicht möglich!« flüsterte ich.

»O doch!« Benjamin schob mir das Manuskript herüber, und ich erkannte, wie geschickt Selkirk zu Werke gegangen war.

»Aber Selkirk sagt doch, daß Angehörige des Hume- und des Chattan-Clans Jakob weggebracht hätten!«

Benjamin erhob sich und klatschte in die Hände. »Nein, das sagt er nicht. Er wiederholt hier nur, was man ihm in der Abtei mitgeteilt hat. Dieses Bekenntnis sollte bezeugen, daß Jakob die Schlacht überlebt hat und auch den Nachstellungen von Königin Margarete und des Grafen von Angus entgangen ist. Die verborgene Botschaft in diesem Gedicht ist für die engen Freunde von Jakob bestimmt, die dadurch erfahren sollen, daß der König ins Ausland geflohen ist.«

»Mit anderen Worten«, unterbrach ich ihn, »Margaretes Häscher, einfache Soldaten, die es gewohnt sind, ihren Mund zu halten, haben in Kelso einen Mann aufgegriffen, der die königliche Rüstung trug. Und das war natürlich«, murmelte ich, »Sir John Harrington!«

Benjamin nickte. »Wer weiß? Vielleicht hat Jakob ihm die Büßerkette und andere königliche Insignien gegeben. Harrington hat sich für Jakob geopfert!«

»Und der König?« fragte ich. »Was geschah mit dem König?« Benjamin verzog das Gesicht. »Was konnte er schon tun? Bekanntgeben, daß er die Schlacht überlebt hatte? Wer hätte ihm geglaubt? Der Leichnam des Königs war doch angeblich schon in England. Jakob war von seiner Ehefrau verstoßen worden, und wenn er sich zu erkennen gegeben hätte, wäre er vermutlich gefangengesetzt worden und als Betrüger und Hochstapler in irgendeinem geheimen Verlies gestorben. Und vergiß auch nicht, Roger, daß Jakob gerade eine der schlimmsten Niederlagen in der schottischen Geschichte erlitten hatte. Er wäre bestimmt nicht mehr sehr beliebt gewesen.«

»Aber wo ist er?« fragte ich. »Was sind diese ›geheiligten Hände‹?«

»Als ich in Schottland war«, antwortete Benjamin, »hörte ich, daß Jakob dem romantischen Traum nachhing, ein Kreuzritter zu werden. Gott allein weiß es, aber vielleicht ist er in das Heilige Land gegangen und hat sich einem Orden der Kreuzritter angeschlossen.«

»Also habt Ihr Selkirks Bekenntnisse verändert, um Jakob zu schützen?«

»Natürlich. Mein Onkel ist sehr schlau. Er hätte vielleicht darüber zu spekulieren begonnen, wer nun wirklich in Kelso entkommen ist. Und unser ehrenwerter König Heinrich hegte einen tiefen Haß gegen Jakob. Auch wenn er nur eine vage Vermutung gehabt hätte, daß der schottische König überlebt hatte, dann hätte er ihn überall durch seine Agenten jagen lassen.«

»Ich frage mich, ob Königin Margarete die ganze Wahrheit kennt.«

Benjamin zuckte mit den Schultern. »Vielleicht ahnt sie sie. Die Soldaten, die sie ausschickte, haben den Mann, den sie in Kelso aufgriffen, wahrscheinlich getötet. Vielleicht hat ihr auch ihr Gemahl aus dem Ausland eine geheime Botschaft geschickt.« Er rutschte aufgeregt auf seinem Stuhl umher. »Deshalb«, flüsterte er, »hatte sie Angst. Das war der Grund, warum sie aus Schottland geflohen ist: nicht weil sie ihren Ehemann ermordet hatte, sondern weil sie befürchtete, er sei noch am Leben!« Benjamin füllte seinen Becher nach. »Erinnerst du dich noch, als wir den Tower verließen, um nach St. Theodore zu reiten? Ich sagte, ich sei noch bei der Königin gewesen, um ihr von Sir John Harrington zu erzählen. Ich spielte den Naiven, den dummen Tölpel. Ich gab vor, der König habe mich gefragt, ob ich wisse, wo sich Harrington aufhalte. Ob er nach England geflohen sei? Mein Gott, du hättest sehen sollen, wie sie dabei blaß geworden ist!« Er hieb vor Begeisterung auf den Tisch. »Die Dirne mag glauben, daß sie jetzt sicher ist, wenn sie nach Schottland zurückkehrt, doch die Angst wird sie niemals ganz verlassen.«

»Warum habt Ihr Catesby das nicht gesagt?«

»Aus dem gleichen Grunde, aus dem ich es meinem Onkel verschwiegen habe – es hätte etwas schiefgehen können. Mord bleibt Mord, Roger. Was macht es für einen Unterschied, ob es Harrington oder Jakob getroffen hat?« Benjamin griff nach den Pergamentblättern.

»Verbrennt sie nicht, Master!« rief ich. »Gebt sie mir!«

Benjamin zögerte und schob sie mir dann über den Tisch.

»Behalte sie, Roger«, flüsterte er, »doch verstecke sie gut. Diese Dokumente könnten zu deinem Todesurteil werden.«

Den Rest des Tages verbrachten wir zechend und feiernd. Wir hatten einen guten Kampf geliefert, hatten unsere Aufgabe erledigt und waren unseren Herren und Auftraggebern treu geblieben, und auch König Jakob, obwohl er es nicht wußte. Oh, wir wurden die Freunde des Kardinals, wir schworen, im Frieden und im Krieg seine Diener zu sein, doch wir versprachen uns auch gegenseitig, den ›lieben Onkel‹ immer aufmerksam zu beobachten. Wir traten in seine Dienste, und die Morde der Weißen Rose waren nur der Anfang einer Reihe von Geheimnissen, die wir im Laufe der Zeit zu enträtseln hatten.

Epilog

Nun gut also, diese Geschichte ist zu Ende, doch Fortsetzungen werden folgen: Verschwörungen bei Hofe, Verrat in hochgestellten Kreisen wie auch im gemeinen Volke, und natürlich eine Vielzahl blutiger Schlägereien und heimtückischer Morde. Sie haben sich über all die Jahre wie Bluthunde an meine Fersen geheftet. Wenn ich die Zeit finde, dann werde ich sie Euch alle vorstellen: schlaue, verschlagene Männer und Frauen mit Feuer in den Augen und dem Teufel im Herzen.

Nun regt sich mein Kaplan auch wieder und ruckt auf seinem Schemel hin und her. »Ihr denkt, jede Dame sei ein lüsternes Frauenzimmer«, erregt sich der Heuchler, »jedes Mädchen eine Dirne!«

Er ist ein verdammter Lügner! Er möge doch nicht vergessen, daß ich den armen Mädchen im Dorfe Speis und Trank zukommen lasse. Oder daß ich viele Frauen lachen gemacht, aber keine einzige zum Weinen gebracht habe. Keiner Frau ist aus meinen Händen jemals Ungemach widerfahren. Noch habe ich Herzen gebrochen und ihrer Tränen gelacht, obgleich die Liebe mich so häufig in ihren Bann geschlagen hat, daß ich mich all der Frauen gar nicht mehr entsinnen kann. Mein Kaplan ist zum Beispiel Katarina nie begegnet. Oh, Herr im Himmel, in ihren Lippen lag die Kraft des Zaubers. Schon der bloße Gedanke an sie macht mich weinen...

Weshalb eigentlich ich meine Lebenserinnerungen niederschreibe? Nun, zunächst, um die Geister auszutreiben, die immer noch meine Seele heimsuchen. Heute abend, wenn die Sonne untergegangen ist und der Mond sich in der Nacht hinter den Wolken verkriecht, werden sie wieder zurückkehren, die Geister, angeführt durch den Mord auf seinem leichenblassen Pferd. Sie strömen den Weg herauf und versammeln sich unter dem Flügelfenster meines Gemachs.

Ich erzähle meine Geschichte jedoch auch zur Erbauung der jungen Menschen. Um dem Verfall der Sitten entgegenzuwirken und als eine Warnung vor den Gefahren, die durch unmäßiges Trinken und durch weiche, willige Frauen drohen. Ach, ich wünschte, Benjamin könnte diese Geschichte erzählen. Ich wünschte, ich könnte ihn noch ein einziges Mal sehen. Er würde es verstehen. Er würde die Verderbtheit unserer Zeit geißeln, die Verlockungen des Fleisches, die wohltönenden, doch leeren Versprechungen der Welt. Oh, in welchen Zeiten leben wir! Die schwärende Plage der Lügen! Der Mangel an moralischen Werten! Da lobe ich mir die dicke Margot und einen gut gefüllten Becher Sherry!

Nachwort des Autors

Wir müssen uns daran erinnern, daß Shallot, nach eigenem Bekunden, ein großer Erzähler bewegender Geschichten ist, doch das heißt nicht, daß er zwangsläufig auch ein Lügner oder Schwindler ist. Und in der Tat läßt sich vieles von dem, was er behauptet, durch historische Fakten untermauern. Jakob IV. von Schottland war ein lebenslustiger Mann, der sich eine ganze Reihe von Mätressen hielt, und aufgrund dieser außerehelichen Liebschaften wandte sich seine Ehefrau Margarete Tudor von ihm ab. Jakob wurde vor dem Flodden-Feldzug durch Visionen gewarnt, und viele Historiker vermuten, diese Visionen seien das Werk seiner Ehefrau gewesen. Wir wissen auch, daß Jakob eine Reihe von königlichen Doppelgängern in seine Rüstung steckte. Einige Historiker vermuten sogar, daß bis zu zwölf ›falsche Jakobs‹ in Flodden kämpften. Surrey fand eine Leiche, die nicht die Büßerkette um die Hüften trug, und ließ sie nach London schaffen, nachdem die Einbalsamierer ihr Werk getan hatten.

Auch später wurde dieser Leichnam nie mehr nach Schottland zurückgebracht. Zur Regierungszeit von Elisabeth stießen einige Bauarbeiter in einem Raum des Palastes darauf und spielten mit dem mumifizierten Kopf Fußball, bis sich ein Vikar erbarmte und dafür sorgte, daß die Überreste in der Krypta von St. Andrew's Undershaft beigesetzt wurden. Nach Aussage von Walter Scott wurde im achtzehnten Jahrhundert, als der Burggraben von Hume Castle abgelassen und trockengelegt wurde, ein Skelett gefunden, das eine Kette um die Hüften gewickelt hatte. Der Hume-Clan war mit Königin

Margarete eng verbündet. Manche Historiker behaupten, aus dem Hume-Clan seien auch die Mörder gekommen, die Jakob nach der Schlacht von Flodden umbrachten und seine Leiche in den Burggraben warfen. Jahrelang auch gab es Gerüchte und Spekulationen, Jakob sei bei Flodden gar nicht gefallen.

Shallot hat recht: Margarete Tudor war eine ›Unruhestifterin im Unterrock‹. Ihre leidenschaftliche Verbindung mit Gavin Douglas wird in Shallots Memoiren korrekt beschrieben, und auch seine Darstellung der Umstände, unter denen Alexander, der Herzog von York, geboren wurde, stimmt. Margarete kehrte tatsächlich nach Schottland zurück, wo sie noch viele glückliche Jahre verlebte und unter den brüderlichen Augen von Bluff King Hal für soviel Unruhe wie möglich sorgte. Sie kämpfte um die Scheidung von Angus und erreichte sie auch, und dann schloß sie prompt ihre dritte Ehe mit dem Grafen von Lennox. Sie stiftete in Schottland mehr Verwirrung und Unruhe als all die Armeen ihres Bruders zusammengenommen.

Bluff King Hal und Kardinal Wolsey werden in Shallots Memoiren akkurat beschrieben. Der Kardinal übte eine Zeitlang unumschränkte Macht über England aus, und es gab Zeitgenossen, die argwöhnten, er mache sich die Schwarze Magie einer berühmten Hexe, Mabel Brigge, zunutze, um König Heinrich zu beherrschen. Und wie Carolyn Seymour in ihrer ausgezeichneten Biographie über König Heinrich VIII. zeigte, trafen auch die Prophezeiungen ein, in denen es geheißen hatte, er sei der ›Maulwurf‹. Während Heinrichs sechsunddreißigjähriger Regentschaft wurden mindestens fünfzigtausend Menschen hingerichtet. Die Ansprüche des Hauses York wurden in der Tat als eine große Gefahr für die Krone der

Tudors angesehen, und bis er starb, war es Heinrich VIII. gelungen, fast jede adelige Familie auszulöschen, die das Blut der Yorkisten in ihren Adern hatte.

König Franz I. von Frankreich war genauso sexgierig, wie Shallot ihn beschreibt. Doch Shallots Bemerkungen über seine enge Beziehung zu Anne Boleyn, seine Liebschaften mit Königin Elisabeth und Katharina von Medici in Frankreich, und natürlich auch über seinen Diebstahl des großen Diamanten von Canterbury gehören zu dem Stoff, aus dem andere Geschichten gemacht werden.

ENDE

Band 13 466
Lilian Jackson Braun
**Die Katze,
die Geister beschwor**
**Deutsche
Erstveröffentlichung**

Sollte es wirklich spuken im Goodwinter Farmhaus-Museum? Der abgeklärte Reporter-Veteran Jim Qwilleran glaubt gewiß nicht an Gespenster. Und dennoch: Seine alte Haushälterin Iris Cobb hört alle einschlägigen Geräusche – Ächzen, Stöhnen, Schreie und Gepolter. Als sie eines Nachts buchstäblich zu Tode erschreckt wird, beginnt selbst der alte Skeptiker Qwill zu zweifeln.
Ein Glück, daß wenigstens seine zwar geistvollen, aber ganz diesseitigen Siamkatzen Koko und Yum Yum mit allen vier Pfoten auf dem Teppich bleiben. Denn die Geister, die Qwill ungewollt rief, erweisen sich als üble Gesellen, denen nur ein Genie vom Kaliber Kokos beikommen kann. Katzen sind eben doch die besseren Spürnasen . . .

**Sie erhalten diesen Band
im Buchhandel, bei Ihrem
Zeitschriftenhändler sowie
im Bahnhofsbuchhandel.**

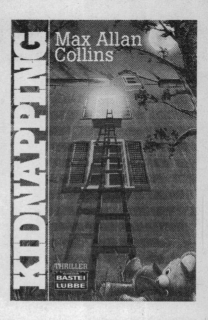

Band 13 460
Max Allan Collins
Kidnapping
Deutsche
Erstveröffentlichung

Das schrecklichste Verbrechen, das man sich vorstellen kann: ein kleines Kind verschwindet spurlos. Alles wird versucht, ein hohes Lösegeld gezahlt – und dennoch, keine Spur, nie mehr ein Lebenszeichen.
All dies geschah auch im berühmtesten Kidnapping-Fall der Geschichte: die Entführung des Lindbergh-Babys. Seit vielen Jahren geht man davon aus, daß diese Entführung in Mord endete; man fand sogar einen Schuldigen. Was aber, wenn alles ganz anders gewesen wäre?
Max Allan Collins, der Meister des historischen Kriminalromans, spekuliert auf der Basis neu recherchierter, verblüffender Fakten. Sein grandioser Detektiv Nate Heller gerät mitten in den Fall, hinter dem viel mehr steckt, als je an die Öffentlichkeit gedrungen ist. Doch selbst er braucht Jahre, um einer Lösung auch nur nahezukommen. Dann allerdings steht er vor einer Sensation ...

Sie erhalten diesen Band im Buchhandel, bei Ihrem Zeitschriftenhändler sowie im Bahnhofsbuchhandel.